珐琅彩 著

浙江文艺出版社

目录

第一章 —*001*
死也要赢 VS 赢不了

第二章 —*014*
你听过猎户座的传说吗

第三章 —*029*
我就是爬,也要爬完这1500米

第四章 —*054*
老天爷就是喜欢恶作剧

第五章 —*077*
假的真心话,真的大冒险

第六章 —*094*
再见了,我的猎户座

第七章 —*118*
游戏现在才开始

第八章 —*139*
五点五十分的电话

第九章 —157
原来你也不过如此

第十章 —177
Tina 姐的咖啡哲学

第十一章 —195
那一晚,是你的初吻吗

第十二章 —215
留在他家的,何止是一双鞋子

第十三章 —233
流星会看见我们

第十四章 —262
全世界唯此一个你

第十五章 —290
他输给我了

第十六章 —316
是的,我不爱你了

第十七章 —346
Love is beautiful(爱很美丽)

番外

【一】—381
致孟冬青的明信片

【二】—385
才下眉头,却上心头

【三】—390
但见泪痕湿,不知心恨谁

【四】—397
那人却在,灯火阑珊处

【五】—405
以胶投漆中,谁能别离此

后记—411

第一章
死也要赢VS赢不了

你知道吗
我一直希望自己长大
希望终有一天
可以成长到自己觉得满意的模样
然后站在你面前
到那一天
我终可以鼓起勇气告诉你
我是那么那么地
喜欢你

·1·

一秒,两秒。

身后是一片死寂般的沉默。

我盯着黑板,那斗大的两行字如同路旁被遗弃的流浪猫般默然地立着,无人认领:

女子1500米。

男子3000米。

粉笔攥在手里快要被捏断了,终于还是抬手写下了自己的名字:

女子1500米,苏陌。

"最后一项,男子3000米。"我站在讲台上居高临下地望着众人,强压着心里的一团火低声问道:"乔子诺人呢?"

程优在一旁微微耸了耸肩,对着我无奈地摇了摇头。

也是,那人怎么会出现呢,这么"无聊"的事。

"既然女生都不愿意放弃,"一个戴着眼镜的男生突然开口,"那就我来跑3000米吧。"

事到如今,"重在参与"总比"临阵脱逃"要好。我对那男生笑笑以示感激,记下了他的名字。

嗡……怀里的手机微微振动起来,我低头看了一眼,是那个熟悉的名字。神情缓下来,嘴里却忍不住继续放着连珠炮:"各部门自行组织训练,两周后的中日大学校际运动会,死也要赢。散会!"

说罢,我拉着程优大步流星地走出会议室,将众人的哀号声关在身后。

我知道他们会在背后骂我。

没关系,又不是第一次了。

我是苏陌,嘉禾大学心理学系大三学生,学生会副主席。从小,就有不少人说我骄傲、强势、不近人情,就像一位戎马倥偬的女将军,随时都处于一种战备状态,时刻准备挥剑杀敌。

丘吉尔有一句名言:"要求不高,只求最好。"求胜仿佛已成为我的一种本能,要么赢,要么死。踏着万人低垂的肩膀在风中扬着头傲视的感觉,最是痛快。

不过,人生总有例外。

我也有赢不了的人。

"呀,江南!"一旁的程优突然对着远处挥起手来。

像是有一把玻璃珠子被撒在心房,参差错落地乱跳一通。我暗骂了自己一声,松开程优的手,迎上前去。

那人闻声回过头,向我们走来。阳光透过密密的枝叶在地面上投射出斑驳的影子,温暖地笼罩着他,他身上那白色的衬衣在暖阳中散着淡淡的柔光。

他缓缓走到我跟前,噙着笑低低地喊了一声:"小陌。"

第一次遇见他的那天,也有这样灿烂的日光。

那日我们搬新家,我和妈妈在楼下帮爸爸从车上一件一件地卸行李,他穿着一身短袖的白色运动服走到车旁,喊了一句"叔叔好"。

爸爸转过身应了一声,又指了指我说:"这是我女儿苏陌,以后你们俩就是邻居了。"

他扭过头咧着白牙对着我笑:"小陌你好啊,我是江南。"

我默不作声地看着他,满身防备,如同一株小小的带刺仙人掌。他冷不防凑过来,还没等我反应,就往我手心里塞了一样东西,然后明朗一笑:"送给你。"

很久以后,我问江南,他一个男孩子随身带着糖做什么。他当时愣了愣,想了很久也没想起那天的事,只笑笑说:"估计是哪个阿姨给的吧。"

可是我却会永远记得,那是一颗荔枝味的水果糖,裹着透明的糖纸,在烂漫的秋日下闪着红宝石般的光芒。我会永远记得那一日,他像是从天而降的太阳,照进我心里,照得整个人心房亮堂堂、暖烘烘,而眼睛刺辣辣的,只想流泪。

他是第一个对我好的男人,爸爸在他之后。

我的人生,从那一刻开始变得不一样了。

那一年,我们才十岁。

"苏女王又开启作死模式,她居然放弃了擅长的50米去跑1500米。"程优无奈地摊着手告状。

"不过是1500米,"我抬头看天,天空晴好得一片云也没有,剔透如水,"还不到四圈。"

"让我猜猜,一定是现场没有人敢报吧?通常,女生都是想方设法远离长跑的。"江南咧嘴笑了,阳光洒在他身上,把他的头发、睫毛染成了深棕色,"真是硬扛,其实有时候,你不用这么努力的……"

明明是初夏,阳光怎么照得整个人都发烫呢?我想说我怎么甘愿当你心中那些"通常的女生",但话到嘴边,却是:"我可没你的好兄弟那么淡泊如水。"

"嘀,乔子诺这回可真踩地雷了。"程优在一旁微微吐了吐舌头。

日本几所重点大学的学生会到访嘉禾市,将与这里的大学生进行一场运动场上的较量。本市的高校两两组队,最强劲的嘉禾、明阳两所大学自然是统一战线。日本排名最前的山田和早同两所大学也早已结盟,成了我们的最强劲敌。

在这样的紧要关头,那人身为嘉禾大学学生会成员,居然在报项目的时候玩失踪。这要是放在过去两军相接之际,不战而逃的人斩首示众都不为过。

可就在这时候,心里却突然响起一个低低的声音:

"苏陌,你欠我一次……"

真是,可恶。

"你个猪头浩到底在说什么啊?"

程优突然对着手机那头吼了一句,把我吓了一跳。能让程校花一秒变跳脚大妈的,不用问也只有彭浩那小子了。

"论坛上怎么了啊?"

我和江南安静地听她怒吼了半天,直到她放下手机,转向我们。

"山田和早同两所大学对我们下战书了。"

"一夜咖啡"。

"喏,你们看。"彭浩大大咧咧地坐在沙发上,把iPad(平板电脑)递给我们。屏幕上是明阳大学网络论坛的页面,首先映入眼帘的是目前因最受关注、最多评论而被置顶的帖子,题目是:*Don't worry, we won't* win too much(《别担心,我们不会赢太多》)。帖子是用英文写的,大意是:听说你们两校最近在积极备战,处于极度紧张的状态。别担心,虽然我们会赢,但还是会给东道主留一点颜面,我们尽量不会赢太多。落款:山田&早同大学。

真是鼻孔朝天的挑衅。

"听说,他们在这次参赛学校的论坛上都发了一模一样的帖子,现在所有人都在谈论这件事情,不少人在下面的回复中展开了骂战,甚至有人叫嚣着要罢赛以示抗议。"彭浩一边愤愤地说,一边拉着页面给我看下面的评论。

"真是低级而又卑劣的手段。"程优放下iPad,皱皱眉头,"这样骂下去不是办法,可是不回应又很屈。"

我望着发帖人的ID(账号),点击查看他的信息。

ID:Hate More。

性别:不详。

年龄:不详。

……

我的目光突然落在了最后一行:119.129.192.252。

"这个是嘉禾市的IP地址吧? 他们已经来到嘉禾市了?"

"昨晚到的,明天有个欢迎晚宴,我们都要去。"江南蹙了蹙眉,刚要继续说,"其实我觉得……"

我没等他说完,拿起iPad便在键盘上敲下来几行字。

"听说神户牛肉很贵,不知它的皮是不是也一样。惊叹于某些人肺活量之大,就让我们安静地等待,有如烟火般好听的爆破声。"

回复完毕,发送成功。

"吼! 苏女王发话了,要你们好看!"程优做了个握拳掰指节的动作,一旁的彭浩更是一副老子要和你大干一场的架势。

"明天晚宴,我们去会一会。"我抬了抬下巴,不经意瞥了一眼江南。不知为何,他出奇地静默,若有所思。

窗外原本阳光普照的天空突然暗了下来,远处传来一声轰隆隆的响雷,惊得树上栖息的鸟儿哗啦啦地四处逃窜。豆大的雨点稀稀疏疏地落下来,吧嗒吧嗒地敲在玻璃窗上。

"苏可和乔子诺咧,怎么还不来?"程优咬着吸管嘟囔了一句。

"小可学校有点事,稍后再来。"我条件反射地起身收走空的咖啡杯,眼也不抬,"至于另外那个,爱来不来。"

话音还没落,大门被推开,挂在把手上的风铃叮叮作响,一个高大的身影披着雨丝逆光走来。我迎着光线望过去,看得并不真切,只依稀看到他穿着一件藏青色的衬衣,双肩包随性地搭在右肩上,从一片雨光中慢慢地走进来。

·2·

"爱来不来?说的可是我?"前方突然传来淡淡的一句接话,像是远远对着我说的。

我突然有点恍神,那人走到跟前了我都没有反应过来,只觉得这情形很熟悉,与他第一次出现在我们面前时的情景太像了。

四年,时光真是如白驹过隙。

四年前的一个晚上,江南说有个从美国回来的朋友要介绍给我们认识,还说那人是他所有朋友里面理科最好的。

这个朋友我也听说过,是江南在中美高中生论坛上认识的,听说在网上一见如故,相谈甚欢。

可是我有些不屑,"所有朋友"里也包括我吗?

那一晚在"一夜咖啡",我第一次遇见乔子诺。

他穿着藏青色的冲锋衣推门而入,领子耍帅似的立着。那是一种很深的蓝,近乎黑色,在昏黄的灯光下透着一股沉静。他的右肩搭着一个大大的双肩包,像是刚刚从很远的地方过来。桌上摇曳的烛光只照到他半张脸,显出他高挺如削的鼻梁以及坚毅紧绷的下巴。

他低声地开口:"Hi(嗨),我是乔子诺。"边说边拉开冲锋衣拉链,身体微微前倾,整张脸才真切地显露出来,脖子上挂着根银链子,从他微倾的藏青色领口里隐隐露出来。下一秒,他的脸又回到了阴影中,只露出微抿的嘴角。

那一秒,我突然记起书上一句话:眼如星芒,眉如剑。

不知为什么,一见到他我就腾地立马处于战备状态。

理科很好吗?有多好?

我盯着他问:"听说你家在美国,要转学回国?"

他淡淡地应了一句,并不看我。

我望着他冷漠的样子,不由得战意渐浓:"听说理科很棒?"

"一般吧。"他突然抬头定定地望着我,那眼神看不出情绪。

没有什么好客套的,我继续单刀直入:"你也参加过GMC(Global Mathematics Competition,全球数学竞赛)吧?想必成绩一定不错。"

GMC是莘莘学子仰望的殿堂级赛事,有幸参赛的已是人中龙凤,能拿名次的更是凤毛麟角。我去年代表学校拿了个第五,校长带着一众老师到机场接机,就差没拿八人大轿抬我回校了。

我正努力回想着去年是否在参赛者名单中见过"乔子诺"这个名字,只听他淡淡地说:"我不参加竞赛的。"

不参加?我不甘心地追问了一句:"为什么?"

"不为什么。"乔子诺不再看我,眼神转向别处,"那样的比赛,很无聊。"

他的语气听不出喜怒,四两拨千斤,连应战的兴趣都没有。

后来还是江南岔开了话题给圆的场。自此,乔子诺正式加入了我们。就算我们大家分别进了嘉禾、明阳两所不同的大学,"六人行"也依然常常聚在一起。

再之后,对他了解多了,才知道他父母早逝,在美国的爷爷奶奶将他和哥哥带大,直到高中,他才随哥哥回国。

江南常说乔子诺这样的性格是有原因的,不要勉强他。四年了,他还是老样子,说话冷冷的,做事酷酷的。

是啊,从认识他的第一天开始,我就知道他对这些比赛不屑得很,所以这一次,又有什么可能寄希望于他会突然转性?

乔子诺一进来便淡淡地望了一眼屏幕,继而又抬了抬下巴算是和大家打了个招呼,却不望向我。他身上有刚淋的雨水,星星点点地渗在肩膀和背上,藏青色的衬衫湿漉漉的,透着丝丝凉意。

"乔子诺,也就你还敢这样若无其事地出现,"彭浩一副看好戏的模样,"苏陌在心里早就把你戳成蜂窝煤了。"

"噢?"他斜斜靠在座椅上,嘴角微翘,"听起来好像是我的荣幸。"

我的思绪归位,战火渐浓:"不敢,你生得这样高大,若不跪下来,还真戳不到你。"

他并不接话,兴致缺缺地望着窗外。

我突然觉得无趣,对方并不接招,像是一拳打在棉花上,自己的力气全被泄掉,对方却毫发无损。

和乔子诺过招,最让人气结的莫过于此。

"姐姐,你又在和子诺哥斗气啊?"衣袖被轻轻拽了一下,我一下子回过神来。身旁站着一个有瓷娃娃般精致脸庞的女孩,提着一把透明雨伞,正微笑地看着我。

乔子诺起身将位子让给女孩,并贴心地递了张纸巾让她擦擦身上沾到的雨水。

"哎,觉不觉得小可和乔子诺超配的?"程优凑过来和我咬耳朵,可是她声音不小,估计苏可听见了,脸一红,低下头去。

我看了一眼乔子诺,他若无其事地望着玻璃窗上的水流。

我突然觉得好笑,这样狂妄冷漠得鼻孔朝天的乔子诺,是不是也有过不了的美人关?

瓷娃娃般的女孩是我妹妹苏可,我们的名字是爸爸起的,取自"陌上花开,可缓缓归矣"。她比我小一岁,却因为早读书而和我同一届。这么多年,她依然是可爱萝莉的样子,柔弱而娇俏,像只乖巧兔子似的整天跟在我后面。

我常想,要是有苏可一半的善解人意,我也会很讨人喜欢吧?

可是,我不是温柔可人的绣球花,我是浑身带有尖刺的麦芒。

"哎,我说苏陌,"彭浩咬着冻鸳鸯茶的吸管,笑着打趣说,"这次期中排名,江南和你又是学院里的状元、榜眼吧?"

没错,还是。

我微微一笑:"无奈江少侠武功太强,还是他独霸武林。"

突然没来由地对上了斜对面乔子诺的眼睛,他煞有介事地对着我眨了一下,然后定定地看着我,无声地做了一个嘴型:又。

我的眼皮猛地跳了一下,连忙别过脸去。

乔子诺,你是在威胁我吗?

· 3 ·

从高中开始,我就是各种考试的常胜将军,确切地说,我的名字常年出现在成绩排名榜的第二位。而江南,就是那个稳居排名榜第一的人，我一直无法超越的那个人。偶尔，我会因失手后退几名，但江南的霸主地位却总是毫无悬念。

我当时理科很好，尤其是数学，所向披靡。但化学是我的致命弱项，我总是做得很慢很慢，每次最后两道大题总是交白卷。好在前面的题准确率奇高，才不至于被这科拖累太多。老师常常为我总排不上榜首的命运扼腕叹息，不止一次地让我苦攻大题。不过这似乎已经成了我的心理阴影，挥之不去。

记得当时正风靡"金庸热"，班上同学给我起了个绰号叫"九家半掌门"，意思是语数英政物化史地生体十门课里，我能搞定九门半。这个称呼出自《飞狐外传》里面袁紫衣的绰号"九家半掌门"。想当年，袁紫衣如果把那半家掌门也独自拿下，自然是能胜过胡斐，大大灭他的威风。但是，这世上倘若真有那么多的"如果"，又哪会有那么多的事与愿违。

我从来没想过，"如果"我能胜他。

我自是胜不了他的，我要做的，只是紧紧地跟在他的身后。

后来我们都成了嘉禾大学的保送生，我如愿以偿地进入了心理学系，而他则跟我同在一个学院读社会学。如今，江南是社会学系的千年第一，而我也是心理学系的万年状元。但每次换算起学分，我总是在学院里排在他后面，命运依旧。

江南，就是那个"例外"的人。

当然，我也知道，那是在某人不争魁的情况下。

四年前那一晚，我以为乔子诺不过是江南口中的"高手"而已，可是没想到，我们的过招竟来得这样快。

初相识的第二天，乔子诺便正式转来了我们学校，居然还和我同班。那天清晨，班导让我带他逛校园，我便故意带他来到公告栏前。上面贴着各年级期中考的光荣榜，是莘莘学子白天奋斗晚上熬夜都

想要自己名字能够攀登上的高峰。如今这红榜就在他面前,斗大的名字更像是一种宣战:

第一名,高二(B)班,江南。

第二名,高二(A)班,苏陌。

我想要告诉他,真正的高手是需要被排名验证的。但他仿佛真的不为所动,只突然指着红榜说:"只差20分。"

我反应过来:"是,每次都被江南拿走第一,我的化学总是卡在最后两题。"

乔子诺扭头看着我,却不吭声。我疑惑地望着他,等着他说话,可他就这么沉默地看着我,看得我心里直发虚,忍不住说:"喂,你到底想说什……"

"走吧。"乔子诺没理我,转身离开了。

当时,我只觉得他莫名其妙。直到后来的某一天,我才知道,他竟一眼就能看穿我的秘密。

第一次的较量就在当天的数学课上,蔡师太竟点名让我和乔子诺上台解同一道题。

和我苏陌一人一半黑板并肩解题的情况从不曾有,教室里突然小小沸腾了,有人在低声嘀咕:"新来的真不走运,一来就让教数学的灭绝师太给个下马威。"又有人说:"那可不一定,世事难料啊。"

"乔子诺可是理科高手呢……"江南前一晚的话在我脑海里回响,我瞅了一眼身旁高大的身影,提笔算了起来。

不能输。

乔子诺并没有马上下笔,只是定睛望着题目。

台下开始有人说:"看吧,我就说他不会。"

唰唰唰……

乔子诺动笔了,不急不缓,却没有停顿。

"哇,什么情况?张无忌对阵周芷若,决战光明顶啊!"

我用余光瞄了一眼旁边,看见那半块黑板已渐渐写得密密麻麻,心里一惊,突然下手重了些,粉笔啪地断成两截,手上那截收不住力,在黑板上画了条长长的线,像是一条跌得收都收不住的股市指数。

不能输……

我立马捡起粉笔,用手擦掉歪歪扭扭的斜线,继续奋笔疾书:

"∵……

"又∵……"

粉笔的唰唰声突然从二重奏变成了独奏,旁边那人好像停了下来。我咬着嘴唇一边不停地写,一边瞄着左边。

"∴",那是个结论符号,把结论写了,乔子诺就完成了。

可是一秒,两秒……对方没有动静。

我不由得抬头望他,只见他望着黑板,低头张了张嘴。

他没有出声,可我分明看到那一张一合的嘴型:快,一,点。

我回头,也写下最后一步:"∴综上所述,……"

乔子诺也抬笔:"∴……"

然后,两人同时停下。

"不错!两位同学的解题思路完全不同。苏陌的严谨而滴水不漏,乔子诺的剑走偏锋却答得巧妙。好!非常好!"蔡师太用长尺点着黑板兴奋地说。

台下一片交头接耳:"哇,倚天剑与屠龙刀啊……"

我不记得我是怎样走回座位的,满是粉笔灰的手微微抖着,全身像散架似的瘫在了位子上。

我输了。

但我却不想承认。

下课的时候,我把一张写着"我失手"的便利贴夹在乔子诺的课本里。第二天,我的抽屉里出现了另一张便利贴,上面写着"哦"。

那半根颓丧的粉笔和只有一个字回答的便利贴从此便一直躺在我的抽屉里,提醒着我这个落败的过往。

然而此后的考试中,乔子诺却都没有出现在排名榜中,一次都没有。我依然和江南延续着神雕侠侣般的传奇。

程优曾取笑我们俩的名字就这么长期出双入对地在那个位置居高不下,还是红纸金字,像极了昭告喜事。

江南,苏陌。

是啊,真好。

而乔子诺的高中成绩一直不上不下,最后考上了嘉禾大学最难入的建筑系,让老师们大感惊讶,直呼"黑马"。

可是我比谁都清楚,这些年来,他不过是不屑去争而已。

第二章
你听过猎户座的传说吗

你知道白兰花的花语吗
它代表纯洁而真挚的爱
我想你不知道
所以才会无意识地
将它种在我的心里
任由它自顾自地
发芽　长叶　结蕾
终将开花

· 1 ·

阴天,乌云压境,山雨欲来。

我站在繁茂的紫荆花树下,狂风把累累花枝吹得四处摇曳,密集的紫色花雨簌簌地落下,刚一着地,又被风呼地卷走,不见踪影。

我前面站着一个人,正张口对我说话。

"苏陌……"

风吹得我耳朵生疼,耳边净是嗡嗡的风声,我听不清楚下面的话,只看到那人的嘴巴一张一合,一张一合。

天空响了一声闷雷,雨突然倾盆而下。我想要凑前去听清楚,那人却忽然快速地转身跑开。我的心像是被挖土机重重地猛击了一下,撕心裂肺地痛。我绝望地向前奔跑,想要追上那人问个究竟,但茫茫雨中,再不见任何人的踪影。

我想大喊,却发现自己的喉咙发不出任何声音。我无助地在雨中奋力奔跑,视线一片模糊,我无声地大力呼救:有人吗? 有人吗? ……

没有人出现,没有人应答。

最后,像电影里该有的桥段那样,我重重地摔在地上,被绝望的雨水淹没。

睁开眼,枕头湿了一大片。

从五年前开始,我就经常做这个噩梦。每一次,我都听不清那个人在说什么;每一次,我都在绝望地不停向前奔跑,然后在重重摔倒后惊醒。

曾经想向我的心理学导师求救,可是一直没有勇气去直面。

我想,其实我是知道这个噩梦的含义的。

起来洗了个澡,全身清爽了不少。我望着镜中的自己,抬起下巴微笑,笑颜如往日一样明艳美好,仿佛那梦魇不曾有过。

刚要出门,爸爸突然从书房里走出来,诧异地问:"小陌,没课吗?"

"噢,下午的课。"我边穿鞋边说,"爸,您呢? 不用上班?"

"哦……我有点不舒服,想待会儿去看看医生。"

他见我疑惑地望着他,又立马说:"有点感冒而已,不碍事的。"

"那您好好休息,注意身体。"我抓起包打开门,"我先走了。"

关上门,我长长地吁了口气。

我和爸爸的关系不算差,可是也不算很好。我从初中开始一直住校,与爸爸相处的时间很少。在家,我们总是彬彬有礼地对话,客气得不像父女。直到大二那年暑假,妈妈在厨房不慎摔了一跤,摔伤了胳膊,整整一个假期我哪儿都没去,就在家照顾她。不知道为什么,总觉得自己不在家就慌得很,于是大三开始,我便从学校搬回家里住了。周末苏可从学校回来,有时候看见她对着爸爸撒娇或者发脾气,我觉得那才是父女间该有的亲密无间。可是爸爸和我之间,却横亘着一道太大的裂缝,虽然他总是小心翼翼地想要修补,但正如锔瓷,那道看似巧夺天工的装饰只不过是换一种形式存在的疤痕而已。

人们常说,父爱如山。如果他的爱是山,我想,那也是只属于苏可一个人的山。

早上没有课,于是去了"一夜咖啡"。

咖啡馆开在相思路一个隐秘的院子里,路两旁是一溜儿的紫荆树,院子墙头垂着茂盛的簕杜鹃,一般人还真不容易察觉。

夏至已过,紫荆花已是一地零落,墙头的簕杜鹃却一团火似的盛开着,在艳阳中有一种摄人心魄的瑰丽。

"一夜咖啡"客人一直都很少,可咖啡馆的老板娘Tina(蒂娜)姐仿佛并不担心,就这么不急不躁地开着。出品如店名,店里一切都和咖啡有关,确切地说,只和咖啡有关。除了各色咖啡、咖啡鸡尾酒、咖啡小点心,就连烟灰盅里都铺着咖啡渣。每次走进店里,都有一种让人迷醉的咖啡香扑面而来。

咖啡馆的装饰很特别,最引人瞩目的当数一面用咖啡豆铺成的墙。咖啡豆只是经过最轻度的煎焙,有着生豆固有的青色,没有香味,就这么铺满了一面墙。

第一次见到这面墙时,有轻微密集恐惧症的我真被震慑住了。从此,我就很少在大白天定睛看着它,只偶尔在灯光昏暗的夜晚坐在墙边用手轻轻抚摸墙身,感受着手心粗糙而微麻的质感。

Tina姐一定没有密集恐惧症,她经常对着墙发呆,跟墙轻声说话,有时还会突然跳上桌子检查着墙上的豆子是否安好。江南曾和我说,Tina姐一定是个有故事的人,年纪轻轻开一家咖啡馆,不像是做生意,更像是纪念着什么。我曾问过Tina姐,为什么店里只卖与咖啡相关的东西,她笑而不语。我再问她为什么叫"一夜咖啡",她还是偏着头笑而不语,只望着窗外纷纷扬扬的紫荆花出神。

有时候她喝多了,就会晃晃悠悠地坐上高脚椅,伏在吧台上望着手上的链子发呆。那条手链也是用墙上同样的咖啡豆编串而成的,远远看去倒像是一串青檀佛珠。她喝多了不哭也不闹,就这么沉默地发着呆,可我们谁也不敢上前去问她怎么了。

　　她常常会去旅行,也不知经济来源在哪里,只知道她满世界地跑。苏可常说很羡慕Tina姐的生活,仿佛无忧无虑,无牵无挂。可是我却觉得Tina姐有着隐隐的哀伤,那样满世界跑的人,仿佛不知道家在哪,像是无处落地的蒲公英,没有归属感。

　　谜一样的"一夜咖啡",谜一样的Tina姐。

　　可是于我而言,她不是一个咖啡馆的老板娘,而是我的恩人。

　　五年前那个真实的下午,我冒雨从家中跑出来,跌跌撞撞摔了个仰面朝天。就在那时,Tina姐从店里走出来,一脸错愕地看着坐在泥水潭里哭泣的我,一句话也没问就把我带进店里,给我毛巾擦头发,给我一身干净的衣服换上,还给我磨了一杯热咖啡暖身体。她从头到尾都没有问过我一句怎么了,只是安静地陪在我身边坐着。

　　那天以后,我课余时间就在"一夜咖啡"兼职打工,这些年来江南他们几个总是默契地把聚会地点定在这里,也算是变相帮衬我吧。

　　那个噩梦开始的雨天,一眨眼,竟也过去五年了。

　　手机振动了一下,是江南。

　　"小陌,下午放学我过去找你,一起去晚宴。"

　　"好。"

　　我们是默契的战友,一个多余的字都不需有。我按灭手机,拿起手袋,大步走出"一夜咖啡",身后扬起簌簌落下的紫色花瓣,像极了剑客手起刀落后的快意场景。

　　噩梦已经过去,现在的我才是正常的苏陌,战无不胜的苏陌。

·2·

昨天闹得满城风雨的"战书"在晚上突然全部被发帖人删除了，而那个叫"Hate More"的ID再也没有新的举动。

晚上山田和早同的欢迎宴设在了他们下榻的明珠酒店，我和江南、程优和彭浩将代表各自的学校出席晚宴。临行前，我们就有个默契，敌不动我不动，他们不提这件事，我们就当从未发生过。

作为东道主，为表重视，我们几个学校的代表都穿得比较正式，但没想到对方居然在大热天还穿西装打领带，尊重的程度让我们有点汗颜。日本两所学校的学生会主席都是男的，戴着眼镜矮矮的那个叫青木一郎，见到我们总是客气地一直鞠躬，看到他鞠躬，我们也不由自主地跟着哈腰。另外一个白白净净的男生叫井上川，很爱笑，笑起来眼睛眯成一条线，像是动漫里的男生。

我和江南分别与两个学校的代表们寒暄，对方果然都是精英学校的精英，英文都极好，聊起天来也不会当着我们的面互相说日语，教养出奇好，态度出奇谦恭，与帖子上的语气有着天壤之别。

席间，程优和彭浩跑过来对我和江南咬耳朵："对方的人看起来都文文弱弱的，似乎没什么杀伤力啊！"

"别大意了。"我抬了抬下巴，对程优说，"刚才坐你隔壁的那位可是去年日本大运会的女子跳高冠军。还有，隔壁桌一直不愿意喝酒只喝果汁的短发女生……别看，就在你后面……人家个子长得不高，却是连续两届女子三级跳纪录保持者。她手上戴着的，是日本大运会颁给破纪录选手的王者之戒。"

彭浩张大嘴巴，一副"打死我也不相信"的表情。江南侧了侧身子,接着我的话说:"还有,前面三点钟方向的那位是今天才到的,我刚才帮他拿行李去房间的时候,看见他的跑鞋了,是Saucony(索康尼)的减震款,那可是职业级的跑鞋。至于他们的主席井上川和青木一郎,别以为他们斯斯文文客客气气的,其实来头都不小。"

说完,他回头看了我一眼,对着我微微笑了一下。我没有作声,回了他一个淡淡的笑容。我喜欢这样聪明而自信的人,不用多费口舌解释,也无须花时间交代细枝末节,他总能与你默契地观察到同样的现象,想到同样的结论。步调一致,不差毫厘。

所谓心有灵犀,不过如此。

程优鼓着腮帮子小声地问:"事情太奇怪了,他们每个人都说是过来学习的,谦虚得不得了。昨天放了个原子弹,今天又放个烟幕弹,这战术未免也太蹊跷了吧。"

我轻轻抿了抿嘴,对着远处望着我微笑的井上川举了举杯子:"知己知彼,百战不殆。既然对方给我们故弄玄虚,我们不动声色就好,以不变应万变。"

还以为会针锋相对地"会一会",当晚居然就在这样和睦融洽的气氛中结束了。

盛夏的天气时晴时雨,而我就像偏执而倔强的疯子,从报名那一天开始,每天憋着一口气仰着头苦练1500米。眼看为期两周的中日高校交流即将到尾声,后天就是最终的比拼了。

周五下午放学后,我便又跑了起来。慢跑完一小时,我沿着跑道缓缓地散步,放松着疲惫的身躯。抬头看远处,淡蓝色的天边已经出现了一道道晚霞,琥珀金渐进到胭脂红,继而过渡到丁香紫,色彩斑斓得像是艳丽而绚烂的珐琅彩,美不胜收。傍晚的校园很安静,偶尔飞来几只归巢的小鸟,叽叽喳喳地叫两声,便隐没在茂密的枝叶里。

足球场上已经空空荡荡,球门上的网随风轻轻摇曳,像是暮归渔船上的渔网,温柔而慵懒。

我突然兴起,走到球场中央,躺了下来,望着由淡蓝渐转墨色的天空,闭上眼睛,任由风吹干我额上的汗。

偌大的球场只有我一人,仿佛我在世界的中心,无垠的苍穹就像iPad屏幕般,星星触手可及,可任我移动,真是惬意。

"看来你是准备在这里等星星出来了。"

我的心微微一跳,却故意不睁开眼睛,听见那人迈着轻微的脚步走到我身旁,又说:"今天跑了至少十圈吧?累吗?"

我终于睁眼坐了起来,看见了一张再熟悉不过的脸。眼前的他身着普通的白色校服,山峦在身后如水墨一般,而他从那画中走来,递给了我一瓶水,然后慢慢悠悠地在我身旁躺下。

我接过水,喝了一口:"你是千里眼吗,怎么知道我跑了十圈?"

"可不是嘛,一开完会转身便不见你,就猜到你在这,所以就在一旁一直看着你,直到你跑完。后面明明腿都在抖了,却不停下来,小陌,你真是倔强啊。"

江南,你一直都在看着我吗,一直吗?

我也轻轻躺下,把水瓶抱在胸前,看着天上的点点繁星。他的气息环绕在我周围,那么近,像清晨的青草一样好闻。

你在我身边,几千米又算得了什么呢?

"可惜现在是夏天,看不见猎户座。"

"猎户座?"我打断自己甜蜜的臆想,定神回道。

"嗯,每逢冬春季节,天上就有四颗亮的星星组成一个大四边形,那便是猎户座的主体。中间还有三颗星星排成一排,像条腰带。"

看来,是极易辨认的星座。

"小陌,你听过猎户座的传说吗?"

"没有。"我老实地回答。

"希腊神话中,海神波塞冬有个儿子叫俄里翁,他非常擅长捕猎。相传他与狩猎女神阿尔忒弥斯相恋,两人感情很好,常常相约外出捕猎。后来,这件事情被阿尔忒弥斯的弟弟,也就是太阳神阿波罗知道了。阿波罗很生气,想要把他们拆散。"

江南的声音很轻,我侧头望着左边的他,看见他左手搁在额头上,眼睛闭着,像是睡着了,轻柔的声线仿若梦呓一般。

"于是他骗阿尔忒弥斯和自己比赛射箭,目标是很远的一个黑点,看谁可以射得到。"

"故事的结局,那个黑点是俄里翁?"

"嗯,结果不知情的阿尔忒弥斯亲手射死了自己的心上人。后来,众神之父宙斯听说了这件事,就把俄里翁升天化作了猎户座,好让这对生前不能在一起的苦命恋人在死后能遥遥相守。"

"真是凄美,让人动容。"我被这故事打动,心中微微泛起涟漪。

"是啊,我每次看见猎户座,都会想起这个传说。"江南侧头看着我,轻轻地问,"小陌,你觉得他们三个,谁最可怜?"

每次被他看着,我都生怕自己的心思被看穿。然而昏暗的星光掩饰着我的脸红,我定了定心绪答道:"阿尔忒弥斯吧,没有比亲手误杀了自己的爱人还不得不苟活的人还要可怜了……"

江南扭头望着星空,缓缓地说:"可我觉得最可怜的是阿波罗。我想他是爱他姐姐的,可是姐姐却爱上了别人。无法获得爱的人,才是真正最可怜的吧。"

我望着星空,假想那以爱之名的星座就在天上,没有作声。我在想,不知阿尔忒弥斯所在的星座在哪里,但不管在哪,都会有一条无形的线将她和猎户座紧紧相连,不管相隔多少光年,他们永远都不会再分开了。

晚上我们一同回家。高中的时候,江南一家搬到其他地方,虽然不再是邻居,却依旧住得不远。我用余光偷偷瞄着身旁的江南,故作轻松地问他:"哎,你到底还有多少这样的星座传说啊?快老实交代,是不是经常用这些故事勾引无知少女?"

"没有,这个故事我第一次对人讲呢。"江南一脸正经地说。

夏意正浓,两旁的白兰花刚刚开始结蕾,星星点点的,偶尔风一吹,花骨朵便噗地掉下来。我捡起一朵放在手心,软软的,凉凉的,香气扑鼻。心底放了好久好久的话,突然像快要挣脱牢笼的小鸟一样,眼看就要脱口而出。我不敢看他,不敢看路,连自己的鞋尖都不敢看。我努力咬着嘴唇,努力把这个声音压下去,压到心底最深处去。

"小陌你记得吗,"江南在一旁微笑着看我,"小时候一到夏天,你就总吵着要白兰花,地上捡的不行,偏要树上现摘的。我每次都拗不过你,只好给你上树摘。还记得那次吗,初二那年暑假,我爬树的时候差点就被人抓住了,我拉着你跑了好久才甩掉……你记得吗?"

怎么不记得呢?那天你从树上一跃而下,拉着我转身就跑。你穿着白色衬衣,跑的时候像鼓起来的白色斗篷,我被你紧紧拽着,追我们的人在后面大声嚷嚷着什么,我全没有留意,只不顾一切地跟着你往前跑,一直地跑。

怎么可能不记得!

那样的江南,穿白衬衣的江南,拉着我向前跑的江南,我紧紧跟着的江南。

"明明是你太张扬了,在树上兴奋地哇哇大叫,才会引来院子里看门的阿姨,还差点连累我被骂。"我咬咬嘴唇,转着手上的白兰花,不时偷偷瞄他一眼。

"谁让你那时那么矮,都爬不上树,我当然要取笑你一下。"江南仰起头咧嘴笑了,温柔如水的月光倾泻在他身上,像是覆上了一层银色的光芒,"话说你好像上了高中之后就一下子蹿高了。"

我扭过头,把白兰花放到鼻子旁佯装嗅着,胸口像有一面大鼓在怦怦地敲着,心扑通扑通直跳,愈跳愈快。我咬了咬嘴唇,忍不住开口:"江南,你知道我……"

就在这时,口袋里的手机不合时宜地响起,舌尖的半截话硬生生堵在了齿间,我笑了笑掩饰尴尬,接起手机。

是程优。

·3·

"苏陌苏陌,我发现了一个惊天大八卦!"

我抚额,她的声音大得连江南也听得见。

"说吧,是哪个明星又传绯闻了。"

"我刚忙完学院的服装秀从礼堂出来,远远就碰见了刚训练完的小可。"

程优和苏可一个学校,碰见她并不奇怪。

"八卦就是,有个男生在礼堂门口等她,你猜是谁?"

我瞥了一眼江南,他仿佛也在专注地听着。

"噔噔噔噔! 就是万年冰山,乔——子——诺——"

乔子诺? 是他?

"哎,你有没有在听啊,乔子诺在追你妹呢!"

"你……有没有看错啊?"

"开玩笑,本小姐视力5.2好吗! 乔子诺从你们学校跨越几条街来我们学校,就为了递水递毛巾,你啥时候见他这样殷勤过?"

放下手机,我对江南耸了耸肩,道:"程优说,你的好兄弟在追求我妹。"

路灯的光从头顶洒下,他双手插裤袋与我并肩前行,望着远方,不置可否地"哦"了一声。

"回去我得好好审审苏可。"我笑了笑,却半晌没有听到他再回应。

"江南?"我侧着头喊了他一声,路灯的光圈已是尽头,他的脸没入黑暗中,看不真切。

"嗯?"江南像是回过神来,淡淡应了一句,"若是真的,乔子诺有眼光。"

我踢了踢脚下的小石子,没有接话。

江南又说:"小可最近可真是努力啊,看来这啦啦队领队没有找错人。"

苏可,是啦啦队领队吗?程优说的训练,就是这个吗?他们都知道,只有我这个做姐姐的一点都不知道。

脚下踢空,踩在石子上,尖尖的棱角微微硌着我。

"你也觉得小可很不错吧?"

"嗯?"江南回头看了看我,笑了笑答,"她就像我妹妹。"

是妹妹吗?那我呢,我也是另一个妹妹吗?

从小,大家都说苏家两姐妹和江南是"铁三角"。我们两家相熟,住得又近,上学放学都约在一起走。在父母眼中,江南就像我和苏可的护花使者,是我们的大哥哥。

而随着长大,我渐渐开始一点一点地排斥这种"铁三角"组合,有时听他喊"小陌""小可",我的心底就会响起一个声音,很小、很小的声音,却真真切切。我开始不叫他"江南哥",而是叫他"江南"。那样一个他,怎么可以仅仅做我哥哥呢?

还在出神,额头却被轻弹了一下:"想什么呢?这么专注。"

"啊?"我摸摸额头,勉强笑了笑,"可能是有点累了。"

"小陌,"江南在前方停下脚步,路灯照得他脚下的影子长长的,直没入夜色中,"其实有时候,你也不用太努力。"

他的声音听起来有点疲惫,仿佛刚才说"有点累了"的那个人是他才对。这是他这些天来第二次对我说,我其实不用太努力。

我想,他是心疼我的吧。

我没有接话,只安静地跟在他身后,一直走到自家楼下。

"小陌,"他突然偏过头问我,"程优来电话之前,你想说什么?"

冷不丁被他这样问,我差一点惊得咬了舌尖,白兰花攥在手里,香气依旧,可是咽下去的话却再也说不出口。

"就是想问问你,跳高和接力有把握吗?"

"噢,"他顿了顿,继而抿嘴笑了笑,"尽力而为吧。"

"那……比赛加油啰!"

"嗯,你也是,我会在1500米终点等你。"

我笑笑转身跑上楼,进了家门,迅速跑到阳台,趴在栏杆上往下望,不远处有个小小的白点在移动,渐行渐远。

收回目光,正准备回房,突然看到楼下出现了一个熟悉的身影。我不由自主地闪身躲在了阳台那棵高大的绿萝后面,透过层层绿意望向楼下——是苏可。

她在和别人挥手说再见,我在三楼都听得到她银铃般悦耳的声音。那人也抬了抬手告别,目送着她走进大楼。

那人,是乔子诺。

竟然,真的是乔子诺。

苏可走后,他并没有马上离开,而是微微抬起头,朝我们家的方向望来。我怕他瞧见我,微微往后退了半步。不过他似乎没有望向阳台,而是有些出神地望着我们家的窗户,一动不动。他那样专注地望着,目光似乎要透过窗帘望进屋内,我竟隐隐看到他微微勾起的嘴角。那样温柔的乔子诺,我是第一次见到。

乔子诺,在追苏可。

原来是真的。

这样听起来,好像也不错。

看着乔子诺远去的背影,我突然兴起,转身拿包下楼。

街道拐弯处有家小书店,从高中一直到大二,我经常会来这里逛。但大三后却来得少了,除了因为网上买书便捷,还有一个原因。

现在是晚饭时间,店里除了歪在沙发上煲韩剧的老板娘和在整理书架的店员,居然一个客人都没有,居然。

百无聊赖,我漫无目的地在书架间游走,突然看到一本《希腊神话》,鬼使神差地就拿了下来,坐在了沙发上。店里播着 The Carpenters(卡朋特乐队)的 *Close to you*(《靠近你》),轻柔而温暖。

我靠在沙发上浏览着那本书的目录,一下子就找到那一行"猎户座的故事"。翻开那一页,映入眼帘的,有这么一段话:

"在无云的夜空,当你抬起头,总能很轻易地看见猎户座,因为它是那么显眼,那么易认。也许,当初宙斯设立猎户座的时候,是有意而为之的吧。这样,无论是怎样的咫尺天涯,相爱的人总能一眼认出彼此,无须再苦苦寻觅了。"

阿尔忒弥斯,俄里翁……

我轻轻合上书,眼睛有点湿润,想起今天傍晚刚刚听来的那个动人心魄的故事,心潮澎湃。闭上眼,耳边回旋着缠绵呢喃的音乐:"Why do stars fall down from the sky, every time you walk by..."(为什么星星从夜空坠落,每一次你走过时……)。

这样的歌词,这样的旋律,那样应景。

突然,手边轻轻划过一个物体,我低头看,竟是一张 A4 纸折成的纸飞机,上面有寥寥几个字:"你这个样子,很蠢。"

我猛然抬起头,对面不知什么时候已经站了一个人,他斜斜地靠着书架,并没有看过来,低着头望着手里的书,只留给我一个因被书架挡住了灯光而没在阴影中的侧脸。

那是刚刚才在楼下出现过的,乔子诺。

没错,自从大三发现他也经常来这家书店后,我就很少再来了。话不投机,无谓碰面。但今晚,我就是来"偶遇"的。

乔子诺见我不作声,扬了扬眉毛,问道:"最近可好?"

我不知他所问何事,随口答:"不好不坏,一切如常。"

"如常排在了第二。"他勾起嘴角戏谑道。

很好,又来了。

"听说你在追我妹?"

有秘密的人,又不止我一个。

"噢,你很关心?"

"当然,那是我妹妹。"我耸耸肩,抬了抬下巴,"难道你有什么见不得人的吗?"

"也是,"他点点头,"我比你光明正大得多。"

"乔子诺!你是太闲了吗?"我突然烦躁起来,"这是我自己的事情,不需要你一而再提醒。"

"随你,"乔子诺提了提双肩包,"我不会替你委屈。"

我望着他大步离开的背影,默然地坐在沙发上。透过窗户望向天空,傍晚还清晰可见的星星,此时却连一颗都看不见。

我不会委屈,一点也不。

回到家,热得开冰箱拿了冷饮仰头就喝,然后抱着靠枕窝在客厅的沙发里。冰镇的液体顺着喉咙直达胃部,潮热的手心开始觉得微微地发冷。

妈妈还在厨房里收拾,移动着的背影有一点点忙碌的幸福感。

厨房对面的书房门半掩着,爸爸在里面看报,苏可也在自己的房间里放着音乐。每个房间,都透着暖暖的淡黄色光芒。

从小,外婆就对我说:"小陌,不能输,不能认输,不要像你妈妈一样。"

想当初,妈妈也并没有认输吧,她只是长久地等待着,才等来现在的光景。每当这个时候,我都会想,我们家并不完美,但至少它完整。

这样想来,还是会感恩上苍。

沙发旁放着一个台历,很快便是七月了。江南的生日就在七月初,那是白兰花开得最好的时节。

我曾经大着胆问他:"江南,你什么时候交女朋友啊?"

他笑着对我说:"唔……等到我二十岁那年夏天,白兰花开得最好的时候吧。"

一转眼,我们都要二十岁了。

二十岁,皎洁如月的白兰花。

苏可的房间里传来强有力的音乐节奏,我想,她应该还在扔着饮料瓶苦练吧。两天后的运动会,她必定会在众人面前像花儿一样绽放,光芒四射。

而我作为姐姐,一定会为她感到高兴的吧。就像如果她和乔子诺真的在一起获得幸福了,我也会真心祝福她的。

就像我有我的猎户座,她有她的天狼星,我们都会各归各位,各自幸福的吧。

第三章
我就是爬,也要爬完这1500米

这个世界上有个词语
叫作"笃信"
就是还没有发生的事情
我已经相信它存在了
就好比
我笃信你会赢
我也笃信我奋力跑向的
终将会是星光璀璨

· 1 ·

一睁开眼,已是六点二十五分。昨晚调的闹钟是六点三十分,现在还没有响。我把闹钟按下,起来洗漱。没想到苏可起得比我还早,已经咬着面包准备出门了。我明知故问:"小可,怎么这么早?"

"啊……是啊,进场前还要再彩排一次。"她低头穿鞋,没有看我,迅速地说了一句,"姐姐待会儿见!"

好像从来没有见她这么认真过……

这样的苏可,有点陌生。

走进田径场,一股清新的青草味夹杂着跑道的塑胶味迎面扑来,再加上看到穿着各色队服的选手们忙于热身的身影,我蓄势待发。我是比赛型的选手,越是感到压力,越是觉得兴奋。

"Hey(嘿),早上好!"身后有人用英文跟我打招呼。转过头,原来是山田大学的井上川,他对着我微微笑着。

我一直觉得纳闷,从收到战书后的那个欢迎晚宴,到这两周以来的交流,我就一直在琢磨他们的表情,试图捕捉到哪怕一丝一毫嚣张的气焰,这样我才好光明正大地发作,面对面地挫一挫对方不可一世的锐气。

很可惜,一直都没有。

城府真是深。

"Hey,来得真早。"我回应着,给了一个有如朝阳般温暖的笑容。

敌不动,我不动。

"你待会儿参加的项目是?"井上川笑起来真像漫画书里的男生,清澈而无害。

"100米,1500米。"我继续保持微笑,"你呢?"

"跳高,4×400米接力。"

居然,和江南一模一样。

"嗯,你选了两个好项目。"我扬了扬头,朝他眨眨眼。

"呵呵,真是个温柔的警告。"

这也听得出,看来,他也不傻。

"祝你好运。"我伸出来右手。

"谢谢,我们会全力以赴的,"井上川握住我的手,"这是对对手最大的尊重。"

"苏陌!"

程优在远处朝我招手,我们的紫色队服穿在她身上显得格外娇俏明艳。我快步走向她,四处张望了一下:"我们的队员来齐了吗?"

"差不多了。"她突然把一张人员名单递到我眼前,神情有些凝重,"苏陌,你的对手非常强劲。我知道你倔强,很多事情即使明知很难却偏要尝试,临阵脱逃这样的事更不会发生在你身上,所以我也就问你一次,你要不要放弃1500米长跑,改回你擅长的50米短跑?"

我抬起头,突然有点失神地四处张望,希望能看到某个身影,希望他能来到我身边,用我熟悉的笑容宽慰我:"小陌,我知道你可以。"

但此时此刻,周围都是人,闹闹哄哄熙熙攘攘,那身影却遍寻不着。

"我会在1500米终点等你……"

那是个充满诱惑的承诺,仿佛我跑向的不是荣耀,而是幸福。

所以我,怎么可以在这个时候放弃。

就是爬,也要爬到终点。

"不换。"

"好,我知道了!"程优轻轻握了一下我的手,"苏陌,加油。"

程优,她是懂我的。

可是,也不全懂。

"运动会马上就要开始了,请各分队啦啦队到检录处集中,准备进场!"

我和程优小跑回看台2区,那是我们的大本营。隔壁的看台1区是山田和早同的区域,他们身着白色的队服,早已集合完毕。

井上川正站在看台最前排和青木一郎聊着什么,看见我望向他,便对我挥了挥手,然后指了指操场正中央的领奖台。

我心领神会,伸出右手,也指着领奖台。

全身血液都在沸腾,等待着哨声一响后的王者之争。

我的脸上带着友好的微笑,心底却暗暗在想:我会让你们对之前的口出狂言后悔的。

转身坐下,左右望了望,依然不见江南。我的心空落落的,别过头问程优:"江南呢?"

程优摇摇头,转身问彭浩。彭浩说:"他一早就来了,可能去处理点事情吧!没事儿,谁丢了江南也不会丢的!"

处理事情？什么事情重要到非得要现在去处理？

没等我细想，激昂的音乐声突然响彻全场，伴随而来的是观众席上接连不断的欢呼声。我微微皱眉，对这种突如其来的强音极度不适应，只觉得吵。一旁的程优摇了摇我的手臂，对着我喊："啦啦队要进场了！"

啦啦队吗……所以，小可，你要出场了吗？

首先出场的是山田和早同的啦啦队，他们的气势果然不同凡响。一队身着纯白短上衣和红色短裙的青春少女精神抖擞地昂首进场，在暗红色跑道的映衬下，特别显眼。

啦啦队领队是一个高挑的女孩子，穿着及膝马靴，马尾辫高高地束起，亮出了饱满的额头和精致的五官。

"苏陌，你看到那个领队了吗？"程优指着前方对着我大声地说，"她就是山田派出的1500米选手，听说超厉害的！"

我有点心不在焉地应了一句，并不在意，只觉得进场音乐比往日刺耳，让人感到心烦意乱。我不停地扭头望向后排看台，在一张张兴奋无比的脸孔上来回扫描着。可是，那个我在茫茫人海中总能准确定位的身影依旧没有出现。江南……你到底去哪里了？

耳边突然响起震耳欲聋的叫喊声，身边的人忽然全部都站了起来，整个2区看台像是被点燃了似的。

我连忙转过身，望向全场瞩目的焦点。

一抹耀眼的紫色正缓缓向主席台前移动。终于，我们的啦啦队出场了。

我远远地看到了苏可，身着紫色短上衣、白色百褶裙的，将头发高高盘起的，耀眼的苏可。

她右手举着指挥棒，有节奏地在胸前挥舞，一下，一下，准确而有力，像是一位指挥千军万马的巾帼将领，帅气异常。走到主席台前，啦啦队停止前进，原地踏步，苏可突然啪地立正，将手中的指挥棒用力向空中扔去。我突然觉得空气像是凝固了，全场似乎一下子安静了，身边所有的一切都仿佛静止不动，失了颜色。我的眼中，只有一个将金色指挥棒扔向高空的紫衣少女。她仰着头，张开双手，踮起脚尖，单腿在原地旋转，白色的百褶裙被旋转起来，像是芭蕾舞者美丽的舞裙。她的脸上有着我从未见过的光彩，那样自信，那样笃定，那样迷人。阳光下的金色指挥棒折射出炫目的光芒，在空中飞速转了几个圈，径直下落，准确地落回了紫衣少女的手中。

我只觉得，那一切漂亮得像是魔法。

一直以来，我是强大的无所不能的姐姐，而她，只是一直紧紧跟在背后的、需要保护的、苏陌的妹妹。而这一刻，那个总是娇柔的苏可，那个总要人照顾的苏可，那个总是跟在我身后的苏可，刹那间变成了眼前这个精灵般光彩夺目的、自信满满的、我不认识的苏可。

我想我错了。

原来她也有我所不熟知的，强大的小宇宙。

耳边突然传来哄的一阵欢呼，全场都为苏可的表演而沸腾。苏可脸上绽放着花儿似的灿烂微笑，美得无与伦比。

程优兴奋地摇着我的手臂："小可太棒了！她真的做到了！"

我任由她摇着，茫然不知所措。

我咬着嘴唇向身后张望，在人群中一遍又一遍地搜索。

江南，依旧没有出现。

正准备回过头，突然隐约看见最后排的过道旁站着一个高大的身影。那个身影就那么静静地默然伫立着，在喧闹沸腾的人群中显得特别不和谐。我从座位上站起来，走向一旁的台阶，抬头向上望。那人也发现了我，双手插着裤袋，居高临下地低头定定地看着我。

乔子诺，居然来了。

也是,他怎么会不来。

乔子诺顺着楼梯走下来,走到我的面前。他微微蹙着眉,问道:"怎么了?"

我垂下眼,想脱口而出"我找不着他",却不知哪来的一股倔强的劲儿,扬起头笑笑,对他说:"小可今天表现可真好,你看到了吗?"

乔子诺没回答我,却单刀直入:"你在找江南?"

怎么好像,什么都瞒不了他?

他知道我深藏于心底那极其卑微而敏感的心绪,他也知道我极力隐藏的不安与无助。他真是个危险的人物。

我正想开口否认,却看见一个熟悉的身影从跑道跑上看台2区。我笑着向那身影努努嘴:"何必找,不就在那里吗?"

似是对乔子诺说,也似是对自己说。

他在那里,所以,我的心平静了。

江南顺着台阶向我们跑过来,深紫色的衬衣映着他充满朝气的脸庞。我不问他去哪里了,不问他和谁在一起,不问他做了什么。

从小到大,我和他一直都这么默契,我是他最得力的助手,最信得过的朋友,最懂他的知己,所以我不会像"通常"的女生那样追问,那样胡搅蛮缠。我深知,我就是靠着这仅存的一点自信与默契,才能支撑到今天。

我等着他跑到我们跟前,等着他咧嘴露出好看的牙齿对我说:"小陌,要加油哦。"

"小可刚才真的太棒了!"他又笑着说。

我的心跳微微顿了一下,看着他微微发亮的眼睛,还是给了他一个大大的微笑:"是啊!"

是啊,那样耀眼的苏可。

"小陌,"他又说,"1500米的对手很强劲,你要不要……"

"你怕我输?"

"不是。"

"那我就赢给你看。"我倔强地扬起头,"你说的,会在终点等我。"

江南定定地看着我,半晌,他拍拍我的肩膀,手心的暖意隔着衣服传来,缓缓吐出一个字:"好。"

你说你会在终点等待,你说你会在二十岁白兰花开得最好的时候交女朋友。

我相信你,就如同相信我自己。

就像相信白兰花只会在盛夏开放,任谁也改变不了。

·2·

所有运动员都在看台上摩拳擦掌了很久,个个脸上都流露出兴奋和迫不及待的神情。我的100米短跑马上就要开始了,不巧的是,江南的跳高也会同时进行。我会错过他的第一跳,不过没关系,并肩作战的感觉更好,而且我坚信,我不会错过他夺冠的一跳。

"苏陌学姐!"

我正在检录处等候,身旁传来一声清脆的叫唤,我回过头,看见了小学妹凌星。凌星低我们一届,读的是文学系,很喜欢摄影和写作,是校报的编辑,像今天这样大的盛事,当然少不了她。我常常很佩服她,那样纤细的身材,却总是和男生们一样,拿着硕大的长枪短炮、背着三脚架到各地采风。她性格很好,身上有一种说不出的倔劲,让人刮目。

"凌星,今天又要辛苦你了。"我笑笑对她说。

"不辛苦,学姐你们才辛苦呢。"凌星把三脚架放下,笑着说,"学姐,听说你自告奋勇报了1500米,你知道吗,大家都说,苏陌学姐就像女神一样,又漂亮又独立,无所不能,我们都超佩服你的。"

我不是女神,我只是一直在踮起脚尖仰望着那道光芒。

"参加100米跑的同学,请检录!"检录员在前方喊道。

"学姐加油!我一定把你冲线的画面拍得美美的哦!"

我朝凌星挥挥手,大步走向前。

我被分配在第五道,我最喜欢的那一条跑道,在正中央的位置冲线,仿佛专为王者而设。

起跑器,调试完毕。

双手微张按于起跑线上,相隔恰好是一掌半的距离。

左脚在前,右脚在后,重心微微压在左脚上。

头轻轻上抬,眼睛望着跑道,余光望着前方。

屏住呼吸,意念集中,周围的一切仿佛都凝固了,我仿佛什么都听不到,只待那一声枪响。

"各就各位,预备……"

砰!

离弦箭,一触即发。

再见了,各位对手。

100米跑于我而言,真的毫无悬念。时间太短,还未来得及思考,便被蜂拥而上的人群簇拥起来。

我微笑着对大家点头致意,却奋力拨开人群跑了出去。

江南,下一个毫无悬念的人,是你吧。

"姐!"就在我扒开围观人群挤到最前面的时候,旁边有人拉了拉我的手,居然是苏可。

"现在什么情况?"我强压着急切的心情,故作镇定地问。

"江南哥一直选择免跳,把自己的第一跳高度就拉升到1米76!

现在等其他选手跳完,就准备开始第一跳了!"

我居然,没有错过江南的第一跳。

所谓免跳,就是在心中设定一个起跳高度,在此以前的高度都可以申请不跳。若起跳高度三次挑战失败,该选手的成绩将停留在上一次挑战成功的高度上。首跳就免跳是一种很冒险的行为,因为一旦失败,将会一个成绩都没有。但相反,也能为选手节省不少体力,同时给对手施加心理压力,是一种打击对手自信心的好战略。

我微微转头看着苏可,不知怎的,今天的她很不一样,明明是一如往常的学生装束,整个人却像会发光似的,照得我睁不开眼。我突然有一种说不出来的感觉,眼前的苏可,光彩夺目的苏可,真陌生。

我扭过头,正巧看到对面的江南也望过来。他伸出食指朝我做了个"1"的手势,我朝他比了个"yeah(耶)",他心领神会地咧嘴笑了,握起右拳放在胸口上。

他一笑,晴朗了整片天空。

我真喜欢这样。

"目前高度:1米76。请以下同学就绪:江南、陆飞、井上川……"

"姐,看不出来井上川还挺厉害,能跳到江南哥挑战的高度。"

还剩三个。

江南是第一个跳的人,他向裁判示意了一下,转身走回了助跑点。他的眼睛径直望着前方的横杆,拳头紧握,身体微微前倾。

全场都安静了下来,大家都把眼光聚焦在这个紫衣少年身上。我捂着嘴巴,屏住呼吸,仿佛要把全部的意念都加在他身上。

一秒,两秒……

突然,他轻轻吐了口气,额前的碎发随即飞扬起来,在阳光下折射出好看的深棕色光芒。

他跨步向前弧线形助跑,到中间的时候忽然像一只矫健的羚羊般加快速度,跑到横杆前单脚猛然用力起跳。

只见他像一把弯弓般腾空跃起,小腿微微弯曲后向前伸展,以一个绝美的弧度飞过了横杆,下落在垫子上。

横杆,稳如泰山。

人群里爆发出雷鸣般的喝彩声,大家都觉得太不可思议了。

我捂着嘴巴只想尖叫,却还是硬生生把尖叫声吞进肚子里。耳边却响起苏可的声音:"江南哥好棒!"

江南一脸兴奋地朝我们挥了挥手,我觉得我的脸庞如同跑道上的胶粒,滚滚发烫。

"苏陌学姐!"凌星举着相机,像个精灵似的从人群中挤出来,"江南学长好厉害啊!"

"嗯,不过别人也不差。"我望着眼前大汗淋漓的小学妹,递给她一瓶水。

"大家都叫疯了,学姐还是好淡定,"凌星接过水咕咚咕咚喝下去,"好像从来都没有见过学姐情绪失控的时候呢!"

"情绪失控?呵呵,不至于吧,这点信心,我对江南还是有的。"我淡淡地回答,"说我淡定,还不如说是你们这些小学妹花痴。"

"没办法,学长实在太帅,我耳朵都快被尖叫声震聋了!"凌星不好意思地吐吐舌头。

其实,不是不想尖叫,只是不想被识破。

我望向赛场,第二个选手准备助跑了。

"这个人,脸还真是臭……"凌星在一旁小声嘀咕。

"认识?"

"啊?噢,一个普通朋友。"

那个叫陆飞的男生有着阳光般的小麦肤色,紧皱眉头,像是在生气。他大跨步向前助跑,跑到横杆前奋力起跳,背部微微越过横杆,下落的时候脚却没来得及舒展,后跟轻轻勾了勾,横杆随着身体一起下落。

"唉……"人群中发出一阵惋惜的声音。

男生的拳头轻轻打在垫子上,快速起身跑回了起点。

"不怕,"我望了望微微皱眉的凌星,轻声说道,"还有两次机会。"

"我没有在担心他啦,"凌星抿抿嘴,"又不是我们学校的。"

人群中突然响起一阵整齐的声音,铿锵有力,可是我却没听懂他们在说什么。

"学姐,看来井上川要上场了。"

真正的对手,终于要出场了。

·3·

在助跑点等候的井上川,脸上有着异常冷静的神情。他微微眯着眼睛,向后稍稍退了两步,猛地向前跑去。他不像其他人那样由慢到快地加速跑,而是在起跑的一刹那就拼尽全力。他没有握拳,而是绷直了手掌像机器人一样地快速摆臂,一跃而起,背部擦着横杆飞了过去。横杆在原地稍稍晃了一下,没有掉下来。

井上川,居然,一次成功。

人群里爆发出热烈的喝彩声,接着又是一串整齐而有力的日语口号。

我有点愣了。我没有想过,这个人居然能挑战江南。

而且,看起来这么地轻而易举。

那个叫陆飞的男生再次站在了助跑区,他深吸一口气,笃定地看着前方。助跑,加速,跃起,下落。

横杆,稳稳地停留在1米76的刻度上。

男生暗暗挥了挥拳,笑容转瞬即逝,取而代之的仍是紧紧皱起的眉头。

对手,还是两个。

"江南,免跳,下一次挑战高度:1米80。"

我的心咯噔一下,没想到江南又选择免跳,而且一下子就提升了四厘米,这高度只比他去年参加校运会的夺冠成绩低了两厘米。一向稳中求胜的江南,今天竟然一再地出险招,有点出乎我的意料。

"陆飞,免跳,下一次挑战高度:1米80。"

人群开始小声地议论起来。

"真是的,这么固执……"凌星又在小声嘀咕。

我看着凌星噘起的嘴,心里暗笑:这哪是普通朋友啊。

"井上川,挑战高度:1米78。第一跳,准备。"

井上川倒是一点也不急,只上升了两厘米。

"那个井上川为什么要挑战1米78啊?就算成功了,还不是要重新往上挑战,多费劲啊。"苏可在一旁不解地问。

"他是稳中求胜,一旦成功,只要另外两个挑战1米80失败,他就是冠军了。"我盯着井上川沉着的样子,心想:这人心如明镜,可不是省油的灯。

"那……要是三个人同时挑战失败了呢?"凌星也凑过来问,"大家都停留在1米76,是不是就并列第一了?"

"不是,那样就要看谁的起跳次数少了。"我继续耐心地解释,"所以有时候,免跳是一种很好的策略,可是也有一定的风险。"

井上川一直盯着横杆,没有动静。

突然,他快速后退了两步,摆动双臂大跨步向前飞速迈进。他的启动很突然,人群中有人不自觉地"呀"了一声。只见他手臂摆动幅度越来越大,微微前倾的身体到横杆前突然重心下移,像个弹簧一样蹬地腾空。他面朝下,背部微弓,髋部猛地向前送,双腿灵巧地翻转了过去。

井上川,居然,使用俯卧式跳法!

全场目瞪口呆,一片寂静。

他成功了。

对面身穿白色队服的啦啦队突然哄地欢呼起来。

井上川微眯着眼,走回起跑点。

我猜,他接下来会免跳。

"井上川,免跳,下一次挑战高度:1米82。"

果然,聪明人。

所有人的目光一下子聚焦到了江南和陆飞身上。

站在起跑线上的江南,静静地看着横杆。

助跑,加速,起跳,腾空。

横杆,像是故意作对似的,被轻轻碰下。

人群里发出一阵低低的惋惜声。

"陆飞,挑战高度:1米80。第一跳,准备。"

我望向助跑区,那个小麦肤色的男生站在助跑区,拳头紧握,依然一副气鼓鼓的样子,然后突然像旋风似的猛然启动。

起跳,落下。

人群里再次发出叹息声。

陆飞从垫子上爬起,咬着嘴唇对空气挥了挥拳头。

这样心绪不宁,怎么跳得过。

"江南,挑战高度:1米80。第二跳,准备。"

江南双手叉腰,专注地盯着前方的横杆。阳光下,他的眼睛黑白分明,沉着冷静。

他后退了几步,缓缓摆臂向前。

横杆,再次落下。

我开始觉得手心出汗了。

而陆飞,同样地,再次挑战失败。

这时,广播里响起了报幕声:"恭喜2分队夺得女子200米冠军,1分队夺得亚军……"

我知道,那是程优的捷报。可是我没有该有的雀跃,心揪成一团,紧张地望着准备第三跳的江南。

他站在助跑区,突然抬手示意裁判,我分明看到他举起了四根手指。什么意思……

"江南,免跳,下一次挑战高度:1米84。"

什么?!

裁判的嘴里缓缓吐出几个字,众人一片哗然。

我一下子捂住了嘴,一旁的凌星紧握着我的手,掐得我生疼。

江南居然背水一战,选择了免跳,而且一下子提高了四厘米,比他去年夺冠的成绩还要多两厘米。

重点是,他只剩下一次机会。

我的心都要跳出来了。

"陆飞,挑战高度:1米80。第三跳,准备。"

小麦肤色的男生站在助跑区,却没有要起跑的样子,而是发呆似的望向我们这边。

"陆飞,第三跳,请准备。"裁判员再次示意。

他依然没有动静。

"凌星,"我碰碰身边的小学妹,"他好像在看你。"

凌星没有说话,低下头去。

男生收回目光,向前助跑。他迈的步子比之前的都要急促,摆臂也更为有力。他来到杆前,猛一蹬腿向上飞跃,腰部竭力反弓着,像是一条想要奋力跃过龙门的鲤鱼,向着蔚蓝的天空做出最后的靠近。

横杆微微颤了一下,极不情愿地落了下来。

"陆飞,挑战1米80失败。最终成绩:1米76。"

只差一点点,真可惜。

男生抿着嘴从垫子上站起,头也不回地离开了。身旁抱着相机的凌星静默了两秒,突然追了上去。

我想,自以为是普通朋友的某人,还真是后知后觉。不过,爱情这件事,永远都不嫌太晚。

"江南,挑战高度:1米84。第三跳,准备。"

心脏猛地一阵收紧。

从小到大,我好像从来没为江南担心过,他总是像一座山一样立在我面前,让我仰望,无论何时,我都对他有信心。

是的,要对他有信心,有信心。

我心里翻来覆去地默念着,双手紧紧握拳捂着胸口,眼睛不离他身影半寸。

江南望着前方,身体微微前倾,右脚稍稍移后半步。

他轻轻叶了口气,我突然觉得一切都变成了电影里的慢镜头,看着他额前的碎发飞扬,看着他鬓间的汗水滴落,看着他的右脚向前迈出,看着他一跃而起……

我突然把眼睛闭上。

一秒,两秒。

天哪。

耳边哄地响起震耳欲聋的喊声,我猛地睁开双眼,看见横杆稳稳当当地停在1米84的刻度上,而那位还没离开垫子的紫衣英雄,已经被人群团团围住。

成功了!

我紧咬着嘴唇,差点都要咬出血来。我极力控制着自己想要高声欢呼的情绪,远远地看着情绪高昂的人群和那被抛在半空中的王。

我没有走上前,只是扭过头,望向在一旁等待的井上川。

只见他走向裁判,轻轻地说了一句什么。

"井上川,弃权,最终成绩:1米78。江南,1米84夺冠!"

赢得实在是漂亮,太漂亮了。

人群围拢上去,井上川的队友走上去宽慰他。我也走过去跟他打招呼,他眯着眼微微一笑,向我招招手:"恭喜你们,江南是真正的高手,我甘拜下风。"

我微微笑着,毫不客气地说:"只能说,抱歉了,你的对手是江南。"

"这是我今天听到的,最真诚的安慰。"井上川呵呵笑着,举了举手里的水瓶,"不过待会儿的4×400米接力,我们还会碰到的,到时再一分高下。"

我把手中的瓶子和他的碰了一下:"祝你好运!"

人群渐渐四散,江南转头望见我,伸出一根食指,咧嘴笑了。

我也对着他扬扬头笑了。

"江南哥!"苏可像只小鹿一样奔过去,递给江南一瓶水。

"江南哥你怎么知道井上川会放弃?你怎么知道一定能跳得过1米84?你怎么什么都知道?"

我依然没有迎上去,只是转过身,向看台2区走过去。

那样的问题,根本就是多余。

我无须去跟前恭喜,无须去表达刚才的场面多么惊心动魄。

他知道,我一直在那里,笃定他会赢。

因为他是江南,何须多言。

·4·

我回到位子上,离1500米跑还有大概半小时。再之后,便是最激动人心的接力赛。我不知道这将近半个月下来的魔鬼式训练到底有多少成效,但无论如何都得拼尽全力跑下去。

"我会在1500米终点等你……"

我会全力以赴,以胜者的姿态,跑向你。

"姐,你在这哦!"苏可对着我大力地招手,她的笑容像阳光下明艳的花朵,异常醒目。

我对她点点头。

"姐,你知道吗,早同和山田的人实在太可恶了,真想好好教训一下他们!"苏可愤愤地说。

"哦?"我有点意外。从今早到现在,我还没看出早同和山田有什么可恶之处。

"我刚才听凌星说的啦,早同和山田的随行校报编辑已经开始写赛后贺稿啦,还说什么大比分领先获得最后的胜利之类的。"苏可鼓着腮帮子恨恨地说,"真是岂有此理,这才刚开始比赛呢,虽然在几个项目上他们的确已经拿了第一,可还没到最后一刻呢,他们至于这么嚣张吗?"

我抿了抿嘴:"也许人家准备了几份不同的备稿呢,这也很正常,别庸人自扰乱了阵脚。"

"什么呀,还有呢……"苏可突然语带迟疑,若有所思地看着我。

"还有什么?"

"啦啦队进场的时候,他们的领队和我说,待会儿要领先姐姐你一圈……"

嘁,真是拙劣的激将法。

我微微握了握拳头,笑笑:"让他们把狠话留在比赛后再说吧。"

"姐,你别看他们一脸谦虚很好相处的样子,刚才江南哥赢了之后,好多他们的人都说是侥幸,还有人说他阴险,利用赛制的漏洞赢了比赛。气死我了!"

怎么可以这样说江南。明明就是赢得光明正大,干脆利落。

既然这样,非赢你们不可。

"别生气,待会儿让他们好看!"我定了定心神,拍拍苏可气鼓鼓的双颊,故意逗她,"乔子诺人呢?"

"子诺哥?他来了啊?"

"你今天当领队,他怎么敢不来?"我对着她诡秘地笑笑,起身扫视着身边的座位,却不见那人的身影。

"姐,你怎么话里有话啊?"苏可瞪着圆圆的眼睛问我。

我没有再答话。其实并不是不心虚,万一程优的猜测是错的,岂不尴尬,倒显得我们在背后嚼舌根,无中生有,大惊小怪。

还想着要怎么自我解围,苏可突然指着我身后:"呀,横幅掉了,我们把它绑上去吧。"不由分说便拉起我走到最后一排。

横幅挂在两根柱子中间,挂得很高,我们俩都够不着。我突然发现旁边靠着几架人字梯,便挪了一架过来。苏可自告奋勇上了梯子,我给她扶着。谁知她用力一扯,横幅的另一头也掉了下来。

"呀……"苏可轻轻叫了一声,作势要从梯子上下来。

"你别下来,站好了,我松手了哦。"我看苏可站稳了,从旁边又挪了一架人字梯,捡起掉落的另一头,爬上梯子。

很多年以后,每当我回想起这一幕,都想不起当时为什么会这么做。我明明可以等苏可系好了一边,等她下来,再把梯子挪到另一边。可是我没有，我选择了与她一起爬上梯子，一人一头。

我常常想，如果不是那样，我们的故事会不会变得不一样。

有些事情，真的是命中注定。

"小可你站稳了，千万别摇晃。"我上了梯子才突然觉得微微有些心慌，原来，真的很高。

"姐，没事儿。"苏可笑嘻嘻地对着我喊，倒是一脸轻松。

我很快系好了我这边，看见苏可还在伸着手系绳子，于是准备下去帮她。

"姐！"苏可突然大喊了我一声，转过脸望着我。

我停在半空，望着她。

"姐，你说……"

喇叭突然响起一阵激昂的音乐声，我们中间隔着两米的距离，我听不清苏可在说什么，只觉得她嘴巴在动。

"你说什么？我听不见……"我不由自主地将身体微微倾了过去，心里却一阵莫明地发怵。

"姐，如果我们两个……"

苏可身体突然大幅度地朝我这边倾过来，脸上闪过一丝莫名其妙的笑容，嘴里缓缓吐出几个字。

我一个字都听不到，只望着她一张一合的嘴。

一张一合，却只字未入耳。

这个场景，我仿佛见过。

在梦里，整整五年。

突然，不可思议的一幕出现在我眼前，苏可微微转过身，带着明媚的笑容朝着远方挥了挥手。然后脚下一滑，整个人向前摔去！

我的心一阵紧缩，全身血液仿佛倒流了一般，脑袋里一片空白，不由自主地想要伸手拉住急速下坠的苏可。

梯子朝着她的方向倾去，我的手拽不到她，只碰到那随着她往下坠落的横幅，布料的瞬间摩擦让我的指尖像被火烧一样灼痛，但这触感像闪电般瞬间消失，我什么都没有抓到。

我的脑子嗡的一下如同短路，只觉得自己的身子也离开了梯子，跟着她一同坠了下去……

哗啦啦……两架梯子轰然倒下，耳边突然响起一阵尖叫声。

我眼前一黑，无数星星在眼前闪过，红的绿的白的，又逐渐退去，眼前景象才慢慢显现出来。我费力地单手支起身子，只觉得头部一阵眩晕，天旋地转，身上每一寸都像被撕扯，彻骨生疼。

我转身去寻找苏可，看见她脸色惨白地躺在地上，一动不动。

我心里突然涌起巨大的恐惧，这种恐惧像一口从天而降的大钟般笼罩着我，令我窒息。

脑海里突然浮现出那年秋天的景象，牛皮纸色的过去像一部老电影般自动播放着，停都停不下来。

那个深秋，桂花开得出奇地好，一簇簇，一丛丛，香气莫名。

苏可像个一捏就碎的瓷娃娃般怯生生地站在我面前，瞪着乌黑的大眼睛望着我，苍白的脸上能看到红色的毛细血管。她仿佛是害怕，紧紧地抓着衣摆，全身在微微发抖，但就是倔强地看着我不发一语。我也不愿意喊她，只垂着眼帘抬着下巴盯着她。

我们俩就这么咬着嘴唇默然地对峙着，直到父母出现，把她的小手放在我的手心。她的手由始至终都没有摊开，一直紧紧握着拳头，然后气鼓鼓地瞪着我。

妈妈说：苏陌，她是你妹妹，苏可。她是……你爸爸的女儿。

十年前，我的人生里终于有了爸爸。

然而同时，也生生地多了一个妹妹。

我叫苏陌，她叫苏可。

陌上花开,可缓缓归矣。

这样美好的诗句,竟是我们命运注定无法分离的最好注脚。

我当时紧紧抿着嘴,用力狠狠地握了一下掌中小小的拳头,她的眼里闪过一丝吃痛的泪光,但并不出声,咬着嘴唇死命不让泪珠掉下。我想,我们心底一定都响着同一个声音,如同撞钟般猛烈地撞击着我们的心房,痛到不能自已,也如同抵死纠缠的鬼魅一样,久久不愿散去。

那个声音仿佛同一时间在我们胸腔中呐喊着——

你也姓苏,凭什么?

那样久远的事情,现在想来却仿佛就在昨天。如今,我们变成了这样亲密无间的让人艳羡的一对姐妹花,仿佛小时候莫名的敌视在久而久之的相处中渐渐烟消云散,终有一天,恐怕连我自己都会相信,我们如此要好,如此知心。

不过是半个小时前,她如同一只朝气蓬勃的紫色小鹿一般闪耀全场,而如今,却静静地躺在我面前,一动也不动,像是睡着了。

苏可……

不会……

死了吧……

·5·

人们从四面八方跑过来,一下子把我们围住,我只觉得空气瞬间稀薄得快要令我窒息,头脑里一片空白。

"小陌,小可!"江南一下拨开人群,"你们怎么了?"

我突然觉得整个世界变成了黑白两色,有一个声音像撞球一样

无法停止地来回击打着我的脑袋,撞得我头痛欲裂:

如果苏可死了……

如果苏可死了……

如果苏可死了……

我抬头茫然地望着江南,突然很想抱着他放声大哭。我第一次感到那么害怕,那么彷徨,那么无助。我不知道到底发生了什么事情,怎么前一秒我们还好好的,苏可还笑靥如花地喊我姐姐,下一秒她便如同死人般躺倒在地上。

可是我像被毒哑了似的,一句话也说不出来,只这么直愣愣地望着他,抬手指着另一旁的苏可。

苏可依旧一动不动地躺在地上。

江南的眉头皱在一起,脸色是吓人的煞白。他蹲下身子抱起苏可,轻轻地叫了声:"小可?"

苏可没有反应。

"小可?"江南的声音微微颤抖着,仿若哽咽,"你别吓我,我看见你了,我看见你了……"

他莫名地重复着我听不懂的话,一直在说,他看见她了。

过了几秒,一丝微弱的声音从江南怀中传来:"疼……"

我的眼里起了一片雾气,眼前人影迷蒙,像是幻境。

江南像是深深吸了口气,声音轻柔地安慰她道:"小可你别担心,应该只是小腿骨折,我马上带你去医院!"

"不……不行……"苏可闭着眼睛虚弱地呢喃着,"比赛,江南哥还有比赛……"

我的头像是被搅成一团的糨糊,什么都想不了,什么都想不到,嘴里却不受控制地说:"小可你别担心,还有我在,我会去帮江南找替补。"

苏可紧闭双眼,也不知有没有听到我说的话,只是继续低声呢喃着:"还有姐姐,不能输给他们……"

我的太阳穴突突地跳着,像是被火烧一样焦灼。我凑过去小声对她说:"放心,有我在,不会输。"

江南转头望着我,眼里满是担忧:"小陌,你一个人,可以吗?"

我多想说,不可以,不要走,可不可以不走。

但我脱口而出的是:"没问题,我可以。"

我从不知道,这斩钉截铁的六个字从我嘴里说出来竟会这样悲凉,仿若长钉入木,无人可动摇,而自己再也无路可退。

如果有前生,我想我和江南一定是战友,他也许曾帮我挡过子弹,也许曾救我于水火,以至于今生无论何时何地,无论面临什么,我都要做他最可靠、最不离不弃的臂膀,扛下他肩上的重任,坚守至死。

江南似乎没料到我竟答得如此快,微微蹙眉愣了一下,然后垂下眉,转身背起苏可,对着我身后的人说:"子诺,帮我照顾小陌!"

不知道为什么,望着江南背着苏可离去的背影,眼中的雾气忽而加重,可是风一吹便干了,涩得发痛。

"苏陌,苏可怎么样了?"乔子诺从后面大声叫住我,我从来没见过他这样紧张。

"她从梯子上摔了下来,江南送她去医院了。"我头也不回,木木地盯着前方,"你也去吧。"

"喂,"乔子诺绷着一张铁青的脸,望着仓皇失神的我,"你摔了哪里?要不要去医院?"

"各位同学请注意,受伤的同学已经被送往医院,比赛继续进行。"头上的喇叭传来浑厚的声音,"女子1500米跑马上就要开始了,请各队选手马上到检录处集合。"

我像一个失了灵魂的木偶般缓缓站起来,摇摇晃晃地朝前走去。

"喂,你要干什么?"乔子诺一把拉住我,我一下没站稳,差点撞入他怀中。这时,一股钻心的痛从脚踝处传来,我不由得皱紧眉头倒吸了一口气。原来,脚崴了。

"你也受伤了。"乔子诺绕到我跟前,盯着我的双眼一字一顿地说,"若要上场,我不阻止你,但至少先把手上的血止了。"

他这么一说,我才低头看自己的双手。的确,手掌处被蹭破了好大一块,淌着血,还连在掌心的一层皮狰狞地翘起来一块,有一种绝望的悲壮。手上的痛觉神经好像一下子恢复了,从手掌处一路蔓延开来,直达全身。

我抿抿嘴,半晌蹦出来一句:"不要你管。"

我强忍着痛,一瘸一拐地走到检录处。刚拿了三级跳第二名的程优看到我这个样子大吃一惊,抓着我死活也不肯让我上场。

"苏陌,你还有哪里痛,快点告诉我。从那么高摔下来真的可大可小,你还去比赛你不要命了?!"

她一边给我包扎手掌,一边紧张地问我。我任由她摆弄,不发一语。我多想说,我头痛手痛脚痛,全身都在痛,每个细胞都在痛。我多想说,我们能不能放弃一次,苏陌能不能落荒而逃一次。

半晌,却只听到自己冷静地、毫无起伏地说了一句:"现在的比分是多少?"

"2队领先1队3分,这两个队领先其他队伍超过5分。"旁边一个同学好心地答道,"最终的胜负将在女子1500米长跑与男子4×400米接力中决出。"

"苏陌……"程优紧紧抓着我的肩膀不让我起来。

突然,旁边递过来一瓶镇痛喷雾,我有点诧异地抬起头。

乔子诺紧绷着冷峻的脸定定地看着我,然后把喷雾瓶塞到我手中。我还没来得及开口,只见他转头对程优说:

"麻烦你帮个忙,帮我借件队衣。"

我望着程优跑远的身影,脑袋像突然短路了似的,一下子呆立在原地,舌头打结:"这是女子1500米……"

乔子诺瞪了我一眼。他不知从哪儿弄来双跑鞋,将脖子上的银链子咬在嘴里,低头一边系鞋带一边问我:"江南跑的是第几棒?"

他是从来都不愿意走上竞技场的乔子诺,是觉得比赛很无聊的乔子诺。但此刻,他要替江南完成最后的比赛。

"最后一棒……"我不可置信,喏喏地说。

"喷雾是给你用的,别像傻子似的拿着。"乔子诺站起来,松开嘴里的项链,阳光照在上面,闪着银色的光辉,"苏陌,你给我听着,你跑进前五就行了,不用去跑第一。"

"可是万一——……"

"没有可是,根本不需要。"乔子诺说完,将项链塞进领口,头也不回地走了。

我望着他的背影,低头默默地往脚踝一下一下地喷镇痛剂,冰凉的水雾触感舒缓着我的疼痛,我闭着眼睛稳定着自己紊乱的心绪。药力开始发挥作用,脚的疼痛似乎被麻痹了,只像个馒头似的肿着。我轻轻跳了几下,向检录处走去。

"我会在1500米终点等你……"

即便腿断掉,我也要爬完这1500米。

只是江南,你还会在终点等我吗?

第四章
老天爷就是喜欢恶作剧

上帝造人的时候
是故意让眼睛长在前面的吧
那样的话
我们就只能永远聚焦一个方向
我望着你　你望着她　她又望着他
上帝的恶作剧
真是残忍

·1·

"各就各位,预备——"

我站在起跑线上,身体微微前倾。这半个月以来每日训练的感觉仿佛突然回来了,我能透过鞋底感觉到橡胶跑道熟悉的滚烫感,我甚至能感觉到脚底的涌泉穴在跳动。

"跑!"

我一步一步向前迈进,尽量把重心都压在没有受伤的左脚上,只希望药力能维持久一些。

此时快到正午,太阳当头照着,阵阵热浪笼罩在我的四周。也不知是因为地面的热气还是我的头开始渐渐发晕,我看到的景象都是晃动的,仿佛被蒸腾的烟雾缭绕。

第一圈。

第二圈。

我开始觉得有点耳鸣,啦啦队的呼声变成了一阵阵的嗡响,尖锐而磨人。

突然,我的右脚一软,连续踉跄了几步,好在左脚暗暗用力才不至于摔倒,但右脚的脚踝开始针扎般刺痛,我知道药力开始慢慢失效了。可是现在才刚刚开始第三圈,还有将近一半的路程。

我握拳的双手暗暗使劲,只希望手掌心的疼痛可以分散脚痛的程度。我的呼吸开始变得急促而没有节奏,之前练的呼吸法全被丢在一边,只一边跑一边大口大口地吸气,直吸到喉咙灼热干涸。

迈进了第四圈,开始准备冲刺,我的前面还有六个人,而我的脚已经开始不听使唤,如上了发条的玩具般前后来回晃动,伴随着有如灌铅般沉重的痛。

我试图从脑海里搜索能让我有动力的记忆点,一件一件地在心中默念,用意念来给双腿发号施令。

跑啊,苏陌,跑啊,快往前跑啊……

热浪汹涌迎面而来,我的眼前开始出现无数闪烁着不同颜色的小点,我已经看不见路了。我觉得自己就要昏厥过去了。

突然,我前面出现一个白衣少年,他牵起我的手,拉着我往前跑。他的衬衣被风吹了起来,像鼓鼓的白色斗篷。他紧紧抓着我的手,向前方奔去。

"我一直在看着你……"

"我会在1500米终点等你……"

"等到我二十岁那年夏天,白兰花开得最好的时候……"

我笑了,跟着白衣少年奋力向前狂奔而去。

我坚信,他终将带着我,跑向我想要的幸福。

那是我等了这么久的,白兰花开的二十岁。

"苏陌!苏陌!"我突然被人紧紧拉住,力一下没收住,摔在地上。

"苏陌,求求你别跑了,已经冲线了!冲线了!"眼前的景象一下子消失,我看到了热泪盈眶的程优,还有无数围绕着我的队友。

我这才发现,我已经冲线了,还多跑了将近一百米。

程优泪流满面地抱着我:"你是傻瓜吗,明明已经支撑不住了,还要跑。明明痛得快要昏过去了,还要铆了劲地冲。冲了线还不停下来,还在拼了命地往前跑,苏陌你是不是想吓死我……"

我任由程优紧紧抱着,没有作声。

我想告诉她,就在刚才,我看见了幸福的海市蜃楼。

我怎么舍得停下来?

"所……以……呢……我跑了多少……"

"你这个傻瓜,还在关心这个。你跑了第四名,山田的领队是第一名。"

"所以……打平了……"

"是是是,你不要担心啦,我们现在和1队打平,可是我们还有机会啊,我们还有男子4×400米接力。"

我被程优搀扶着站起来,一瘸一拐地走到一边。

"苏陌!"我回头,是刚刚拿了1500米第一的那个女生,"受伤还坚持到底,你真的太让我敬佩,有你这样的对手,我觉得很荣幸。"

我无力地对她笑笑:"谢谢。"

江南,我尽力了。

可是你食言了,你并没有在终点等我。

"男子4×400米接力马上就要开始了,请各位选手各就各位!"

我立在场边,站在起跑线等候的彭浩对着我拍了拍胸脯,说:"放宽心啦!我第一棒就把他们甩开个半场!"

我沉默地笑了笑。如果江南在场上,他一定会给我个温暖的笑容,然后我就会笃信,有他在,一定会赢。

可是江南不在。

我望着替江南出战的乔子诺。他穿着一身紫色短打运动服,一脸酷酷地站在场边,看不出喜怒哀乐。

我突然发现,我认识乔子诺这么久,全然不知道他体育好不好,跑得快不快。我没有见他参加过任何体育比赛,确切地说,是任何比赛。我不知道为什么会答应让他代替江南去跑那最重要的最后一棒。他说:"苏陌,你给我听着,你跑进前五就行了,不用去跑第一。"

他说:"没有可是,根本不需要。"

那么强势,不容置疑。

所以,我该选择相信他吗?

我好像没有别的选择,因为比赛就要开始了。

"各就各位……"

江南,你现在在哪里……

"预备——"

在做什么……

"跑!"

男生们像一匹匹骁勇的骏马,向着前方奋力奔去。

彭浩果然跑得极快,虽不至于领先半场那么夸张,但的确甩开第二名十几米。他交接棒的时候,程优抓着我手臂的手微微地在颤抖,我好像从来没见过她这样紧张,比她自己参加比赛还要紧张。

第二棒是明阳大学篮球队的队员,那个男生像打了鸡血似的,一把抢过彭浩递过来的接力棒,然后龇着牙暴着青筋大叫着往前冲去,将彭浩之前的领先优势一直保持到了最后。

赛程瞬间过半,我们与第二名继续保持着将近二十米的领先距离。大家在齐声喊着加油的时候,突然发出一阵惊呼。

意想不到的事情发生了,第二、第三名选手交接传递时,我队的接力棒失手掉落在了地上。

我只觉得头像被狠狠敲了一锤,眩晕不已。我的两眼开始失焦,耳边的嘈杂声也突然消失了,一片静默。眼前的景象就像电影中被拉长了的慢镜头,迂缓地拉锯着我快要崩断的神经。我依稀看到第三棒的选手手忙脚乱地去捡接力棒,又不慎跌倒,然后一脸惊慌失措地起身,奋力向前奔去。

一片混乱。

头两圈的领先优势就如同太阳底下的汗水,瞬间蒸发。

煎熬了两周的训练,隐忍着不发作的大将风度,拼死也要跑完的1500米,在最后一刻,即将化为乌有。

原来再怎么努力,还是无法保住胜利。

江南,你在哪里?

你知道吗,我们要输了。

"苏陌,苏陌你快看!"身边的程优突然抓着我的手大声呼喊起来。我的眼睛仿佛一下子恢复了聚焦,耳边重新听到了如雷的呐喊。

大家……在喊什么……

"乔子诺!追上他!乔子诺!追上他!"

排山倒海,震耳欲聋。

我突然看到跑道上一抹耀眼的紫,像一匹横空出世的汗血宝马,在跑道上风一般地飞驰。他一连追上了两名选手,正向着最后一名领先的白衣选手奋力奔去。

领先的,是井上川。

井上川似乎听见了大家的呐喊,却没有回头望,脚步跨得更大更快。而在后面的乔子诺,只差他两个身位。

还有100米就冲刺了!

呐喊声此起彼伏,我看着渐渐逼近井上川的乔子诺,越来越近,只差一点点,就差那么一点点了!冲刺线就在我跟前,我眼看着他们两人像两匹齐头并进的骏马,就要触碰到那根神圣的红绳。

我只觉得心脏都要跳到嗓子眼了,心跳如同震天雷动的战鼓,越跳越快,越跳越急。我紧握着双拳,突然不受控制地大声喊了一句:

"乔子诺!!!"

唰……

两个人,一起冲线了!

一切,结束了。

"苏陌!你快看!"程优在一旁兴奋地摇着我的手臂,"你快看屏幕,计分器上显示2队比1队快了0.02秒啊!我们赢了,赢了啊!"

0.02秒。我们领先0.02秒。

赢了吗……所以,终于赢了啊。

我任由程优紧紧地抱着我哭成泪人,却一动不动,一句话也说不出来。

"苏陌。"

我回过头,看着站在我面前还在喘着粗气的紫衣少年。

"现在,可以去医院了吗?"

我愣了一下。他是在说,要去看苏可吗?

我喉咙一哽,微微张了张嘴:"你要去就……"

却只觉得头嗡的一下,腿一软,眼前漆黑一片。

"姐姐,你说,如果我们两个……"

不——!

我猛地睁开双眼,周围一片寂静,没有一点声响,仿佛连根针掉在地上都能听见。白天那一幕在梦境中重现,我的后背惊出了一身冷汗,像是刚从水里捞出来一样,虚弱无比。我大口大口地低喘,有着劫后余生的心悸。微微转过头,周围是白色的墙壁,白色的窗棂,白色的窗纱被风微微吹起,微微透着蜜糖色的阳光。

"醒了?"低沉的男声响起。

我扭过头,看见乔子诺那张酷酷的脸,还有微微抿着的双唇和紧绷的下巴。他坐在我床边,深邃的眼眸定定地看着我。

"喝了它,医生说你有点中暑。"他递给我一个杯子,在我身边坐下。我皱着眉头瞪着他,默不作声。

"别这样瞪着我。"乔子诺微微翘起嘴角,"没错,苏陌,你很差劲地中暑了。"

我接过杯子,低头小口小口地喝水,温热的液体到了嘴边,我才发现微甜如甘露。原来,是蜂蜜水。

我突然想起些什么,抬起头:"那个……"

"苏可只是骨折,就在你楼上。"乔子诺接过我的空杯子,看也没看我一眼。

"噢……那就好。"

也是,他那样紧张苏可,怎么会不确认她是否安好。

我的态度软下来,小声地说了一句:"今天……谢谢你了……不然,我们就要输了。"

"不用谢我,我只是替补江南。"

气氛有点尴尬,我一时找不到话题,内心隐隐有点过意不去。按理说,他才是那个心急如焚、此时此刻想要待在苏可身边的人吧。可是,他却不得不替补江南,去参加他最不喜欢的竞赛,然后再替补江南,照顾受伤的我。而此刻,他喜欢的女孩身旁,陪伴的却是我朝思暮想的白衣少年。我只觉得上天爱捉弄人,竟会安排这样的错位人生。真是荒唐。

"那个……我已经好多了,其实,你可以不用看着我,你去照顾苏可吧。"

乔子诺没有作声,只是定定地看着我。他身上还穿着那件深紫色的队衣,手里拿着我刚刚递给他的杯子。他坐在椅子上,一句话也不说,就这么定定地看着我,眼里折射出琥珀色的霞光。

我被他看得有点不自在,心想这个人可真不识趣,巴不得他赶快去,好把江南换回来。于是我扬头冲他说:"喂,我可没有强迫你……"

他突然毫无预警地站起身,整个人居高临下地倾过来。

"喂!"我被他突如其来的举动吓到,差点要伸手推开他。

他的脸堪堪在我脸侧停下,手指在输液调节器上拨弄着,在我耳边淡淡地说了一句:"滴完了。"

我像一个被捉弄了而大惊失色的小孩,此时只想把脑袋埋在被子里,不被他看见我那发烫的面颊。

乔子诺,你个混蛋。

"走啰。"他放下杯子,推门走了。

确认他真的走了,我重新躺了下来。窗外的余晖如水般渗进来,纯白的窗纱像是被绣上了鎏金的丝线,淡淡的蜜糖色映在了雪白的墙上,充满消毒水味道的房间也好像忽然变得温暖起来。

终于,比赛结束了。

如愿以偿,我们赢了,赢在了最后的0.02秒。

人生如战场,不到最后一瞬,谁也料想不到结局。

我翻了个身,蜷成一只小虾似的,想着所有人应该都在准备晚上的庆功宴吧,无人的当下,我似乎可以卸下全副武装,稍显倦态。

打了一场硬仗,我身心俱疲。

"苏陌……"身后响起一声轻轻的叫唤。我扭转头,竟是程优。

"程优?你怎么过来了,怎么不去安排庆功?"

"还说呢,大家都很担心你和苏可,所以赶紧派我来看看你们。"程优在我身边坐下,抓着我的手不放,"既然是庆功宴,总得等全员到齐啊,尤其是你们这几个大功臣。"

"我挺好的。"我直起身子对她笑笑。

"苏陌……"程优突然抱着我,喃喃地说,"你可吓死我了……"

"现在不是没事了嘛。"我轻轻拍拍她的后背,心中感动,"你来得刚好,扶我去看看小可吧。"

程优搀起我走出房间,我的脚好像被上过药了,虽然依旧肿胀,可是没有那么痛了。

上了三楼,我才突然想起,我并不知道苏可在哪个房间。

"你先在这坐着,我去那边问问护士。"程优扶我在一旁坐下,转身往护士站走去。

我坐在长廊的椅子上百无聊赖。这是一家离体育馆最近的医院,开在本市最有名的医科大学里,它不同于其他医院那样净是现代化的设计与装潢,却多了几分校园的书卷气。长长的走廊,顶上是老式的吊灯,风从走廊另一端的窗口吹进来,吊灯轻轻摇曳,在地上投射出斑驳的影子。我望着摇曳的灯影,有点失神。

不知江南现在在哪里,在做什么。

若下一秒见到他,不知他会对我说什么。

温柔如他,应该会说:小陌,抱歉,我应该在终点等你的。

又或者说:小陌,疼吗?

如若下一秒见到他,如若他真的这样对我说,我一定不会再懂事如常,我一定要告诉他:

是的,你食言了,丢下我走了。还有,我疼,很疼。我再也不要做你的战友,这样沉重的负担,我扛不住,也再也不要扛。

江南,你懂吗?你会懂的吧?

已是傍晚,风突然大起来,吹起了我的衣摆。我觉得有点冷,不由得抱起双臂。

"呼……"风将我斜对面一扇虚掩的门轻轻吹开,透出里面明亮的白炽灯光。

一个年轻的男孩半蹲在地上,一个女孩坐在轮椅上,左腿打着石膏。她娇羞地看着他,嘴里说着什么。男孩笑了笑,低头轻轻抬起女孩的左脚,然后女孩突然捂着嘴咯咯地笑起来,月牙色的脸庞上浮现一片绯色云彩。男孩抬起头静静地注视着女孩,灯光照着他好看的侧脸,他的眼眸像夜空里的星星,折射出浓浓的、化不开的温柔。一对璧人像是被光芒笼罩着,眼中只有彼此。

这一幕,美得如同画一般。那样美好,那样动人。

控制不住双腿向前走去,我靠在房门外的墙壁上,努力仰着头,不让眼中的泪滴下来。

"我说过,"女孩轻柔的声音响起,"我会站得高高的,让你可以看见我。"

· 3 ·

转眼,七月。

庆功活动定在了周末,一个小小的度假村里。程优和彭浩自告奋勇地担当起组织者,张罗着几十人的食宿和交通。他们说什么都不让我操心,于是我也心安理得地当一次不劳而获的享受者。

周五,我去医院接苏可回家。医生和护士们都很喜欢苏可,难得有个整天乐呵呵又乖巧的病人缓解着他们紧张而肃穆的神情,我到病房的时候他们正围着苏可,争相在她的石膏上签名,见了我还不放心地嘱咐了一大圈,才依依不舍地放她走。

我推着轮椅走出大楼,爸爸的车在门口等着我们。

一路上,苏可一如往常地活泼,叽叽喳喳像小鸟似的说着医院里发生的故事,什么马医生和欧护士的绯闻啦,隔壁的小林刚刚接受了男朋友在医院的求婚啦……仿佛这一周她不是在悲惨地住院,而是参加了个让人羡慕的夏令营。

爸爸在一旁乐呵呵地听她说了一路,时不时地回应两句。我坐在副驾驶位上,安静地听着,偶尔插上两句。

我看到爸爸嘴边的微笑,像是非常享受这样其乐融融的时光。其间,他接了妈妈打来的电话,说在菜市场看到了新鲜的甲鱼,问他要不要买。这样其乐融融,我再次有了那样的感觉:我们家并不完美,但至少它完整。

到了家,我们把苏可扶进房间,爸爸便嚷嚷着要亲手给苏可做一顿甲鱼汤,于是和妈妈一起进了厨房。

房间里,只剩我们姐妹俩。

我站在门口望着苏可,她正低头摆弄着什么。她的左腿打着石膏,雪白的绷带上布满了花花绿绿的签名和祝福语。她是讨人喜欢的苏可,是走到哪里都会让人不由自主疼惜和爱护的苏可。

我的眼前仿佛重现了一周前那个下午的场景,我拉不住她,我们同时从高高的梯子上摔下。当时她不再如平时那样叽叽喳喳充满生气,而是直挺挺地像个苍白的死人一样躺在我面前,那时候,我突然觉得世界骤然崩塌了。

那一刹那,我的脑海里曾闪现过一个念头:如果苏可死了。

我只觉得眼睛像被洋葱呛到般地刺痛,忍不住要飙泪。

"小可……"

"姐姐,"苏可突然抬起头,"明天的庆功之旅,我还没收拾行李呢,姐姐可不可以帮我一下?"

"苏可……我有话要问你。"

她的双眼天真无邪,长长的睫毛像是扇形的羽翼,让人心疼而怜惜。我望着她清澈无害的双眼,真希望她就这么一直天真下去。

"姐姐要问什么呢?"她笑笑看着我,伸手微微抬了抬打着石膏的左腿,直直地伸到我面前。

我看着她花花绿绿签满了字的左腿,要说的话突然哽在喉咙,像哑了似的发不出声音。半晌,我轻轻呼了一口气:"我就想问问,你明天想要带什么过去?"

苏可翘起好看的嘴唇,给了我一个明媚而娇俏的笑容:"姐姐,我觉得,有你真好。"

晚上,我去了"一夜咖啡"。Tina姐已经回来了,晒得一身古铜色,及肩的流苏耳环散发着埃及艳后般的冷艳。她仿佛知道我要来,泡好了咖啡等我。

"试试新到的肯尼亚咖啡。"她递给我一只精致的瓷杯,上面是一圈繁复而细密的花纹,像是远古的图腾。

我接过杯子,拿着金属小勺在杯面轻轻划了两圈,并没有喝。

"比赛赢了?"Tina姐在我身边坐下,揽着抱枕斜斜地靠在沙发上。

"嗯……总体是赢了。"

"开心吗?"

"嗯……总体还好。"

Tina姐突然扑哧一声笑了:"苏陌,什么时候开始,你也跟我打官腔了?"

我尴尬地笑笑,端起杯子呷了一口,真涩。

我朝Tina姐吐吐舌头:"一点也不好喝……"

Tina姐点着我的鼻尖:"这才像话。"然后拿起我的杯子往吧台走去。

"呀……你干吗?"我看着她把咖啡倒入水槽里,目瞪口呆。

"既然不喜欢,就别无谓勉强。"Tina姐熟练地给我做了一杯我最爱的摩卡,端到我跟前,"苏陌,你知道咖啡的哲学吗?"

"洗耳恭听。"我呷了一口满是香甜奶油的摩卡,直起身子望着她。

"曾经有人和我说,咖啡也是有生命的。每一颗成熟的咖啡原豆经过采摘、发酵、研磨,最后才到达烹制环节,整个过程就是咖啡豆的一生,可谓丰富而漫长。"Tina姐靠在沙发上,望着我身后的咖啡豆墙缓缓地说。

"可你知道吗,一杯烹制好的espresso(意式浓缩咖啡),它的生命只有十秒。"

十秒吗……

"十秒之内,要么让它被喝掉,要么让它快速地与牛奶相爱,不然,它就死了。"Tina姐偏着头轻轻拨弄着茶几上的蒂芙尼台灯,彩虹色玻璃在她手上呈现出斑斓而迷离的光影,"这就是咖啡哲学。人生很短,再不勇敢地去爱,我们就要死了。"

再不勇敢地去爱,我们就要死了……

这句话带给我的震撼太大,在我脑海里如同山谷的回声般反反复复地回放。

"这个咖啡哲学,我知道得太早,领悟得太晚。人生就应该干脆一点,如果不喜欢,没有必要勉强。就如同那杯肯尼亚,倒掉就倒掉了,它值得更懂它的人去品味。但若真的爱,一刻都不要等。"

我握着手中那杯摩卡,止不住地微微颤抖。我望着Tina姐,艰难地开口:"我不想输……"

Tina姐啪嗒一声轻轻关了台灯,又啪嗒一声打开:"苏陌你知道吗,这世界真的很大,你从不知道自己原来那么渺小,微如尘埃。以前觉得自己很厉害,可以改变很多事情。又曾经觉得某一个人就是一片天,他就是整个世界,输什么,也不能输了这片天。但后来我才知道,自己错了,错得离谱。"

何其相似。江南就是我头顶的那一片天啊,他就是我的整个世界,是我的阿波罗。于我而言,他也是我输不起的所有。

可是,我并不觉得这有什么错。

Tina姐望着那面咖啡豆墙对我说:"如果咖啡豆是有灵魂的,那该多好。"

这句话听得我毛骨悚然,却也觉得无尽悲凉。到底Tina姐有着怎样的故事,咖啡在她生命中到底扮演着怎样的角色,我无从得知,也从不问她。

"我常常想,如果时间可以倒流,我宁愿自己真的勇敢地爱过,输赢,又何妨……"

她望着台灯出神,我望着咖啡出神。

路边的灯光在窗户上投下了摇曳的树影,风一吹,叶子叠着叶子,像是在跳着亲密而缠绵的伦巴。

明天,就是庆功旅行了。

后天,则是江南的生日。

·4·

为了照顾行动不便的苏可,第二天集中的地点就定在我们家楼下。一大早,彭浩他们租的车就到了。

上了车,我找了个靠窗的位子坐下,头微微地靠着车窗。

"可以吗?"头顶有温柔的声音响起。

江南站在过道上,很绅士地指着我旁边的空位子。

怎么不可以?

车子很快便开动了,一路上欢声笑语,有一种久违了的放松。

"江南,比赛那天你走了,我们差一点就输了,我没有跑第一。"过去一周,我一直觉得委屈,却又无从发泄,胸口憋着一股闷气,觉得自己像是一只不断被充气的气球,濒临爆炸。

这是我第一次向他提及比赛的事。我想告诉他,我真的尽力了。

"小陌,不要皱眉头。"他轻轻地提醒我,"我知道,你脚受伤了。"

"我原本以为我可以……"

"不过是一场友谊赛,输了也没什么大不了的。"

"我怎么可以让我们队输……"

"小陌,"江南望着我,眼眸里有着我不熟悉的情绪,"大家在一起奋斗本来就是一段很美好的过程,努力过,便足够了,为什么一定要'赢'?受伤了原本就应该弃权,'放弃'其实并没有那么不堪。"

不赢也可以吗?若是这样,你当时为什么要问我"一个人可以吗"?若是这样,你为什么要把我留下来,为什么不带我一起走?

我自作多情地当了一次最佳战友,却被告知这并不是一场非赢不可的仗。原来,是可以落荒而逃的。

"有时候,连我都无法理解,你争强好胜到底是为了什么。"他没有理会我的沉默,又补上了一句,"其实有些比赛你是可以缺席的,你可以不用那么努力的。"

我对胜利有着如鱼饮水的渴求,我一直都没有变,可是江南,你怎么变了呢?我低头望着自己的手掌,默不作声。

汽车走走停停,阳光透过条纹窗帘照进来,像移动着的光斑,晃得我头晕。我像一只快要炸开的气球,却又仿佛被硬塞进一个密封的玻璃房子里消音,终还是不声不响地碎裂着,安静得何其壮烈。

老天这样狠心,连爆炸声都吝啬给我。

"小陌,"江南似乎觉察到我的异样,语气缓和下来,"我的语气太重了,抱歉。我只是在想,你什么时候才能够彻底放松下来,解除这种莫名其妙的战备状态呢?不要每时每刻都像只小刺猬,刀枪不入。这样,并不可爱。"

我的眼睛一酸,别过脸去。

不能哭。

我很少在人前流泪,于我而言,眼泪若是作为武器,还可以一用。否则,真是没有必要。

"逞强"就像一种与生俱来的病毒,它渗透于我的血液里,深烙在我的DNA里,如影随形,无药可医。久而久之,流泪对我来说已是可以控制的生理行为。只要微微仰头,闭上眼睛,泪水便可以无声无息地蒸发掉,留下的只有淡淡的酸涩。

我想,若"哭"是一种本能,我早已经失去这种能力了。

江南,你可知道,若是这样便不"可爱"了,那我的的确确是个不可爱到极点的人。

我转头看着车窗里江南的影子,看着这个就连影子都让我迷恋的男生,暗暗地想:是不是男生都喜欢会示弱的女生呢?所以,就连你也不例外?

若我足够乖巧聪明,是不是现在就应该在眼角流下晶莹的泪珠,然后把头轻轻地靠在你的肩膀?

可是,即便知道该那样做,我也不愿退让一点点。

江南,你知道吗,我怎么忍心让眼泪变成武器,去处心积虑地对付你。

"好美啊!"不知是谁发出一阵欣喜的惊呼,大家纷纷打开窗户。

天是剔透的蓝,仿佛能渗出水来,车子开在一条宽大的路上,两旁是郁郁葱葱的白兰树,风一吹,满车子都是香甜的味道。

"快看!那是海吧?!"

前方有一抹深蓝,宁静而悠远。偶尔有只小小的彩虹色帆船驶过,溅起点点白浪,阳光下闪着金色的光。

真美。

"各位同学,前面就是米亚度假村。如果幸运的话,说不定可以看到鲸鱼哦,大家尽兴地玩吧!"司机大叔望着后视镜中兴奋不已的大家,笑着说。

"苏陌!"前面的程优转头对我说,"待会儿咱们出海吧!"

我轻轻点头:"好。"

苏陌,振作起来,笑。

米亚度假村是一家私人开的地中海式小旅馆,所有的装潢以富于对比的蓝和白为主色调,浓厚地中海风的拱门和做旧的舵随处可见,让人恍惚间仿佛来到了爱琴海。老板极有眼光地把旅馆前的沙滩也包了下来,临海而居,真是个度假胜地。由于是新开的,还没有多少人知道,也不知程优他们哪里来的资源,居然找到这么个世外桃源。

老板人很好,开了艘游艇亲自带我们出海浮潜。大家三三两两组队,兴致高昂地一起上了船。乔子诺和苏可下车后转眼就不知去了哪儿,也是,热恋中的人才不会和我们一起凑热闹。

江南的心情仿佛很好,一路上一直和老板聊。他高中参加了中美联谊高校论坛组织的夏威夷夏令营,正是在那时学会了浮潜,并且第一次亲眼看见了海龟。也是在那时,他终于和只在网上交谈的乔子诺见了面,并且成了好兄弟。

我从来没有浮潜过,戴着潜水镜咬着管子在船尾练呼吸。不一会儿,潜水镜里一片雾气,眼前一片迷蒙。

"小陌,"耳边响起好听的男声,"要是在海里,潜水镜起雾是很危险的,你要及时去除雾气。"潜水镜被温柔地摘下,喷上了防雾剂。

"你知道如果在海里潜水镜突然起雾了,身边没有防雾剂,该怎么办吗?"江南低头清理着我的潜水镜,笑着问我。

"不知道……"

我哪里知道潜水镜起雾了怎么办,我就连你这样看着我,看得我的眼前泛起一片迷蒙,都不知道该怎么办。

"用口水。"

"啊?"我彻底醒了,"瞎说的吧。"

"真的啊,"江南帮我把潜水镜戴好,笑笑说,"吐一口口水擦擦就好。"

"那岂不是很……"江南望着我咧嘴笑了,黑白分明的眼睛在阳光下像是宝石一样耀眼。我透过潜水镜厚厚的玻璃望着他,像是鱼缸里的金鱼,隔着玻璃望向一个美好而值得向往的世界。

他一改车上的疏远与不耐烦,恢复成了我所熟悉的那个江南。车上的那个他,一定是假的。一定是我打了个盹,才会有那样不快的错觉。多希望时间可以停止,一下下就好。

"程优!你要干吗?!"身后一个男生在大吼。

我和江南迅速转身,望向船头。

·5·

程优穿着紧身的黑色泳衣迎风站在船头,完全不理会大吼的彭浩,突然,一个倒栽葱,像一尾黑色美人鱼,头朝下跳进了大海。

彭浩一个箭步冲向船头,我猛地摘下潜水镜也冲向了船头。深蓝的海面上泛着点点浪花,可程优却不知所终。

啪!还没等我反应过来,身边的男孩突然猛地跳下了海。

"喂,彭浩!"我大吃一惊,拉也拉不住他。

"糟了,浩子没有穿救生衣。"江南叫了一声。

我转过头:"不是吧?他不会游泳?!"

"江南,你看着大家,"身旁突然响起一个中年男子的声音,是度假村老板,他一手拿过船身上的救生圈,低声说,"我下去。"

"呀!快看!"身旁一个同学捂着嘴惊叫着,"程优啊!"

我马上低头望去,只见程优蹙着眉头,奋力游向我们的船。她左手在不断划水,右手紧紧托着一个双目紧闭的男生——那是彭浩。

度假村老板赶忙把救生圈扔了下去,然后自己也扑通跳下海,帮程优把彭浩托了上来。

"大家让一让,别围着他。"江南指挥着人群散开。

彭浩双目紧闭,嘴唇已经开始发紫了。

"喂!彭浩!你这个猪头,别装死吓我啊!"程优摇着彭浩的手臂喊着,彭浩一动不动。

"江南,是不是要做人工呼吸啊?"程优快哭起来了。

江南单膝跪在船板上,将仰卧的彭浩身子翻转过来,用膝盖顶着他的腹部,让他的头部自然下垂,然后对旁边一个男生说:"帮我用力压他的背部!"

那男生连忙双掌覆于彭浩湿漉漉的背部,开始不断地按压。

全场一片令人窒息般的安静,大家似乎连呼吸都屏住了,看着那男生有节奏地用力。一下,两下,三下……

"噗……咳咳……"彭浩突然一个抽搐,吐出好大一口水来,然后猛地咳嗽起来。

"好了,没事了。"江南吁了口气,慢慢将他扶起来。

我轻轻抓了一下程优的手,看到她吓得脸都白了。

"彭浩!你不要命了啊!有你这样不会游泳还不穿救生衣就跳下水的吗?!"程优突然发飙了。

彭浩咳得满脸通红,却不甘示弱地站起来:"我以为你想不开啊!"

"我想不开?"程优一副"你有病吧"的表情,"我为什么要想不开啊?!"

"还不是……算了。"彭浩别过脸去,欲言又止。

"哎,说一半怎么又不说了?真是被你急死!"程优接过我递过去的毛巾,愤愤地说,"话说你也奇怪,你又不是不知道我初中就拿到潜水证了,就算是睡着了我也能游回来,怎么可能选择投海这种死法?"

"我……我忘记了。"彭浩猛地起身,头也不回地走了。

我看着程优一副被气到吐血的模样,心里只觉得好笑。

她还真不是一般的少根筋。

可是一根筋的人有一根筋的幸福,只是自己还未察觉。

我顺着梯子来到游艇二层。这里是完全敞开式的设计,靠在船头的栏杆上,看着海洋像深蓝色果冻似的包围着这艘白色的小小游艇,心里无比宁静。

"哎,给你。"我递给彭浩一瓶水。

"谢谢。"真是少有的简洁。

"你怎么会……认为程优想不开?"我实在想不明白,只好单刀直入。

彭浩突然转过脸认真地盯着我看,他安静起来真让人不习惯。

"苏陌,你是真不知道?"

"我不知道你指的是什么。"

彭浩别过脸,望着遥远的天边,良久,吐出来一句:"程优她,暗恋乔子诺。"

我惊诧地望着他,完全不能相信。

"准备比赛那段时间,苏可每天放学后都会留在学校练习,乔子诺都会去接她,然后一起去吃饭,再送她回宿舍。好几次程优都偷偷尾随他们,而我,一直跟在她后面。"

这个世界一定是疯了。

丘比特是不是太闲了,到处乱放箭。又或者,他手里的配对名单一定都是乱码,才会有这样匪夷所思的剧情上演。

这个爱神,实在太不专业。它一定没有读懂上帝的旨意,如果这个世界上有丘比特爱情专线,一定有很多人要打电话去投诉。

我突然觉得难过。

感情世界里,我们有时候真的会卑微如尘埃,可是要有多大的幸运,爱情才能在尘埃中开出花来?

我们的心一定都太小了,只能住得下一个人,然后便像中了蛊似的追逐与跟随,仓皇失态。

我跟随着江南。

乔子诺跟随着苏可。

程优跟随着乔子诺。

彭浩跟随着程优。

……

程优真的暗恋乔子诺吗？想起她那次打电话给我报绯闻的语气，难道那些雀跃都是装的吗？

我一直兀自以为，程优和彭浩是彼此喜欢的，只是从未挑明，就这么自顾自地暧昧着。我以为他们俩在一起只是时间问题，却原来只是一场单相思……不，是两场单相思。

程优到底喜欢乔子诺什么啊，那样冷漠得仿佛呵气成冰的人，随便被他瞥一眼就能被冻成冰雕。而他又极为聪明，好像总能读懂你的心思，让你所有的情感仿若夏绿冬白般分明得无所遁形。

这样没有温度而危险的男子，最好敬而远之。可是程优，怎么就陷进去了呢？我以为我们是足够好的朋友，却原来也不是无话不谈。她有她的秘密，我也有我的。我们每天都笑脸相迎，背后却独自抹泪。原来我们互相分享的，只有彼此的喜悦，而没有忧伤。

我不愿告诉她我所向往的那个幸福的海市蜃楼，她不愿告诉我她正苦苦挣扎的爱情沼泽。

哦，不，其实她提过的，问我苏可是不是有男朋友，那人是不是乔子诺。是我太迟钝了，竟没有察觉八卦背后的实际意义。

想得头都痛。

"嘿，干吗一副发愁的样子？"彭浩突然张开大手拍了我的背一下，我被他震得五脏六腑好像都乱了位置，"失恋的人又不是你，干吗像吃了大便一样苦着脸？"

真是，滥用比喻到这种程度。

"我只是仍然不敢相信。"我趴在栏杆上，无奈地耸耸肩膀。

"嗯，我以前想，等到毕业那天，我就一把拉住她的手说：'从现在开始，你就是我彭浩的女人了。'"彭浩脸上有着淡淡的忧伤，可是瞬间又变成了自嘲的神情，"原来没有那一天了，我到时只能看着她的背影说再见了。"

我想说安慰的话,可是那真不是我擅长做的事,所以只能保持沉默,静静地听他倾诉。

"原来等待是一件很傻的事,是谁说过'这个世界上有一个人会永远等着你'这样的话,嗬……我就是这样一傻子。"

我有点动容:"你竟然也读张爱玲?"

彭浩耸耸肩:"不知那是谁,也许是哪天听她说起过,当时只觉得鸡皮疙瘩都起来了,现在才可笑地知道,原来说的就是我。"

"浩子,等一个人并不可笑,"我低头看着翻腾的海水,心里有一种忧伤的笃定,"有时候,那成为了我们生命的意义。"

不是吗,在等你的过程中,我才蜕变成那样盛放的花朵。

"苏陌,谢谢你。倒是你……"彭浩对着我感激而高深地笑笑,"你和江南,要好好的哦!"

"啊……"我被这突如其来的一句祝福吓住,微微颤了一下,脸上不敢有任何表情。

"程优老说江南当你和苏可都是妹妹,我觉得不是。我觉得你和江南就挺好的,两人才貌双全,彼此又默契十足,没有人比你们更般配啦!"彭浩一副"我为你们做主"的表情,我也不知该感激还是好笑。

"胡说八道……"我不知该怎么接话,舌头都仿佛生锈了一般。

"如果江南向你表白你都不接受,那你眼光未免也太高了!"

我的心突然像被壁球来回撞击般,止不住地狂跳。

"苏陌,告诉你个秘密……"彭浩突然靠过来,小声对我说了一句只有我能听见的话,"江南写了一首歌,一首给你的歌。"

第五章
假的真心话,真的大冒险

这世界上最美的情书
可以是一首诗
可以是一幅画
而你说
那会是一首歌
其实我并不在乎歌里唱的是什么
只要是你唱的
只要是唱给我的

· 1 ·

晚餐过后,我们在沙滩上燃起篝火,大家三三两两围坐在一起,有一句没一句地聊着。

失踪了一整天的乔子诺和苏可终于出现,加入了我们。

夜色正浓,火光摇曳,青烟袅袅。跳跃的火焰映着每个人的青春笑脸,气氛温馨而融洽。

江南向老板借了把吉他,和几个男生一起聊着音乐,琴弦被轻轻拨动,伴随着阵阵海浪声,一下,一下,仿佛拨在我的心尖。

真好听。

我偷偷看着程优,她正高声与别的男生喝着啤酒猜着拳,好像并没有异样。彭浩也在当中,表情自然得像是什么事都没有发生过一样,仿佛白天那一幕只是我的幻觉。

从什么时候开始,我们都变成了这样演技高超的演员?

我把书包放在胸前,小心翼翼地抱着。那里面装的是我的青春,单纯美好但一捏就碎的青春,经得起漫长时光考验却输不起的青春。

今晚过了十二点,我就要把它交给我心中的白兰少年。

彭浩说,等待其实是一件很傻的事。

Tina姐说,再不勇敢地去爱,我们就要死了。

他们都说得很对。等爱的沙漏终于快要流完,我也不想再做只会等待的傻子了。

"姐姐,"苏可摇着轮椅凑过来,"好羡慕你们可以下水浮潜,一定很有趣。"

"以后还会有机会的。"我笑了笑,伸手扶稳她的轮椅,突然兴起地问,"你的子诺哥这一整天都带你去做什么了?"

苏可仿佛脸一红,从怀里掏出个东西递到我的眼前:"姐姐你看,他送给我的。"

苏可纤细而白皙的手里,捧着一个东西。

一个深蓝色的海星。

它有着大海一样神秘而湛蓝的颜色,美得像是一个海里的精灵王子,只是被瞬间封印成星星的形状。也许只要一个吻,它就能瞬间活过来,幻化成王子原本的模样。

"真美啊……"我第一次见到这种颜色的海星,不由得赞叹。

"嗯,我也好喜欢呢。子诺哥说,这蓝色的海星就像我,可爱而珍贵。"苏可说着羞涩地低下了头,火光映衬着她绯红的脸庞,像粉色绣球花般娇俏。

我微微抬眼,赠送蓝色海星的那人正斜斜地靠在树上,没有与旁人喧闹,也没有喝酒,只是低头定定地翻看手机,不知在看些什么。他的神色冷漠依旧,似乎身边的一切都与他无关。他静默地站着,仿佛融入无尽的黑夜之中。也不知是夜色模糊了他的表情,还是他本身就让人莫测难猜,我只觉得让人看不透。

乔子诺,这样浪漫温暖的举动,真不像你。

不过,每个人都有自己的命门,苏可或许就是他的软肋,让他冷漠的防线终于崩塌,露出最柔软的本心。无论他待旁人如何,这世界上总有一个人能赢过他所有的自尊与傲气,被他视若珍宝地捧在手心,给予万千宠爱,情深似海,江山不换。

爱情令一个人疯魔不能自已,真是任谁也无法逃脱。

我收回目光,突然瞥到苏可腿上的石膏,白色纱布在跳跃的火光映衬下有点刺眼。我控制不住地问了一句:"你……喜欢乔子诺吗?"

"唔?"我的话语太轻,她微微前倾,歪着头问,"姐姐你说什么?"

我想起程优,想起彭浩,这样兜兜转转,这样纠缠错爱。

我突然觉得有点莫名烦躁,差点脱口而出"你们爱在一起就赶紧在一起,别故弄玄虚伤及无辜了"。

可是我抑制住了。

爱情何来半点怜悯与将就,在这动人故事里,只要结局是王子与公主幸福地生活在一起,谁还会在意那些自愿撞上枪口甘当炮灰的路人甲?爱情,本就是含笑饮毒酒,愿赌服输,输者自负。

"小可,只要你觉得幸福,姐姐都会支持你。"我望着她的眼睛。

"哦?"苏可也盯着我的眼睛,嘴巴微微嘟起好看的弧度,像一只温顺可人的小兔子。

真的,我们两个都会幸福的。

"姐,如果我们两个……"

我的脑袋突然嗡的一下,不能自控地猛然一抬手,打断她的问话:"你要不要喝水?"

"谢谢,"苏可眨眨眼睛,"不需要。"

我突然觉得害怕,身子抑制不住地微微颤抖。

上一次听到苏可这样问我,是在半空中。那时我试图听清楚她问的是什么,结果只看到她嘴巴一张一合,却什么也听不到。

然后,她就摔下去了。

每每想到这一幕,我都会觉得头好痛,仿佛被人闷头打了一棒,眼前白花花的什么都看不到,也什么都听不到。

"如果我们两个……"

到底要如果什么,到底我们两个之间要假设些什么?

头痛欲裂,还是猜不到。但我不想知道,仿若那未知的问句是被下了蛊的魔咒,一旦说出口,将会打碎我们所有平静而美好的现在,将我们推向万劫不复的未来。

我,不要听。

"各位同学!麻烦大家都聚过来,我们来玩个游戏吧!"程优站在篝火旁,拍拍手召唤大家。

大家渐渐围拢过来,坐成一个圆圈。我轻轻吁了口气,像是快要溺毙的人被一把救起。我站起来,慢慢地推着苏可走过去。大家都好奇地望着站在圆圈中央的程优,不知她葫芦里卖的什么药。

"月黑风高的,是不是要讲鬼故事?"彭浩在一旁阴阳怪气地叫着,惊起了女生们一阵倒吸气的声音。

真是个幼稚鬼。

"鬼故事这么没营养,你留着讲给小学生听吧。"程优显然还没原谅他今天做的傻事,白了他一眼,"而且你成语用错了,今晚月色很好。"

彭浩低哼了一声,抬头看了看天,不再答话。

"夜深人静,最是心扉敞开时。我们来玩——真心话大冒险!"

·2·

程优拿着一副扑克牌站在中间,笑意盈盈地对大家说:"规则很简单,我会从扑克牌里面抽一张,上面的点数从我开始以顺时针的方向数,数到点数对应的人停下来,必须接受挑战。然后再由接受完挑战的人抽牌,以此类推。"

"可是,谁负责问问题,谁又负责出大冒险的题目呢?"性子急的彭浩忍不住打断。

"这位小学生,老师没教过你打断人说话很不礼貌吗?"程优瞥了他一眼,没好气地应了一句。

彭浩低头不说话了。

我突然想,如果是彭浩被抽中,要他说出喜欢的人,不知他会不会鼓起勇气说出来。

"为了化繁为简,我们的游戏规则定得简单一点。"程优举起手中的一个小饼干罐,"待会儿每人写一个真心话问题放进这里,接受挑战的人自己抽一个问题回答。要是不愿意回答真心话,那就接受大冒险。大冒险很简单,只有一个。"

全场突然变得很安静,大家都盯着程优,听她讲下文。

只见她突然蹲下来,拿起脚边一罐啤酒:"喝酒!"

大家一阵惊呼,男生们开始嗷嗷叫着"早知刚才不喝那么多",女生们也三三两两开始低声讨论着"真的要说真话啊"……

"怎样,有没有胆子玩?"程优豪迈地笑笑,扫视着大家。

"玩就玩,怕你啊!"彭浩突然一抹鼻子站起来,直视着她。

大家安静下来,没有说话。但也没有人反对。

也是,这样一个微醺的夜晚,最适合做些刺激的事情。

"好,现在开始写真心话问题。"

我望着手里的纸和笔微微发呆,手心有点出汗。

不过是个游戏,大不了喝酒。可是,我要写什么呢……

我抬起头,望着圆圈对面的江南。他正好也抬起头,对着我温柔一笑。

曾有人说,每个人都是一段弧,我们用尽一生去寻找自己的另一半,组成一个完满的圆。如今,我们在圆圈的两端,遥望着对方。

我低下头,在白纸上写了几个字,折起来,放进饼干罐里。

江南,你会是我的另一段弧吗?

"好啦,大家都写完了。"程优拍拍手,拿起扑克牌,"真心话大冒险,现在开始。"

按照规则,程优是第一个抽牌的人。她洗了洗牌,小心翼翼地从里面抽取一张:"方块10。"

大家开始数起数来:"1,2,3……"

一个梳着马尾辫的女生"呀"地叫了一声,其他人拍着胸脯长吁一口气。

女生缓缓走到中间,在罐子里抽了一张字条,慢慢地读起上面的字:"你的初吻……是在几岁?"

"哇哇哇!"男生们开始怪叫起来,"谁写的啊?第一个问题就这么猛!"

女生的脸唰地红了,咬着嘴唇站在中间,不知所措。

"哎,要讲真话啊!"一个胖胖的男生大声说着。

大家都不说话了,好奇地望着马尾辫女生。

女生低着头,深吸一口气,弱弱地吐出来一句:"还……没……有……"

"哇！阿来你有机会啊！"刚才那个胖男生突然猛晃他身边一个戴着眼镜的白净男生,那男生窘迫得剧烈咳嗽起来,大家见状更是兴奋得高声叫嚷。

女生红着脸坐回了原位,旁边的朋友抓着她的手和她咬耳朵。

才第一个问题,全场已经嗨到爆。

程优把扑克牌递给马尾辫女生,大家又安静下来,屏着呼吸看她抽牌。

"是……黑桃K！"

大家的目光开始顺时针绕圈。

"哇！乔子诺,是你啊！！！"彭浩突然跳起来指着身旁的乔子诺大叫。所有人的目光如同追光灯一般,唰地聚焦到酷酷的乔子诺身上。

他却面无表情,抬头望着一脸兴奋的彭浩,淡淡地说:"我是12。"

"你……你是12？那……"彭浩一下子蒙了,"那13……岂不就是我?!"

全场一阵哄笑。

"等等！我再数一次！"彭浩慌忙摆着手说。

他一连数了三次,依然是他。没办法,他只好走向装着问题的罐子,深呼吸,伸手抽了一张字条。

"如果……要在现场选一名异性……表白,"彭浩的声音开始微微颤抖起来,"你会选谁？"

嚯,真是个好问题。现场开始喧闹起来。

其实彭浩在他们学校很受欢迎,他虽然有时候大大咧咧少根筋,但运动细胞超强,加上长得还不错,家境又好,球场上常聚集着一群仰慕他的女粉丝,据说情书也没少收。

估计现场有不少女生心里已经在打鼓了。

我偷偷抬眼瞄了一下程优,她在和身边一个女生有说有笑,看也不看站着像根柱子似的彭浩。

程优没有反应……她果真暗恋乔子诺？

"哎,老大,快点说啊!"一个男生站起来嚷嚷着。

彭浩站在圆圈中间,盯着手里的字条一声不吭。

"彭浩,字条都要被你看出个洞来了!"大家开始按捺不住地叫起来。

我盯着彭浩,在这一刻,我真希望他能说出来。

"没有。"

"什……什么?"全场突然安静下来,"怎么可能没有?"

"之前那个也可以答没有啊!"彭浩大声辩解着。

"怎么一样,现在问的是假设你要选一个,假设!"众人不依不饶。

"一,个,都,没,有。"彭浩突然抬起头,微笑着说。

他望着程优,一个字一个字地吐出这句话。

真是受不了了。我猛地站起来,旁边的苏可小声惊呼了一句"姐姐"。我没理会她,径直走到彭浩跟前。

"要不选一个,要不……"我将手中的啤酒啪地打开,"喝!"

彭浩惊诧地望着我,我对着他无声地做着嘴型:你是不是男人?

他望着我手中的啤酒罐良久,突然一把夺过,仰头灌了下去。然后手一用力,空罐子被他捏扁,一甩手扔到了沙滩上。

"真的,一个都没有。"

啤酒罐摔在软沙上,落地无声。彭浩对着我微笑,这样的笑容,真是悲伤。

"好酒量!"程优轻轻拍着掌打破现场尴尬的气氛,"那……我们继续啰?"

彭浩一抹嘴巴,拿起扑克牌:"继续继续!"

我回到苏可旁边坐下,她凑过来轻轻地问:"姐姐,浩子哥是不是喜欢小优姐啊？"

"他不是说了吗，"我没好气地回答，"一个都没有！"

"红桃……7!"程优的声音远远地传来。

"1,2,3……是……"声音由远而近。

"轮到你了，苏陌！"

·3·

"苏陌，下一个，是你。"程优的声音在我头顶响起。

老天，你是听到我的心声，要提前结束我漫长的等待吗？还是我刚才对于别人的事情太过热心冲动了，连老天都看不过眼了，终于，要掉转枪头来惩罚我了？

我一扬头，大不了喝呗。

我虽然看起来什么都不怕，但是对啤酒却是无计可施。程优他们都叫我"皮皮虾"，意思是碰到啤酒就抓瞎。所以平常聚会的时候，我们都很少喝酒，要喝也是喝彭浩带来的红酒，但从不碰啤酒，为的就是照顾我浅得吓人的酒量。

可是这次这么多人的聚会，偏偏只有啤酒。

事已至此，唯有硬着头皮上。

"别喝酒。"程优走过我身边，轻轻对我说。

那也得老天保佑，赐给我个正常点的题目吧。

我走到场中间，大家异常地安静，都在注视着我。

我把手伸进饼干罐，轻轻地翻了一下。有一张硬硬的字条硌着了我的手心——就它吧。

我抬头看天，天上星星满布，像是镶满了碎钻的深蓝色天鹅绒，仿佛伸手可摘。在这样多的星星里,依然看不到猎户座。

为爱而生的猎户座,你在哪里?

我闭着眼深吸一口气,低下头,打开字条快速地扫了一眼。

天,要,亡,我!

我合上字条,一句话也不说,弯腰拿起一罐啤酒,啪地打开。

"等一下!"温润好听的声音在对面响起,"小陌,你不能喝啤酒。"

我抬眼,望着正对面站着的江南。他身后是广阔的天幕与无边无际的墨色大海,微凉的海风轻轻吹起他的衣摆,白色衬衣在夜色中像是会发光似的耀眼。

他的眼睛像是宁静的夜空,温柔地看着我。

不喝吗?那你要我说什么……

我的心像是漏跳了几拍,顿时有一种缺氧的感觉。

真的要说出来吗?

"喂喂喂!"有男生在怪叫着,"字条上到底写的是什么啊?"

"就是啊,让我们看看呗!"

"呀……"我一个没留意,一直紧紧攥在身后的字条被一个男生猛地抽走了。

"快读来听听是什么!"众人一阵催促。

那男生转身打开字条,高声地念:"你现在……最想吻的那个人……是谁?"

"哇!这道题够劲爆!"

"不会又说没有吧?!"

"苏陌好像还没有男朋友吧?"

"就是啊,她一直傲得很,谁也人不了她的法眼……"

好吵。真的好吵。

我举起啤酒罐,一抬头,手在半空中被抓住了。

"小陌,"是江南,他对着我小声说,"随便说一个吧,不过是个游戏。"他眉头微皱,眼睛里有我读不懂的情绪。是关切,是不悦,还是诱惑?我还没喝,就已经觉得头有点疼了。

随便说吗?怎么可以随便说?

我望着他的眼睛,心脏像隆隆的战鼓般狂跳不已。

我可以……选择说真心话吗……

"喂喂,不准乱说啊!"众人似乎看穿了江南的提醒,不依不饶,"要是真说了就要做了哦!"

我看了一眼江南,他离我这样近,近得我能感受到他如同青草般好闻的气息。我仰头在他温柔如夜空的眼睛里看到小小的、仓皇的,却偏执的自己。

此时此刻,一个人的名字在嘴边呼之欲出,那是我心心念念了七年的名字,若是七年的单恋以一个游戏的方式结束,从此幸福降临,似乎也是一个美满到让人伏地痛哭的结局。

我定睛打量他微微抿着的双唇,真好看。

我曾经假想过无数次初吻的情形,是不是真的会踮起脚尖,然后右脚微微抬起?我的眼睛会不由自主地闭上吗,还是会不舍地微微睁开,以记住深爱之人此刻的表情?我的头会偏向右边,还是左边?我会不会紧紧拽着他的衣摆,大气都不敢出?

这一刻,假想的对象就在我眼前,如果我真的凑上去,他应该不会推开我吧?所以,我可不可以,真的任性一回?

我望着他的唇,就这么屏着呼吸静默地站着。

就在最后一丝氧气在我的胸腔里消耗殆尽之时,我的左手猛地用力一挣脱,一仰头:"那个人,还没有在我的人生中出现。"

啤酒,好苦。

我大口大口地把啤酒灌了下去,像是濒死的人在大口大口地吸着氧气。冰镇的啤酒像一阵彻骨的寒风刺激着我的胃,整个胸腔像是瞬间充满了气的气球,难受,却无从发泄。我喝得太急,灌下最后一口后终于忍不住猛烈地咳嗽起来。全场一片寂静。

程优小跑到我身边,给我递了一张纸巾,轻轻地拍着我的背。

"女中豪杰!苏陌,我服你!"刚才怪叫的男生突然站起来对我说。

我不是什么女中豪杰,我只是不想在这么多人且乱哄哄的地方,对你说"我喜欢你"。

"江南,你想英雄救美,没有救成啊!"想看热闹的人不放弃地叫着。

"是啊!要不下一轮不要抽牌了,直接就是你来真心话吧?"

腿开始发软,我只觉得天旋地转。江南的脸在我眼前变成了重影,是因为酒精的缘故吗,我竟觉得他脸上有着忧伤的表情,在月光下显得越发惨淡。程优扶着我在苏可身边坐下,我把头靠在她的轮椅上,紧紧拽着视若珍宝的书包,手心里全是冷汗。

"江南,今天是你的生日欸!"突然有人说了一句。

我连忙抬起表,正正十二点。

二十岁,白兰花开得最好的时节,他曾对我说他会交女朋友。言犹在耳,仿若不过就在昨日。

"哇!二十岁!怎么也得在这样一个特殊的时刻疯狂一次吧?!"大家开始兴奋起来,声音如同夏夜的热浪一般,扑面而来。

"真心话!真心话!真心话!"江南被声浪团团围住。

江南突然摆摆手,大家安静下来,所有人都在注视着他。他的脸色在月光下显得越发地白,就连微笑也显得牵强。

我只听到他说了一个字:"好。"

·4·

头好重,像是被生生地灌了千斤的铅。

脸好烫,像是被炭火烧着一样。

我想我现在的样子一定很蠢。

不过,现在并没有人留意我,全场所有的目光都聚焦在被围坐在圆圈中间的江南身上。他的真心话,会是什么?

他打开字条:"如果,你要唱一首歌给某个人听,你要唱什么?"

全场一片哗然。

"什么鬼?太没技术含量了!"

"就是啊,便宜江南了!"

"哎呀,我还以为问什么呢!一点都不劲爆!"

大家议论纷纷,都在表达着对出题者的不满。

我的太阳穴突突地跳着,像是被一只小而硬的锤子敲打着,疼得我一点声音都发不出。我用手紧紧捂着嘴巴,全身在冒着冷汗,身子止不住地微微颤抖。

苏陌,告诉你个秘密,江南写了一首歌,一首给你的歌。

江南手里拿着的,是我亲手写下的问题。

我静静地望着在正中央临风而立的江南。他低头望着字条,表情有点怔忡。

上帝一定是故意的吧,在你二十岁的这一刻,抽到了我的字条。在我决然放走了一个选择权的时候,在下一刻又把选择权交还给了你。我就像一杯刚做好的espresso,在这只有十秒钟的生命里,等待着命运的宣判。或绽放,或死亡。

我用我全部的青春,去赌一首歌。

江南突然抬起头,皎洁的月光在他身上洒下一片银辉。他走到一边,拿起吉他,转身对着众人。

大家安静下来,目不转睛地盯着他。

我的心脏开始失了节奏般狂跳。

"以前以为二十岁很遥远,没想到转眼就到了。"江南抱着吉他,额前碎发被风微微吹起,月光下的他散发着迷人而浪漫的气息。

"谢谢为我出题的那个人,在我二十岁的这一刻,给了我这样一个机会。"他轻轻地说着,全场安静至极,只有海浪声做伴。

"请给我一首歌的时间,我要把我的心,唱给现场某个女孩听。"

现场……某个女孩……

琴弦轻轻地被拨动,像是拨在了我的心上。

他低低地吟唱,那样动听。

第一次遇见你的时候,

我们还是孩子吧?

那时天很蓝,

路旁开满了白兰花。

我总是见你笑,

却从来不知道,

女孩踮起脚尖的倔强,

是为了男孩可以看见她。

直到某一天,

我才突然发现,

如果没有你在身边，
就像鱼儿离开了水，
鸟儿离开了天空，
要怎么活下去啊！
我想这就是爱，
这一定是爱吧。
一直是你踮起脚尖，
那么这次换我吧，
让我走过来，
为了爱单膝跪下。
我心爱的女孩，
可以接受我吗？

我在蒙眬的泪光中看着站在对面的江南，那是我一直奔跑追随的江南，我一直抬头仰望的江南。

十年前的那个深秋，你往我手心里塞了一颗水果糖。从此，我记忆里的秋天都是荔枝味的，弥漫着水果般的香甜。

七年前的那个盛夏，你带着我去看白兰花，我仰着头看那一树沁香的奶白色花朵，踮着脚尖想要伸手摘，却怎么也够不着。你哈哈一笑，翻身上树，伸手一捞便是一簇，再一捞又是一簇。我拎起裙摆在树下接着，白色花朵如同雪花般落下，落在我的头上、身上、裙子上，像是一阵甜香的花雨。直至看门的阿姨拿着扫把追来，你才一下从树上跃下，拉着我的手向前飞奔。

我一手被你紧紧拽着，一手还提着裙摆，兜里的花朵在奔跑中被抖落了一地，连迎面而来的风都渗着花香。

那年夏天最美好的记忆，便是迎风鼓起的白衬衣，以及那有着醉人芬芳的白兰花。

这些年来,我一直在等,等着终有一天你会在白兰树下郑重牵起我的手,再不放开。我把我最美好的青春献给了执着的等待,等成了天边的一颗星星,只为了这一天。

你说得对,我一直在踮起脚尖想要靠近你,一如当年踮起脚尖想要触碰那白兰花。常常觉得无助和难过,每当夜深人静时很想要放弃,却只能自己抱着自己咬着牙说"没关系",撑一撑就过去了。

谁知一撑便是七年。

我真的很累了,如果你再不走向我,我想我就要倒下去了。这样耐久而炽热的爱火,快要将自己也燃成灰烬。

吉他声戛然而止,白衣少年微微抬起头,坚定地望向了我这边。

"谢谢你听我把歌唱完,谢谢你为我所做的这一切。"

众人突然唰地向两边散开,在我和江南之间形成一条通道。

他慢慢地向前走,眼神执着而坚定。

"如果可以,这一次换我来努力,让我走向你。"他慢慢走到我跟前,我已经泪眼婆娑,连他的样子也看不真切。我扶着苏可的轮椅勉强站起来,海风突然刮了起来,吹得我的眼睛发涩,似乎要睁不开。

他站在我面前,缓缓地开口说:"你愿意……做我的女朋友吗?"

……我愿意。

耳边突然哄地响起一阵巨大的欢呼声,震得我快要晕厥过去。我看见江南一脸惊喜,看见程优感动得哭成了泪人,看见众人拍着手欢呼着。

我等了七年,等来了江南的二十岁盛夏。

我哽咽着,一句话也说不出。我一定是高兴傻了。

"江南师兄太了不起了啊!"

"是啊,他们真的是郎才女貌,般配得不得了!"

"天哪,太感动了,我都快要哭了!"

所有人都在议论着,艳羡着。

突然,有人在旁边推搡着我说:"苏陌,你看看人家江南,这才叫真心话啊!你是不是也应该给我们补一句你的真心话啊?!"

我的真心话……刚才我没有说的真心话吗……

我现在……最想吻的那个人……

我看着江南,夜色正浓,月光正好。那是梦中牵着我向前奔跑的白衣少年,那是我用尽力气义无反顾去深爱的人啊。

我踉跄着向前走去,抬起头。面前的男生高大而挺拔,他的脸在我眼前,投下了一片黑影。

我抬起手,用力拽着男生胸前的领子,他深邃如海的眼眸离我越来越近,仿佛与天上的星星重合起来,落入我的眼中。

此时此刻他在想什么呢,是不是有着和我一样的心情?

而他望着我,微微蹙眉,轻声说:"喂,苏陌……"

我的手拽着他的衣领猛一使劲,仰起头便狠狠地印上了他的唇。

牙齿撞在他微凉的唇上,舌尖触碰之处净是悲伤而绝望的腥甜。

安静的夏夜,我仿若听到了玻璃碎裂一地的声音。

那一定……是我的心吧。

"苏陌……吻了乔子诺!!!"

第六章
再见了,我的猎户座

是不是人快要溺毙的时候
都会不顾一切地
想要抓住救命的稻草
我知道你不是
我们只是同为天涯沦落人
可是无论如何
请带我走

· 1 ·

"请给我一首歌的时间……"
"如果可以,这一次换我来努力,让我走向你。"
"你愿意……做我的女朋友吗?"

睁开眼睛,头痛欲裂,胸口像是被巨石压着,喘不过气来。我像是全身筋骨尽断的濒死之人,只有麻木的肉身,灵魂却已飘在半空。

昨晚的一幕幕却像电影似的,一遍遍地倒带重播,如同一把生锈的铁锯,用力而缓慢地拉扯着我的心脏,却并不至一刀了结。

有没有人,可帮我按一个"delete(删除)"键,让我从此失忆?

"醒了?"旁边突然响起一道低沉的声音。

我突然像是触电般整个弹起,惊诧地望着床边的人。

他静静地坐在我身边,脸上有淡淡的倦意,下巴上已经冒出了灰青色的胡茬儿,像是一夜没睡。

"我……在哪里?"我带着重重的鼻音问道。

"我家。"

我突然清醒了一大半,条件反射地一把拉开被子。

身上穿着……一件深蓝色的……男式衬衣……

"乔子诺!!!"我瞪大了眼睛朝着他怒吼,一下没收住力,后脑勺砰地撞在墙上,痛得龇牙咧嘴。

"你昨晚吐了我一身,"他托着腮定定地看着我,"大半夜的又叫又闹,几乎要把整栋楼的人都吵醒。"

"那……你也不能……"我痛得连话也说不清楚,急得立马翻身下床。可是一触地板却感到脚底钻心地疼,腿一软,我一下子哐地跪在了地上。

"喂……"乔子诺皱着眉头把我拎回床上,"你就不能老实待着?"

我愣愣地看着自己缠着纱布的右脚,从脚板到脚背绕了好几圈,喏喏地问道:"我为什么会受伤?"

"你在我的浴室里发癫,一脚踩在了玻璃碎片上。"

乔子诺冷眼看着我,我只觉得头脑混沌,一点记忆也没有。

"为什么地上会有玻璃碎片?"

"你自己一手打翻了我的玻璃杯……你是真不记得了?"他一抬眉,起身走向落地窗,突然又顿住,头也不回地对我说,"苏陌,你酒品真差。"

昨晚……半夜……浴室?

我们不是在度假村吗?我怎么会……在乔子诺家?

眼前突然闪过一幕幕,我万般不愿回想,却排山倒海般涌来的一幕幕。

"如果可以,这一次换我来努力,让我走向你。"

"你愿意……做我的女朋友吗?"

"苏可。"

我用力地拉着男生的衣领,叩上了他的唇,绝望的腥甜在唇齿间蔓延。几秒钟之后,我在一阵惊诧声中猛然松开手,头重重地靠在他的胸膛,低声说:"乔子诺……求求你,带我走……"

然后乔子诺一把把我打横抱起,在所有人目瞪口呆的注视下带着我离开。

我依稀记得我们上了一辆出租车,我把头靠在车窗上。车开得极快,颠簸中,我的头一下一下地撞向车窗,发出沉闷而绝望的声响。

乔子诺一言不发地把我的头扳过来靠在他的肩头,我一挣脱又靠回了车窗,他又扳过来,我再挣脱。到后来,我已经被颠得七荤八素,大声嚷着说:"让我下车!我要吐了!"

司机一边摇下车窗一边说:"小姐你别吐我车上啊!"

我不知哪里来的狠劲儿,突然一下子用力推开了并没有上锁的车门。车正高速行驶着,风猛地从门缝中蹿进来,呼呼地打在脸上生疼。乔子诺一把把车门砰地拉回来,抓着我的肩膀用力地摁在座位上,很大声地吼道:"苏陌你不要命了?!"

然后,我就哇地吐在了他身上,吐得胆汁都出来了,仿若没了半条命。至于后来怎么来的乔子诺家,我的脚怎么受的伤,一切就像断片了一般,一片空白。

为什么是苏可?我有什么比不上她?

我突然想起那个傍晚,我坐在医院的椅子上。风把对面病房的门吹开,白炽光从里面透出来。一个年轻的男孩半蹲着,低头轻轻抬起女孩打了石膏的左腿。他对着她微微笑着,眼眸像夜空里的星星,尽是温柔。他们两人像是被光芒笼罩着,眼中只有彼此。

我分明看到,那样美好的画面,是江南和苏可。

我分明听到,她对他说:"我会站得高高的,让你可以看见我。"

而他说:"是的,我看见你了。"

好多次,苏可把打着石膏的左腿伸到我面前,纯白色的纱布上,分明写了一句话:我看见了,小可。

没有署名,却是我熟悉的俊逸笔迹。

我明明看到了,却自我催眠着。

好像不去想它,那就不是真的。

"不要憋着,"头顶响起乔子诺淡淡的声音,"想哭就哭吧。"

我如鲠在喉,却哭不出来。

"其实你有没有想过,他需要的是一个踮起脚尖来爱他的女人。"乔子诺的声音很轻,却像鼓点一般有力地敲打着我的心,"而这些年来,你不过是那个假装踮起脚尖的人而已。"

你不过……假装……踮起脚尖。

我的心猛烈地一抽,痉挛一般地难过起来。而回忆如同汹涌的潮水,瞬间将我淹没。我无力地望着乔子诺,他一直知道我的秘密,我不可告人的秘密。

高三第一次期末考,我照例考了总分第二,化学照例壮烈牺牲了最后两道大题。发卷子那天,下课的时候,坐在我身后的一个女同学突然向我请教辅导书上的几道化学题,我想也没想就唰唰唰教她解答了。而这一幕,好巧不巧,被乔子诺看见了。

我抬起头的时候突然撞上了他的目光,他就这么定定地看着我,目光深邃而复杂。我正想问他什么事,上课铃却响了。我实在是好奇,折了一张便利贴传给他:有事就说。

不一会儿,一张新的便利贴传回来:NO.13=P39/2,NO.14=P59/4。

我的心突然剧烈地跳动起来,我想转身过去告诉他事情不是他想的那样,奈何老师正在讲台上口沫横飞地讲着,我不敢轻举妄动。

放学的时候,我飞快地跑过他身边,留下一张写着"天台见"的便利贴,便飞奔出了课室。

记得那日,天台的风异常地大,吹得我的长发像海藻般随波飞舞。我被风吹得嘴唇像冰一样,咬着牙站在栏杆前一动不动,倔强得像一座雕塑。

就在我快变成冰雕的时候,乔子诺来了。

还没等我开口,他说了一句:"如果江南知道了,你怎么办?"

我想了一肚子辩解的话,却生生被他这一句挡了回去。我突然觉得再多的解释都是徒劳,他太聪明,不会听进我的狡辩。

那一瞬间,我只觉得自己虚弱得像被抽掉了元神,全身充满了无力感。我只低声问了一句:"你什么时候知道的?"

"记得第一天你带我去看公告栏,你和他的分数,相差的大概就是两道化学大题的分。而刚才,不过是印证了我的怀疑罢了。"

没错,是我疏忽了。刚才为同学解答的其中两道题,与这次期末考化学的最后两道大题,是同一种题型。

没错,我会答,我都会答。不止这一次,每次都是。

记得那年中考,我考了全年级第一,江南排在了第二。他如旁人那样向我祝贺,而我却在他转身的时候看到了他脸上的一丝落寞与不甘。从那次以后,每逢考试,我都心甘情愿地排第二,一直是第二。我愿意就这样,一直跟在他后面。每次看到红榜上面写着我们的名字,那样紧紧地挨着,我就会觉得,真好,就这样跟一辈子,也不错。

如果江南知道,如果江南知道……

江南是温柔的,可也是骄傲的。我想他不会接受一个女孩子走在他的前头，更不会接受那个女孩子一直以让赛的姿态让他成为象牙塔尖的王者。他一定不能接受。

天台的风越刮越大，吹得我的发丝在眼前飞舞，我只觉得浑身发冷。那天以后，我全然不记得自己都说了什么，好像失忆一般。但我确实絮絮叨叨反反复复地说了很多，为的就是让他不要告发我。

第一名，江南。

第二名，苏陌。

我收起锋芒紧紧地跟在你身后，让我们的名字如同并蒂莲花般那样紧密地连在一起，仿佛这一生都不会分开。

"苏陌……"乔子诺低声唤回我的思绪。

"唔？"

"你记不记得我曾说过，你欠我一次。"

"是。"我当然记得，在那个冷风呼啸的天台上，他转身离开，留下了这五个字。

"就当是你还给我，"乔子诺逆光站在窗前，看不清神情，只有高大的剪影，"我们交往吧。"

我整个人呆住。交往吗？除了江南，我从未想过与别的男子交往。可若不是江南，是谁又有什么所谓呢？是谁都无所谓了。

我起身走到乔子诺跟前，仰头定睛看着他。

他的下巴有着坚毅而紧绷的线条，紧紧抿着的唇上有一道浅浅的血痕，那是昨晚被我牙齿重重磕出来的伤痕吧。

他那样喜欢苏可，每晚护送她回家，在楼下柔情似水地注视着她的窗台，送她珍贵的蓝色海星……这样费尽心思地陪伴她讨她欢心，又如何呢，到头来却也是徒劳。

他也是输不起的人吧，才需要那样一个人来陪他演戏。

我们真是同病相怜。

很好,我们都是爱情里的炮灰,这样般配。

"好。"

七月盛夏,白兰花开得最好的季节。

我才满二十岁,我的青春,却已经死了。

·2·

这个世界没有秘密,嘉禾、明阳两校的论坛一夜之间已经炸开了锅。

"爆料!社会学系才子江南一首情歌虏获美人心!"

"感动!苏可喜极落泪,接受惊世表白!"

"八卦!心理学系系花苏陌公然献吻,恋情浮出水面!"

"惊闻!乔子诺苏陌深夜离开度假村,彻夜未归!"

铺天盖地,逃也逃不开。

苏可从苏陌的妹妹,变成了江南的女朋友。

一夜之间,我输光了所有。

我从乔子诺家出来,径直回了家。苏可还在度假村没有回来,妈妈出去买菜了,只有爸爸一人在家。他在客厅低头看报,一抬眼惊讶地望着我脸色惨白地从房间里拖着行李箱出来,连忙问怎么了。

"爸,我想专心考研,"我低着头胡乱回答,"住学校方便一点。"

我无法告诉他,他的两个女儿爱上了同一个男人。

我更无法面对苏可,即便她只有周末才从学校宿舍回来,我也无法与她待在同一空间里。

"哦哦,考研啊……学校的床位还留着吗?"爸爸显然有点手足无措。他是我童年时期的缺席者,我们有那样长的一段交流真空,即使他想竭力弥补,但我们就像两段断开的电线,总是无法接通电流,常常话不到三句就戛然而止,他有时干脆笨拙地把妈妈搬出来。

"你……要不要等你妈妈回来再跟她商量商量?"

看吧。

"嗯,我自己会跟她讲的。"

"那……你自己要注意身体,有空多喝汤。"

我们父女俩之间的对话,好像就只能到这个程度了。

"爸爸……"快出门的时候,我突然想起了什么,停下脚步转过身,"我为什么叫苏陌,妹妹为什么叫苏可?"

陌上花开,可缓缓归矣。

我知道我们俩名字的来源,那样美好的诗句,想想都觉得动容。

我只是想知道,为什么。

"你妈妈……很喜欢这首诗。"

因为……妈妈吗?我看着爸爸,他头上的白发不知何时竟多了许多,是我平时没注意吗,他突然老了这样多。

"谢谢你,爸爸。"

我把考研这事告诉了妈妈,妈妈同样很惊讶。但她一向支持我的决定,只对我说:"复习压力大时也可以回家,反正家离学校不远,周末也可以和小可一起交流。"

自从苏可来到这个家,妈妈和我说话时总不忘带句"小可"。以前还小的时候,妈妈说:"你是姐姐,要多关心妹妹。"现在上大学了,妈妈也是操心她多过我。按妈妈的话说就是:

"小陌从小就懂事,性格强,不用我操心太多,倒是小可,虽然看起来每天都挺开心的,但总感觉她有心事。"

那次我深夜到厨房里找吃的,无意中听到妈妈和爸爸在卧室中的谈话,听到这句话时我用手环抱着自己,茫然了好一会儿。

"小陌,小可还在度假村吗？她刚病好,我熬了排骨汤,她喜欢淡的,你喝喝看咸不咸？"

望着妈妈一脸憧憬的笑容,我又怎么能让她操心太多,因为我,本来就是一个无须让她太过操心的女儿啊。

"味道刚刚好,她肯定会喜欢的。"我拉着箱子,头也不回,"那没事我先回学校了。"

路上我给原来的寝室长发微信,询问床位的情况。

"早就有人搬进来了,咋了？"对方很快回我,"对了,你妹妹和江南谈恋爱了,是真的吗？"我望着手机发愣,不知道该怎么回复。

"不能回去。"我心里想着,沮丧又委屈,夹杂着一丝莫名的愤恨,像没了灵魂的木偶在街上游走,全身骨头酸痛,脚步仿佛踩在棉花上,轻飘飘的。以前心里总是充满了无穷的动力,每天骄傲而向上地活着,就像鸟儿知道为什么要歌唱,花儿知道为什么要绽放。

可是现在……我不知道要怎么活下去……

我站在一家房屋中介公司门口,默默地望着玻璃门上张贴着的广告发呆,满眼都是数字,却一个字也看不进去。

漫无目的,还是走到了"一夜咖啡"。

"不想住家里了？"Tina姐一如既往地不问我为什么。

"嗯……不想住了。"

Tina姐小心翼翼地拨弄着手上的链子,像是随口说:"我家离你学校挺近的,只是我常不在家,你一个人能照顾自己就好。"

我沉默了片刻,说:"我给你房租。"

"帮我打扫就好,"她笑笑看着我,"省得我请钟点工。"

五年前,Tina姐在"一夜咖啡"的门口将失魂落魄的我请了进去,现在,她又收留了我,仿佛她就是上天专门派来搭救我的。

我第一次来Tina姐家,是一个幽静的小院,里面有幢两层的房子,墙壁上爬满了簕杜鹃,红艳艳的一大片,真是好看。

一个二十七八岁的独身女子,有一家咖啡馆、一幢两层楼的房子,还整天无所事事地周游列国,她真是一个谜。

"我明天出发去斯里兰卡,回来时间不定,"她递给我一串钥匙,"你自便。"

"谢谢。"我低下头,把钥匙放进口袋。

手机突然振动起来。是乔子诺。

"在哪里?"电话那头是淡淡的语气。

"我在……"我望了望Tina姐,她点点头,示意我可以告诉别人,"我在Tina姐家。"

"要帮忙的话,打给我。"

"好。"

他好像不用问,就知道我会离家出走。他真是个适合演对手戏的人,聪明而干脆,不需要多费口舌去解释和交代便了然于胸,不必浪费时间。

我曾认为他是个聪明却危险的人物,他知道我这么多事,仿佛是个定时炸弹,随时可将我炸得体无完肤。可是如今,将我炸得血肉模糊的却是我心心念念了这么多年的人,而乔了诺却变成了盟友的角色,带着我暂时逃离水深火热,掩护了我可悲的输家身份。

"男朋友?"Tina姐偏头问我。

"唔……"我不知怎么回答。

现在,算是吧。我和江南,苏可和乔子诺,就这么一夜之间互换了位置,想想都觉得荒诞可笑,简直可以笑出泪来。

"苏陌你知道吗,你真像以前的我。"Tina姐看着我,突然无奈地说了这样一句,声音低沉得差点听不到。

"是吗?"

"好强,倔强,还有……愚蠢。"

我？我愚蠢吗？

"是啊,如我当年一般,不开窍。"Tina姐并不看我,偏头拨弄台灯罩上的流苏,映得桌上的光影流转迷离。

也是。昨天晚上,我在众目睽睽之下,吻了乔子诺。

这样子,就无路可退了吧。

我和江南之间,乔子诺和苏可之间,我们……都无路可退了吧。

我用乔子诺这根稻草,维系了最后一点仅存的骄傲。

我,真是愚蠢。

"这个世界上,除了生死,一切都是小事。"

我愣愣地听着Tina姐最后那句话,以为她会开口给我讲她的故事,可是她没有再发一语,只是起身放了一张黑胶唱片,默然地靠在窗前。

窗外月光似水,柔柔的银辉倾泻在窗台上。屋内响起一阵淡淡的爵士乐,唱针轻轻刮着胶片,伴随着黑胶唱片独有的颗粒感,忧伤的女声从留声机里缓缓流出:

年华,似水,如流沙

纷纷扬扬,洋洋洒洒

抓不牢,留不住,指间流下

叹息啊叹息,就这样悄然流下

悄然流下。

繁花,似锦,如浮华

亦幻亦真,亦真亦假

开又败,盛又衰,枝头落下

叹息啊叹息,就这样悄然落下

悄然落下。

Tina姐临走时把冰箱塞满,我一连三天窝在家里都没有出过门,第一次觉得有暑假真好,可以睡得昏天黑地,可以不出门,可以不用和任何人联系,任由自己灵魂出窍,也无须再强颜欢笑。

其间,切水果割伤了手,开冰箱撞到了头,打破了两个杯子,打翻了一碗泡面。我想,如果我出门,一定会被车撞飞。

手机里有很多未接来电和微信:

江南:小陌,你那天和乔子诺离开后就再没联系我们了,你还好吗?

苏可:姐姐,我和江南哥都很担心你,你回我们一个电话好吗?

江南:乔子诺说你没事,我们就放心了。

程优:可以出来谈谈吗?

彭浩:对不起,是我弄错了,我以为你和江南……唉,对不起!

我一个都不想理。

乔子诺也给我发了个微信,只有短短六字:记得按时吃饭。

我回了他一个字:好。

仅此而已。

这一天,我又一觉睡到了晚上。打开冰箱,除了几瓶矿泉水和几个苹果,已经什么都没有了。

看来,明天是无论如何都要出去"补仓"了。

我啃了个苹果坐在窗前,随手翻着茶几上的杂志。突然,窗外传来砰的一声闷响,接着有个黑影快速地晃了一下。

"谁?!"我的心跳到了嗓子眼,手一抖,苹果滚落到地上。

窗外恢复安静,只有簕杜鹃花叶被风吹起的微微声响。

我拿上手机,摸起墙角的网球拍,轻轻踢掉拖鞋,蹑手蹑脚地走到院子里。

　　七月盛夏,虽已是晚上了,屋外依旧热得像蒸笼。不知是因为害怕,还是真的温度太高了,我走到院子里的时候已经汗流浃背。

　　Tina姐的小院很别致,除了整面墙爬满了簕杜鹃,院子里什么都没有,地面清清爽爽地铺着青石板地砖,干干净净。

　　我长吁了口气。一定是这几天精神状态太差,以致疑神疑鬼。

　　抬头看了看天,月光正好,如水的银辉倾泻一地。

　　江南生日那晚,也是这样好的月光,却已经物是人非。

　　"喂,你是谁?!"身后突然有人大喝。

　　"啊!"我惊得大叫,转身抡起网球拍就朝身后那人劈头猛打下去。

　　"喂喂喂!你个疯女人!别打了!!!"那人很是高大健硕,伸手一把夺过我胡乱挥舞的网球拍,大声怒喝着。

　　我手里唯一的武器被夺走,心想这下死定了,突然发现还抓着手机,便发了狠地朝他扔过去,嘴里大叫着:"救命啊!!!"

　　"啊!"那人被我扔中了,惨叫着。

　　突然,一道手电筒的强光照过来,亮得我完全睁不开眼。

　　"警察!举起手来!"那男人突然杀到我面前,对着我怒吼。

　　警……警察?我整个人呆住了,望着眼前那张怒气冲冲的脸。

　　那男人二十七八岁,一手握着手电筒照着我,一手捂着脑袋。

　　"你是梁小天什么人?!"

　　"关你什么事?"我有点怒了,明明是他私闯民宅。

　　"梁小天的事就是我的事。"他好奇地对着我上下打量,一边还不住揉着脑袋吃痛地吸气。

　　我突然惊觉自己还穿着睡衣,连忙抱着肩膀对着他大喝:"看什么看!臭流氓!"

那男人瞪了我一眼:"嚇……你这疯女人还恶人先告状?你这叫袭警,袭警你知不知道?"

"谁知道你是不是真的警察!"我扬着头回瞪他。

他叉着腰,从裤兜里掏出个证件:"看见没看见没?我是警察!"

"喊……警察了不起啊!半夜三更摸进人家家里!"

"我是梁小天邻居!"他被我气得火冒三丈,突然掏出手机摁了几个键,递给我,"你自己跟她讲!"

事实证明,这个脾气很大的怪人真的是Tina姐——也就是梁小天——的邻居。

原来他出差了几天,之前知道Tina姐要外出旅行,回来却看见她家有灯光,以为闹贼了,所以从隔壁翻墙过来,结果被我胡乱拍打了一通,还被手机狠狠砸了脑袋。

我有点抱歉,进屋给他拿止血贴。

"不用啦不用啦,"他居然跟我进屋,趿着人字拖大大咧咧地在沙发上坐下,"还好你也没用很大力,不然传出去说我被一部手机砸死了,岂不笑掉大牙?!"

我觉得全身无力,捡起地上咬剩的苹果扔掉,打开门面无表情地对他说:"既然没事,你可以走了。"

"你……"他显然低估了我的冷漠,只好直起身趿着人字拖走出去。

"对了,你叫什么?"他回头问我。

"与你无关。"

"我叫石头。"

"与我无关。"我把门关上,无力地倒下,继续如小虾般蜷缩在沙发上。房间里,终于又恢复了宁静。

好饿……可是我一点都不想动。

如果我就这样饿死了，会不会有人以为我为情自杀？

迷迷糊糊，我仿佛被席卷于紫荆花雨中，跟跟跄跄地向前奔跑。我前面突然出现两个朦胧的人影，我极力地追赶着，想要看清他们。

那两人突然转身相视而笑，留给我清晰的侧脸。

是江南和……我？

我发呆地望着如璧人一般登对的两人，他们默契地望着对方，眉宇间净是幸福的神情。

突然，响了一声惊雷，两人缓缓转过来，微笑地看着我。

我再定睛细看，江南身旁的女子，竟变成了苏可……

我拼命地摇着头说"不"，可是嗓子里一点声音都发不出来，如同被剪断了声带般，哑然失声。

"苏陌……"苏可却开口唤我。

砰砰砰！砰砰砰！

耳边突然响起大力的敲打声，震得我头痛欲裂。

她嘴巴一张一合，我却什么也听不到。

砰砰砰！砰砰砰！

好吵……我猛地睁开眼睛，太阳穴突突地跳着。阳光透过窗帘照进来，我只觉得微微刺眼，而那敲打声并没有停止，我才发现那并不是梦。

"喂，疯女人！你给我开门！！！"

·3·

我艰难地抬起头，却发现自己睡在了沙发上，撑着身子坐起来，只觉得胃在翻江倒海，差点吐出来。

外面有人把院门敲得震天响,我发呆了好一会儿才想起来,是昨晚那个Tina姐的邻居。我打开院门,心情不爽地望着来人。

昨晚太黑,现在终于看清了他的模样。那男人身材很健硕,一看就知道是练家子,顶着个板寸头,脑门上有一道浅浅的血痕,应该是昨晚被我砸的。他趿着人字拖,歪着嘴靠在门边上对着我笑。

"干吗?"我蹙着眉问他,手紧紧捂着肚子。

"我饿了!"他没理会我的不快,径直进了屋,打开冰箱翻了两下,又对着我叉着腰,"哎,我说疯女人,你冰箱里怎么什么都没有?!"

他转过身,呼啦一下拉开了窗帘,刺眼的阳光一下汹涌而来,照得我不由得眯起了眼。

"哎,我说你连个窗户都不打开,想要在里面发霉等死啊?"他又叉着腰数落我,"我们去买菜吧,你给我做饭吃!"

我真想把他赶出去,可是肚子突然咕噜咕噜地一阵响。

我也好饿……

我只好迅速梳洗了一番,随意套上件宽大的白T恤加紧身牛仔裤,把长头发一盘,拿着钱包出了门。

"喂,你是不是女人啊?"那人盯着我不住地摇头,"看你长得不错,身材也好,出门好歹收拾一下自己吧?"

"你爱走不走。"我没好气地留给他个背影。

"嘀,没想到脾气还挺大。走走走……"他撇撇嘴跟在我后面,"待会儿最好别碰到熟人,不然以为我石头这么没眼光,找了个没品的女朋友。"

还不到中午,日头却已经很毒,我被晒得有点头晕。

那男人真的很聒噪,带着我在市场里左右穿梭:"不要买那档的青菜,我告诉你,最尾那档李阿姨的菜才是最好的!"

"3块5一斤?你不如去抢!3块!"

"喂,大哥,你把鱼鳞给我清干净才行!"

买个菜累得半死。

"喂,你能不能不要买方便面啊,很没营养的啊!"

真是多事。

我没理会他,专心致志地挑着,自动屏蔽他的噪音。

不过,有个男人一起来买菜的好处就是,有人帮忙提东西。

市场离Tina姐家有一段路,我抱着我的方便面不紧不慢地跟在那男人后面,他提着大包小包,嘴里还在念念叨叨:"什么世道,这菜价是越来越不让人活了啊!"

"姐姐……"身后突然响起一声小小的叫唤。

我的身子微微一颤,立在原地一动也不动。

"小陌……"

我深吸一口气,微笑着转过去。

太阳真的很晒,我只觉得头顶都快冒烟了。我想晒点也好,这样我的脸色应该不至于太苍白难看,让人见了笑话。

江南推着苏可的轮椅,俊朗少年衬着温柔少女,真是相配。

"Hey。"天知道我用了多大的力气,才发出了这样一个音。

"姐姐……这位是?"苏可眨着眼睛望着我身后。

"哈喽,美女!我叫石头!"那男人举着袋子打招呼。

"石头哥好,我是小可。"

苏可羞涩地笑笑,偏着头问我:"姐姐……怎么没有跟子诺哥一起呢?"

我微微抿了抿嘴,气定神闲地笑笑说:"哪有你们这么痴缠。"

"小陌……"江南望着我,他的轮廓在阳光下被勾勒成金色,我只觉得耀眼,却看不清他的神情。他那样唤我,听着既熟悉又陌生,短短两个字打在我心上,一下子能烙出两个洞来,仿若酷刑。

"下个月小可就要拆石膏了,我们想办个party(聚会),你和乔子诺一起过来吧。"江南的声音依旧温柔如水,让人沉溺。

我别过脸:"再说吧,你也知道他不喜欢热闹。"

"姐姐说要来的话,子诺哥怎么会不来呢!"苏可笑着,转头握住江南的手,"你说对吧,江南?"

她终于喊他"江南",不再唤他"哥"。

腹中突然剧痛起来,我只觉得一阵作呕,眼前开始泛起白花花的景象,像是搜不到频道的电视机。我生怕自己站不稳会倒下去,连忙一把拽着石头的衣摆,嘴里微微喘着气。

"小陌……你脸色不太好啊?"江南向前走了两步,突然抬手想要覆上我的额头。

"哎哎哎,你顾你女朋友就好啦,这个疯女人你就别管啦!"石头突然举着塑料袋挡在我面前,"你知道的,女人嘛,每个月总有那么几天……"

"谢谢关心,我没事。"

我抬头对他们笑笑,拉拉石头的衣摆:"我们走吧。"

没等他们反应过来,我已经大步流星地离去。我只知转身往前走,实际上我眼前一片雪花,根本看不到路,嘴唇都是麻的,两条腿像是弹簧,踩在柏油路上完全没有脚踏实地的感觉。

"姐姐好奇怪……那男人又是谁啊……"身后还依稀听到苏可小小的声音。

我左右晃了一下头,眼前雪花散去,重现清晰,不由得加快步伐,把他们的声音甩在身后。我能撑得住的,也就到此为止了。

"喂,你还好吧?"石头快步追上来。

"你哪只眼睛看到我不好?"我回了一句。

"我两只眼睛都看到你不好,"他举着塑料袋比画着,"别想骗过警察叔叔。"

"好啊,那警察叔叔看到了什么呢?"我转头望着他。

他哼了一声,把人字拖踢得啪啪响:"那女人抢了你喜欢的人吧?"

一语中的。

"你别不信,我看人很准的。"他摇晃着脑袋,像个江湖术士,"我掐指一算,就知道你肯定斗不过那衰女人。"

"你胡说八道什么,她是我妹妹。"我呵斥了他一句。

没错,苏可抢了江南,可那也是江南心甘情愿的不是吗?

"她是你妹妹,那她旁边站着的是你妹夫啰?"

我无言以对。

妹夫……这真是世界上,最残忍的一个称谓了。

"小朋友,你大哥我行走江湖多年,刀光剑影什么没见过,哪里逃得出我的法眼?!"他大力摇着塑料袋,"你很喜欢那个人对吧?"

我闷头不作声。

"你啊,真是傻子……也是,梁小天本来就傻了,交的朋友一定和她一样傻。"他无奈地摇摇头,突然停下来,指着前方,"哦哟,这里还有个傻子。"

我抬头,一下子愣住了。

开满蘩杜鹃的院子外,静静伫立着一个颀长挺拔的身影。

·4·

热浪一阵一阵袭来,像是要把人蒸熟。我走到他身边,他高大的身影在我脸上投下一道阴影,遮住了炎炎酷日。

"Hey。"他简短地说了一句,蹙着眉望着我。

"哈喽！我住隔壁！"石头跑过来打招呼，"我叫石头！"

"你好，乔子诺。"

胃里翻江倒海，我开始有点撑不住了。

"起床抓贼啦，抓贼啦！"耳边突然响起一阵奇怪的音乐。

"啊哈哈，不好意思，接个电话。来来来，帮我拿着！"石头不由分说地把所有塑料袋塞到乔子诺手里。他那样高大的一个人，两手突然被塞满装着青菜活鱼的塑料袋，着实有点滑稽。

"嗯，嗯，我知道了。"石头短短应了几句，挂了电话转头对我们说，"哎，我有任务，先走了！"

"你不吃了饭再走？"我问。

"不啦不啦！"他用手背擦了一下鼻子，歪歪嘴说，"警察叔叔很忙的！"说完，拍拍乔子诺肩膀："兄弟，这女人交给你啦！"转身趿着人字拖走了。剩下我们两个，默然地站在门口。

气氛有点尴尬，不知道要说什么。

"你要是再中暑，我可不会送你去医院。"乔子诺淡淡说了一句。

我回过神，掏出钥匙打开门。

进了门，我一下倒在沙发上，蜷成了一只小虾。胃好疼。

"喂……你干吗？"乔子诺扳过我的肩膀，一只大手覆上我的额头，语气有点急促。

"没事，"我只觉得胃里不断在泛着酸水，"只是饿了……"

"真是……"他站起来，转身提起身边一大堆塑料袋。

"你要干吗？"我望着他进了厨房，"你会做饭啊？"

他远远地抬眼看了我一下："应付你，绰绰有余。"

我闭上眼睛，不再作声。

厨房里偶尔响起一阵热油下锅的滋滋声，偶尔又响起碗碰着瓢的微微声响。这种感觉，真是复杂。

在家里的时候,我常看爸爸下厨,系着围裙在厨房里哼着歌,然后一脸骄傲地变出一桌好菜,大声叫我们开饭。

在那一瞬间,我真羡慕妈妈。爸爸,是真的爱妈妈吧。

曾听一位师姐说,能回家做饭、吃饭的日子,才叫生活。如果能找到一个愿意做饭给你吃的男子,更是何其有幸。

可我们何其不幸,我们彼此不相爱,却做着本该是爱人间才做的事情。乔子诺,其实何必。

恍惚间仿佛又听见爸爸在唤我吃饭,我们一家四口如往常般围坐在一起,夹菜盛汤,其乐融融。

若是一直这样下去,也挺好的。完整的一个家,多么难得。

"喂……"突然有人轻声唤我,"很疼啊?"

我轻轻睁开眼,才发觉之前的是梦,而我的眼角隐隐泛着水汽。我慌忙别过脸,眼里的雾气隐没在亚麻色抱枕中。

"好久哦……饿死了。"我直起身,捂着肚子站起来。

三菜一汤。不得不说,真是没想到。

"为什么菜心上的小黄花都没有了?"我喝着汤问。

"摘掉了。"

"为什么? 明明可以吃。"

"我不知道,"他沉默了一下,"从小,我妈妈就是这样做的。"

我一下停住了:"对不起……"

"没关系。"

认识乔子诺这样久,我从来没有听他说起过家里的事情。年少时父母双亡,对他来说该是多大的打击,我们从来都不敢问。

吃完饭,他收拾桌子,依旧一声不吭。

我望着他在厨房进进出出,突然想,如果我是苏可,他的身影是不是就不会那么落寞?

"你要盯着我看多久?"头顶突然响起他淡淡的声音,"吃药。"

他递给我两颗白色药丸,还有一杯温水。

"你……哪里来的药?"我惊讶地问他。

他没有搭理我,从随身带着的包里拿出来一个小药箱放在茶几上,然后开始把我的方便面统统塞进书包。

"喂,你干吗?"

"苏陌,"他停下手里的动作,定定地看着我,"你要再是这副半死不活的样子,我还怎么跟你演下去?"

是啊,要怎么演下去? 谁会相信?

我一仰头吞下药片,喝光杯子里的水。

"乔子诺。"

"唔?"

"陪我去个地方。"

"好。"

开始的开始,是我在奔跑。

最后的最后,是我在祭奠。

故事还停留在楔子部分,便已黯然落幕。

青春还没来得及绽放,便已宣告死亡。

我要找一个地方,埋葬我的青春。

我站在湖边,像是梦呓一般说着我的故事。那不过是昨天,却仿佛已是前世。

十年前,我第一次见到那个男人,他说,他是我爸爸。

十年前,我多了一个妹妹,她叫苏可。

十年前,我也遇到了我生命中的阳光,我多年来默默追逐的人,他叫江南。

那时候,江南喜欢带我来湖边玩耍,他教我钓虾,教我认各种各样的花花草草,教我分辨鸭子和鸳鸯的不同。他给我上树摘白兰花,朝着我大力挥手,然后拉着我向前奔跑。

后来突然有一天,苏可终于开口叫我"姐姐",于是,她加入了我们。自此以后,我们一直是三个人。

旁人当我们都是他的妹妹,竹马青梅,从来无人规定只可以是两个人。而我却兀自以为我是不一样的,我和他那样契合,无须多言亦可了解彼此所想,信任彼此所为。我兀自以为我们是最适合彼此的那一段弧,在一起有多圆满。

却不承想,原来这全只是我一人的南柯一梦。

原来,这从头到尾只是一场独角戏。

由始至终,我不过是一个充当炮灰的女配角,却犹不自知。

"你知道吗,我和苏可的名字来自一句诗:'陌上花开,可缓缓归矣。'"我倚在栏杆上,望着前方轻轻地说,也不管旁边的人到底听见没有,"我还没有出生,爸爸就离开了已经怀上我的妈妈,跟另外一个女人结婚了。外婆说,因为家境不好,奶奶嫌弃妈妈,还以死相逼,终让爸爸娶了别人,然后很快便有了孩子,那就是苏可。

"外婆从小教我,凡事要做到最好,不能输,不能像妈妈那样输。

"我是那样努力,凡事争做第一。江南那样好,那样耀眼,我想,我紧紧跟在他身后就好,哪怕路有多难走,时间有多难熬。就像妈妈等了十年终于等回了爸爸,我想,我是不是也可以等,等到总归有一天,他会回头看我。可是到头来,我连妈妈都不如……

"我现在才知道,原来爸爸那样爱妈妈,就连那女人的女儿,也要用妈妈最爱的诗来起名字。而且到了最后,他还是回到了她身边。

"我真羡慕妈妈……"

"乔子诺,你信命吗?"我转头望着他,落日在他身上投下了琥珀色的余晖,"我原本是不信的,可是现在我想,是我爸爸负了她妈妈,所以,老天要我把江南让给她。

"我不是输了,我只是让爱。这样想来,我应该会好过一点。"

我一直在碎碎念,乔子诺一直在旁边静静地听,只是他眉头紧锁着,久久不曾舒展开。想必,失去苏可,他也很难过吧。

我打开书包,掏出一个硕大的玻璃瓶子,里面装满了亲手叠的星星。每当我觉得忍不住了,想要对他说出喜欢时,我就会写在字条上,然后叠成星星。

江南,我喜欢抬头看着你对我笑。

江南,我喜欢你轻轻唤我的名字。

江南,我喜欢看见我们的名字在一起。

江南……

江南……

我曾想过一万次将玻璃瓶子交给他的场景,我曾想过一万句要对他说的表白。在我终于决定要在他二十岁生日那天,将自己的青春交付出去的时候,却发现,他已经不需要了。

星星倾泻而下,连同瓶底的那一张透明糖纸,顺着湖水漂向了远方,直至再也看不见。

再见了,我的水果糖。

再见了,我的青春。

再见了,我的猎户座。

第七章
游戏现在才开始

秒针要转一圈
分针才会动一格
分针要转一圈
时针才会动一格
这本来就是场不公平的追逐
我累了
不想奔跑了
可是爱的时钟
永远没有终点

·1·

程优坐在我对面,我们面前放着两杯咖啡,奶沫从温热到冷却,最后难看地漂浮于咖啡表面。我们一句话不说,只默然地坐着。

她是我那样好的朋友,可如今,我成了她心上人的女友,还是假的。我迟早会有报应的吧?

那天和乔子诺谈完之后,我再次收到了程优的微信,说是要约我见面,我这才反应过来我和乔子诺的事情还没向她解释。

要怎么解释?怎么解释,她都不会相信吧。

"苏陌,我待你这样好。"良久,她吐出来这样一句。

我眼睛一酸,微微张嘴想要说话,却终还是沉默。我想说对不起,却只觉得道歉是那样苍白。

"苏陌,你是我最好的朋友。"她却先于我而泪崩,身子微微地颤抖起来,"你的秘密,我竟然一点也不知道。"

我只想说,关于乔子诺,真是个意外。

可是,要怎么解释?

看见她哭,心上犹如倾泻了一箩莲子心,苦得发涩。

"对不起……"我终于发声。

她是我最好的朋友,我实在看不得她这样。我平白无故地从好友变成情敌,真是做梦也想不到。我想说:"程优,你知道吗,你还有彭浩。你是知道浩子喜欢你的吧,不如你接受他吧,你会幸福的。"

可是我依旧没有开口,那样的话,连我自己都觉得假。

退而求其次,这样卑微的将就,对谁来说都是一种耻辱。

算了,我一个人不幸福就算了吧,我要跟她坦白,我要把乔子诺还给她。

"苏陌……"她哭得越发厉害,"做朋友这样久,我却像个傻子一样对你一无所知!对你而言,我其实是个可有可无的如同路人一般的朋友吧……"

我有些愕然,她的控诉里全然不是我想的那些内容,令我不知所措,只好愣愣地看着她抽泣。

她实在是气极了,声音都在颤抖:"你向来只与我分享高兴的事,你哪有那么多的快乐可以分享?跟你这样久,久得我都被你骗过去了。到头来我只能眼睁睁看着你受伤,可是除了伤心得落泪我什么都做不了……你是不是想气死我……"

等等……看着我受伤?难道不是我在伤害她吗?

"苏陌,你爱江南,爱了很久吧……"

顺着湖水流走的星星,突然被漩涡卷起,一颗颗像翻了白肚的鱼儿一样浮于水面,让人无助而绝望。

"浩子曾和我说,他觉得江南和你最般配,在一起再好不过。我却一向觉得你眼光高,对江南的感情也不过是兄妹吧,将来受伤的恐怕是他,既然如此,还不如一直这样做朋友。原来,只是我自己太后知后觉。"

并不是你后知后觉,只是我藏得太深。

"苏陌……那一晚,你很难过吧?你有真心话不能说,眼睁睁看着心上人对着自己的妹妹表白。你是那样骄傲的人,你是有多委屈多绝望,才会不顾一切地当众吻了乔子诺……"

终还是被看穿了。也难怪,我那样失态。

"我和乔子诺在一起,你会怨我吗?"我望着她终于说话,希望她会给我一巴掌,打掉我虚伪的假面。

"当然怨!"她握住我的手,力度大得让我生疼,"你怎么可以委屈你的真心呢?!乔子诺爱的是苏可啊!你这样不会幸福的啊!"

幸福?无所谓了。

"程优,你也很难过吧,乔子诺那样喜欢苏可。其实,我跟他……"

程优突然瞪圆了眼睛:"我?我为什么难过?我在替你难过啊!"

"彭浩说……你暗恋乔子诺……你还为了他想不开……"

看着程优由悲伤转为震怒的脸,我突然全明白了。

原来,根本就不是。这个彭浩……真是搭错筋。

也是,他连江南那首歌到底是写给谁的都会搞错……

还好,这样,我就无罪了吧。

至于幸福,我大概这辈子都不会有了吧。

那晚,我和程优谈了很多很多,关于我不完美的家,关于我逝去的初恋。整个晚上,她都在抱着我哭,仿佛经历一切的是她而不是我……

终于说完,全身湿透,像是打了一场仗。

"小优,我真羡慕你,其实你们是两情相悦的吧。"相信她知道我指谁。

"我不知道。"她的脸不由得一红,"我总是想,不如就这样吧,何必开始。不开始,就不会害怕结束。"

我望着前方,不再说话。

浩子,你知道小优害怕吗?如果你愿意踏出一步,我想,她也愿意为了你勇敢起来吧。

"苏陌……"程优突然盯着我看,细长的手指绕到我头顶,轻轻一用力。

痛。一根白头发。

"等等……"她又叫了一句,却突然定住,默然地放下手。

不止一根吧。

青春已老,滴泪成诗。无语问青天,一夜白头。

程优要我搬去她家,我摇头拒绝了。我知道她担心我想不开会做傻事,可我只想一个人静静待着。

乔子诺偶尔会来Tina姐家里一趟,把冰箱填满。他话不多,有时来了带本书在客厅一坐就是一下午,仿若空气一般。

我偶尔也下厨,两个人安静地坐在一起吃饭。

我们仿佛是一对相敬如宾的夫妻,经得起平淡的流年。

程优很不能理解,没有爱,为什么要假装在一起。

我没有问过乔子诺,那不过是一个用以逃避现实的吻,他何以开口说要在一起。可是既然他说了,那就在一起吧。

哪天他反悔了,我也无所谓。

原本以为暑假那样漫长,我可以做怯懦的蜗牛躲避两个月,不必面对所有的人和事,却原来也那样难以如愿。

这天中午,我在沙发上睡着了,突然被手机铃声吵醒。

"喂,苏陌?"

是导师叶宁山。

"有一个好消息,一个坏消息,先听哪个?"

他居然也玩起了小孩子的把戏。

"好消息。"

"好消息是,你被我们学校选中去参加WLM(世界领导力大赛)了!"

"那是什么?"

"一个选拔未来企业领导人才的国际比赛,获胜的有机会被保送到国外有名的商学院进行深造。怎样,很赞吧?"

"那……坏消息呢?"

"坏消息是……苏陌,你的暑假要提前结束了。"

挂了手机,大门被砰砰砰地敲响。不用问,是石头。

他大大咧咧地进来,打开冰箱,看着满满当当的食物,满意地开了一瓶果汁。我已经对他的厚脸皮无语,不知Tina姐在的时候他是不是也这样放肆。

"喂,有烦心事?"他盯着我看。

我想说没有,但怕他又开始长篇大论,只好说:"嗯,学校打电话来,叫我去参加一个比赛。"

"那就去啊!"

"我不想去。"

叶导说这比赛是二人组队参加,他没说另外一个人是谁,但我猜也猜得到,能代表我们学校出战的,除了我,另外一人肯定是他。

我不想再和他并肩作战。

"你怕输啊?"

"不是。"

"来,哥哥问你个问题。"他斜斜地靠在沙发上,手指轻轻敲着果汁瓶子对我说,"你知道一个警察拒绝接任务有什么原因吗?"

"直接告诉我好吗,我不想动脑……"

"一个,是对自己没信心,怕输。"他的神情变得有点严肃,我第一次看到他这样认真的样子,"还有一个原因,就是这个案子有着自己无法再去面对的人和事。"他转头看我,"你是第二种吧。"

好吧,又对了。

"你不应该叫石头,你应该叫悟空。"

"啊哈哈!"他又瞬间恢复了平时的痞样,"孙猴子还不是从石头里蹦出来的!"

"随你怎么分析,反正我不去。"我懒懒地直起身,站在窗前看着墙外红艳艳的簕杜鹃。已经是八月了,外头阳光毒辣,有一种要把花朵烧成焦脆薯片的势头,我才不要踏出去半步。

"喂,你说你是学心理学的?"他扬起眉头,拿起果汁瓶底对着我,"吹牛的吧?就你这样的心理素质,出去当心理医生岂不是祸害人间?"

"不去就是不去。"我转身回房,留下独自哇哇大叫的石头。

很久没有去小书店了,晚饭过后,我一人散步过去。

"哎,来了哦?"老板娘笑笑看着我,"你朋友早就到了呢。"

朋友?谁?我走进里间,乔子诺坐在沙发上翻杂志。

"你跟踪我啊?"我扔给他一张便利贴。

他回了我一句:"无聊。"

"学校派我参加WLM,"便利贴摊在软软的沙发扶手上,字写得像蚂蚁,"我拒绝了。"

"不必勉强。"

"是否觉得我懦弱?"

"你总是过于勇敢。"

"是说我不知好歹?"

"你知道我不是这意思。"

我停下笔,微微侧过头看他。他是那样少话的一个人,却总是能明白我,无须多言。从不给多余的安慰,也不追问我以后怎么办,我无须耐着性子应酬刻意的关怀与怜惜,他懂我的骄傲。

我们却只是戏中人,真不知是可幸还是可惜。

嗡……新的微信提醒。

江南:小陌,下周六小可拆石膏,我们会在'兰轩'办一个party,晚上八点,你和子诺一起来吧!

我望着手机屏幕,愣了五秒,转头去看乔子诺。

他也在低头看手机,然后抬头看着我。

要去吗……我望着他。

"抱歉,无法陪你出席。"他轻轻说了一句。

"哦。"

也是,那样甜蜜温馨的场景,估计他也不想再看到。

"下周我要回一趟檀香山,估计赶不回来。"

"唔?"我有点意外。

"嗯,我父母的……忌日。"

·2·

这五年来,我不停地做着同样的梦,梦见有个人在对我说话,可是我看不清那人的脸,也听不清说什么,只能看到对方嘴巴一张一合。然后我在雨中奔跑,重重地摔倒。

我常常在梦中惊醒,泪水打湿枕头一片。我只有在做梦的时候,才会那样无助地哭泣。我无法在梦中武装自己,那时候的我像是被卸了背上尖针的刺猬,最脆弱,也最毫无防备。还好,那样的我,从来都是一个人,无人知晓。可是自从上次我梦见江南和苏可,这一个多月以来,我再没有做过那个梦。

也许,那是个预言。实现了,梦魇就消失了。

仿佛是一种解脱,只是我并不觉得欢喜。

结局仿佛早已设好,只是选了一个最恰当的时间和地点,断了我的念想。

我在网上下载了一堆影片,都是些旧电影,演着令人唏嘘的剧情。我成天窝在家里,看三四部便可过一日,什么也不用想,什么事情都与我无关。我终于知道虚度光阴的感觉原来是这个样子的,终日如死鱼一般,呆滞而木讷。可是又有什么关系呢,已经没有什么值得战斗的事情,所以生命便可用来虚度。

我爱看港台电影,那些对白和场景都让人深深着迷,文艺的、愤怒的、悲怆的,就像是一段吸至最后的湿润的香烟嘴,带着绝望但温暖的臆想。

有一部旧片子,我反复看了不下三遍,甚至连对白都可以背出。

《玻璃之城》。

那时的黎明和舒淇,青涩得让人觉得单纯而美好,仿佛是一段不惹尘埃的岁月,让人怀念。

港生无疑是深爱着韵文的,由始至终。

他在学校宿舍的阳台上大叫:"7001,你好正啊!"

他曾控制不住想要她,对她说:"我会娶你的。"然而最终,还是压抑住身体的悸动,只有单纯的拥抱和亲吻。

他不得不离开的时候,送给她一只石膏做的手。他说,我手上的爱情线、生命线和事业线都是你的名字拼成的。

这样刻骨铭心的爱,却硬生生被残酷的现实摧毁。

隔着万重山,韵文对着电话那头已经挂断的嘟嘟声轻声地说:"等我存够了钱,再打给你……"

再绚烂的烟火,却也终敌不过茫茫夜色,零落殆尽。

若干年后再遇到,大家各自组建了家庭,有了成年的子女,心中对彼此的爱意却在重遇的那一瞬间一点即燃,如同飞蛾扑火。

故事最终的那场车祸,是他们最好的结局吧。他们终于属于彼此,完完整整,再不分离。

编剧真是善良,末了还让港生和韵文同叫"康桥"的子女再续他们的情缘,弥补了上一段的遗憾。

也许在大家心中,都深深藏着这样一座爱情的玻璃之城,即便存在于冷漠如冰的钢筋水泥世界中,它依然纯净美好如乌托邦。

爱极这样一个故事。

因为"两情相悦",因为"奋不顾身"。

在这人世间,两者都这样难。

嗡……手机突然振动起来,我才发觉已是傍晚了。

来电显示的电话号码是一串奇怪的数字,从没见过。我犹豫了一下,接起来:"喂?"

"是我。"

竟是乔子诺,从夏威夷打来。

"可有好好吃饭?"

檀香山与嘉禾市相隔了18个小时的时差,他那里,该是凌晨吧。

有个人深夜不睡觉惦记着你有没有吃饭,我突然觉得从未有过的温暖。只可惜,这些温暖都是假象。

"还没有。"我老实回答道,"你那里天气好吗?"

"今晚星星很好,"他的声音忽远忽近,仿佛是探身望出窗外,又收回来答话,"白天下了一场小雨,天上挂着两道彩虹,很漂亮。"

"我还没见过双彩虹呢,一定很美。"

"在檀香山挺常见的,这里被称作'彩虹之城'。"他的声音淡淡的,像是羽毛刷过般轻柔,"有机会带你来看看。"

我无声地笑了,有机会吗?随口说的客套话真是如哄小孩一般,说过就算了。

"在做什么?"他今天似乎有些不寻常,少了平日的冷漠,竟变得多话起来。我恍惚间有一种错觉,仿佛我们真的是热恋中的情侣,隔着一个太平洋说着缠绵的情话,依依不舍。

"唔,刚刚看完一部旧片子,"我坐在地上,头慵懒地靠着沙发扶手,"《玻璃之城》,听说过吗?"

乔子诺在电话那头一片沉默,我在想是不是国际电话在缓冲所以声音会滞后,可是停了几秒,还是没有声音。

"喂……"难道信号断了吗?

"听得到吗?"他突然轻声地问。

电话那头竟缓缓传来音乐的声音,似乎是电脑中播放的,透过电流传来,竟有如一股清泉在幽深的山谷中流淌,清新而透彻:

> Try to remember the kind of September(追忆那醉人的九月)
> When life was slow and oh so mellow(时光漫漫,生活悠悠)
> Try to remember the kind of September(追忆那醉人的九月)
> When grass was green and grain was yellow…(草儿青青,稻麦金黄……)

竟然是 *Try to remember*(《追忆》),《玻璃之城》里面的经典曲目。

"嗯。"我应了一句,没有再作声,安静地闭着眼睛听完这隔着一个太平洋传来的曲子。

我突然想起电影中港生和韵文之间的越洋电话,他们总是要省吃俭用存够了钱,才能跟对方说上短短的三分钟。

他们分手前的最后一次通话,韵文手里紧紧握着话筒,对另一端的港生无奈地说:"港生,你别不说话啊,你不说话是浪费钱啊。"

满是凄楚。

"在想什么?"乔子诺在电话那头低声问。

"在想,我们真奢侈。"

他在那头轻轻笑出了声:"苏陌,换作他人,必定感动至极。"

我也笑了:"我就是这样一个不解风情的人,怎样?"

"嗯,领教了。"他停了一下,说,"去吃饭吧。"

"好。"挂了电话,并没有起身。

不是没有一丁点儿感动,只是清楚地知道,一切不过是一场没有剧本的演出而已。我说着上半句台词,他顺理成章地接下半句,偶尔配一点剧情,便足以感动一大片观众。

我们不过是专业的演员,自知如何头脑清醒地从中抽离。

嗡……

手机再次振动,我看也不看马上接起:"知道了,马上去吃。"

"小陌……"

我完全愣住了,像是被点了穴道,动弹不得。

竟是江南。

"小陌,我们可以谈谈吗?"

·3·

我坐在"一夜咖啡",望着桌上的非洲菊发呆。Tina姐很爱这种花,那样艳丽得肆无忌惮的颜色,无论是单枝还是一束,都有如夏阳般绚烂。在花店里,这花一般都不带叶子,只一枝光秃秃的花茎托着绽放的彩色花瓣。

Tina姐曾说:"有些人就有如这非洲菊,自顾自艳丽,全然不需要绿叶衬托,也有慑人的美丽。"

我望着玻璃瓶子里那一枝橘红色的花朵,是很美,只是孤寂。

"小陌……"身后传来温柔的叫唤,"来很久了吗?"

我收回思绪,抬头看他:"没有,刚来。"

江南坐在我面前,微笑地看着我,一如以往。他身上仿佛笼罩着透窗而入的月光,像是被聚光灯照射一般醒目,让人无法挪动视线。

"两杯焦糖摩卡。"他朝店员阿古叔招招手。

"一杯就好,"我微微转头接过话,"我戒了摩卡。"

"哦?"江南有点诧异,"为什么呢?我记得你很爱喝。"

"不为什么,人总会变。"我淡淡地回答。

你只知道我总喝摩卡,却不知道那全是因为你爱喝。

不过现在,你也再没必要知道了。

阿古叔端上来一杯焦糖摩卡,并递给我一杯温水。

我握着杯子,看着灯光照在杯底形成好看的光圈,像是一个心形。我晃了一下杯子,水波流动,心形破碎。

"上次离开度假村之后,为什么没有联络我们?"江南望着我,"我和小可都很担心你。"

我低头看着自己因紧紧握着杯子而泛白的手指骨节,默不作声。

"你怎么突然不住家里了?小可说你要考研,之前怎么从未听你提起过?"

我抿着嘴,还是一声不吭。

"还有,上次和你在一起的那人是谁,小可也说从未见过……"

我突然觉得烦躁,差点想要挥袖离去。

小可说,小可说,小可说……只短短时日,你就已经迷恋她到这个地步了吗,她说的每一句话你都要当圣旨一样地供奉在嘴边?

我真是傻,出门的时候,脑海里还闪过一丝火花,以为你会不会是后悔了,回头来找我。我真是傻得无可救药。

"小陌……"他的声音放软下来。

"我没有联络你们,因为那一晚我跟乔子诺一直待在一起,没顾得上你们。我要考研,是突然下的决定,也还没来得及通知你们。还有,那人是我朋友。"我抬头望着他的眼睛,一字一顿地说,"我不是什么事,都得知会你们吧?"

江南沉默了一下,缓缓地说:"那你是什么时候爱上乔子诺的,这个我可以知道吗?"

我望着他,无言以对。

什么时候?就在你说出"苏可"这个名字的时候,我"决定"爱上他。

"小陌,对不起。"

什么对不起,为什么对不起?

"你是那样优秀,走到哪里都像会发光一样。"他轻声说着,像是怕吵醒熟睡的婴儿,半晌吐出一句,"可是小可和你不一样,她一直在努力,不过是想要被她喜欢的人看到而已。"

什么……

我瞪着双眼望着他,像是被突然捂住口鼻的人,呼吸不得。

"我一直以为,我一定会爱上你的,"江南直直地看着我,"就像你一直爱着我一样……你喜欢我,我一直都知道。"

我突然觉得一阵眩晕。

我喜欢你,你一直,都知道。

我突然觉得自己像个白痴,一直自以为是地暗自努力与默默喜欢。原来,他早就知道。

"你一直这样努力,我不是不感动。只是我越来越觉得,感动并不是爱。"

我紧紧握住桌布上垂下来的流苏,全身都在发抖:"能不能……不要说了……"

"那天比赛前,小可发微信给我,问我可不可以站在她们进场的地方看着她。我站在那里,看见她欣喜的表情,听见她小小声给自己鼓劲,我突然觉得,原来我也是那样渴望被需要。"

原来,那天我一直找不到你,是这个原因。我全身发冷,抖得连杯子都在晃。

"之后小可从梯子上摔下来,抓着我的衣领说疼,我看见她的眼泪像断线珍珠一样在眼角滑落,滴落在我的手上,我突然觉得心脏像是被挖去一大块一样。后来她在医院里对我说,一直以来,大家都把目光放在苏陌身上,从来没有人注意过苏可,包括我也是。她也很努力,想要绽放一点点光芒,所以她拼了命地练习,只为了那一天,终于可以踮起脚尖站在高处,让我看到……"

女孩踮起脚尖的倔强,是为了男孩可以看见她……

"那一刻,我是真的被打动了。我会觉得心疼和怜惜,还有,我觉得被一个女孩子需要的感觉真的很好。我第一次有一种冲动想要保护她,让她不再受伤和难过。"

我呢?从小到大,我有多依赖你,有多需要你,你都如自动屏蔽般感受不到吗?

"原本,我并不打算在那一晚表白,可是我抽到那样一个题目,我想,这一定是天意吧。"

天意弄人,我变成了成全你们姻缘的最后一根稻草。

"小陌,不要恨小可,是我爱上她的。"

不要说了……求求你,不要再说了……

你看到了踮起脚尖的苏可,那我呢,我又算什么?

我匍匐在神坛下努力了这么多年,还比不上苏可的一次。

"谢谢你告诉我这些,"我艰难地吐出来一句话,"不过你不用担心,我现在和乔子诺……很好。"

"你是真的爱他吗?他呢,他是真的爱你吗?"江南的眉心微微地蹙起,神情严肃得仿佛不是同辈,"小陌,你即便是赌气,也不要拿自己的感情开玩笑。乔子诺喜欢苏可,你不会不知道。"

江南,谢谢你今天专程跑过来告诉我,你爱苏可,乔子诺爱苏可,全世界都爱苏可。你这样残忍,很好。

"以上的话,请你自己亲口和乔子诺说。"我抬起头看着他,内心的热气仿佛一点一点散尽,全身冷得像冰一样,"除非他说不要我了,否则,你无须这样庸人自扰。"

江南沉默着,他面前那杯摩卡已经冷却,白色的马克杯在桌子中央孤独地立着。

"如果没有别的事,我先走了。"我起身离开。

"小陌,"江南轻轻唤住我,"我们……还是朋友吧?"

我背对着他,眼睛开始发涩。我习惯性地闭上眼睛,扬起下巴。

苏陌,不能哭。

"小陌,参加 WLM 吧,我实在找不到第二个如你这般契合的战友……"

我再也忍不住,大步流星地走了出去。我一直向前走,越走越快,步子越迈越大,最后,我拔腿狂奔起来。

我不能停下,一停下来,我就会痛哭流涕。

从一开始,剧本就已经写好了。我从一开始,就已经被定位成你的战友。只能并肩作战,却无法十指相扣。无论我再怎么努力,结局都是一样。因为我在你的生命里,生来就是女配角。

·4·

苏可将会在周末拆石膏,晚上在"兰轩"会所举行庆祝 party。

我原本是不想去的,要在那么多人面前强颜欢笑,还要不厌其烦地报告最近的恋情进展,我只觉得累。

我又不是含笑花,天生习惯露齿。

可是妈妈打电话过来,说什么也要我一定得去。她实在无法理解,有什么重要的事,会紧要过妹妹重获新生的庆祝。

一直以来,我都觉得妈妈何其伟大,她接受了那个女人的女儿,视如己出,照顾得无微不至,完全心无罅隙。而她最希望的,是这个家庭的完完整整,和和睦睦。

那是她等了多少年才换来的幸福,我不能让她失望。

只是这一次,我只能孤身应战。

江南家是经商的,"兰轩"是江叔叔和朋友合伙开的一家会所,以前江南生日的时候我曾去过几次。会所装潢并不金碧辉煌,但很别致典雅,细节处处体现着质感,让人很舒服。

我挑了条酒红色的无袖长裙,挽起长发,化了淡妆。

既然决定出席,总不能太失礼。

只是我低估了宾客的人数。

我差不多是最后一个到的,本来想悄悄地来,跟相熟的人打声招呼就走,谁知一进门,不知谁高呼了一声:"哇,苏陌!"

我这才发现人那么多,那个周末去度假村庆功的人基本上都请了。全场都在看着我,等待着我脸上的反应。

苏陌,给我笑。

我微笑着与大家打招呼,就像往常一样。

果不其然,大家都问起当晚我和乔子诺去哪里了,现在他又去哪里了……

无孔不入的八卦,恨不得每日都有狗血剧情上演的八卦。

我波澜不惊地微笑应对着,演技好得连我自己都吃惊。

我突然想,如果乔子诺在,他那样讨厌应酬的人,会不会一皱眉,掉头就走。

一阵音乐声缓缓响起,喧闹的人群安静下来。

苏可穿着粉色的纱裙,挽着江南,像公主般出场,美得犹如童话故事的结局。

我随着众人一同鼓掌,脸上微笑不变,只是心里隐隐作痛。

苏可只是拆了石膏,腿脚还不是很灵便,江南挽着她坐下,拿起了麦克风:"今天是小可拆石膏的日子,谢谢各位好朋友的到来。一个多月以前,因为这个事故,我正视了自己的内心。"他低头与苏可对视,眼眸里尽是似水柔情,"谢谢上天让她如今安然无恙地出现在我身边,也谢谢各位好朋友这段时间的照顾。"

全场响起了热烈的掌声,不少女生都感动得湿润了双眼,男生一边叫着好一边大声地吹着口哨。

这样的情景,真像是一场婚礼。我接下来要做的事,就是以姐姐的身份走上去,跟这对新人说一声"恭喜"。

胸口隐隐发闷,我真的不是那么大气的人。

我的手,突然被轻轻地握住。是程优。

她没有转头看我,只是握着我的手。

我轻轻回握了她一下。

"在这里,我想感谢我的爸爸妈妈,他们无微不至地照顾我,任劳任怨。"苏可的声音响起,她一手牵着爸爸,一手牵着妈妈。

那是妈妈。是,我的妈妈。

除了程优和江南,场上无人知道我们的家事。

苏可声音哽咽,仿佛感动至极。

"还有,我还要感谢我亲爱的姐姐,苏陌。"

所有人把目光都投向我,在这样的场合成为焦点,我浑身不自在。

"姐姐,谢谢你。"苏可望着我,饱含泪水。

我举了举杯,朝她笑笑。

Party终于开始了,大家玩起了游戏,吃着丰富的餐点,极其热闹。

这样欢声笑语的场景真不适合我,我拿了杯果汁走到阳台透气,将喧闹的笑声关在屋内。

五分钟,再待五分钟就走。

"姐姐……"身后突然响起了苏可的声音。

我深吸一口气,心想,说完这句话就走,便转身微笑着对着她:"小可,今天真漂亮。"

"姐姐也很漂亮。"她莞尔一笑,对着我眨了眨眼睛,然后突然慢慢地走近我,凑在我耳边轻轻说了一句,"真是出人意料的漂亮啊。"

我身子微微一震,她刚才说话的语气,陌生得让人生畏。

她缓缓转过身,望着远处茫茫的夜色,自顾自地说:"你记得那天运动会,我在梯子上叫你吗?"

当然记得,我一直好奇,她那天突然在梯子上唤我,到底是想和我说什么?我望着她,等着她的下文。

"我想和你说:姐姐,如果我们两个……一起摔下去……你猜,江南会选择救谁?"

我的脑袋突然嗡的一声,眼前浮现那天的情景,她身体微微倾过来,微笑着说:"姐,如果我们两个……"嘴一张一合,听不见的那几个字呼之欲出。

"你是……"我捂着嘴巴,不可思议地望着她。

"没错,你猜对了。"她扭头望着我,脸上有着如同罂粟花般魅惑的神情,"我,是,故,意,的。"

我惊得一句话也说不出,沉默地望着她。

"我想赌一次,结果,我赌赢了。"她转头看着我,"你应该是悲伤得不能自已吧,你那样喜欢他。我还以为,你至少会把长头发剪去,又或者灰头土脸地出现在这里来表达你的悲伤。可是,你居然没有。苏陌,你果真是骄傲。"她又凑近了我,在我耳边一字一顿地说,"天知道我有多讨厌你的骄傲。"

我突然觉得冷,握在手里的果汁像是冰块一样,凉遍我全身。

我想起五年前那个下午,我从家里冲了出来,在茫茫大雨中痛哭失声。自此,我常常会做同样的梦,然后在梦中惊醒。

那个下午,我拿着叠好的衣服进了苏可的房间,无意间看到她桌子上摊开了一个本子,上面赫然写着我的名字:苏陌。

那样大的两个字,布满了一整页。

可是,这一页却不是完好的,它被美工刀用力划了几十刀,我的名字以地裂的姿态躺在本子上,苍凉而凄楚。

而本子的右下角,还有一行小字:

我不会让你幸福的。

那样用力,字迹穿透纸背,甚至印到了下一页。

这就是缠绕了我五年的噩梦。

她终于亲口告诉了我,她有多恨我。

"你告诉我这些做什么?"我极力控制着身体的战栗,抬眼直视着眼前这个有如瓷娃娃般纯净精致的脸庞,"我输了,你已经赢了你想要的。"

她轻笑了一声,微微耸了耸肩,像是个无辜的孩童:"故事到这里结束,多么无趣。游戏,现在才开始呢。"

我望着苏可,她是我妹妹,我们从见到对方的第一秒起就已经讨厌彼此。这么多年过去了,我们形影不离,举止亲昵,我曾想,即便是虚伪地假意亲密,就这样做一辈子姐妹,也是不错的吧。

可是,原来如此。

我的身体渐渐不再颤抖,头脑开始恢复冷静。我冷声问她:"你讨厌我,我也不见得有多喜欢你。说吧,你到底想怎样?"

她摇摇头:"没想好呢,不过你放心,等我想好了,一定会告诉你的。"她突然眨着眼睛对我狡黠一笑,"你好像,真的好爱江南啊。"

"苏可!"我忍不住厉声喝住她。

你有本事就冲我来,你要是敢伤害江南,我一定不会放过你。

"你们……在聊些什么?"身后突然响起温柔的声音。

"江南!"苏可像只小鸟般依偎过去,"没什么啦,我想邀请姐姐一起去杨桃节。"

"哦……"江南轻轻抚摸着苏可的秀发,宠溺地望着她。

我低头盯着自己的鞋尖,一声不吭。

苏陌,不能发作。

"小陌,"江南开口唤我,"下个月潘园有杨桃节,叫上乔子诺,我们一起出去走走吧。"

我微微抬眼,正看到他牵着苏可的手,十指相扣。

我紧紧握着拳头,指甲掐进掌心,却不觉得痛。

真正痛的,是我的心吧。

"好啊。"

我心猛地一惊,转过头。

有人从后面走上来,轻轻揽过我的肩,将我拉至他身边。

我仰着头看他,不敢相信自己的眼睛。

我一定,是在做梦吧。

第八章
五点五十分的电话

> 我们真是天生的戏子
> 只要灯光亮起
> 眉目含情
> 台词动人
> 随时可以开演
> 随时可以抽离
> 久而久之
> 我们也不再相信
> 假面下会有真心

·1·

我仰着头看着身旁那人,他的侧脸棱角分明,下巴有着紧绷的线条。我离他那样近,近得连青灰色的微小须根都能看见。

十几个小时的飞机,那样疲惫地赶过来。

是为了庆祝苏可,还是为了解救我?

"还以为你不来呢!"江南笑着与乔子诺碰了碰拳。

"我怎么会……让苏陌一个人。"乔子诺微微抿了抿嘴,手搭在我的腰间,轻轻握了握。

手心的热度隔着薄薄的衣服传来,我突然觉得安心。

不管他是为谁而来的,反正,现在他站在我身边。

"姐姐和子诺哥真是恩爱,好羡慕啊。"苏可冲着我们俩绽放着灿烂的笑脸。

"彼此彼此。"乔子诺回了一句。

滴水不漏,真是好演技。

我突然觉得极度倦怠,转身想走。

"赏脸跳支舞吗?"乔子诺突然低头问我。

"喂……"我瞪了他一眼。他嘴唇翘起了好看的弧度,无视我无声的抗议,伸手拉着我走进舞池。

水晶灯在地上投射出梦幻般的雪花碎影,低沉的爵士乐像是轻声呢喃的耳语,气氛浪漫而暧昧。

我的手搭在乔子诺肩上,拘谨地和他保持着一定的距离,脚步随着音乐节奏缓缓地移动着。视线越过他的肩头,我看见江南扶着苏可坐下,给她拿点心,端着气泡酒站在她身旁,微笑地与她对视。

"你好像,真的好爱江南啊。"

苏可,你到底想干什么?

眉头深锁,仍不得其解。

乔子诺忽地停了舞步,我没料到他停得这样突然,脚步跟跄了一下。他抬起右手握着我的下巴向上一抬,左手在我腰间稍稍用了用力,逼得我直视着他。

"你在我面前想着另一个男人,苏陌,你未免也演得太心不在焉了点。"他的眼眸深邃,如同黑曜石般沉静而不容抗拒。

是的,身旁这么多双眼睛看着我们,巴不得在我们身上看到破绽。

"如果你感觉自己在走过地狱,走着别停。"他低声说了这样一句话,气息轻轻拂过我额前,我整个身子微微一颤。

是丘吉尔的名言。

"你的激将法很有用,谢谢。"我深吸一口气,抬起头对他嫣然一笑,双手攀上他的脖颈。他似乎没料到这招,微微蹙了蹙眉。

我有点挑衅地望着他:怎样,怕了?

他双手搭在我腰间,轻轻揽我入怀。这样的姿势,真是暧昧到了极点。

他温热的呼吸就在我耳边,轻轻拂起我散落的碎发,我觉得脸微微发烧,偏过头不去看他。

音乐继续低声缠绵地唱着,灯光开始变得迷蒙。我愈加觉得倦怠,头靠在他的肩上。

"哎……"我轻声地问,"那个什么杨桃节,真的要去?"

"不想去,就不去。"他依旧是淡淡的回答。

"唔……"音乐太轻柔,灯光太朦胧,我觉得眼皮开始打架,"乔子诺,我想走了。"

"好。"他拉起我的手,在昏暗的灯光中牵着我走出会所。

室外空气清新,整个人清醒了不少。

我轻轻挣脱乔子诺的手,他也没有异议。

曲终人散,对手戏结束。

我们俩慢慢走在林荫路上,夜色静谧如水。

"哎,"我打破沉默,"不是说赶不回来?"

"嗯,提前办完了。"

"哦……"我扭头看他,只怕他脸上有忧伤的神情。可是夜色太浓,看不真切。

一路上,我们沉默着,不发一语。

我有我的心事,他有他的思绪。

终于,到了院子门外。

"唔……谢谢你。"我抬头望着他。

"苏陌,"他突然低声唤我,眼睛定定地看着我,"你的厨艺有没有进步?"

"啊?"我一头雾水。

"我好饿。"

"啊……"我吃惊地望着他,"你刚下飞机?!"

"嗯。"他应了一句,后背整个靠在墙上,像是很累的样子。

"话说,你的行李怎么不见了?"我才发现他两手空空。

"我哥拿着先回家了。"他双手插着裤袋,微微蹙眉看着我,"看来你关心我的行李多过关心我会不会饿死……"

我实在忍不住,轻声笑了出来:"那吃饺子?"

"好。"

水沸,下锅。白白胖胖的饺子沉至锅底,又摇摇晃晃地浮上来。

"为什么要开三袋?吃不完。"乔子诺立在我身边,瞥着桌子上打开的三大袋速冻饺子。

"不同味道啊,有白菜牛肉馅的,冬菇猪肉馅的,还有玉米素饺,每样都给你来点儿。"我在一旁拌着生葱熟蒜,下着辣椒酱。

他半晌没有作声,我抬头看他,他定定地看着我,黄色灯光下,他的眼眸有着黑玉般的光泽。

"几个饺子就把你感动了?"我笑着问他。

"再煮饺子要散开了。"他扭过头,淡淡地说。

"呀……"我连忙关火,把饺子盛出来。

果然有几个饺子散开了,轻轻一夹,肉馅像小球似的滚落汤中。

"失手了。"我不好意思地笑笑。

"料到了。"他没看我,低头吃饺子。

我倒了杯冰水,坐在他对面。

"哎……"我咬着杯子叫他,声音仿佛被困在杯底,闷闷的,"我决定参加WLM大赛了……"

"嗯。"他并不看我。

"我……刚刚决定的。"

"你喜欢就好。"他喝下最后一口汤,起身去洗碗。

我跟在他身后,小声地问:"你怎么不问我为什么?"

"你要想说,自然会告诉我。"他把碗擦干净放在桌上,转头看着我。我沉默着仰头看他,却一声不吭。

我要怎么告诉他,苏可——他喜欢的苏可——终于对我宣战了。而我,还是选择了以战友的身份,待在江南身边。

我要在他身边,看她到底还要玩什么把戏。

我要怎么说?

我勉强笑了笑:"没有,就是想告诉你这个。"

他没有回答我,从裤袋里掏出手机,走出了厨房。

啪……一件银色的物事从他裤袋里掉到了地上,在灯光下闪着耀眼的光芒。我捡起来,是一条银色的项链。我认得这条项链,平时乔子诺一直戴着。链坠是方形的,我这才发现,原来那是个小匣子,轻轻一用力,小匣子打开了——是一张照片,一张双人照。

照片上的人,安静而温暖地微笑着。

我抬起头,乔了诺静静地望着我手中的人像,沉默着。

照片里的人,是他的父母吧。

我抬手看了看,原来是项链的扣子断了,难怪他没有戴着。回房间打开首饰盒,拆下我一根银链子的扣子,安在他的项链上。

"喏,"我递给乔子诺,"先将就着吧。"

他接过戴上,右手握着链坠按于胸前。

"那时……"我轻轻地问,"你还很小吧。"

"十岁。"他靠在墙上,抬眼望着我,"车祸,在他们赶去接大哥参加比赛的路上。"

什么比赛,竟让他们天人永隔。

"那个比赛……"他突然闭上眼睛,眉宇间透着疲惫和痛苦,"叫GMC。"

我突然倒吸一口气……

"你也参加过GMC吧?想必成绩一定不错。"
"我不参加竞赛的。"
"为什么?"
"不为什么。那样的比赛,很无聊。"

我终于明白了为什么。迟了四年。

原来早在四年前初识的那一晚,我已深深地挑战了他的底线,趾高气扬地将他的伤疤一再翻出,却不自知。我真是个白痴。

"对不起……"我走到他身边,伸手拽着他的衣摆。

"你不知道,无须道歉。"他睁开眼睛,低头看我。

"这么多年来,你一定很想他们。"

"嗯。"他微微仰头,后脑勺贴着墙壁,定定地望着前方,"你知道吗,他们刚走那会儿,我根本不相信他们死了,只觉得是去长途旅行了,就在这世界的某一个角落。"

"我给他们申请了个MSN(即时通信软件)账号,天天对着电脑跟他们打字说话。"乔子诺的声音低低的,像是在自言自语,"我跟他们说我最近成绩很差,被老师骂了,他们不回答我。我又对着电脑打字说我成绩进步了,拿了全班第一,他们也不回答我。无论我说什么,那个头像都是灰暗的。"

我拽着乔子诺的衣角竟忘了撒手,仰头怔怔地听着他说话。

"爷爷奶奶把我和大哥接过去,天天陪着我们。可是你知道吗,一切都变了,生活从此不一样了。你问我为什么炒菜心要摘掉小黄花,我不知道,我只知道我妈妈一直是这样做的,所以我也这样做。"

乔子诺第一次对我说这么多的话,他的声音越来越低沉,像是在梦呓,"我做着他们习惯做的事,这样,我就会感觉到他们还在我身边……"

十岁。

我十岁的时候,第一次见到亲生父亲,从此,多了一个妹妹。

乔子诺十岁的时候,失去了至亲,从此与大哥相依为命。

像一场电影,上演着平行时空里发生的故事。

那一年,我的世界补全了,他的世界崩塌了。

"哎……"他碰了碰我的肩膀,"怎么了?"

我这才发现我的眼睛蒙上了一层水雾,仿佛一眨眼,泪水便会滴落下来。我居然,差点哭了……

"没有……"我慌忙背过身,脸朝着门外,"很晚了,你回去吧。"

背后沉默了两秒。

"好。"

我听见他走出门外的脚步声,听见门咔嗒一声被轻轻关上。我的身体像突然被抽去元神似的,无力地瘫倒在沙发上。

脆弱的、骄傲的、仇恨的、诱惑的、善感的……都是我。

又都不是我。

我起身拿起手机,将微信发出去:WLM,我参加。

两秒后收到回复。

叶宁山:好极了。

好极了,真是好极了。

我就像是那不知死活的飞蛾,纵身奔赴心中向往的光明。所谓万劫不复,皆是心魔。

我愿意。

·2·

WLM是全球各大高校学子翘首以待的竞赛,每年都由若干世界知名企业和大学联手打造,为的是选拔和培养未来的商业人才,简而言之,能够进入最后总决选的,不是成为知名商学院争夺的人才,就是成为企业青睐的未来职业经理人,总之,前途一片光明。

对于即将踏入大四的我们来说,这真是一次绝好的机会。

我和江南一组,一荣俱荣,一损俱损。命运没有安排我们相爱,我却一厢情愿地选择了与他相守。

我知道我又在做傻事,被石头知道的话一定又要摇着头说我是傻子。可是有什么办法呢,苏可已经对我宣战,我总不能坐以待毙。

既然如此,放马过来好了。

目前是大赛的海选阶段,主办方将参赛队伍打乱分成了若干组,同一组的队伍将为某个指定的企业提供营销策划方案,每组只有一支队伍能胜出。我和江南在A组,同组还有其他三支来自世界各地的队伍。我们坐在"一夜咖啡"对着手提电脑出席视频会议,望着屏幕中神情或放松或严肃的各队对手,等待着主办方的发话。

"各位A组的同学,感谢大家对这次比赛的重视。下面有请这次大赛的赞助商——NT集团市场部总监Vivi(薇薇)女士来给大家宣读题目。"

一位穿着干练时髦的女士出现在屏幕内,她定睛望着摄像头顿了一下,然后微笑着对大家说:"大家好,我是Vivi。相信大家之前做过功课,对NT集团有一定的了解。我们集团旗下有餐饮、购物、化妆品等多项产业,目前产值在全球排前十位。"

她声音不大,但是气场十足,让人情不自禁被吸引。

"很高兴能与在座各位才华横溢的同学一起合作,希望在这个过程中能迸发出精彩绝伦的火花。这次,我们为大家精心挑选的挑战,将是集团旗下的餐厅iSwear(誓言)。"

我之前看过资料,知道iSwear是一家位于法国的餐厅,米其林三星,是餐饮评级里的最高级别。据说能评上三星的餐厅,是被誉为"值得特别安排一趟旅行"去造访的餐厅,美味让人永生难忘。

这样一家被供奉在神坛之上的顶级餐厅,还需要特别的营销方案吗?我转头望了望江南,他也正好看向我,托着腮若有所思。

"目前餐饮业竞争激烈,尤其是在特别的节日,各大商家都各出奇招,使出浑身解数来吸引顾客。如何在特别的节日里给出特别的服务,从而打开宣传局面,是所有餐饮商家的美好愿望,但也是无法逃避的难题。"Vivi女士停顿了一下,拿起一个牌子对着镜头外的我们,"这,就是我们这次出的题目。"

屏幕内显示出一个玫红色的牌子,上面印有一行金色的艺术字:"Valentine's Day"。

情人节?!

"没错,请大家为来年的情人节出一份策划方案。"Vivi微笑着,仿佛透过镜头也能看到我们的表情,"情人节是餐饮业的必争之日,即便我们是米其林三星也不例外。我想,大家对这个浪漫节日一定充满了期待和向往,我们同样期待你们的方案。获胜的策划将会被实施到明年情人节的特别企划中,而你们也会被邀请到法国,亲眼到iSwear看一看你们的成果,享受一顿美味的情人节大餐。"

Vivi望着镜头,双手在胸前交叉,像是一位沙场点兵的女将领:"两个月的时间,期待你们的提案。加油吧,孩子们!"

画面消失,屋内一片安静。

情人节……真是哪壶不开提哪壶。

"小陌……"江南轻声叫我。

"我们先回去各自查资料吧,一周后再一起头脑风暴。"我利落地收起手提电脑,起身想走。

"苏陌!"他唤我全名,想必是真的动气了。

从小他就唤我"小陌",这两个字每每从他嘴里喊出来就像秋日的暖阳似的,洒在身上有着让人迷醉的温度,心情会忽而变得雀跃。记忆中只有一次,高三那年暑假,我们几个相约去打野战,我、程优和江南一组,苏可、乔子诺和彭浩一组。我们在虚拟掩体中你追我赶,躲躲藏藏,就在我紧追苏可不放时,她突然摔了一跤,我正要举起枪,突然听见有人大声叫了我一句:"苏陌!"

我整个怔住了,然后砰的一下,彩蛋打中了我,染了我一身红色——我被隐藏在转角处的乔子诺"爆"了头。

而当时叫住我让我刹那间分心的,却是和我同一组的江南。

那是他唯一一次叫我全名,竟是阻止我向苏可射击。事后他笑笑说,你妹妹都摔在地上了,我们胜之不武。

现在想来,真是讽刺,原来那样早,他就已经这样护着她。

今天,他再一次喊我的全名,仿若气极了。我背对着他,不知要怎么回应。

江南走到我跟前,拿过我的手提电脑包,转身回到位子上:"我这里有一些iSwear的资料,拷贝给你。"

我转身坐下,安静地看着他打开电脑,插上U盘。

"据我所知,iSwear是法国很抢手的餐厅,通常都要提前三天才能订到位子,情人节这样特殊的节日更甚。"江南无视我的情绪,继续自顾自地说,"所以,其实它……"

"所以,其实它生意好得不得了,它的出品很精致,餐厅装潢个性化又很舒服,但价格并不是天价,许多人都爱光顾,它根本不愁客源。"我接过话,抬眼直视着他,"iSwear目前只有法国一家店,它的目的并不在明年2月14日那一天,它真正的野心,是制造庞大的媒体效应,欲借此一役打响名号,为在全球开连锁分店造势。"

江南微微抬头,眼神既诧异又惊喜。

"你知道的,我都知道,你所想到的,我也想得到。"我平静地说着,没有一丝波澜。

"也是,我们一直是那样默契的战友。"江南盖上电脑,望着我,"是我多虑了,看来你状态很好。"

"你放心,我会全力以赴的,"我拿起电脑,起身居高临下地对着他微笑,"我们一定可以出线。"

我是苏陌,随时准备战斗的苏陌,求胜若渴的苏陌。

我回来了。

· 3 ·

整整一周,我基本没有出门,窝在Tina姐家研究策划案。明天就是新学期开学的第一天,原来一转眼,我们就要大四了。和江南约定碰头讨论方案的日子就要到了,可我还是没有想出一个好的主题。

iSwear的定位是中高档餐厅,目标市场都是一些有一定收入以及受过高等教育的顾客,消费者偏年轻化。那些人通常都很有主见,又喜欢尝鲜,但也因此对诸多商业行为见怪不怪,所以不太容易为一般化的商业推广所打动,若是一般的玫瑰香槟花前月下,估计很难带给他们惊喜和感动,更不要说引起媒体的关注。

要怎么突围?

我拿了一张大大的A3纸摊在地上,把所有能想到的关于爱情的关键词全写下来:

鲜花,美酒,烟火,钻石,亲吻,表白,一见钟情,至死不渝……

都是些美好而动人的词语,可若是要博眼球争取媒体版面,还远远不够。情人节,到底什么最能打动人?又是什么,能一石激起千层浪,赢得争相报道?

若不从主题入手,不如从媒体角度?

我又在另一张A3纸上写写画画:电视,报纸,杂志,广播,网络……

忙活了一晚上,不知不觉,抬头一看,竟看到窗外泛起微微的鱼肚白——竟然一夜未睡。

看了一晚上资料,有点头昏脑涨,我揉了揉酸痛的肩膀,走到电脑前,开了音乐。电脑音箱里传来随机播放的音乐声:

> Try to remember the kind of September
> When life was slow and oh so mellow
> Try to remember the kind of September
> When grass was green and grain was yellow...

竟是那首 *Try to Remember*。我突然想起那个越洋而来的电话,歌声太动人,我们仿佛谁也不舍得打断,就这么隔着偌大一个太平洋,一语不发地将整首歌听完。

他问我在想什么,我说,我们真奢侈。

坦白地说,那一刹那我在想,若是再给港生和韵文一次机会,等他们攒到足够的钱也能打这样一通电话,不说话,只静静听着动人的歌声和对方的呼吸声,他们的结局会不会不一样?相爱的人若能隔着电话线在这歌声中瞬间老去,也是一种奢侈的幸福吧。

音乐还在缓缓地流淌,在盛夏的清晨有着耳边呢喃般的浪漫。我突然不受控制地拿起手机,翻到通讯录里的那个名字,摁下拨通键。

手机里头嘟地响了一声,在这宁静的清晨显得尤其清晰,我像是梦游的人猛然惊醒了似的,迅速摁下"结束通话"。

手机恢复宁静,屏幕上静静地显示着斗大的时间:5:50。

天啊,我是怎么了。

一定是音乐太醉人,如同酒精般让人迷幻,连自己都不知道自己在做什么。还好摁得快。

我实在是不解,乔子诺那样冷漠而高傲的一个人,竟有如此耐性和闲情逸致,在电话里将整首歌播完。

令我不解的,还有太多:他专程过来给我做饭,风尘仆仆从夏威夷赶回来赴宴为我解围,他用我所崇拜的丘吉尔说过的话来激起我的斗志,在异国的凌晨打电话问我吃饭了没有……

正如他自己所说,换作他人,必定感动至极。

若换作他人,心一早就沦陷了吧。

只是我是苏陌,我的心已经死了。

于彼此而言,我们只是借以取暖的角色,就像心理学里提到的"替换定律":若有一段难过的记忆或是习惯想要被抹掉,正常来说靠我们自己是无法完全去除的,唯一的做法就是用一段新的记忆或者习惯来替换它。

久而久之,我们心中的痛就会淡化了吧。而那些新的记忆和习惯,只是没有生命的剧本,只有戏,没有情,所以不会留疤。

这样干净利落的痊愈,很好。

我起身关了电脑,走进浴室冲澡,试图让混沌不清的大脑恢复清醒。从浴室出来,天已经完全亮了,打开窗户,已能隐隐听到鸟叫声,脆生生的,真是清爽。

转身拿起风筒吹头发,吹到一半,隐隐瞥到桌上的手机在闪。

有三通未接来电。同一个名字。

我突然愣在那里,不知如何是好。

嗡……手机突然振动起来。我吓了一跳,差点没拿稳。

屏幕上亮起那个名字,一闪一闪。

"喂……"我稳了稳情绪,按下接听键。

"在哪里?"里面传来低低的男声,还有轻微的喘气声。

"Tina姐家里。"我回答道。

"开门。"

我打开厅门,快步走出去。走到院子中间,我停下脚步,隔着镂空的院门,我和电话里那人静静地对视着。

我竟真的把他吵醒了,而他,竟真的过来了。

他定定地看着我,对着手机咬着牙说:"苏陌,你知不知道现在几点钟?"

我愣了一下,低头去看手机:"六点二十分……"

我走到门口,隔着铜绿色雕花铁门抬头望着他,看着他蹙起的眉头,额头上有微微的细汗,浸得他的双眉更加乌黑,仿若剑锋一般。我看着他的眼睛,竟失声笑了起来。

"你还笑……"他放下耳边的手机,手使劲握住铁门把手,对我低吼了一句,"你以为只响了一声我就听不到了吗?!你不接电话是怎么回事?!"

我呆呆地看着他发火,然后默默打开门。

他没有走进来,只是低头看我。

我们沉默对视着,半响,他低声问了一句:"你是……摁错了吗?"

没有。五点五十分,我是真的,打给你。鬼使神差,中邪一般。

可是我没有这样说,我嘴角上扬,望着他:"是啊,就……不小心碰到了。"

他立在那里,背部僵硬地挺着,眼眸里是分明的黑与白。

"好,"他嘴唇微抿,笑如凉夜,"没事就好。"转身离去。

我望着他远去的身影,有点无力地靠在了院门上。

乔子诺,你是在担心我吗,所以你赶过来?这也是剧本里设好的情节吗,还是你的即兴表演?

而我呢?若那个电话真的接通了,我要说什么?

·4·

"小陌,你觉得怎样?"江南温声问我。

我一下从沉思中惊醒,望着他在白板上写的满满的数据。

"你怎么了?一个早上都魂不守舍的。"他坐下来,不解地看着我。

"抱歉,昨晚没睡好。"

是根本没睡,所以才会有早上那些超出常理的举动。

我定了定心绪,摊开笔记本:"我想启动一个以网络营销带动全媒体的策划方案,你觉得怎样?"

江南靠在座椅上,若有所思:"怎么说?"

我指着白板上的数据说:"正如你所说的,iSwear的目标顾客在25岁到35岁之间,受过高等教育,收入不错。他们正处于人生的上升期,充满危机感,喜欢挑战;他们追求个性化,不甘于平庸,所以对大众化的商业手段免疫。想要真正打动他们,就要借助他们平时用得最多最上瘾的媒介平台,提供新奇好玩且有挑战性的方案,让他们感受到自己是万里挑一的,独一无二的。"

"这群人……"江南好像想到了什么,眼睛里有欣喜的光芒,"平时依赖网络,渴望与周围的人联系,也渴望周围的人关注他们。我们要做的,就是选择网络平台进行互动,将这个情人节活动如病毒般扩散出去。"

"嗯,"我点点头,"他们都是一群喜欢'秀'的人,秀恩爱,秀幸福。既然这样,我们何不在他们'秀'的同时传递品牌内涵呢?"

我走到白板处,写下了几个字:点亮真心誓言。

"点亮誓言?"江南走到我身边,看着这几个字,然后拿起笔写下——Light up iSwear。

"没错,品牌名字的意思本来就是'我发誓',"我转身望着他,用手比画着,"我们可以在 iSwear 的网站上策划一个'秀'誓言或真心话的活动,参与的人可以发送你的表白或誓言到网站上,参与量达到一定数值,我们就让 iSwear 在餐厅的巨型灯幕点亮一个字母,六个字母,一共有六次机会。每次恰好使灯幕点亮的那一个参与者,就可以免费获得情人节套餐。"

"既然是全媒体,我们要在电视和广播的黄金时段插播15秒的广告,播报距离下一个字母被点亮还差的誓言数,以增加紧张感。"江南望着我,专注而认真。

我的心突然漏跳了一拍,我多想并不是因为工作,他才这样目不转睛地望着我。

"嗯,我们要在 iSwear 巨型灯幕旁安装一个摄像头,上我们的网站随时可以看到灯亮的状况,让所有人仿佛置身其中。"

"嗯。"江南微笑着,写下了几个数据:7,10,2000。

我偏着头微微想了一下,扬着头说:"7天,网站注册数升10倍,活动影响力辐射2000万人。"

"Bingo(全中)!"江南望着我笑了。

我想我们是默契的,一个上午,便把策划案的雏形敲定下来,顺利得让我有点不敢相信。

"小陌,"江南对着我微笑,眼里是我熟悉的星芒,"真庆幸有你。"

我想说"彼此彼此",可是话到嘴边又咽了下去。

这样的"庆幸",并非我所愿。

窗外仿佛有树影微微摇曳,我有点鬼迷心窍地回头张望,却寂静如常。

"怎么了?"江南顺着我的目光望去。

"没有……"我想我真的是累了,累到出现幻觉,"我回去了,我们按照今天谈的分工各自回家写方案吧。"

"好。"江南盯着我看,"你脸色不太好啊,不舒服?"

"没有,就是有点困了。"我不敢直视他的眼睛,起身将白板上的字擦去。

你真的不要再关心我了,不然,叫我怎么忍心放手。

"我走了,电联。"我拿起电脑包,离开会议室。

爱的真心誓言,这何尝不是我想要的。只是世间事不遂人所愿,岁月未经允许便变成了让人觉得无奈的模样。

"我发誓",多美的一句话,可是不再属于我。

可是那又如何呢,心不过是缺了一块,但它还跳动着,不足以死去。还是得睁着眼活下去。

回到Tina姐家里,倒在沙发上,元气大损。

要有多高的战斗指数,才能面不改色与江南并肩作战。

在沙发上躺了五分钟,我实在饿得受不了,起身去敲隔壁的门。

石头探了个脑袋出来,我说:"大哥,有吃的没?"

他上下打量了一下饿得有气无力的我,摇摇头说:"就知道你找我没好事。"

他给我炒了个饭,看着我埋头吃,然后敲敲桌子问我:"我说你不是专门过来我这蹭饭的吧?说吧,什么事?"

警察叔叔果然火眼金睛。

我停下筷子,正色地问他:"有没有什么办法,可以看得出一个人有没有说谎?"

"测谎仪啊。"石头仰着头盯着天花板。

"正经点。"我踢了他一下,"我指的是透过一个人的行为举止来判断。据我所知,心理学上有个名词叫'微表情',意思是人的表情会泄露内心的真实想法。你对这个应该很在行吧?"

"噢,这你就问对人了。"石头打了个响指,招手让我凑过去,"人一般在说谎或心虚的时候,都会有一些下意识的动作来掩饰,例如突然喝水、摸鼻子,说话时一边肩膀耸起来,摆弄手指,等等。"

"噢……"我若有所思地点点头。

"哎,你问这个干吗?"

"没有啦,你也知道我是学心理学的嘛,所以向你请教一下啰!"我笑笑继续吃饭。

石头歪了歪脑袋望着我:"哎,你左肩耸了一下耶。"

"哪有……"我瞪了他一眼。

"好好好,没有没有。"他懒懒地向后仰着,而后慢悠悠地说,"可是也不一定作准的,身边人毕竟不是犯人,与其试图利用微表情来看透别人,还不如用心去感受,那样才会得知别人的真心吧。"

真心吗……

只有幸福中的人才需要真心,例如真心的表白,真心的誓言。

我不需要真心。我只想知道真相。

我只想知道,苏可,你到底会怎么对付我?

第九章
原来你也不过如此

> 披上一条白色被单
> 将自己包裹成安静的一团
> 这样就够安全了吧
> 可是怎么越发觉得
> 空气稀薄
> 炙热难耐
> 仿佛就快窒息
> 我原以为躲进了坚不可摧的城堡
> 不料,却是我
> 作茧自缚

· 1 ·

有事做的时候,总觉得时间过得特别快,转眼九月便过了一半。

Tina姐一定是在斯里兰卡有艳遇了,这么久都不回来。我收到过她两张明信片,上面只有短短几个字:很好,勿念。

明信片上全是那样明媚而纯粹的色彩,这个地方被称作"印度洋上的眼泪",美得让人觉得虚幻,难怪她流连忘返。

其间,江南又再提起四人一同去潘园的杨桃节,我以忙于写方案为由拒绝了。我总不能告诉他,我讨厌四人一起出现的场面,滑稽而疲惫。何况,乔子诺自从那天从我家离去后,便再没有找过我。

我不知道他是不是生气了,那天一大早跑过来,只因我莫名的一个只响了一声的来电,只因我一连未接他三通电话。

我开始有点困惑了,这异样的举动已经超出了普通朋友的范畴,若是演戏,那时只我和他二人在,其实何必。

可是我这样忙,实在没工夫去想原因。

我也没有主动找他,实在找不到什么合适的借口,去主动和好。

忙碌真好,就没有时间沉沦在胡思乱想中了。

这天上完课,我跑到导师叶宁山办公室看书,总觉得一坐下来面对着那堵深蓝色的墙,心里就无比安宁。

我手里拿着一本书,书名叫《天命》,是一本有关灵修的书籍。

"叶导,"我转头问在一旁备课的叶宁山,"你相信天命吗?"

"你听说过那句话的吧,性格决定命运。"他抬眼望望我,靠在座椅上,"所谓的命运,都是人的选择。"

"你的意思是,同一件事,相同性格的人会有相似的处理方式,最终殊途同归?"

"苏陌,你做过这个测试吗?"叶宁山递给我一本摊开的书,上面写着"人的性格测试"。

"做过。"我点点头,"我是力量型,而且是超高分那种。"

书上说,人的性格分为四种:力量型,完美型,活泼型,和平型。我当时是和江南一起做这个测试的,我是典型的力量型,而他是典型的完美型。两人都属于天生的领导者,逻辑思维缜密,追求专业。区别在于,力量型的人更固执和武断,而完美型的人更注重细节。

我当时还想,我们真是天生一对。

"你既然做过,想必你也了解自己性格上的优势和缺陷。"

"喜欢做决策,不轻易被说服,有主见,偏执。"我数着手指头,然后笑笑说,"对我而言,这些都是中性词,没有褒贬。"

"嗯,你说得对,任何事都有两面。"叶宁山点点头,拿了一张纸,给我画了四个象限,分别是四种类型,"不同性格的人遇事会有不同的选择,导致的结果也会不一样。举个例子,家里遭了小偷,力量型的人会立刻报警,封锁现场;完美型的人会分析到底是什么导致小偷能进屋;活泼型的人会大叫'有小偷啊';而和平型的人则会说,人没事就好。"

我觉得有趣,开始把身边的人对号入座。

我是力量型无疑,江南是典型的完美型。程优介乎完美型和活泼型之间,而彭浩绝对是会大叫"有小偷啊"的活泼型。

乔子诺嘛,应该是和平型。

至于苏可……我看不透她。我不知道怎么样的她才是真实的。

"还有,不同性格的人相处起来也很有趣,会产生不同的火花。"叶宁山继续说着,"好比力量型和完美型在一起,两个人都喜欢表达看法,工作上会有很多奇妙的配合,但两个人都不愿意成为配角,所以有时也会有争吵;力量型跟和平型的人在一起,一个讲一个听,一个是主唱一个是和音,生活上还蛮和谐的,但力量型有时也会嫌和平型的人过于温吞。"

我突然陷入沉思。我和江南,难道注定只能做工作中的绝佳战友吗?

"但凡事也不是绝对,"叶宁山仿佛看透了我的心思,"有时候人和人在一起的化学反应就是这么奇妙,看似不契合的两个人,说不定能携手到最后呢。"

"那……性格可以改变吗?例如,我不喜欢自己过于力量型,我也可以变得和平一点,或者活泼一点吗?"我皱着眉问。

"为什么要改变?"叶宁山意味深长地望着我,"以自己觉得最舒服、最喜欢的状态出现就好。"

"叶导,有时我很迷茫,不知道自己最喜欢的模样到底是怎样的。"我不得不坦白,我真的不知道自己变成今天这个样子,是出于"自己喜欢",还是我以为的"你也喜欢"。可是你已经告诉我了,你

"并不喜欢",所以,我还有必要保留这个自己吗?

叶宁山拉开抽屉,拿出一本大册子,翻至其中一页,摊在我面前。

画册上有一栋房子,房子旁倚着一架长梯,梯子中间站着一个女孩子。

我默不作声,等着他发话。

"苏陌,若你是画中女孩,你下一步要做什么?"叶宁山指着画中人问我。

"唔……"我托着腮想了三秒,"我会顺着梯子爬上房顶,站在屋顶看远方的风景。"

叶宁山靠在座椅上,微微笑着。

"那……"我不明就里,"就是怎样?"

"有些人会走下梯子,离开房子;有些人走下来则会选择进房子里头;而你,选择继续往上爬,站在最高处。"他啪地打了个响指,"你已经告诉自己答案了——这就是最真实的你,你最喜欢的自己。"

继续往上爬,直至最高处吗?仿佛是的,我从来没有想过从高处往下走有何快乐可言。可以的话,扬着头是我自认为最舒服的姿势,与旁人无关。

既然如此,好吧。

战斗吧,苏陌。

晚上在为方案奋笔疾书的时候,接到妈妈的电话。

她说:"小陌,明天回家吃饭吧。"

见我不吭声,她又说了一句:"明天是中秋节。"

我沉默了一会儿,说:"好。"

回家路上,满大街都是电动灯笼,会唱歌,闪着五颜六色的光,有的甚至放在地上还会移动。真是高级。可是,我真怀念小时候的纸灯笼,虽然简陋,可是握在手里,有温度。

有人说,越是怀旧的人,越是放不下过去,难以从情感挫折中走出来,因为这些人压根就不愿意走出来。

记得小时候过中秋节,一到晚上,家家户户都是紫苏炒田螺的香气,不锈钢锅铲碰着铁锅发出好听的吭吭声,让人觉得平凡的幸福就在这柴米油盐间。我们家也不例外,外婆会炒上好大一锅,再蒸一笼小芋头,然后和妈妈一起抱着我坐在院子里赏月。

从小,我就知道我们家和别人家是不一样的,因为我没有爸爸。我从来不知道一家人在一起吃饭的感觉,我只会在放学回家的路上路过邻居家听见炒菜声夹杂着一家人的欢笑声时,默默地艳羡着,然后自己想象着。可是,我从来不敢开口说羡慕。

我在中秋节尤其乖,像上了发条的娃娃似的,拼了命把学校学到的歌曲、舞蹈都在妈妈面前表演一次,一次不够,就再来一次,直跳得腿酸痛,唱得嗓子沙哑。我受不得院子里那样安静,我知道一静下来,妈妈就会转身去抹泪。

实在没有节目表演了,我就会拿着纸灯笼在院子里跑起来,一圈一圈像不停转动的陀螺似的奔跑。外婆仿佛知道我的心思,也不阻挠我,拍着手说:"小陌加油,小陌快跑,跑得比嫦娥的兔子还要快!"

就这样,我一直跑,一直跑,直到跑到十岁那年的中秋节。

在我看来,节日里有好吃的有好穿的有好玩的,都敌不过一家人在一起吃一顿饭。我好不容易等来的完整,我不想失去。

哪怕,我要面对你,苏可。我也不怕。

爸爸已经在厨房忙开了,家里满是饭菜香。

一家四口围坐在一起,齐齐整整。

我默默地低头扒着饭,苏可出奇地话多:

"上次潘园的杨桃真甜,江南说今年的比去年的甜好多。"

"我们要准备写毕业论文了,江南说他已经想好课题了呢。"

"放学的时候,江南说让我晚上吃完饭去'一夜咖啡'找他,说有礼物送我。"

江南说江南说江南说江南说……

她的话就像一架B-52轰炸机,在我心上狂轰滥炸,炸得血肉横飞。如果我会武功,我一定会点了她的哑穴,让她张口无言。

可是即便她不说话又怎样呢,光是那张甜蜜到泛着红光的笑脸,就足以如利剑般在我身上刺上若干个洞。

我只吃了半碗饭便放下了,妈妈忙问:"怎么不吃了?小陌你最近瘦了好多,多吃点啊。"

人都说"心宽体胖",我想我的心真的太小了,才会胖不起来。

"妈,姐姐最近很忙呢,"苏可盯着我,微微笑着,"她和江南参加了一个国际大赛,他们见面的时间比江南和我在一起的时间还要多呢!我想,姐姐一定是累坏了。"

"我吃饱了。"再坐下去,我不知道会不会掀桌子。

我走到阳台,秋风送来一阵桂花清香,让人心绪稍稍安宁。

何必跟她一般见识?可是,她真是阴魂不散。

"姐姐,"她站在我身边,轻轻地说着,"不过是一顿饭,你就受不了了?我在你们家吃了十年啊……"

"苏可,我们一直待你这样好,这里也是你的家。"我忍不住转头说道。

"你这种高高在上的悲悯之心,"她凑到我耳边,"真是令人作呕。"

"你到底想怎样?!"我强压着声音,低声问。

"没有想怎样,你最近和我的男朋友走得很近,"她眨巴眨巴眼睛,突然笑起来,"我不高兴。"

"苏可,你若只是逞一时口舌之快,我无所谓,任何恶毒的谩骂或恐吓,我都可以随你。"我盯着她洋娃娃似的眼睛,缓缓地说,"但你若胡来,我一定不会饶了你。"

我停了一下,再一字一顿地说:"别忘了,我是你姐姐。"

她没有答话,只微笑地望着我好一会儿,转身进屋,喊了一句:"爸妈,我走了哦!"

我微微吐了口气,刚才那段话说得铿锵有力,其实不是不心虚。

我并不知道,她到底想要怎样。

我找不到她身上有任何一处石头提到过的微表情,滴水不漏,毫无破绽可言。

我趴在阳台栏杆上,低头看着她从楼下走过。突然,她转过身向上望,我看不清她的神情,只看到她伸出右手对我做了一个手势。

一个开枪的手势。

很好。你既下战书,我必应战。

我从阳台转身回屋,爸爸在切月饼,递给我一块。晶莹剔透的白莲蓉,泛着油光的咸蛋黄,空气中蔓延着幸福的甜香。

"小陌,你没有住在学校里吧?"

我一愣,侧过脸看爸爸。

他看了一眼还在厨房里忙活的妈妈,轻声问我:"你是不是遇到了什么事?如果有,记得要和爸爸讲。"

月饼含在嘴里,莲蓉逐渐软化。我心里有话,却如鲠在喉。

爸爸又说:"父女连心,我能感觉到你心里有很多不畅快,你如果不想让你妈妈知道,大可告诉我。小陌,我对你妈妈和你都亏欠太多,但我希望你和小可都好好的。"

我抬起头,看着他头上的白发和眼角的皱纹,心里一酸。我知道他有难处,若不是苏可捅破这层假意幸福的薄纱,我想我会一直沉默地伪装下去。我太不愿意破坏我们家这得来不易的完整性,去面临血淋淋的厮杀。可是,事与愿违。

"爸爸,我尽量。"

我看着被切成薄薄八瓣的月饼,被摆成莲花盛开的模样,突然想起乔子诺。不知他是不是在家,和哥哥两人吃着团圆饭。中秋节,应该是他最不愿意过的节日了吧。

"小陌,再吃一块?"这一盒七星伴月,中间一个是最大的双黄白莲蓉,妈妈正准备撕开它的包装纸。

"等一下,"我伸手拿过那个月饼,"我想……带回去吃。"

·2·

离开家,不知不觉竟走到了街口的小书店。抬脚走进去,老板娘正在织围巾,看见我便对我笑笑,然后下巴微微朝里屋抬了抬:"你的朋友早到了哦!"

我的朋友?乔子诺吗?

我突然僵硬了一下,不知该不该进去。

一连两周,他都没有找过我,仿佛人间蒸发一般。若是有好事者发现,一定以为我们分手了。

我慢慢走进去,越过两排书架。

沙发上空无一人。

我微微吁了口气,心里却觉得有些空落落的。

"你挡着光了。"

身后响起一道低沉的声音,我吓了一跳,转身望过去,越过眼前那排书,看到那人戴着耳机,微微倚着书架站着。

他立起身子,拿着书坐到沙发上。

我头一扬,坐在他身边。

书店里那样安静,静得能听到墙上时钟的嘀嗒声,实在不适合高声说话。我拿起沙发扶手上放着的便利贴本,丢给他一张:

"最近不见人影,很忙?"

"不过十几天,便这样想我?"

他解下耳机,回我一张便利贴,嘴角微翘。

真是气结。

"我不过是不想被看到破绽,让别人以为我们闪电分手了。"

"你大可主动找我。"

顿时语塞,不知如何下笔。

"最近开始启动毕业设计,"他终于不再逗我,微微靠在沙发上,望着我说,"比较忙。"

哦,真是这样吗?

"你……今晚和你哥一起吃饭?"我只好岔开话题。

"没有,"他合起书,起身放回书架,"他出差去公干了。"

所以今晚中秋节,他是一个人过的?

我拉开书包,拿起那个硕大的双黄白莲蓉月饼递给他。

他抬眼望了望:"隔壁超市的促销?"

"去年吃剩的。"我没好气地顶了一句,反手想塞回书包。

他抢先一步拿在手里,手掌轻轻碰到我的指尖:"谢谢。"

月光透过窗纱倾泻进来,温柔似水。乔子诺拿着月饼端详,仿佛以前从未见过似的,捧在手心专注地看着。

我不知道自己为什么会鬼使神差地从家里拿个月饼出来,明明并不见得会遇到他,也不见得他会要。可是听见他说谢谢,语气那样轻柔而真诚,像是收到了很贵重的礼物似的。

乔子诺,中秋快乐。

"哎,"他突然微微靠过来,"给你听首歌。"

呃……又是 *Try to Remember* 吗?我的心像被小锤子敲了一下似的,有些后怕。

他无视我的皱眉,给我戴上耳机,然后靠在沙发上,微微闭上眼。

一个男低音在耳边温柔呢喃,琴弦的剔透之音低低响起,像是在心头拨动,泛起一阵涟漪:

>
> Oh...Over the rainbow(噢……在彩虹之上)
>
> What a wonderful world(那里有美妙的世界)
>
> Somewhere over the rainbow way up high(在那高高的彩虹之上)
>
> And the dreams that you dream of once in a lullaby...(那里有你孩童时的梦想……)

真动听,无论是歌声,还是低低的弦乐声。

乔子诺一直闭着眼睛,像是睡着了。

我侧着身把头靠在沙发上,也轻轻闭上了眼睛。

我仿佛看见了一望无边的大海上,升起了一道色彩斑斓的彩虹。一叶白色的小帆船在平静的海中漂浮,船上的人在弹着吉他动情地歌唱。

这世界仿佛被洗涤过,纯粹而透明。

小船远去,歌声也渐渐消失。

我睁开眼,乔子诺正侧头看着我。

他离我这样近,我在他深邃的眼眸里看见了小小的我。

"在想什么?"他轻声问我,我能感受到他的气息笼罩着我,像是一种蛊惑。

"没有想什么……"我的声音小得仿若连自己也听不见,"只是突然觉得,很久没有去旅行了……"

他定定地看着我:"你想去哪里?"

如果我说,我想要离开这个地方,你是不是会带我走?

你可以带我走多远,走多久?

"唔……"突然惊觉气氛不太对,我连忙别过脸,"歌很好听,这是我听过的最独特的 Over the rainbow,和以往的很不一样。"

"这是两首歌的串联,Over the rainbow 和 What a beautiful world。"他转过脸,拿下耳机,"演唱者是夏威夷著名的歌手IZ。"

"哦……夏威夷的歌手啊。吉他也很好听。"

"不是吉他,是夏威夷特有的一种小型四弦琴,叫Ukulele(尤克里里)。"

"哦……我很好奇有着这样磁性声音的男人是长什么样的。"

"一个700斤的男人。"

"啊?"我不由得大吃一惊,"想不到啊,声音这样温柔。"

"世界这样大,你想不到的事情还有很多。"他低声说着,又闭上了眼睛。

我突然沉默了,定定地看着他。窗外投射进的月光将他的轮廓清晰而完美地勾勒,他一如以往地少言,可是却仿佛有了些无法言明的温度,不再冰冷。

是啊,世界何其大,我不知道的东西那样多。我每天把自己关在狭小的仇恨与嫉妒的笼子之中,却无暇顾及身边那么多的奇妙与美好,多么愚蠢。若人真是有灵魂,若灵魂能跳脱我的肉身来看我每日的愁情苦绪,也会觉得好笑吧。

突然,心情舒爽起来,有一种少有的豪迈在心头蔓延。

我静静地看着乔子诺。这个人真是奇怪,他好像总是看得到我最落魄的样子,那么多次,他都恰好出现在那里,救我于水火之中。

"你盯着我看很久了。"他闭着眼睛小声地说。

我别过脸,提笔写了张便利贴,啪地贴在他脸上:"突然发现,原来你侧脸挺帅的。"

他拿下便利贴,嘴角微抿,写下一行字:"那你可会爱上我?"

"喂!"我微微跳起,签字笔不小心在沙发上画下一道浅浅的痕迹。我连忙用手去擦,却越擦越明显。

他微微翘起嘴角,扔给我一张便利贴:"这样当真,开不起玩笑。"

不过是个玩笑,我的心却漏跳了一拍。

突然觉得内疚。苏陌,不过三个月,你竟开始和人打情骂俏。

可是又有什么所谓,有谁在意。

何况,在旁人看来,我们确是情侣无疑。

怀里的手机适时振动起来,我连忙接通。

是程优。

"苏陌,你在哪儿?"语气急促而焦心。

"书店,怎么了?"我微微皱眉。她的语气很少这样焦急,一定是发生了什么事。

"你和江南参加 WLM 的策划主题,是不是什么'Light up iSwear'?"

点亮真心誓言,的确是我们的策划主题。

除了江南,我从未与人透露过,程优怎么会知道?

"是……"

"出事了!"程优在那头大声地说道,"你们的策划案被人偷拍了,放上了论坛!"

像是一道闪电划破天空,将深蓝而幽远的天鹅绒撕裂成两半。

上一秒,我想从笼子里解脱出来。

下一秒,这世界告诉我,它不答应。

彩虹之上那个美妙的梦,恐怕真的不属于我。

这就是宿命。

·3·

程优专门打电话来告诉我,我和江南参加WLM的策划案被偷拍,放上了学校论坛,现在全世界都在看我们的笑话。

"Light up iSwear",我们熬了多少个夜晚、死了多少脑细胞才打造出的心血,竟是以这种肮脏的方式被迫面世。

我冲到书店角落的公共电脑区,想要登录学校论坛。全身血液仿佛都冲上了脑门,手指在微微哆嗦,用户名和密码打了好多次都是错的。我急得大力地猛摁退格键,恨不得拍碎键盘。

乔子诺走到我旁边,微微将键盘移到他身前,输下他的用户名和密码。登录成功。

嘉禾大学论坛被置顶的热帖,标题是"嘉禾大学WLM参赛方案大揭秘!"我滚动着鼠标,帖子从一楼到十楼全都是照片,一个字也没有。那些照片,全是我和江南在会议室讨论的情景,不止一天,有很多天,从方案的雏形到完善,我们的主题、所有的思路、所有的分析全显示在墙上的白板上,要多清晰有多清晰。

照片精度很高,一点点放大,甚至连我们笔记本电脑上打开的图表都能清楚看到。这已不是谍照,这完全就是整份方案大公开。

我气得全身都在发抖,觉得寒气飕飕地从脊梁处渗进来,直抵骨髓。

"你认识这个ID吗?"乔子诺用鼠标点着屏幕。

ID很怪,叫"＋－"。

"不认识……"我拿过鼠标去点击这个账号的详细资料。

注册时间是今天,除此以外,什么都没有留下。

我的视线突然望着最下面一行,显示着该用户的IP地址:119.129.192.252。

那是嘉禾市的地址。

我突然觉得这个IP地址很眼熟,好像在哪里见过。

突然,脑海里闪过另一个ID:Hate More——运动会时在各校论坛冒充山田和早同散播挑衅言论的那个ID。我的记性很好,这两个账号用的是同一个IP地址没错。

"乔子诺,每台电脑的IP地址是固定的吗？我可以通过IP查到这台电脑的位置吗？"我转身望着他,急切地问。

"原则上是的,但一般只能锁定大概方位,"他并不看我,直直地盯着电脑,屏幕上的光照在他脸上,显得他的脸色很难看,"若要查得很精确,恐怕只有专业人士才能办到。"

我突然想起一个人,他一定可以帮我。

我伸手去拨手机,漫长的嘟嘟声响了好久,每一下都重重打在我的心上,像是死寂的夜空中响起的悲鸣。

接电话……求求你……接电话……

"哈喽,苏大美女,怎么,想我啦？"电话那头响起痞痞的声音。

"石头,请你帮个忙。"我的声音都是颤抖的。

"好,你说。"对方似乎觉察到我的不妥,语气立马正经起来。

"请你帮我查一个IP地址,我想知道它具体的位置。"我盯着电脑上那几个静止却仿佛随时如鬼魅般起舞的数字,神情肃杀。

"……你发到我手机上。"

掘地三尺,我也要把这个人挖出来。

时间一分一秒过去,我滚动着鼠标,一条一条地看评论。

"这个方案很厉害啊,是我们学校的吗?怎么这么早曝光呢?"

"数字营销带动全媒体,太牛了,这都能想得到!"

"哇……这是江南和苏陌吧?表情好暧昧啊!"

"超劲爆的啊,我看他们比赛是假,私底下勾搭是真吧?"

"在一起吧……"

……

一条一条评论,叫好的、艳羡的、戏谑的、讽刺的、炮轰的……如同尖锐的刀锋,一点一点将我凌迟,让我体无完肤,血流成河,但却并不足以让我死去——我宁可它一剑封喉,让我死个痛快。

手机突然振动起来,是石头。

"苏陌,我查到了。"

我突然觉得头皮发麻,全身汗毛都竖了起来。

"嘉禾市将军街98号紫兰花园A栋,具体哪一户暂时还查不到,"石头一字一顿地说,"不过我查到了相应的电话号码,87650567……"

我的头嗡的一下,突然觉得眩晕起来,整个世界仿佛一下子失了颜色,只有苍凉的黑与白,伴随着有如警笛划破夜空般尖锐的声音。我握着手机的手无力地垂了下来,石头在电话那头"喂喂"地叫着,我却像聋了似的,不给他任何回应。

嘉禾市将军街98号紫兰花园A栋……

那是,我家……

"你最近和我的男朋友走得很近,我不高兴。"

苏可,你终于出招了。

是的,你警告过我,只是我读懂了这出戏的引子,却猜不透故事的始末。

这场比赛是我和江南之间唯一的联系了,我以战友的身份继续待在他身边,我希望我们能合作出一份让人叫好的企划案,也算是了了一桩心愿。没有爱情,残存一份结晶让我日后有个念想也好。

可是,苏可,你竟连这样也不放过我。你真是我妹妹,这样了解我,知道我最输不起。

我就是那攀着梯子奋力往上爬的人,我渴望站上屋顶,领略最高处的景色。可是一个不小心,我就从梯子上摔落下来。

苏可从梯子上摔下,赌赢了爱情。

我从梯子上摔下,却输了个精光。

我转身冲出书店,乔子诺在后面追着我。一辆电瓶车从我身边如旋风般驶过,他伸手一拉,将全然失了理智的我拉至身旁。

肩上的手提包被电瓶车啪地勾落在地上,若不是乔子诺拉着我,估计我整个人都会摔在地上。骑电瓶车的人在远处骂骂咧咧,说着难听的话语。我充耳不闻,盯着地上的包一动不动。

"你要去哪里?"乔子诺捡起我的手提包,蹙着眉走到我面前,将远处那人的骂声挡在身后。

"'一夜咖啡'。"我咬着牙吐出一句。

晚饭的时候,苏可说江南约她在那。

很好,那就一了百了吧。

"我陪你去。"乔子诺挥手招来一辆出租车,拉着我坐进去。

苏可,我要在江南面前撕破你天真单纯的假面,让你原形毕露。

你最好在原地等着我,我要看你还有什么可以狡辩。

我站在"一夜咖啡"门口,里面灯光是一如既往的温暖而迷蒙,透过格子门的玻璃,可以看见那片咖啡豆墙壁安静地立着,像是在等待着主人的归程。

一、二、三,推门。

"一夜咖啡"如同往常一样没有什么客人,我一眼就看到角落里的江南和苏可。苏可背对着我,江南在她的对面,他握着她的手,不知在说些什么。

我慢慢地,一步一步地走过去,拳头一点一点地握紧。

江南抬起头,惊诧地看着我:"小陌?"

我深吸一口气,正准备开口,苏可突然起身,慢慢地转了过来。看着她的脸,我毫无防备地整个愣住了。

苏可精致如瓷娃娃的脸庞上挂满了泪痕,她的眼睛哭得红肿,长长的睫毛如同被雨水打湿的羽翼,失了往日的卷翘。

她哀伤地看着我,缓缓走到我跟前,豆大的泪珠如脱线珍珠般落下。她突然抱住我,带着可怜的哭腔说了一句:"姐姐……对不起!"

我完全蒙住了,脑袋里一片空白。

我想过一千种与她针锋相对的情景,想过一千句冷声质问她的对白,想过一千个让江南相信我的理由。

独独没有想过,她会哭着对我说"对不起"。

我如同被点了穴道,愣在原地,任由她抱着我痛哭流涕。泪水沾湿我肩膀上的衣服,渐渐渗开的凉意直抵心头。

"姐姐,是我不好……我不喜欢看到江南整天和你在一起,我不知道你们除了讨论比赛以外还在做什么……所以我找人去拍你们……"

这样的谎,真是拙劣。

我挣脱开她的手,冷眼问她:"你吃醋归吃醋,那论坛上的照片是怎么回事?"

"我不知道……"她眼里噙着泪水,惶恐地说,"我的U盘掉了,不知道去哪里了,照片都在里面……我不知道谁捡了,我真的不知道……"

我瞬间明白了,正所谓恶人先告状,这出戏真是精彩。

"好了。"江南突然开口,牵过她的手将她拉至身后,"小陌,小可今晚已经全告诉我了。她已经够自责的了,你不要再骂她了……"

我仿佛听见一万朵非洲菊的花瓣瞬间衰败落地的声音,绚烂的颜色顷刻间褪去,苍凉萧瑟,让人感伤莫名。

我突然觉得好笑,她那样拙劣的谎言,说在嘴里却这样顺溜,仿佛是事先录好的台词,摁一个播放键,她便可以声泪俱下地对嘴。

这样错漏百出逻辑混乱的戏码,你居然也相信。

相比苏可那小人行为的卑鄙,江南,更让我难过的是,你竟这样令我失望。

你曾是我仰望了那么多年的少年,我曾仰望你的睿智、冷静、温暖,曾虔诚祈祷上天让你的光芒终有一天可以照耀到我身上。

可是,这一刻,我有着从未有过的心寒。

有人说,恋爱中的女人是傻瓜。

原来,恋爱中的男人也是。

原来,你也不过如此。

紧握的拳头缓缓松开,头脑开始冷静下来,我甚至能感受到手臂的血液在缓缓回流,心脏也仿佛开始复苏。我慢慢走过去,越过江南,走到苏可面前。我拉起她的手往前走了几步,回过身拥着她:"好了,别哭了,我刚才太激动,声音大了点。"

我感觉苏可的身子微微颤了一下,我稍稍用了用力抱紧她:"我和江南之间就是普通朋友,你以后都无须再担心。"

我看见江南脸上的神情从担心转而变得有些复杂,又补了一句:"我可是很专一地对乔子诺哦,你可别乱吃飞醋让他误会。"

不知是不是错觉,我看到江南眼里有点失焦,琉璃灯七彩的光晕衬得他的脸有些苍白。

我偏过头凑到苏可耳边,用仅有她能听到的声音说:"Hate More

也是你吧,下一次再做这样的事,不要在咱们家里,我觉得脏。"

我一下放开她,看着她眼里有掩饰不住的惊诧,对她温柔一笑:"我们之间不需要说抱歉,我是你姐。"

"一夜咖啡"里一下子恢复了安静,只有苏可小小的低头抽泣声。

我觉得累,转身想离开。

门突然呼啦一声被打开,有个男人风风火火地冲了进来,劈头就喊:"苏陌,我查到那个地址了!"

我目瞪口呆地望着这个不速之客,不由得问:"你……怎么知道我在这里?"

"你的手机一直没摁掉,我听到你说要来这了。"石头用手掌蹭了一下板寸头,继续说,"我跟你说,那里原来……"

"不用说了!"我打断他。

"不是,那是你……"他继续不依不饶地说着。

"我说,不,要,说,了!"我微微蹙眉。

他似乎被我震慑住了,不解地说:"我说你这人怎么这么……"

"很晚了,"水吧旁突然走出来一个人,穿着波西米亚长裙,风姿绰约,"各位请回吧,本店要打烊了。"

竟是Tina姐。

我们全场意外万分地望着突然出现的她,没有人说话。她微微一挑眉:"还是,各位有什么甜品想要打包的吗?"

江南牵起苏可的手,说了一句"打扰了",便走出门去。

乔子诺走过来,将手提包递给我,低头说:"有事打给我。"

我"嗯"了一声,看着他离去。

石头站在原地一动不动,瞪着我问:"你护着那女人做什么,我真是看不下去……"

我有点感动:"原来你早就在了啊。"

他一扬头,说:"我等着看你挥剑劈情敌啊,谁知道你居然放走了她,太尻了!"

挥剑劈情敌……我已然没有那个心思了。

Tina姐走过来坐在我身边,懒懒地偏过头说:"这位客官,小店要关门了,欢迎下次光临。"

石头一摊手:"哎,我是在帮她啊!"

"我说,我们要打烊了。"Tina姐托着腮,却不看他,"苏陌,送客!"

"你……"石头气得直跺脚,半晌吐出来一句,"大嫂!"

大……大嫂?!

第十章
Tina姐的咖啡哲学

如果明天太阳不再升起
大地一片漆黑
你还会觉得光明是理所当然的吗
如果明天一切不再有颜色
世界变成黑白
你还会花时间指责红配绿很土吗
如果明天是世界末日
今天过后你即将死去
你还会犹豫不决而挥霍青春吗

· 1 ·

我斜躺在Tina姐家的沙发上，蜷缩成团是我最舒服的姿势。有人说通常没有安全感的人都这样，而且背一定要靠着沙发，面朝外，这样才会觉得安心。

Tina姐从厨房走出来，问了一句："来杯咖啡？"

我摇摇头，低声说："我已经戒了摩卡。"

她轻声笑笑，偏着头望着我："不过是戒了摩卡，咖啡这么多种，何以为了一棵树而放弃整片森林。"

她话中有话，我并不是不能领会。理智的时候，我也能轻松说出这样的话，只是真正做起来，那样难。

Tina姐从旅行箱里拿出一包东西，对着我扬扬手："斯里兰卡的锡兰红茶，赏脸喝一杯鸳鸯吗？"

她故意一脸期待地望着我，我不由得笑笑，点点头。

厨房里响起好听的咖啡豆研磨声、开水的沸腾声、打奶泡时的蒸汽声。不一会儿,一屋子咖啡香四溢。Tina姐从厨房探出头来:"家里没有全脂奶了,用豆奶将就一下好吗?"

我轻轻应了一句。说实话,我根本没有心情喝咖啡,是什么奶又有什么所谓。

Tina姐将鸳鸯端出来,锡兰红茶粉在奶泡上撒成了漂亮的天鹅造型,让人舍不得破坏掉。我捧在手里,轻轻啜了一口,咖啡浓郁,豆香沁脾,红茶芬芳,真的是出乎意料地好喝。

"怎样,比那杯肯尼亚好吧?"Tina姐微笑着看我。

我笑笑。

"比起你曾经很爱的摩卡呢?"

我沉默了。这样一语双关,我不懂怎样应答,只好故作轻松地耸耸肩:"真该起个名字,作为店里的新品。"

Tina姐似乎真的在歪头细想,然后一拍掌:"就叫'红(洪)福齐天豆命长鸳鸯',怎样?"

我不由得失笑,什么名字。

Tina姐悠悠地说:"幸福有时候,其实就是斗斗看谁更命长。"

这句话有着让人窒息的忧伤,我默默不语,只觉得沉重。

Tina姐撩起卷曲迷人的长发,随意地绑了个髻,抱着靠枕斜斜地倚在沙发的另一头:"我猜你不想说话,那你可想听一个故事?"

我点点头。

"我的初恋叫秦桀,是我的青梅竹马。"Tina姐居然这样开场,我实在没想到,她竟是在这样的情况下讲自己的故事,"我曾认为他是我的天,我的王,有他在我便什么都不怕。从小我就知道他们家生意做得很大,虽然我也知道其中有不少是捞偏门的,但是我不知道那究竟是什么,那时我觉得无所谓,爱一个人就应该爱他的所有。

"后来有一天,有个叫孟冬青的警察找上我,让我去做线人,去接近秦桀。我拒绝了,并觉得无比可笑,只觉得警察都很低能,竟然找上秦桀的女友,我怎么可能背叛他。后来一天,孟冬青又来找我,我极其不耐烦,他却突然问我:'你可知道他贩毒?'

"我一下子蒙了。我想过千百种不干净的偏门行业,却从未想过他贩毒。孟冬青给我看他们搜来的一些视频证据,看到他们团伙的人在KTV卖毒品,唆使夜店的老板给陪酒小姐免费的可卡因,好让她们上瘾而不得不被控制。

"我才发现,我是那样不了解这个我深爱的男人,我每天与他同床共枕,无话不谈,却不知道他原来是个恶魔。"Tina姐望着我,笑笑说,"没错,我曾是一个大毒枭的女友。"

我耸耸肩,轻轻说:"嗯,酷得有点吓人。"

Tina姐失笑道:"苏陌,你真是让人爱。"她把抱枕垫到腰下,继续说,"我回去想了很久,终于答应做线人。我不希望秦桀越陷越深,我希望拯救他。我并不需要我的男人很有钱,我只要安全感。后来,我常给孟冬青提供情报,就在'一夜咖啡'。"

"啊?'一夜咖啡'是你们的情报站?"我突然觉得匪夷所思,"那阿古叔和阿古嫂是……"

Tina姐只是笑笑,没有接我的话。

我心下了然,她不说我便不问。

"可是后来有一天,警队的卧底找到我,说秦桀要拿我做饵,将我送给另一个贩毒集团的老大,以示合作的诚意。我突然觉得天都要塌下来。我曾想过若他不知悔改,我可以不顾一切地随他亡命天涯,只要他待我一如最初。"Tina姐眼里泛着悲凉,低头喃喃了一句,"女人有时要的东西就是这么简单,可是竟也这么难。"

我听着只觉得难过,被所爱的人背叛,是多么生不如死。

"再后来,孟冬青来找我,突然跟我说,叫我以后不要再做线人了。我以为我暴露了,他说没有,可就是怎么都不愿意让我再当了。"

说到这里,Tina姐沉默下来,静静望着冷却了的咖啡。

"孟冬青……爱上你了吧?"我轻轻地问。

"后来,"Tina姐没有回答我的问题,继续说下去,"他们真的打掉了秦桀的贩毒集团,缴获了案值上亿美元的毒品。"

Tina姐说到这里,便没有再说下去。

"结束了? 你和孟冬青后来呢?"这应该不是故事的最终结局吧,我不由得追问。

"没有后来。"Tina姐缓缓地起身,站在窗前,月光在地上投射出她长长的身影,看上去有点落寞。

"苏陌,我只想告诉你,我们曾经很爱的那个人,也许只是自己的想象而已,当有一天你的幻想被打破,那人真实而残忍地呈现在你面前时,你会发现,原来他竟是那样的,你爱了那样久的一个人,却原来,不过如此。"

我沉默不语。她说得对,这种感觉那样真实,而且愈加强烈。

"我很难劝你不要沉溺下去,毕竟我也挣扎了很久,而且犯下了一生都不可弥补的错误。但你比我幸运,只是若你不愿勇敢走出来,你就会错过更适合你的。记得我跟你说过的,一杯espresso的生命只有十秒,我们没有那么多的时间去等所谓的'来日方长'。"

我望着Tina姐,她脸上有我熟悉的那种忧伤,当她望着那面咖啡豆墙壁的时候,就会有这种莫名的神情。

她背对着我,轻轻说了一句:

"如果我们明天就要死了,你还会犹豫不决吗?"

·2·

Tina姐的故事让我一夜无眠,我决定去找石头问个究竟。

石头斜斜地挡在他家门口,有点不爽地看着我:"干吗?"

"昨天谢谢你。"我望着他的眼睛,真诚地道谢,"可是我真的不能揭穿她,江南那样相信她,我不能……"

"苏陌,那女人不是善类,"石头正色对我说,"我不想你成为第二个梁小天!"

我有点迷惑了,第二个Tina姐……什么意思?

难道在Tina姐没有说完的故事里,还有什么惊天动地的事情吗?

"石头,"我低声对他说,"我想听……孟冬青的故事。"

石头身子微微僵了一下,声音有些沙哑:"你……知道了?"

"嗯,我想我知道的只是这个故事的前半段。"

他盯着我看了好一会儿,最后吐出一句话:"我带你去见他。"

秋风徐徐吹着,树影摇曳,沙沙声像是耳边的悄悄话。

我跟在石头身后,穿过零星落叶的紫荆树林,拾级而上,心中不免忐忑:不知道孟大哥是怎样一个人,见到他我又要问些什么。

"到了。"石头停下,低声说。

我从后绕前来,还未站定,却一下窒住了呼吸,眼眶一酸。

跟前并没有如我想象般出现一张俊俏而充满英气的脸,只有一块伫立的淡灰色大理石,冰冷而沉静。上面只有六个字:

天青缘　来世续

我捂着嘴巴,一点声音都发不出来,只觉得身体无力得仿佛随时会瘫倒,只好扶着石碑坐下来,大口大口地喘气。

"这块石头是梁小天自己弄的,不写名字不挂照片,里面只埋了他俩的衣服。"

孟冬青已不在,而她,是未亡人。

难怪她说,这个世界上,除了生死,一切都是小事。

难怪她说,我们没有那么多的时间去等所谓的"来日方长"。

难怪……

"孟冬青是队长,平时从来不发火,下属犯了什么错他第一个站出来扛。可是那一次,听到秦桀要拿自己的女人去换生意,他居然发火了,他不愿意再让梁小天当线人。很明显,他已经控制不住自己的情感了。可缉毒警怎么能和线人产生感情呢?那是很危险的。他是队长,自是比其他人清楚。

"梁小天是聪明的,她都知道。而她也是矛盾的,她对孟冬青不是没有感情,却自欺欺人地不愿承认,像中了蛊似的一心想拯救秦桀。她总是说她不服输,她不愿意就这样输掉这么多年苦心经营的爱情。她总是说,等一等,再等一等。等案子结束了,她会好好理清自己的感情。反正,来日方长。

"后来,就出事了。秦桀知道了她的身份,于是假意透露交易的信息给她,让她把孟冬青他们全都引过来,想把他们一网打尽。

"可是他没想到,他身边有一个小弟居然是卧底,所以他还在部署的时候就被围剿了。后来,他自知气数已尽,便绑了梁小天,开着一辆货车想要冲出去。就在这时,埋伏在高处的孟冬青突然跃上那辆货车,从后方打破玻璃想要和秦桀殊死搏斗。秦桀真是个疯子,他那车上都是炸药,打算三人同归于尽。就在他疯了似的将车驶向前方隧道时,孟冬青一脚蹬开车门,将梁小天蹬下了车。

"那辆货车,在梁小天前方两百米处撞上了隧道口,轰然爆炸……"

"人生很短,再不勇敢地去爱,我们就要死了……"

"如果时间可以倒流,我宁愿自己真的勇敢地爱过。输赢,又何妨……"

"如果我们明天就要死了,你还会犹豫不决吗?"

我如木雕般定在原地,眼睛失焦似的望着远方。

石头对着我轻轻叹了口气,说:"梁小天活了下来,可是她的一只耳朵从此失聪了。更严重的是,她从此患上了抑郁症。在生死关头,她才了解孟冬青对她的爱,也才明白自己对孟冬青的爱。"

Tina姐一只耳朵失聪……难怪她常常会偏着头听我们说话,我一直觉得她那是小女人的妩媚神态,却从不曾想,原来她是听不见。

"孟冬青喜欢喝咖啡,简直嗜咖啡如命。他常说以后要是退休了就把'一夜咖啡'盘下来,可是,却再没有以后了。他的保险受益人是梁小天,保额很高,可保她一世无虞。孟冬青走了之后,梁小天就把咖啡馆买了,'一夜咖啡'的名字还是她改的,她说,喝一夜的咖啡,睡不着,就不会梦见孟冬青了。

"后来有一天,梁小天在整理孟冬青遗物的时候,突然发现了一本书,叫《咖啡地图》,里面记载了世界各地盛产咖啡的地方。书的最后一页写了一句话:'总有一天,我要和你将这世界都走遍……'

"梁小天的抑郁症仿佛一夜之间就好了,她爱上了旅行,所到之处都是书上写的地方。也许她要代替孟冬青,不,是和孟冬青一起,将这世界走遍……"

原来,这就是Tina姐没有告诉我的,那另外半个故事。

这是我听过的,最凄美的爱情故事。

"Tina姐并没有嫁给孟冬青,为什么要以未亡人的身份立碑?"

"她说那不过是一纸婚约,心里有,无也是有;心里无,有也是无。"

这样的话,的的确确是Tina姐的口吻,苍凉而偏执。

"你为什么说……叫我不要当第二个Tina姐?"

"因为你们,真的很像。"石头微微皱起眉头,"一样不服输,自欺欺人,外刚内柔。我怕你心太软,泥足深陷。"

我狠狠地眨了一下眼睛,眼前的水汽褪去,我用手环抱着双膝,重重地说:"我不会的。"

"她也曾对孟冬青说她不会的。"石头的眉头皱得更深了,"心软有时是魔鬼,这世界并不会善待心存侥幸之人。"

"石头,谢谢你告诉我这个故事。"我微微抬起头看着渐渐西沉的落日,感慨地说,"我突然在想,如果明天太阳不再升起,我现在做着的事,是不是最值得的事。如果明天我就要死去,今天我有什么话要对谁说。你越讲这个故事,我越发觉得已经没有什么好计较的了,生命那么短,何以将时间花在仇恨、算计和忧愁中。我很庆幸还能看到明天的太阳,虽不是'来日方长',可一切还来得及。"

石头突然沉默,而后站起来拍拍屁股:"我原想劝你要当心那人,不要心慈手软,你反倒劝我要看开。不过这样也好,你若不再沉溺于过去,也算是我石头积了功德。"

"是……你积了大功德。"我拍拍他肩膀。

"所以啊,要是实在找不到男朋友了,就考虑考虑我呗!"他又恢复了平时痞痞的模样。

我笑了笑,没有接话,转身望着石碑上那六个字,双掌合十,深深地鞠了一躬:"孟大哥,Tina姐真的很爱你,有你在天堂守护,她不会寂寞。而总有一天,你们会再重逢。"

远处雁声低鸣,像是叫唤着爱侣归巢。身后桂子飘香,仿佛敦促着故人归家。看着这样的景象,突然觉得能大口地呼吸原来并不是一件理所当然的事。

活着,便是一种恩泽。还有什么事情值得怨天?

·3·

漫无目的地在街上走,我的脑海里全是孟冬青与梁小天的故事,挥之不去。

人生有这样多的分岔路,时间有这样多的节点,不同的选择,导致了不同的结局。如果岁月可以逆流,哪怕只有一次,倒退回我们做出抉择的那个路口,我们是不是会没有那么多遗憾?

如果时光倒退回二十年前,爸爸会选择带妈妈走吗?

如果时光倒退回十年前,苏可会不会选择跟着自己的妈妈?

如果时光倒退回六年前,我会不会愿意再将第一让给江南?

如果时光倒退回三个月前,我会不会主动吻上江南的唇?

……

我们都回不去了,只能硬着头皮向前走。

也许Tina姐说得对,我比她幸运,只是我自己未发觉。

一切,都还来得及。

走着走着,突然惊觉自己并不是走在通往Tina姐家的路上,这条小路有点陌生,脚下并不是我熟悉的青石板,而是一条乌黑透亮的沥青路。Tina姐家在分岔路的左边,而我今天竟鬼使神差地走了右边……

居然,走到了乔子诺家。

三个月前,一个真心话大冒险的游戏将我的暗恋钉成了一具凄美的蝴蝶标本,江南把苏可写在他充满爱意的歌里,我莫名其妙地借着酒劲吻了乔子诺,让他带着我仓皇而逃,自此开始了虚情假意的角色扮演。

江南告诉我,叫我不要恨苏可,是他爱上了她。

苏可向我宣战,告诉我游戏才刚刚开始。

然后我终于明白了乔子诺的过去,开始懂得他的冷漠。

WLM开始,方案泄密。

而我终于发现,曾踮起脚尖仰望的那人,不过如此。

直至今日,我听到了Tina姐和孟冬青的故事,荡气回肠。

不过三个月,历经跌宕起伏的剧情,竟像是过了一生。

我摸出手机,翻看通讯录,摁下了通话键。

"喂?"对方依旧是淡淡的声音。

我听见电话那头的声音,竟一时无话,安静地沉默着。

"你……又是摁错了?"对方的声音透着一丝迟疑。

"那个……你在家吗?"

一秒,两秒,没有作声。

"抬头。"他突然发声。

我抬起头,望着三楼的阳台,有人低头在看我。隔得太远,我不知道他的目光是温柔抑或冷淡,只知道他在看着我。

"噗……"我突然失笑。

"你笑什么?"

"我在这夜色之中仰视着你,就像一个尘世的凡人。"

"……你把我当朱丽叶?"乔同学语带无奈,哑然失笑。

"呵呵,不觉得很像?"我微笑着仰头。

"那敢问罗密欧,你可是要爬阳台?"

"但愿我会轻功。"

"但愿你还能掰开防盗网。"

我不禁开怀大笑:"那恐怕得让我吃饱,才能这样力大无穷。可惜,我现在肚中空空。"

"上来。"

吃饱饭,很满足。

百无聊赖,我走进乔子诺的书房,突然被一幅奇特的挂画吸引。

那仿佛是一幢建筑,可是却与我们平日见的四四方方的大楼不一样,它像是——波浪状的。没错,整幢建筑似乎都没有一处正规的矩形,无论是屋檐还是墙壁,都有如波涛汹涌的海水般富有动感,而墙身更像是久经海水侵蚀的岩体,充满了历史的厚重感与沧桑感。

看着起伏如海浪的墙体,突然觉得这幢建筑像是在历经地壳运动的过程中被瞬间定格,摇曳的姿态封存成了一枚琥珀,供后来的世人久久回味。

"真美……"我不禁轻轻说了一句。

"那是巴塞罗那的米拉之家,建筑艺术家高迪的作品。"乔子诺不知何时站在了我身旁,低声回应我。

"出自高迪之手啊,难怪……"我微微点头,"我在书里看过他的代表作——圣家族大教堂,至今还在修建中,太叹为观止,仿若是上帝的作品。"

"嗯,那已不仅是一件伟大的艺术品,它是有生命有温度的。"

"真想亲眼看见。你去过吗?"

"没有,总有一天会去的。"他微微摇头,双手抱于胸前,身子斜斜地靠在墙上,"可有兴趣同行?"

我的心突然不规律地跳了一下,我想起孟冬青写下的那一句话:

总有一天,我要和你将这世界都走遍。

若这世上有那样一个人,愿意静静地牵着你的手看遍世间风景,何须锦衣玉食,即使白水布衣过一生,也是幸福的吧。

此生不求其他,愿得一心人画眉。

我不知,还能不能遇到这样一个人。

"在想什么?"见我不作声,乔子诺低声问我。

"我今天听了一个故事。"

"看你的表情,应该是一个很悲伤的故事。"

"嗯。"我转头看着他,认真地说,"我今天突然间体会到了你说的那句话,那些比赛,真的很无聊。"

"呵……"他抿嘴笑笑,居高临下地直直看着我,"不过受了一些打击,就这样气馁?"

"和昨天的事情无关。"

苏可将我们的心血毁于一旦,现在离比赛的截止日期不到三周。可是若我真想再拿一个方案参赛,也并不是做不到的事,我并不是那样不堪一击的苏陌,只是突然觉得无趣,不知为什么要削尖了脑袋与其他人殊死一搏。

我们一生中有那么多的比赛,我从一出生开始便像上了发条似的奔跑,很多时候并不知道为何而跑,只知道不能输。

我在小时候的院子里一圈一圈地跑。

我看着江南迎风吹起的白衣跟在他身后跑。

我在1500米的赛道上径直地朝着幸福的海市蜃楼跑。

我的耳边一直响着一个声音:苏陌,跑快点,再跑快点。

成长就是一场永无止境的奔跑,我可不可以偶尔不思进取一点,我可不可以偶尔也停下步伐、停止战斗?

"既然无聊,不妨说与我听听,"他定定地看着我,"看看到底是怎样的比赛,让你这样忽冷忽热。"

"可以。"

我慢慢地和他说,所有巧妙的构思、缜密的逻辑、充满爆点的创意,一字不漏,都细细地告诉他。反正,已是一堆废纸。

"说完了。"我仰头看他,似是等着评委点评。

"很漂亮的策划。"等来的只有简短的六个字。

"漂亮?"我皱皱眉,不服气地问,"难道不动人?"

他嘴角微翘,剑锋般的眉毛轻轻一挑,却并不回答我,双手插着裤袋踱步走出房间。

"喂,什么意思啊?"我眉头微蹙,不由得快步跟上去。

乔子诺,到底在卖什么关子?!

"喂……"我跟在他身后,走到阳台,"怎么只是'漂亮'的策划?"

"看吧,"他斜瞥了我一眼,"到底还是在乎的。"

"那……"我有点语塞,"我说了这样长的时间,你就用六个字打发我,未免太不公平。"

乔子诺翻身坐在阳台的平台上,低头看着我,他的身后夜色如墨,有着蛊惑人心的神秘。他那样高大的身材坐在平台上,仿若权倾天下的君王。他直直地看着我说:"问你个问题。"

"你问。"我微微一扬头,摆好了架势准备应答。

"明年情人节,"他的眼眸深邃,像是夜空里的星星,"你想要做什么?"

·4·

"啊?"我没料到乔子诺会这样问,竟不知怎样回答。

"如果有一个你心爱的男孩子参加了 iSwear 的活动,把他对你的爱意发上了网站,并且因此赢得了一顿免费的情人节浪漫套餐……"他停了一下,深深地望着我的眼睛,"你会感动吗?"

"我……"我低头仔细地想着。

是会……有一点感动的吧,可是又觉得那种感动很复杂,说不出来。

"你会感动到想要嫁给他吗?"他的眼神直逼我的眼睛,再问我。

我猛一抬头:"那倒不至于!"

"为什么? 就像你说的,万里挑一的机会,仿若你们的情缘。"

"唔……"我趴在阳台上,微风轻抚我的脸,将我的长发微微吹起,有一种说不出的舒服。我轻轻将头发拨至耳后,低头想着原因。

这种感动,太过瞩目。若是我爱的人,我并不需要他以这种万人瞩目的方式来向我表达爱意,就好像我不喜欢大庭广众下的求婚一样。我会害怕,因为那太刻意,也太有威逼感,好像不应承都不行似的。也许那人是真心的,可是那样的表白更像是一场排练已久的表演,终于等到了现场直播的这一天,我仿佛只是充当一个被安排好的角色,被闪光灯打在身上,讲着万众期待的台词。

这样的感动,太多人分享,并不专属于我一人。

我将我的想法全说与乔子诺听,等着他的回应。

"嗯,所以我说,这是一场'漂亮'的'策划'。"他低头定定地看我,"如果连你自己都不能被打动,又怎么打动他人?"

"可是iSwear要的是轰动的媒体效应,受众是不是真的被打动还是次要的,只要有人冲着免费套餐蜂拥而来,只要参与者众,我们的宣传效果不是就达到了?"即便如此,我仍然据理力争。

"那我再问你,轰动过后呢?"他仿佛料到我会巧舌如簧地辩解,不改神色地继续发问。

"过后……不就借势开分店嘛,有了前期的活动宣传造势,口碑自然一下就传开了,活广告最有效。"我扬起头继续争辩。

乔子诺不出声,只翘起嘴角望着我,仿佛在静候什么。

"啊……"我突然觉得有哪里不对劲。

口碑……口碑吗？我似乎有点本末倒置了。

iSwear最具价值的标签,在于"米其林三星",这是它最大的优势,也是客人愿意来买单的原因。它最大的卖点在于精美而别致的菜式,在于一试难忘的用餐体验,这些却是别家餐厅怎么进行营销都无法比拟和超越的核心竞争力。这么重要,我怎么忘记了呢……

如果iSwear是一家专门提供创意派对服务的餐厅,或者专门主持婚宴的酒店,也许"Light up iSwear"再适合不过,因为这样的方案不是花火一现,而是有持续的利用价值和口碑效应的。

问题就出在这里。

"想什么呢?"乔子诺低声问我,"这么入神。"

"我在想……"我趴在阳台上托着腮沉思,"也许我应该从'米其林三星'入手。"

"问你个题外话,"他并不顺着我的思路继续,只是仰头看着星空,漫不经心地问,"你最想要的情人节大餐,是怎样的?"

我有点愣住了。情人节大餐吗……

我常常觉得吃饭是人生很重要的事情,有饭吃,吃饱饭,这种满足感和幸福感难以形容。

我很少让自己饿肚子,没吃饱,很难有足够的正能量。

鲜少几次虐待自己的胃,是在三个月前我失恋的时候。

那时候觉得,心都顾不上了,哪里还顾得着胃。

于是,难过的情绪就像长着血盆大口的魔鬼,不仅蚕食着我的心,还蚕食着我的胃,仿佛随时便会死去。

十岁以前,我在不完整的家庭长大,饭桌是圆的,一同就餐的人却不圆满。十岁以后,我才知道一个家有爸爸是怎么样的。原来,一家人能齐齐整整一起吃饭,是这种感觉。

心满满的,像一间被落地灯照得亮堂堂的房子。

第一次看见爸爸下厨的时候,我贪婪地躲在墙角,看着他围着围裙拿着锅铲在厨房忙活,油滋滋地被溅起,白白的烟徐徐升起,不一会儿,便像变魔术似的有了一桌的好菜:姜汁芥蓝,虾仁炒蛋,栗子焖鸡,豆腐芫茜鱼头汤。都是家常小炒,不足为奇。可是那样幼小的我,却第一次有一种莫名的感动。我第一次觉得,也许爸爸是爱妈妈的。

"我想要的,并不是多奢华的大餐。如果有那样一个人,能在那天为我亲自下厨,普通几个家常菜就好,然后两人围坐在一起吃,饭后一起洗碗,洗完就下楼散步……其实情人节并不一定要在多高档的餐馆里,吃着又贵又没得选择的套餐,两个人安安静静地待在家里,没有人打扰,这样就挺好的。"

我喃喃地说着,说完,连我自己都觉得眼里泛起了雾气。原来,我是那样渴望这种简单而平凡的小幸福,以及不刻意、不造作的温暖。

"把你所向往的写进方案里,就是最棒的情人节大餐。"身旁那人淡淡地说。

我的思绪飘回来,瞬间有些不解。我是做餐厅的策划案啊,反而叫客人们回家自己做饭,岂不是搬起石头砸自己的脚?

我抬头看他,他低头对着我微笑。墨色的天空在他身后像是无垠的天鹅绒布,月光勾勒,他的轮廓清晰如画,我竟一下子有点失神。

"你最近很容易走神啊……"他嘴角的弧度更深了,眼睛黑玉般分明。

"呀……"我回过神来,突然心头一动。

我想到了。

"乔子诺!"我有点控制不住地兴奋,"我想到了,谢谢你!"

"不用,"他转过头,抬头看天,"我可什么也没说。"

是的,你说得很少。可是,你已说得那样多。

谢谢你。

"估计你今晚想通宵吧,"他从平台一跃而下,"走吧,送你回家。"

下了楼,他从一旁推出来一辆自行车,我愣了一下。

"怎么,"他看出我的踌躇,"怕被人看到?"

"喊,"我头一扬,一下跳到车后座,"最好是全世界都看到,才能粉碎我们的分手传言啊!"

他用力一蹬,载着我向前迎风驶去。我不由得一手抱紧手提包,一手轻轻抓住他的衣摆。风在我耳边轻拂,吹起我的长发。

江南也曾经这样载过我,在如夏花般绚烂的年少时光。他曾经蹬至一个高坡,然后突然站起来撒了手地往下冲,被风吹起的白色衬衣像一个大气球似的贴着我的脸,吓得我在后面哇哇大叫。

记忆仿佛就在昨日,却已风化成闪着噪点的老电影。成长就像是一段不断说再见的旅程,青春便是这样措手不及地老去。

"到了。"他慢慢停下,转头看我。

"谢谢。"我跳下车。

"不谢,并不远。"他单脚着地,扶着车头。

"不只送我回家,"我看着他的眼睛,轻轻说了一句,"谢谢你今晚的一切。"

"你是说……"他定定地看着我,嘴角微翘,"终于能如愿与我阳台相会?"

"喊,"我失笑道,"晚安。"

"安。"

我转身进屋,迅速跑到二楼的客房,并没有开灯,偷偷地躲在窗帘后看下面。

乔子诺还没有走,他微微抬起头,有点出神地望向二楼。他那样专注地望着,目光似乎要透过窗帘望进屋内,我竟隐隐地看到他微微勾起的嘴角。

这样温柔的乔子诺,有点迷人。

这样的情景,有点熟悉,我仿佛在哪里见过。

我摸索着打开台灯,他仿佛回过神,掉转车头离开。

我看着他离去的背影,突然很感动。

经过了昨晚的事情,我想过放弃。并不仅仅是因为方案泄露,而是我对自己过去二十年的人生产生了怀疑。我突然不知道自己这么努力到底为了什么,而坚持是一件多么难的事情。

Tina姐用前半段的故事告诉了我,我们曾经很爱的那个人,也许只是自己的臆想。

石头用后半段的故事告诉了我,不是凡事都非得争个胜负,一时的偏执和意气用事,会导致后悔一生。

可是今晚,我突然有了另一种领悟。

我喜欢充满正能量不服输的自己,喜欢攻克难关那一瞬间的雀跃,喜欢努力过程中每一个深深浅浅的脚印。这是我所喜欢的事,这是我所喜欢的苏陌,这是我所喜欢的当下。

比赛若是与人较劲,多么无聊。可是与自己较劲,其乐无穷。

突然间又充满了斗志。

谢谢你乔子诺,你没有在我的愁情苦绪上再添加砝码,而是让我更加看清自己,随心而行,一身轻松。

一切重新开始。苏陌,请加油。

第十一章
那一晚,是你的初吻吗

爱情像一个神出鬼没的幽灵
或不告而别
或突如其来
可不可以在我的心上安一把锁
若你打开我的心门
我就把它关上锁好
让你从此便不再离开

·1·

通宵。

喝太多咖啡以致整张脸变得浮肿,黑眼圈很大,再浓重点仿佛就是烟熏妆了。洗了个澡后整个人清爽了不少,可脚踏在地板上都是虚的,仿佛走在云端。

终于把策划案的结构完成了,那样累,可是一晚上嘴角都是微翘的。许久未有的充实感和成就感,真让人雀跃。

下了楼,Tina姐在院子里浇花。

"早。"她微微对我点点头。

"早。"我对她招招手,仰头看着那篱杜鹃花墙。秋天的清晨,微凉。紫红映着墨绿,原本是两个极端的颜色,衬在一起却无比和谐,在阳光下仿佛一幅色彩浓郁的油画。

"冰箱里冰着一条毛巾,敷敷眼睛吧。"Tina姐放下浇水壶,坐在院子中间喝茶,"今天的早餐很特别哦,阿古叔新发明的小点心。"

我突然想起石头说的,心里很感慨。

阿古叔曾是个狙击手,他和阿古嫂是生死夫妻,不知在他们的人生中曾一起经历过多少枪林弹雨。当一切归于平静,能和心爱的人在一个小咖啡馆里每日煮煮咖啡、做做点心,看着行人来来往往,过着安宁而平淡的生活,是一件多么幸福的事。经历风风雨雨后身边人仍安好地在身边,多么值得珍惜。夫复何求。

刚吃完早餐,我靠在沙发上敷眼睛,冰凉的毛巾一丝一丝减少着眼睛的灼热感。就在这时候,手机振动起来。

是江南。

"小陌,你今天有空吗?我想和你谈谈方案的事情。"他的声音温柔如初,我的心却不再怦怦乱跳。

"好,我也正想找你。"我抬头看了看时钟,"十点,学校见。"

周六的学校有着一种特殊的宁静,只偶尔传来球场上篮球落地的砰砰声。我坐在操场边的石阶上,抱着双膝望着在阳光下红得发亮的跑道发呆。

曾经有那么一段时光,我每日放学在这里跑步,咬牙跑上十圈,筋疲力尽。那时想的,是比赛要赢,所以即便舍了双腿也要跑完。像那海的女儿,舍了鱼尾换得双腿,却步步走在利刃之上,想不到最终却为爱化成泡沫。

努力和牺牲并不能换得爱情,爱情本就不是你有多好有多坚持,就理应得到的。现在想想,真是傻气。

"小陌,"身后响起温柔的叫唤,"怎么不约在会议室?"

"这里空气好。"我转身微笑。

"其实……你是担心小可吧?"江南在我身边坐下,眼里是真诚的歉意,"其实你不用担心,她不会再胡来了。"

我觉得有点可笑,我虽不是那样大度的人,可也并不是这么心胸狭隘。我只是想在大太阳底下,光明正大地让那些传播流言蜚语的人看见,我不是这么容易被击垮的。

"她也是聪明人,同样的错误不会犯两次。"

"你到底还是生气的。"

"之前有,现在不会了。"我抬眼看着他,"有些东西注定失去,证明那就不是属于你的,说不定前面有更好的在等着。"

"对不起。"他微微蹙眉。

"你别误会,"我打开笔记本电脑,"我说的是方案。"

江南眼里闪过一丝黯淡,随即恢复了最初的模样。他也打开电脑,正色道:"关于方案,其实我们可以稍作改动,将它重新包装成与泄露出去的方案不同的样子,例如,可以将主题换成……"

"我可以打断一下吗?"

"好,你说。"

"我想换掉整个方案。"

江南有点诧异,扭头看我,发现我的表情不像是在开玩笑,顿时十分不解:"为什么?"

"因为它不够好。"

"小陌,我们的方案很完美,只差最后一点点就完成了,何必大费周章换个新的?我们时间不多,何不把力气花在刀刃上将其完善?"

见我没有作声,他放缓了语气,柔声说道:"你是觉得方案提前泄露了,心里头不舒服是吗?"

"江南,我不是那样意气用事的人,"我抬头对上他的眼睛,"我不会因为一个'我心里不舒服'的情绪就否定之前所有的努力。你和我一起共事这样久,还不了解我吗?"

"那到底是为什么?"

"我已经说过了,那个方案不够好。"

"好,且听听你新的构思。"江南合上他的电脑,凝神望着我。

我抿抿嘴,打开昨晚做的方案架构图,开始慢慢理清自己的思绪:"我们之前的方案,太过着力于如何产生综合媒体效应,我们太想制造轰动的社会话题了。可是这社会本来就是浮躁的,城中热门话题接二连三,若没有持续热点支撑,我们的策划只是昙花一现,一夜漂亮,瞬间衰败。"

江南在沉思,很显然,他并没有否认。

"而对于一个企业来说,它为什么要花大钱去制造一个绚烂但短暂的花火呢?就为了给老百姓提供茶余饭后的谈资?很可惜,企业并不是慈善家。"我打开一张截图,指着上面的一句话,"这是iSwear网站的等待页面,上面除了它的logo,只有这短短的一句话:'米其林三星不值一提,但我们的确是。'看似低调内敛,处之泰然,实则霸气十足,舍我其谁。"

"没错,全世界只有一百多家米其林三星,可以说这是iSwear最值得炫耀的资本。"江南点头表示同意。

"既然如此,我们何须在它身上贴上新的标签?节日只不过是一个用以借势的时间点,所有商家都在做,可是过了之后,与iSwear何干?与其他分店何干?大费周章,且吃力不讨好。"我重新点开策划案的架构图,"我们要做的,就是放大它的独有优势,让全世界都认识这家米其林三星餐厅,这种宣传是有可持续效应的,其他分店也是可以被辐射到的。"

"听上去的确应该这样,"江南点点头,"说下去。"

"我构思的主题是——iSwear with Michelin 3-Star,米其林三星的誓言。"我望着江南,他的眼里闪过一丝光彩,似乎读懂了这个主题的一语双关,"米其林三星,代表餐饮界的最高评级,那是iSwear得到的最高荣誉。而iSwear也有'我发誓'的含义,若世人也将爱的誓言评级,那米其林三星则应是它的最高赞誉。"

我没有等江南回应,继续说:"吃饭是人生大事,能与爱人一同用餐是一件幸福的事,如果有人愿意为爱人下厨,那不仅浪漫,更像是一份誓言——愿意和爱人共度一生的誓言。"

"可是亲手下厨与iSwear的关系是……"江南微微沉思,似乎暂时想不出这两者的联系。

"2月14日那天,请带上你自己的菜单,与米其林三星主厨一起,为你的爱人打造一份米其林三星情人节大餐。"我缓缓地揭晓谜底。

江南仿佛被惊住了,半晌没有说话。

"很多人觉得米其林三星很神秘,很高不可攀,我想拉近这种距离感。iSwear实则想传递的信息是:我们用心烹饪,真心对待每一道菜肴,只要有爱在里面,每个人都可以是米其林三星主厨。"我望着江南的眼睛,一字一顿地说,"为你爱的人下厨,一辈子做他的专属主厨,这就是最美的米其林三星誓言。"

终于说完,一身轻松。

江南盯着我的策划案,过了良久,终于开口:"小陌,不过一天而已,你竟把整个架构完成了,而且思路清晰,逻辑缜密,不但将iSwear的核心竞争力变成了策划的主题,还突破了以往情人节固定餐单的模式,变成为客人烹饪专属的美食,而且你连未来三年规划也有……简直太出乎我意料。"

"过奖。"我对这样的赞美丝毫不动心,继续说道,"那我们来细化一下方案吧。"

从上午十点一直到下午五点,我们都没有离开过操场边。其间,江南打电话叫了外卖,我们一边啃着汉堡一边写方案,将我电脑的电量耗光,又换上他的,直至暮色初现。

"嗯,差不多了。"江南微微伸了一下酸痛的肩膀,转头对我说,"就按照这个分工来进行吧,接下来两周,我们得加油了。"

"我会的。"我微微翘嘴,觉得一天下来成果满满,心里真是舒坦。

"小陌,"江南突然看着我的眼睛,仿佛要将我看进心里去,"有时候我觉得你的独立是不可思议的,你从来不出错,方寸不乱,你仿佛根本不需要任何人的帮忙,就可以光芒万丈。"他停了一下,幽幽地说,"所以,我常常会觉得,你从来就不曾需要我。"

我愣了一下,不知该怎么回答。

因为在我身上找不到被需要感,所以,选择了苏可吗?

若是这样,我该说"谢谢夸奖",还是"去死"?

我将电脑放进包中,慢慢站起来。远处渐渐隐没的夕阳将墨色山峦染成了暗金色,绯红的云霞如绮丽的水彩画,肆意泼洒在天边。

"并不是不需要,只是以前将自己武装得太好。"我望着远方,淡淡地说,"以后再也不会了,我会学会坦承自己的软弱。"

"你以后需要的人,是乔子诺吧……"

是夕阳西下的缘故吗,我怎么觉得江南的眼里,有我读不懂的忧伤?

"与你无关了。"说罢,我转身离开。

岁月是一把无情的刻刀,我们还来不及与青涩的自己告别,便已被雕琢成了陌生的模样,那样猝不及防。

曾经群花盛放的光景,如今只余下默默祭奠的心情。

到底是什么,让我们变得渐行渐远,终不再有交点?

·2·

我好像对Tina姐的"红(洪)福齐天豆命长鸳鸯"喝得上了瘾,她常常一边笑骂我把她千辛万苦从斯里兰卡背回来的锡兰红茶粉消灭光,一边又从网上下单订来进口货,好让我不至于断粮。

Tina姐说得对,这世界上的咖啡千千万万种,何必戒了一杯摩卡而从此与咖啡绝缘?我真心喜欢这款鸳鸯,与他人无关。

可是,孟冬青这杯咖啡,Tina姐大概这辈子都不会再换了。

所有的人,阿古叔、阿古嫂、石头,还包括我,都曾想过要劝她看开点,人生还这么长,她还只是如花的年纪,值得更好的生活。可是,只要一看到她,话到嘴边都会咽下去。

从前我看到Tina姐发呆,觉得她开这咖啡馆是在等某一个人。现在才知道,良人不再归。一生那样长,可是幸福的时光却这样短,老天真的不开眼。

可是要如何开口对孟太太说别再等了?无人舍得这样残忍。

我的构思得到了江南的支持,于是分工写方案。我们只有不到三周的时间,全部推倒重来。而毕业论文也开始启动,每天都忙得焦头烂额。我一忙起来嘴里就会长泡,连喝水都觉得疼,饭也吃不下。Tina姐说我瘦得下巴都尖了,我自嘲地说那自拍就不用美图了。

觉得焦躁的时候我就会去小书店,有时会碰见乔子诺。他从不问我忙不忙,方案进行得怎样,只是与我一同坐在沙发上,静静地看书。偶尔会递个耳机给我,让我紧绷的神经得以短暂地放松。有一次,我一首歌还没听完就睡着了,半路突然醒来,抬头发现枕在他肩上,而他正低头静静地看着我。那样黑白分明的眼眸,离我不过一掌距离,近得连睫毛都清晰可数。我只觉得尴尬,干咳着直起身。

"苏陌,"乔子诺突然轻声唤我,他的声音低沉,像是有一种莫名的蛊惑。我不敢直视他的眼睛,眼神唯有一路往下溜,却定在他微抿的嘴唇上。我突然记起那晚的一吻,确切地说那还不算一个吻,只能算"撞击"。可是唇齿相触那一瞬的温暖却刹那间充满了我的脑袋,我只觉得血一下冲上脑门,脸都烧了起来。

良久,他的嘴角弧度加重,眼睛微微眯成一条线:"还好,你睡觉不流口水。"

我突然觉得被戏弄,不由得恼羞成怒:"你睡觉才流口水!"

没等他反应过来,我拿起手提包落荒而逃。

一路上我走得飞快,一边走一边暗暗地骂自己一定是脑袋进水了,才会有些莫名其妙的情绪在蔓延。

若不是他那一句戏谑,难不成你以为乔子诺想吻你吗?

苏陌,你真是疯了。

嗡……

手机在裤袋里微微振动,我的脚步慢下来,迟疑地拿出手机。

莫不是乔子诺的电话?

可是,不是。

"姐姐,可以见面吗?"苏可在那头轻声地问。

我沉默着,心绪开始冷静下来,头脑开始正常地飞速运转。

论坛上的帖子在中秋节当天已经全数被删除,而中秋节之后,我再没有见过苏可。我不知道她是不是知难而退,就此收手。

她已经争得江南,还有什么好报复的?

可她终究还是主动找我了。

"好,'一夜咖啡'。"我简短地回复,转身朝另一个方向走去。

苏可穿着一件粉红色的针织衫,像只乖巧的兔子似的坐在我对面,拿着小银勺一点一点地拨弄着咖啡上的奶沫。

"你怎么知道那是我?"

她终于开口,没有上下文,我却知道她指的是什么。

"除非己莫为,"我淡淡地回应,"这世界本就没有秘密。"

苏可低头不语,咖啡上的拉花被她搅得失了原形,奶沫顺着杯子边缘缓缓地流下。

"你放心,那天晚上我既然没有说破,"我盯着她,"就不会再提。"

"苏陌,你知道吗?"她突然抬头,大大的眼睛里瞬间流露出的净是厌恶,声音变得异常尖厉,"你总是以这种圣母的姿态自居,仿佛旁人都应该对你的大仁大义感恩戴德,无地自容。你到底有什么好骄傲的?!"

原来如此。

"苏可,"我不禁苦笑,"我们彼此不喜欢,是因为我们都很爱自己的母亲,我们都认为自己那一半的家庭才应该是完满的。可是你恨我深至骨髓,仿佛恨不得将我撕成碎片。你明明已经争得了我曾经最珍视的人,你赢了,还有什么好穷追猛打的?"

"有,当然有,"她双手抱于胸前,一字一顿,"我不能让你幸福。"

我的脑袋里突然像短路了似的一片空白,继而瞬间闪现出了五年前那个场景。我的名字以地裂的姿态被美工刀画了几十刀躺在本子上,伴着本子右下角的一行力透纸背的小字:我不会让你幸福的。

连笔画都透着恨意,仿佛触手即燃。

"我幸不幸福并不由你说了算,"我努力让自己冷静下来,靠上椅背,"可如果你的内心一直这样充满仇恨,那你自己注定不会幸福。"

苏可冷冷地看着我,眼睛仿佛要在我身上戳上几万个洞。

"你若执意要走这条路,我不介意你陪我。"我盯着她,清楚地说着每一个字,"我们一起不幸福好了。"

她垂下眼帘,不再搭理我。

我放下咖啡钱,拿起包包站起来:"若你再无其他话对我说,我要告辞了。"转身准备离开。

"苏陌,"身后之人突然开腔,寒气从背后袭来,"原来,你也并非我想象中那样爱江南嘛。"

什么意思?我不由得转身望着苏可,她正懒洋洋地靠在沙发上,玩弄着自己的粉色指甲。我只觉得她身后仿佛有着我肉眼看不到的乌烟在弥漫,瞬间就将我们二人包裹起来,让人有一种濒死的恐惧。

她仿佛在酝酿一个局,局中人只有我。

"你把话说清楚。"我皱着眉头轻喝道。

"已经说得很清楚啦,就是你听到的字面意思。"她笑得像一朵罂粟花般妖娆而有毒,"游戏离结束还有很长时间,请你慢慢享受。"

·3·

上次咖啡馆一别后,苏可再没有出现。

我不知道她下一步到底想怎样,只知防不胜防,倒不如不防。

WLM最终的方案终于在今天顺利递交,到了晚上,我就病倒了。也许是这段日子整个人绷得太紧,待到冲线后才终于舍得倒下。

发着高烧,连眼睛都烧痛了。Tina姐和石头架着我去医院,医生见我实在烧得厉害,嘱咐留院观察。

打着点滴,药水顺着针头流进血管的那一刹,我忍不住打了个哆嗦。真的好冷。

石头在病床一旁跳着脚:"这丫头怎么回事,再这样烧下去脑子会坏掉的吧?!"

我在迷糊中只想给他一拳,以封住他诅咒我的那张臭嘴。可惜我连眼皮都睁不开,更不要提握拳。

我小时候发烧会抽筋,妈妈和外婆一个负责抱着我,一个负责将勺子硬塞进我嘴里抵住舌头,生怕我的抽筋突然发作会不慎咬舌。我常在半夜烧退,睁眼便看见妈妈紧紧将我揽在怀中,而外婆则在一旁频繁地给我换着毛巾,时不时将勺子扶正。

所谓的"病在儿身,疼在娘心",世间最揪心的担忧大抵如此。

长大后我发烧不再抽筋,只是每次发烧都要烧足三天三夜,仿佛已养成了抗药性,药力都要累积三日才能发挥功效。妈妈和外婆依然彻夜陪伴在旁,寸步不离。人生病的时候最脆弱,看到她们我就会觉得安心,不再害怕。外婆常念叨着说"发一次烧就会长高一寸,我们的小陌就这样长大了",也不知是安慰我还是自我安慰。

再后来就很少发烧,也许是不再需要长高。

只是这一次,一烧就是38.9摄氏度。

迷迷糊糊睁眼,依稀看见天已亮。只觉得左半边身子都麻掉了,原来竟一夜没有翻身。

"醒了?"耳边突然有人轻轻唤我。我微微睁开眼,是乔子诺。

Tina姐和石头已经不见踪影,也不知他是什么时候来的。

乔子诺将手轻轻覆于我的额上,微微皱眉。他的手干燥微凉,盖在我滚烫的额上很是舒服。

"饿不饿?"他躬下身子问我。我轻轻点头。

他把我的病床摇起,从身后拿出一个保温瓶。

"是什么?"我舔了舔干裂的嘴唇,真心觉得肚子里空得只剩下胃酸。

"白粥。"他打开瓶盖,一勺一勺地往一个银色小碗里盛粥。

"唔……"我抿抿嘴,失望地偏过头。嘴里很苦,很想吃味道浓郁的东西,虽然知道只能吃清淡的,可是白粥未免也太寡而无味了。

"苏陌,听话。"他突然宠溺地唤我。

脸上一烫,觉得自己又烧高了好几摄氏度。

那是乔子诺吗,是我认识的乔子诺吗?

那样的语气,分明是情人间才有的柔情。

房间里突然一片寂静,仿佛连呼吸声都能听见。他那样近在咫尺,定定地看着我,看得我全身更加地灼热。

为了打破尴尬,我干笑着伸手去接碗:"白粥就白粥。"

护士突然推门进来,对着我轻声喊了一句:"7号床,量体温。"

手尴尬地定在半空。量体温,那要怎么吃粥……

"我喂你。"乔子诺收回银色小碗,对着勺子轻轻吹气。

苍天啊,你是故意要我尴尬死吗……

我夹着水银体温计,不敢正眼看他。

乔子诺将勺子递到我嘴边,我乖乖张嘴,大气也不敢透。

他看到后微微皱眉,语带不满:"什么表情,像是吞毒药。"

这粥……好鲜甜。

"哎,"我好奇地问他,"你是不是放了味精啊?"

他继续对着勺子吹气,送至我嘴里:"鱼汤。"

用鱼汤来熬粥啊……我吐了吐舌头:"看来我真是牛嚼牡丹。"

他微微一挑眉,嘴角翘起好看的弧度:"我不介意你将我熬的粥比作牡丹。"

呃……我一定是烧坏了脑袋,居然将自己比作牛。

一碗粥吃完,护士进来看体温计。

"怎么还不退烧啊,39.2摄氏度。"护士摇着头走出去。

天知道乔子诺让我的体温又升高了多少,怎么可能退。

"乔子诺,"我努力往上坐了坐,以使自己的姿势不要这么尴尬,

"你不是在忙毕业设计吗,怎么还有空闲熬粥?"

"你为了赶WLM的提案,这一周都没来找我,书店你也不去了,"他盖上保温瓶盖,看也不看我,"我总得出现在你身边一下,以粉碎我们的分手传言啊。"

"喊。"我微微一撇嘴,这人真是记仇,还拿我说过的话来回呛我。

并不是因为太忙才不去书店的,我实在是害怕,我会再一次靠着你的肩膀睡着。这样的失误,一次就够了。

我扬起头,像恍然间想起一件事似的:"对了,你们建筑系不是五年制吗,你怎么开始做毕业设计了?"

他点了点头,眼里却闪过一丝不自然,说:"我提前修完了学分,和你……们一起,明年毕业。"

"噢。"也是,以他的实力,完全可以做到。

"再吃一碗?"他抬眼望着我,像是哄着幼小的孩童。

我揉揉双眼,摇了摇头。身子真是太孱弱,不过坐了一会儿工夫,就觉得骨头生疼,而瞌睡虫说来就来,眼皮突然开始打架,看来"饭气攻心"一词也适用于吃粥。

乔子诺将我的床摇下,又将被子掖好至下巴,然后拿起一份杂志开始看,似乎并没有走的打算。我努力睁了睁眼,并不想让他看着我睡着。可是他眼也不抬,只轻轻对我说:"睡吧。"

我只好闭上眼,只听他又补充了一句:"睡醒了我还在。"

我的心怦怦乱跳了两下,不由得把头扭向另一边,盖在被子下的手轻轻抓了一下床单。

这种感觉真像是小时候,就算发着烧,我也知道醒来可以看到妈妈和外婆一样,很安心,不再害怕。

我觉得总有哪里不对劲,想扭过头开口说"其实不用",可是却困得睁不开眼。

唔,那就让我任性一回吧,我实在不想那样孤苦伶仃。

在医院的三天,乔子诺一早一晚会给我送粥和汤。护士小姐平日都不见踪影,他一来倒好,仿佛都从地底下冒出来了,一下问我吃药了没,一下帮我看点滴打了多少。

我心知肚明,只觉得好笑,倒是不介意在一旁看热闹,只担心她们会不会弄错了我的药单,或者无故增加了我吃药的次数。

到后来,连负责隔壁房的护士也跑来帮我量体温,我就忍不住了,偷偷给他发微信:一副好皮囊,勾了多少少女心。

他面无表情地看了,突然眯着眼翘着嘴角凑过来:"老婆,今天的汤好喝吗?"

我差点一口汤喷出去。

后来,那些护士姐姐妹妹们就自动消失了。

回到学校那天,已是十一月初,然而WLM还没有公布入围名单。

没关系,我可以等。

程优被选去做明阳大学感恩节派对的主持,说什么也要拉着我上街选衣服。我跟着她辗转了几条街,累到快趴下了。

我问程优怎么不找彭浩作陪,她好看的桃花眼一瞪:"谁要找那人,眼光差死了!"

我捂着嘴只想笑,她仿佛想起了什么,脸一红:"偶尔那么一次眼光好。"

我常想,这两人要熬到什么时候才愿意承认彼此的心意,真正地走到一起?可是若一直这样现世安稳,"暧昧"说不定是将来一段最美的回忆,曾经的傻气在以后看来也许反而觉得很帅。

我真羡慕这样的程优,因为信任彼此,所以可以肆意浪费时间,反正知道总有那一天,知道他们总会走到那一天。

真好。

程优说,他们学校这次感恩节派对的其中一个环节,是自愿上台对你最想感激的人说一段话。我听罢微微笑了,想必当晚一定有很多动人的情景,有很多动人的表白。

程优问我,最想感激的人是谁。我沉思了一会儿,想不出答案。

我想感激生我养我的父母,我想感激一直坚强如山的外婆。

我想感激在最美好岁月中带给我白色梦幻的江南。

我想感激会为我大笑为我痛哭的程优。

我甚至想感激苏可,没有她,也许我并不知道自己一直喜欢的人的真实模样。

还有乔子诺,虽然不知道我真正想要感谢他什么,因为太多了,也因为自己分不清戏里戏外,孰真孰假。

感恩节当晚我没有出席任何派对,和Tina姐吃过晚饭后,便踱去了小书店。去书店仿佛已成为我的习惯,仿佛不为书而去,只为享受那片刻的安宁。

书店老板娘的围巾已经织完了,开始织毛衣。虽然身处南方还不是很冷,但入夜还是有点寒意,我望着毛线在老板娘的织针中穿梭,毛衣的袖子已现雏形。石榴红做底,衬着一朵朵小小的白色雪花,好有圣诞的感觉,看着就觉得温暖。

我走进里屋,沙发上空无一人。绕到各个书架之间,也不见那人踪影。

翻了几本书,都没看进去。我不由得奇怪,以往即便是在书店发呆,也并不会觉得这样百无聊赖。心没来由地快跳了两下:苏陌,你对乔子诺的依赖似乎越来越严重,他不在你竟觉得无聊到这种程度?

不能这样。

我在书架间踱来踱去,数着每一层有多少本书。突然,手机叮的一声,有新邮件。邮件主题是:*Congratulations*!(恭喜!)

我的心突然一阵狂跳,手微微颤抖着打开正文,是一封长篇的英文信件。

一瞬间,只想尖叫。

熬了两个月,等待了一个月,天知道这中间有多难。

我拿起手提包走出书店。我快步地走着,越走越快,最后奔跑了起来。我跑在风中,像是一只飞出笼子的雀儿,用扑腾的双翅亲吻久违的蓝天。

我一路狂奔,过马路的时候有车在身旁急刹,我笑着对司机招招手说抱歉。我越跑越快,左脚帆布鞋的鞋带开了都不去理会,只一味往前迎着风奔跑。

在感恩节这个特殊的夜晚,我知道我那样急迫,竟一刻也不想再等。

我跑到那曾经让我迷失的分岔口,踏上那乌油油的沥青路,一直跑到那幢熟悉的建筑前,喘着气拨着手机,仰头看着那人走到阳台。他低头看我,在手机那头问:"出什么事了?"

我突然哽咽了,一句话也说不出。

我们就这样拿着手机,隔着浓重的夜色沉默地对望着。

最后,我终于说出了一句话:"Hey,我入围了。"

·4·

乔子诺在那头停了一下,淡淡地说:"意料之中。"

我微微笑了,低头踢了一下脚边的石子,圆圆的小石子滴溜溜地滚到一边,我突然觉得它蹦跳的样子很可爱,看起来淘气雀跃。

我笑了笑:"没什么,就想告诉你,然后跟你说声谢谢。"

他停了两秒钟:"就这样?"

我说:"唔,就这样。"

我忽然发觉自己有些傻气,这样一路跑来,跑得一身是汗,竟只在楼下对着电话说谢谢。我仰着头,望着阳台上透出的微黄灯光,他高大的身影逆光而立,我看不清他的神情,却可想象到他分明的眉目与微翘的嘴角,仿佛是刻在心尖,在辗转难寐的深夜怎么也抹不去。

苏陌,你一定是疯了。

"上来吧。"乔子诺开口唤我。

"不了不了,"我忽而感到害怕,连忙摇手,"我真的只是来说声谢谢的。"

"上来。"他的语气不由分说。

"噢……"我找不到理由拒绝,只好乖乖就范。

走进屋的时候,我立马被现场的景象惊呆了。

地板上铺满了画纸,全是各式各样的建筑素描。雪白的纸张衬着铅色的线条,一张一张交叠在一起,有如大片大片的花纹,仿佛那才是地板的颜色。我突然意识到乔子诺一定是在忙毕业设计,顿时感到很抱歉。

"不好意思,没想到竟会打扰到你,我还是回去吧。"我连声道歉,转身想离开。

他突然拉住我的手腕,我被拉了回来,对上了他的眼睛。他深邃的眼眸像海水一样平静,却有莫大的吸引力。他就这么定定地看着我,仿若过了几个世纪,终于轻轻说了一句:"不碍事,一下就好。"

我屏住呼吸,如同中蛊,动弹不得。

乔子诺牵着我进屋,我怕踩脏他的作品,连忙脱鞋,赤着脚踩在画纸上。柔软的画纸触着我的脚底,有一丝微微的凉意,我不由得倒吸了一口气。

他突然一把将我打横抱起,我吓得"呀"地叫了一声,不由自主地抓着他胸前的衣领。他的脸离我这样近,嘴角微抿,下巴有着刚毅的弧度。我低头不敢看他,心突突地跳着,任由他抱着我走向阳台。

他轻轻将我放在阳台的平台上,抬眼看着我:"总得庆祝一下,你在这等等我。"

我听话地点头,看着他转身离开。

越过防盗网抬头看天,天上并不见月亮,连星星也没有。头上一片无垠的墨色,神秘而未知。

在这样一个感恩节的夜晚,我以风中奔跑的姿态来到他身边,想对他说感谢。不是没有理智,只是情难自已。

乔子诺重新出现在我视线里的时候,手里拿着一罐啤酒和一瓶果汁。他跳上平台坐在我身边,把果汁打开递给我,然后啪地打开啤酒:"恭喜你,如愿以偿。"

我咧嘴笑了,和他轻轻碰了一下罐子:"干杯!"

果汁微凉,很甜。

我突然觉得有点不爽,眉毛一挑:"哎,凭什么你喝酒我喝果汁?"

乔子诺微微蹙眉:"你不能喝啤酒。"

"可是喝果汁庆祝,超屁的。"我非常不满,摇晃着罐子抗议。

"不行。"他摇摇头。

"要不……"我放下身段哀求地看着他,"就一口,好不好?"

他没有回应我,只深深地看着我。

"就……一口啦……"我掰开他的手指,拿过那罐啤酒。

我看着他的眼睛,将啤酒举高:"乔子诺,真的谢谢你!"然后仰头喝了好大一口。冰镇啤酒的味道,涩中带甜,真的好爽。

"苏陌,我究竟要这样忍你……到什么时候……"乔子诺低声说了一句我听不懂的话,深深地看着我的眼睛。

他直直地看着我,不知是不是酒精的作用,我竟觉得他的目光温柔如水,就像那晚他在楼下看着我的窗台一样。

乔子诺,你看着我的窗台,和当初在楼下看苏可的一样。

为什么?

我心里发堵,又低头喝了好大一口。

"好了……"他伸手夺过我的啤酒罐,仰头自己喝。

我的心突然怦怦地跳,仿佛天边擂起的战鼓,越来越大声。

他喝了我喝过的啤酒。我们这样,算不算,间接地接了吻?

我的脸唰地烧起来,手紧紧抓着衣摆。我开始觉得头在发胀,舌头发麻,喉咙干渴。有个声音在心里来来回回荡个不停,我不知哪里来的勇气,终盯着他问:"乔子诺,我可以问你一个问题吗?"

"好。"他看着我,眼睛黑白分明,如同闪着光芒的黑曜石。

"那天晚上,"我一字一顿,仿佛耗尽全身力气,"是你的初吻吗?"

乔子诺愣了一下,背部僵直。沉默了两秒,他问:"哪天晚上?"

我微微蹙眉,难道他忘了吗?

只听他接着幽幽地说:"磕得我一嘴血,然后吐了我一身的那天?"

我低下头不语,舌尖死死抵着牙齿。

这样听来,真不是什么好的回忆。

"不是。"他淡淡地说了一句,并不看我。

不是吗?原来不是。

也对,我从不知他之前是否有交往的女友,也不知他和苏可已经到哪个阶段了。他那样的人,有过接吻的对象并不足为奇吧。

我这个问题,真是傻。

我想,我一定是喝醉了,才会这样傻气地问。

可是……

"可是你知道吗……"我控制不住地喃喃自语,"我是呢……"

夜色渐浓,安静得连心跳声都能听见。

乔子诺突然从平台上跳下来,走到我的跟前。

他那样高,我坐在平台上也要仰头看他。

他深深地看着我的眼睛,眼眸里是我无法了解的情绪。他微微低头,我在他的眼睛里看见小小的自己,却如同失了神般一动不动。

乔子诺的脸离我越来越近,当我惊觉时已经快碰触到我的鼻尖。我撑着平台的双手想提起来推开他,他的双掌却一下子按住了我的手,让我无法抵抗。

他一低头,轻轻吻上了我的双唇。

他的吻小心翼翼而轻柔,我的大脑一片空白,如同被蛊惑了般微微闭上双眼,任由他的舌尖轻轻撬开我的牙齿,深入我从未被侵犯的领域。

唇齿间缠绵,全是啤酒花的香甜。

我仿若听到身后无垠的天空之中,有烟花绽放的声音。

良久,他终于离开我的唇,轻轻抵着我的额头,有点沙哑地低声说:"这个才是。"

我突然鼻子一酸,双颊微微一凉。

我,竟然哭了。

泪水仿若决堤般瞬间倾泻而出,止也止不住。

他似乎没料到我竟会痛哭,双手捧着我泪水肆虐的脸柔声说:"对不起苏陌,你别哭了……"

我把脸埋在他胸前,抽泣得像个委屈的孩子。

乔子诺,你不要对我这样好。你可知道,我已入戏太深。

第十二章
留在他家的,何止是一双鞋子

我以为爱上一个人
需要很大很大的勇气
就像雏鹰第一次高飞
小马第一次过河
惊惶中带着孤注一掷的悲壮
可是原来
海豚爱上飞鸟
只在浮出海面的一瞬间
那是一种无法抗拒的
本能

·1·

时钟指着十点五十分。

从早上醒来到现在,我已经在床上一动不动地坐了三个半小时。

今天是周五,全天都有课,可是我破天荒地旷课了。

我的脑袋里什么也思考不了,如同进入了一个万花筒,看到无数张脸,挥之不去。

冷漠的、戏谑的、微笑的、温暖的、愠怒的、专注的……

全部都是他。

昨晚,我们居然,接吻了。

我清楚地记得我问他的问题,记得他低头凑近我,记得他眉目分明地柔声对我说"这个才是"。

我清楚地记得我紧紧抓着他的衣领,在他胸前哭得像个孩子,将他藏青色的衬衣浸湿一大片。

然后我在他怀里睡着,迷糊中醒来,发现自己被他背在身上,他就这么将我背着,一路走回了Tina姐的家。

那是我第一次,被一个男人背。

第一次见到爸爸的时候已经十岁,而后慢慢长大,加之与他生分,我从未像苏可那样攀在他背上撒娇。

我曾经想象过无数次总有一天江南背我,那一定是与坐在自行车后座不一样的感觉,因为会有温度,因为心背相贴,那样亲密无间。

曾经在武侠小说上看过一句话:一个人若愿意背你,那是他愿意将心房毫无保留地敞开给你,才会把这样无法还击的毫无安全感的姿势留给你。

江南终还是没有背我,他在运动会的时候,背起的是苏可。

而昨晚,背起我的是乔子诺。

他的背宽大而温暖,让人不由自主地沉溺。他的步履很慢,没有大的起伏,像是生怕把我弄醒了。

我依稀记得,天边有一轮明月,灿若银盘。

当时,有一个小小的却清晰无比的念头在心中闪过:我多希望,这条路永远也走不完。

但他就这么背着我慢慢地一路走回家,直至Tina姐开门让他进屋,将我放上床,关门离开。

所有的所有,我都记得。我很清醒,只是一直假寐。

我不愿睁眼看他,我是那样害怕与他相对。我怕我终忍不住去问,我们之间,到底算什么。

你喜欢我吗?喜欢我胜过喜欢苏可吗?

我到底没有问出口,我怕我一开口,这出戏就结束了。

我到底还是演技太差,竟然深深陷入由自己一手导演的角色中,无法抽离。该怎么办？

房门被轻轻敲响，Tina姐在门外轻声问："苏陌，你醒了吗？你还好吧？"

我慢慢下床，打开房门，沉默地望着Tina姐。

"怎么了？"Tina姐靠在门边看着我。

"有个词语叫作茧自缚，"我苦笑道，"我终于了解了它的意思。"

"那你知不知道还有另外一个词，"她微微偏头对我说，"叫破茧成蝶？"

"谢谢你的好意安慰，"我低头看自己的脚尖，"只怕我没有那么勇敢。"

"这不需要勇气，这是本能，"Tina姐淡淡地说，继而转身离开，"你用尽全身力气，花光所有理智，却怎么也抵挡不住的本能。"

是……本能吗？

我跟在Tina姐身后下楼，她拿起手袋换鞋子："我有事要出去一趟，午饭给你叫了比萨，待会儿石头也过来吃。"

"哦……"我话音未落，门便被砰砰敲响。

石头如往常一样大大咧咧地进来，坐在沙发上，毫不客气地开了电视看。我在一旁沉默地坐着，盯着电视发呆。

电视里播着十年如一日的肥皂剧，女主正悲悲切切地对着男主哭泣，讲着"我们相爱，可是为什么老天就是不让我们在一起"的台词。那样老套，可还是让人觉得伤感。

"我说苏大美女，"半晌，石头终于忍不住转头问我，"你脸也不洗头也不梳，就这么傻坐着是怎么回事？"

"啊……"我漠然地应了一句，微微转头看了他一眼，又转头失焦地看向电视。

"完了完了，"他挥手在我眼前晃了晃，"莫不是中邪了？"

"你才中邪呢。"我没好气地打掉他的手,起身去梳洗。

吃午饭的时候,我望着盘子里的比萨却没了胃口。石头忍不住问我:"你和这比萨有仇啊?你看你拿叉子在它身上戳了多少个洞?"

我低头看了看,比萨果然被我戳得惨不忍睹。

"石头,问你个问题。"我正色道。

"问吧,我是活的《十万个为什么》。"石头喝着汽水打着饱嗝回应我。

"如果你猜不透一个人在想什么,就好比说……"我偏着头停了两秒,实在想不到有什么好的比喻,只好随便胡诌,"好比说你不知道犯人下一步会怎么做,那……怎么办?"

"我说苏大小姐,你下次能不能编个好一点的故事?"他咧着嘴冲我笑,"我实在想不到你有什么理由会对我抓犯人的事情感兴趣。"

"我就那么一说。"我抿抿嘴,低头咬着吸管。

"说吧,是不是遇到感情问题了?"他眼睛里闪着"别想骗我"的光芒。

我默不作声,继续咬着吸管。

"两个人的感情不是警匪片,用不着这样斗智斗勇的,"他双手放在脑后,整个身子懒懒地靠上椅背,"那人在想什么其实并不重要,重要的是你自己是怎么想的。"

"太深奥,不明白。"我别过脸,望向窗外。

"小样儿,你就装吧。"他笑了笑,继续说,"这世界就是因为有太多你们这样的人,思前想后,犹豫不决,才会有这么多的遗憾和痛苦。要是我喜欢一个女孩子,我就直截了当地告诉她:'妞儿,我喜欢你,跟我走。'就这么简单。"

我沉默了。

如果乔子诺对我说:"苏陌,我喜欢你,跟我走。"我是不是愿意天涯海角都随他去？只要他也一样肯定。

可是,这是不是只是我一个人想的"如果"?

头昏脑涨,不愿再想。我果真是个胆小的逃兵。

送走了石头,我拿起手袋准备去学校,结束这短暂的逃学时光。

打开鞋柜,我却忽然愣住了。

我的帆布鞋不见了。

鞋柜里静静立着一双墨蓝色的高跟鞋,那是我从家里带出来的仅存的另一双鞋。我失神地望着那一抹蓝色,不知所措。

我把我的鞋落在了乔子诺家。

不止,还有我的心。

· 2 ·

一整个下午,完全无心听课。我坐在窗边,望着随风摇曳的树影,只觉得那姿势撩人,像是远远地在向我招手。

心乱如蚁咬,下楼时踩着高跟鞋还差点崴了脚。我恨恨地对自己说:不过丢了双鞋,竟心神不宁到这种程度,太没出息了。

这时,口袋里的手机突然猛烈振动起来。我手忙脚乱去掏手机,一不留神整个手机打横飞出去,摔在地上,连手机壳也蹦了出来。

我慌忙跑上前,将手机壳套回手机上,划开锁,查未接来电。

是……江南。

心里突然间空落落的,仿佛是在幼儿园翘首等待的小孩,突然看见熟悉的身影,却发现那是其他小朋友的家人。

轻轻叹了口气,回拨过去。

"喂,小陌!"电话那头是江南兴奋的声音,"你看邮件了吗？我们入围了!"

"嗯,看了。"我淡淡地回答,"我昨晚就知道了。"

"昨晚?"他有点诧异,听得出有点难以置信,"怎么不打给我?"

"唔,我……"我一时间竟不知怎么回答,"我忘记了。"

我说的是实话,我是真的忘记了。

电话那头一片沉默,气氛有点尴尬。

"江南,"我开口说,"不好意思……"

"小陌,你不用说抱歉。"他似是微微叹了口气,"你记得我说过的吗,你仿佛从不需要我。"

我低头看着自己的鞋尖,默不作声。隔着电话,我却仿佛能看到他眼里的光如同黑夜里的烟火,瞬间黯淡。

我曾经追逐着你的身影,希望终有一天可以与你并肩在风中奔跑,只是你并不曾回头看我,所以,我已经习惯了一个人战斗,将自己武装得坚不可摧。

最后,我选择了停下脚步,看着你与他人牵手远行。

如今,我掉转头走向另一个方向,你却追过来质问我怎么从来不需要你。我除了沉默,真不知还能给予什么回应。

傍晚,踩着高跟鞋疲惫地回家。很久没有这样长时间地穿着九厘米的高跟鞋,脚被磨得痛极,仿佛踩在刀尖上,步步滴血。

高跟鞋是食人花,美艳,可是会吃脚。

女人都是喜欢自讨苦吃的怪物。

夜幕迅速降临,黑暗瞬间便笼罩大地,心情突然变得莫名地烦躁且落寞。我正想着是不是该去买双鞋,前头突然传来嘈杂的声音。

我抬头望去,看见两个腆着肚子的男人围着一个卖花的女孩子叫嚣着什么,女孩子一脸惊恐,一边摇着手一边躲。

走上前几步,听见其中一个秃头男人嚷着说:"爷是管这片区的,不交保护费在这卖花,你胆儿够大的!"

女孩眼泪唰地流下来,带着哭腔说:"这位大哥行行好,我妈妈生病了需要钱,可不可以……"

"可以,看你这么漂亮……"男人不怀好意地笑着凑上前,女孩摇着手说"不要",男人一脚踢翻她的花篮,踩得满地狼藉。

真是受不了了。

"喂,你们这样欺负人算怎么回事!"

我走上前挡在女孩面前。心情本来已经烦躁到极点,居然还碰见几个人渣挡路,一股气一下发泄出来。

"嚄,又来一小妞儿,"两个男人叉着腰围上来,一身酒气,"要不你来替她交保护费?"

"开什么国际玩笑,趁我喊人前赶紧滚!"我扬着头瞪着他们。

"喊人?哈哈哈!"秃头男人突然大笑起来,脖子左右扭了扭,发出关节摩擦那种难听而骇人的嘎嘎声。突然,旁边不知哪里冒出来几个彪形大汉,手里拿着啤酒瓶,都斜着眼冷笑着看我。

秃头男人猥琐地上下打量我:"已经喊人了,够不够啊?"

我后退了两步,心里有点发毛。

"若是嫌不够爽,你哥哥我还能再叫几个!"

秃头男人开始往前靠过来,我觉得整条脊梁骨都是麻的,冷汗一个劲儿往外冒。

怎么办?

"若想死,你就动她试试看。"身后突然传来一句低喝。

我没有回头,眼眶却一热。

有人在身后轻轻拉了我一把,将我拉至他身后。经过他身边的时候,我听见他低声说了一句:"脱鞋。"

我在他身后悄悄把高跟鞋脱了,赤脚站在冰冷的石板路上。

"哟,还想英雄救美。"秃头男人带着厚重的鼻息喊了一句,"打!"

那几个彪形大汉举着啤酒瓶迅速围了上来。

乔子诺对着其中一人的胸前突然起脚,那人用啤酒瓶一挡,玻璃瓶打横飞了出去,摔在墙上发出刺耳的碎裂声。另外一人伸手要抓乔子诺衣领,我忍不住喊了一句"小心",他突然一个回旋踢蹬在那人肩上,那人吃痛地捂着肩膀后退。秃头男人和另外一人举着啤酒瓶冲上来,乔子诺突然大喊了一句:"警察快来这边!"

秃头男人被喊得慌了一下神,乔子诺突然转身捡起我的高跟鞋朝他的脸扔过去,然后转身捉着我的手腕向后狂奔而去。

秃头男人估计是被我的鞋跟砸中了,"啊"地吃痛大叫一声,然后凄厉地喊了一句:"给我追!"

我头也不回,跟着乔子诺拔腿狂奔。风在耳边呼啸,身旁是无尽的黑夜。我不知道要跑去哪里,我的脑子里什么也想不到。

我们跑进了一条巷子里,跑到头才发现中间有一个人那么高的铁栅栏。乔子诺一脚踩在中间的横杠上,居高临下地将手伸向我。我的心突突地跳着,仰头看着他。

身后传来有人追过来的叫嚣声,他低声说了一句:"别怕。"

我深吸了一口气,将手递给他。

跨过了栅栏,他在下面接住我。我的长裙被栏杆钩破了一处,棉布发出小小的撕裂声,像是一句轻微的喊叫。

我跟着他跑了很久,直至完全听不到后面有人追赶。

我们斜斜地靠在墙上,不断地喘着气。我借着昏黄的路灯光看他,他额上有密密的细汗,将额前的碎发沾湿,像刚刚淋过雨似的。

他紧紧握着我的手不放,然后低头看我。

良久,他吐出来一句:"苏陌,你真是笨。"

我愣住了,不明就里。

乔子诺将头靠在墙上，又说了一句："帮人之前请先用用脑。"

回想刚才那一幕幕，我突然恍然大悟："那女孩和他们是一伙的?!"

乔子诺没有回答我，只转头定定地看着我。

我只觉得自己这样狼狈不堪，眼睛一酸，一股热流涌上来，突然蹲下来号啕大哭。

他整个人愣住了，忙蹲下来叫了我一声："喂……"

我哭得更凶了，一边哭一边骂："你一直跟着我对不对？你跟着我又不告诉我，就这样眼睁睁看我笑话！"

他将我扶起来，将我的头埋在他胸前，一句话也不说。

我继续抽泣着："还有……我的鞋子也没有了……你害得我现在一双鞋也没有了。"

他突然低低地笑起来，我瞪着他："你还笑?!"

他突然将我打横抱起，我只好紧紧抓着他的衣领，抿着嘴将头深深地埋在他胸前。

昨天晚上，他也是这样将我抱着，温柔地放在阳台上，低头吻我，双掌覆于我的手背，让我无从反抗。

我不知他要带我去哪儿，就如同风中奔跑的瞬间，我完全不知道。我只知道跟着他奔跑，哪怕眼前一片漆黑，哪怕赤着足。

就这样，大涯海角都随他去。

·3·

乔子诺抱着我从小巷子里走出来，走到明亮的大街上，穿过有些惊讶地看着我们的行人，最后走进了一家便利店。

他将我轻轻放在便利店就餐区的高脚凳上，转身去了货架。

我扭头趴在桌子上,明亮的落地玻璃窗隐约映着我的脸,我却看不清自己的表情。

我想我现在的样子一定是狼狈而落魄的,长发披散,双眼红肿,赤着双足,裙子被钩破。我曾是那样骄傲而输不起的苏陌,我曾是那样倔强到与眼泪绝缘的苏陌,可是我却在两天之内不能自抑地哭了两次,变成了如今这样看一眼都想死的模样。像是从下着滂沱大雨的荆棘林里逃出生天的鸟儿,羽毛湿冷黯淡而凌乱,跌跌撞撞,不知所措。

几分钟后,落地玻璃窗上映着我身后出现的高大人影,他将我的高脚凳转过来,让我面对着他。他递给我一杯温热的奶茶,然后俯下身子半跪着,抽出湿纸巾给我擦脚。

便利店里很安静,静得连钟摆指针的嘀嗒声也听得见。我只觉得尴尬,湿纸巾有点凉,而他的掌心微热,触碰我的脚心时我突然怕痒地缩了一下,可是脚踝被他紧紧握在手心,挣脱不得。我只好低头咬着吸管,无视店员好奇的目光。那从脚心传递上来的丝丝温暖愈渐浓烈,如同电流般涌至全身,让人不由自主地贪恋。

我突然想起赵敏与张无忌,她的脚心被他挠了,自此动情,一发不可收。我偏过头不敢看他,我怕我会变成赵敏。

突然,脚上有温柔的毛茸茸触感,仿佛被套上了什么。我不由得低头一看,差点喷出了一口奶茶。

我的双脚,竟穿上了一双高至脚踝处的毛茸茸小熊拖鞋。我不由得低声喊了一句:"喂,乔子诺……"

他抬起头,嘴角微翘:"先将就着。"

我从高脚凳上跳下来,蹙着眉说:"不要……很滑稽。"

他转身去扔垃圾,身后留下淡淡的一句:"我不介意。"

什么叫……你不介意?

乔子诺没有理会我的皱眉,拉着我走出便利店。我想挣脱他的手,奈何他抓得很紧。

我突然停下来,他转头看着我,眼眸如黑夜里的星芒。我沉默地瞪着他,他又低声笑起来:"明天赔一双鞋子给你。"

我恨恨地说:"不用,你把我的鞋子还给我就好。"

"好。"他拉着我继续往前走。

"我要回家。"我冷冷地说。

"先带你去吃饭。"他手上微微用了用力。

"我说,我要回家。"我不依。

"好。"他停下脚步,牵着我往另一个方向走去。

我心里憋着一股气无从发作,脚步走得飞快。我清楚地知道,我并不是气他今晚跟在我身后,不是气他把我的高跟鞋作为暗器,不是气他带着我爬栏杆钩破我的长裙,更不是气他给我套上了幼稚的小熊拖鞋。我气的是,我们之间,到底算什么。

我更气的是自己,明明心里难受,却不能把话说清楚。

我到底在逞什么强,明明已经如同缴械的小兵,却仍举着旗帜不愿投降。

Tina姐家并不远,转了个路口便看见熟悉的街景。

路途很短,夜却很长。我手腕一拧,企图甩开乔子诺的手,他却没有用力,一下松开了我。

我头也不回地走向大门,低头掏钥匙。

"苏陌。"他在身后低低唤我。

我的心微微一跳,却没有停止手上的动作。

"你就这样背对着我吧,你听着就好。"他淡淡地说着,低沉的声音听起来有着莫名的忧伤。我停下来,背对他站着,风有点大,将我的长发吹起,一下一下地扫着脸颊,我只觉得冷。

我想开口说:"要不你别说了,我怕。就让时间倒流到昨天以前,我们什么都没有发生过。"

不过是接吻,何以不能忘却。

不过是动情,何以不能斩断。

不过是会痛,而已。

"对不起,"他终又开腔,"我不能陪你再演下去了。"

我的心微微一沉。终究,还是到了这一天。

我曾想,我找了一个很好的对手,我们彼此不相爱,演着甜蜜的戏码各取所需,我有我要维持的骄傲,他也有他要保有的自尊。我们都是演技很好的戏子,随时戴起假面,随时抽离,从不入戏。

谁若觉得乏了,随时可以说再见。不需要契约,各自心知肚明。

可是我错了。

到底是从什么时候开始怦然心动的呢?

是那个五点五十分被慌忙挂掉的电话,还是 IZ 充满磁性的声音从耳机中传来的时候?

是因为那个越洋电话传来的 *Try to remember* 吗,还是他突然出现在苏可的派对上解救了我?

是从他第一次为我做饭开始,还是那场真心话大冒险?

还是,更早? 早到连我都不知道?

我变得完全不像过去的自己,我变得软弱,会突然无助地哭泣,我变得容易被感动,我变得狼狈不堪,我变得不再骄傲。

我不知不觉变成了现在这个样子,像是面对挣脱不开的万有引力,终究如自由落体般跌入万劫不复的深渊。

可是那又怎样呢,还不是要说再见。

也许从第一天开始就是错的,我没有说真心话,而是选择了一场永远不能回头的大冒险。

"那你想怎样？"我声音沙哑，喉咙已经有点哽咽，我扬着头看天空，眼睛发涩，"随便你，我都好。"

乔子诺却在身后沉默着，不发一语。

我背对着他，不知道他的表情是什么。我低下头，深深地吸了口气，咬咬牙吐出一句话："既然这样，不如由我来说吧。"

身后一片安静。

"谢谢你这段日子陪我演了一场戏。"我扶着门缓缓地开口，门上的金属雕花深深嵌进掌中，硌得很疼，"我知道，你喜欢的是苏可，你终有一天不愿再与我演戏来欺骗她也欺骗自己。你不用对我感到抱歉，我……并不曾爱过你。"

说完，眼前突然出现一片雾气。

是啊，我并不曾，爱过你。互不相欠，一拍两散。

"可是，苏陌，我该拿你怎么办？"他忧伤的声音从身后淡淡地传来，我感到他的气息从远到近，直至耳后。

他从后将我紧紧地环抱住，头深深地埋在我的颈窝，轻轻地说：

"苏陌，我爱你。"

·4·

眼前是一片紫荆花林，一阵风吹过，落英缤纷。

我是那样喜欢紫色的花，不由得走进树林，抬起头，阳光从斑驳的树影中洒下，映得满地紫金，好美。

突然，不知哪里来的一股浓雾，笼罩着整片紫荆林，阳光褪去，只留下无尽的荒凉与寒意。我的心突突地跳着，眼前什么也看不到，更不知出口在哪里。

我在哪里,我要怎么办?

一个声音在问我:"苏陌,你害怕吗?"

我无声地点头。

那个声音又问:"你在害怕什么?"

我双手抱着肩膀,在雾色中仓皇地左顾右盼。

我怕迷路,怕黑暗;我怕寒冷,怕孤独。

怕就这样寂寞地死去。

一下子醒来,阳光温暖地照在我的脸上。

原来,是梦。

整晚翻来覆去,睡眠很浅,梦却不断。

我翻了个身,目光正好对上了地上静静躺着的那双毛茸茸的小熊拖鞋。它仰着圆滚滚的脑袋,似乎也在询问着我:苏陌,你害怕吗?你在害怕什么?

他说,他不能陪我演下去了。

因为,他爱我。

可是,我在害怕什么?

苏可曾在我耳边说:"天知道我有多讨厌你的骄傲。"

在这一刻,我也讨厌我自己。

到底在骄傲什么,在坚持什么?

上一秒,我还在恨恨地想我们之间到底算什么,可是下一秒,当选择权交到我手上的时候,我却退缩了。

我是那样渴望温暖和爱的女子,却在爱情来临的时候落荒而逃。丘比特之箭射中了我,我却硬生生地将它扯断。

"乔子诺,你爱的不是我,是那个你想象出来的苏陌,那个戏里面的苏陌。"

正如当初我做着爱情的美梦一样,一叶障目,我们都是闭着眼睛说爱的人。

戏假,如何会情真。

一定是这样。

我转身下床,小熊可怜巴巴地看着我,我轻轻叹了口气,穿上它。

拿起手机,才发现时间已接近中午。

手机里有一条未读微信:你不用急着给我答案,我可以等。等到你的心空出来的时候,我再住进去。

乔子诺,你知道吗,我的心是空的,只是我已没有勇气,再让任何人住进去。

走出房间,Tina姐在沙发上看杂志。她看了看我,淡淡地说:"饿吗?桌上有火腿可颂。"

我摇摇头,在她身边坐下。她抬了抬下巴,指着茶几上一个盒子:"有人送过来的,我想应该是给你的。"

我有点诧异,撕开包装纸,打开盒子,发现是一双深紫色的丝绒高跟鞋。是我的码。

他说过,今天会赔一双鞋子给我。

是的,他从不食言。

盒子里还有一张便利贴,上面有我熟悉的字迹:"你穿高跟鞋的时候,我便有离你更近一些的错觉。"

眼睛突然没来由地酸涩起来。我放下鞋子,起身上楼。

Tina姐在身后叫我:"不吃东西吗?"

我疲惫地回答:"不饿。"

第二天,又是中午才起床。我顶着熊猫眼下楼,Tina姐瞥了我一眼:"看样子你不仅一整天没有吃东西,还一整个晚上没睡觉。"

我无力地瘫在沙发上,双眼放空地望着天花板:"Tina姐,我是个怕输的人。"

Tina姐淡淡地说:"如果上天再给我一次机会,我宁可输。"

我的心如同失重似的,小声说了一句:"对不起,你一定觉得我是无病呻吟。"

Tina姐摇摇头:"没有,我能体会。爱情是件太累人的事,旁人无从帮忙,你只能自己厘清。"

我沉默地低头,望着小熊拖鞋可怜巴巴的眼神,抿了抿嘴。

Tina姐又说:"今天又有人送东西来了,还是你的吧。"

我强撑着打开桌上的盒子,是一双深紫色的帆布鞋,脚踝处印有一双小小的天使翅膀。盒子里依旧是一张便利贴:"但我更喜欢你穿帆布鞋,喜欢看你仰着头,仿佛我低头便可吻上你。"

乔子诺,你可知道,我要花多大的力气,才可以推开你。

Tina姐见我望着鞋子发呆,轻轻地说:"孟冬青曾经和我说,当你犹豫不决的时候,试试扔硬币吧。并不是要将命运托付给上天,而是将硬币抛出去的瞬间,你便明了自己的心意。"她递给我一枚一元硬币,轻轻地说,"送东西来的人,应该还在门外。"

我将硬币握在手心,微微闭上了眼睛。

花——我愿意,字——我不愿意。

睁开眼,将爱情抉择的硬币向上用力抛去。

"苏陌⋯⋯你不用去跑第一⋯⋯根本不需要。"

"苏陌,不用勉强,你总是过于勇敢。"

"我怎么会⋯⋯让苏陌一个人。"

"那你可会爱上我?"

"可是,苏陌,我该拿你怎么办?"

"苏陌,我爱你。"

……

耳边响起硬币落地的清脆声音,在偌大的房间里清晰可辨,仿若落在心尖。我没有去看硬币上面到底是花还是字,起身走向门外。

门外微微飘着细雨,仿若绵密而剔透的粉尘,洒在身上微凉。

透过雕花铁门,我看到一个高大的身影站在门对面的树下。他看见了我,缓缓地走过来。

我走至门前,隔着镂空的花朵抬头仰望着他。他的头发上、眉毛上都是细细密密的雨珠,深邃的眼眸定定地看着我。我打开铁门,他没有再往前走,只是就这样定定地看着我,仿若在等待着宣判。

我仰着头,开口说:"下雨了。"

他微微点头:"冷吗?"

我突然鼻子一酸:"如果我说冷呢?"

他向前迈了一步,低头看我。我仰着头,望着他的眼睛,望着他眼里那个小小的、软弱的我,那个毫无武装的、放下骄傲的我。

他伸手将我拉至怀中,用身上的夹克包裹着我,将暖流传递到我身上。我偏过头枕着他的胸膛,听着他的心脏有力地跳动着。

"乔子诺,我并不是那样美好的苏陌。你见过我可笑的逞强,见过我自以为是的偏执,见过我无可救药的懦弱。那样不完美的我,你还要吗?"

"你不仅逞强、偏执、懦弱,还冷漠、胆小、口是心非。"他的下巴轻轻抵着我的头顶,温柔地说,"可是怎么办呢,我爱上了这样的你,以上全部,我都要。"

我抬起头,对上他的双眼,他的眉眼中透露着坚定。

"乔子诺,你为什么这么有把握,我一定会出来?"我不解地问。

"我一成把握也没有,"他低头,额头相抵,声音竟有些颤抖,"可是我该拿你怎么办呢,我已泥足深陷。"

我将头埋在他的胸膛,将全身的重量放置在他的怀中,轻轻地说了一句:"乔子诺,你不可以骗我。"

"我不会骗你,苏陌,我爱你,完全没有办法地爱你。"

我闭上眼睛,感受着他温暖的气息,不愿再想,亦无力再反抗。

承认吧苏陌,承认你在他面前毫无反抗之力,承认你的爱也已生根发芽。

"苏陌,做我女朋友。"

"好。"

雨停,天边有两道绚丽的彩虹,如同一双难舍难分的恋人,缠绵在天际。

乔子诺,我愿意。

第十三章
流星会看见我们

白莲子,青莲心
莲子甜,莲心苦
我不要苦涩的莲心
我不要苦涩的爱情
我可不可以
只爱空心莲

· 1 ·

踏入十二月,圣诞节气息渐浓,不仅大街小巷都洋溢着一片圣诞的氛围,就连学校也被精心装扮得像是童话世界。一年有那么一次,大家都宁可相信,这世界上也许真的有圣诞老人,诸愿必达。

Tina姐最怕南方的湿冷,她说北方的冷如同刀锋,刻骨可是不入心,而南方的冷是真正的冷,让人有一种浸在冰水中逐渐溺毙的绝望。她还说圣诞节要白雪皑皑的才有气氛,可是南方没有雪,真是无趣。所以她决定去芬兰,去北极圈看极光,去圣诞老人村与红衣老人照相,去图尔库古城堡抚摸那超过七百年的岩石墙身……

Tina姐说得眉飞色舞,仿佛已身在其中。我没有打断她,我知道芬兰是世界上人均消费咖啡最多的国家,她不过是想在这样浪漫的节日里,一个人逃遁到咖啡王国里躲起来。

那是圣诞老人的家乡,我突然多希望圣诞老人是有魔法的,能把孟冬青还给她，让她不再一个人。

程优跟彭浩打赌，看谁准备的圣诞礼物有创意。他们俩之间过家家似的暧昧让我想想就头疼，谁知更加头疼的事情还在后头——程优非拉着我一起逛街挑礼物。满大街商品琳琅满目，可是却都入不了程大小姐的法眼。我走得腿都断了，连连求饶："我说程优，你送什么彭浩都会觉得好的，我看你就闭着眼睛挑一件吧。"

"那不行，打赌就得有打赌的态度。他家啥都有，啥都不缺，我要不费点心思弄点特别的，岂不是被他比下去？"

我有点无语，抚着额头说："干脆你把自己送给他得了，省事儿，而且这创意绝对让他欣喜若狂。"

"瞎说……"程优红着脸捶了我一下，忽而微微叹了口气，"你的好意我知道，只是我真的没有胆量开始一段感情。我太害怕失去了。你知道吗，我有时会觉得很感慨，好想回到从前。"

我低头喝着珍珠奶茶不答话，程优继续自顾自地说着："以前我们六个人总在一块儿，有人闹腾，有人安静，某些人总爱在一起互呛，某些人却对谁都温柔大度，我们像是一个共生的整体，缺了谁这种平衡都会被打破。可是现在像什么样子呢，江南和苏可老不见踪影，你和乔子诺又不是那么回事儿，你们两对之间的气氛很奇怪，客气得莫名其妙，看得我只觉得憋屈，太憋屈了。"

我低头不语，奶茶太甜，我只觉得喉咙似是生了痰，发不出声。

"有时我想，爱情真不是个好东西，它一夜之间将我们六人的友情瓦解，这么轻易，这么不堪一击。它将我从小到大一直引以为傲的，就是死我们也要绑在一起的那种情谊弄得支离破碎。"

程优越说声音越低，停了一下，她突然望着我说："若爱情注定让友情消失，我倒宁愿自己一个人。"

我心里很感动。程优一直是那样纯粹的人，她怯懦她逃避，只因她怕失去。

"小优,我不知要怎样向你解释。你的世界太简单,而我的世界太复杂。如你所知道的,我曾经很喜欢江南,在认识他的这十年里,他是我所有的动力。可是我最终还是失去了他,我无法想象再以一个好朋友的身份去面对一个我喜欢了这么多年的人。"我慢慢地说着,似是一种告解,"不过,我会试着慢慢放开,重新开始我的人生。"

"你跟乔子诺……"程优小心翼翼地看着我,喃喃地说,"真的打算一直这样做戏下去?"

想到乔子诺,想到他拉着我的手在风中狂奔的景象,想到他在细雨中被打湿的头发和眉毛,想到他拥着我说"完全没有办法地爱你",我突然觉得上天对我还是眷顾的。虽不入一人眼,却仍被另一人视作珍宝。我们曾是彼此的幌子,连替补都不是,却不知不觉沉沦为对方的正选。

"程优,我……"我终于抬头,鼓起勇气坦白,"我做乔子诺的女朋友了。"

"不是做很久了……"程优没听懂,但眼里的疑惑忽而变成欣喜的光芒,"你是说……你们真的在一起了?!"

"嗯,真的。"

"苏陌!"她一下紧紧地搂过我的肩头,语带哽咽,"太好了,这样真是太好了……我一直担心你,虽然你什么都不说,可是我知道你一个人撑得有多辛苦,我真怕你就这样孤单一辈子。"

是,从今以后,再不是一个人了。

"苏陌,"程优瞪着眼睛盯着我,"这一次,你是认真的吗?你确定?"

"嗯,只要他是认真的,他是确定的,我就是。"

"呀,太好了。"程优脸上净是笑颜,仿佛幸福的是她。

"我答应你,我会努力让自己放宽心。只是人事已非,我们六个人是怎么也回不到从前了。"我握了握她的手,知道她难过,可是这是事实,我不想骗她,早晚得面对,"只是你,也早点给彭浩些信号才是,省得他总胡思乱想,到头来却是自己后悔。"

"我吗?"程优脸色微微一沉,忽而又欢快起来,"等毕业了再说吧,反正来日方长!"

我还想说些什么,手机突然振动起来。低头一看,是乔子诺。

"在做什么?"电话那头传来淡淡的声音,不过是寻常的四个字,可是却像熨在心上,有着灼热的温度。原来喜欢一个人的时候,连他的声音听起来都会觉得不一样。

"陪程优逛街。"我低头轻轻回答,程优则在一旁怪叫着:"乔子诺请吃饭!乔子诺请——吃——饭——"

我笑笑扭转头,对着电话里说:"怎么了?"

"把电话给她吧。"乔子诺似乎心情很好,语气里净是盈盈笑意,我仿佛看到他笑起来波光潋滟的眉眼。

我愣了一下,将手机递给程优。

程优对着电话那头哇哇地一边叫一边笑,说着说着又突然一边抹泪一边说:"你给我好好对苏陌。"

我看着她又哭又笑的样子,只觉得感动。

有一个朋友,真心为你的忧伤而难过,为你的孤单而担忧,为你的幸福而欢喜落泪,多么难得。我没有她那样赤诚,我从未想过我们六人死也要绑在一起。这么多年来,我只是自私地想着我苏陌绝对绝对不能输,我绝对绝对不能不幸福。可是这样一路走来,依然赢得了这样没心没肺爱我的朋友,我真是何德何能。

半晌,程优笑着将手机还给我,我还没反应过来,她已对着我摆摆手跑走了。

"哎,"我疑惑地对着电话那头的人发问,"你跟她说了什么啊?"

"我说……"他的声音懒懒的,仿佛那傍晚清凉的风,吹起耳边碎发,留下轻声的呢喃,"我请她将你借给我一晚上。"

我的心里像那颗颗珍珠跌入奶茶中,全是叮叮咚咚甜蜜的回响。

"你给了什么好处收买她?"我佯怒,"她一声不吭就跑走了。"

"没有呢,"他在那头爽朗地笑着,像是看破我的小女生姿态,"她说:'拿去拿去,不用还了。'"

真是,连密友都倒戈了。我低头不语,只扬起嘴角微笑,静静地听着话筒那头的呼吸声,多希望一直就这样,一秒万年。

"苏陌,"他轻声唤我,似是轻唤熟睡之人,"见面好吗?"

我闭上双眼,低声回应:"唔……那得看有什么能引我见你了。"

乔子诺略一沉吟,似乎是真的在低头细想。好一会儿,他终于开口说:"我将你的水晶鞋还给你。"

我终还是与他见面了,约在平日常去的小书店。老板娘见我推门进来,微微点头一笑:"来了?"仿佛等了我半天似的。我有些窘,心想别人一定觉得我们不是来买书的,只是借个地方谈情说爱。

乔子诺坐在里屋的沙发上等我,我无声无息地倚在门边没有进去,只静静地看着他。屋内灯光明亮,他的轮廓英挺分明,俊逸如画,可是却孤单。以前看到他,只觉得他为人冷漠,所以不合群。可是现在看到他,却只想倾尽全力将他身上与生俱来的孤独感驱走。我知道自己并不是一个温暖的人,相比之下,仿佛他怀抱里的热度比我更为浓烈,让我深深迷恋。

不过,从此以后我们都不再是一个人了,彼此温暖,彼此保护。

我们会幸福的吧?

他抬头看见我,起身拉我坐在他旁边。书店里很安静,除了我们还有几个人在书架旁徜徉,细细挑着书。

我习惯性地拿起便利贴写道:"今晚要买些书才行,不然太对不起老板娘了。"

他微一挑眉,回道:"我一向不吝出手,不像你,只发呆却不贡献银两。"

难得温柔一回,居然被呛,真是气结。

我把手一伸,瞪着他。他从脚边拿起个盒子,递给我。

我满意地抱过盒子,可是只觉得有点异样。打开盒子一看,忍不住低呼了一声:"乔子诺!"

书架旁的人似乎被我的声音惊到,频频探头来看我们。

"嘘……"乔子诺勾起嘴角斜斜地靠在沙发扶手上,竖起一根食指贴于唇边。

我只觉得上当,飞了一张便利贴给他:"为什么只有一只?"

他在便利贴上写了两行字,却并不递给我,黑白分明的眼眸只定定地看着我,仿佛要把我看进心里。我被他看得脸发烧,起身想走,他却拉住我,然后把便利贴塞进我的手心:"怕总有一天你会离开,所以只还你一只。那样你就会跑得慢一点,我还能把你追回来。"

我突然眼里一热,渐渐泛起雾气。我们都是那样没有安全感的人,只因始于一场戏,多怕醒来后发现那不过是一场梦。

"可是万一我走得太决绝,面目狰狞,让你认不得我的样子呢?"我讷讷地小声问。

乔子诺直直地看着我,突然蹲下身去。

我愣愣地看他把自己右脚的鞋带解下,又将我手上鞋子的鞋带解开,然后将两者交错绑在那白色帆布鞋子上。黑色与白色,如同缠绵交握的十指,向上天做着虔诚的祷告。然后他翻开鞋子的内侧,用便利贴记下了每双鞋特有的那个编码:#030505。

"编码#030505的这双鞋,是这世上独一无二的苏陌的鞋子。这样无论你走到哪,无论你变成什么样子,我一定都能找到你。"

·2·

已是深冬,天气越发寒冷,不时夹杂着霏霏冷雨。

阴霾的天让人提不起精神,连思维也会慢上半拍,下了课后我只想快快回家窝着,恨不得冬眠。

乔子诺给我发微信,说在学校门口等我。下楼的时候,我突然发觉自己竟会有着小小的雀跃,连走下楼梯都是蹦跳着的,这样的我实在是傻气得有点陌生。

我如平凡热恋中的女子一般急切地想要见心上人,这种真实而天真的感觉却让我觉得何其珍贵。乔子诺把我变回了凡人,不再有逞强的武装,可以肆意地哭泣和生气,也不怕心中的爱意被看穿。

曾经,我不甘心只当"通常"的那些女生,可是现在,我却觉得这样"通常"的样子也不错。

没想到的是,在楼梯转角处,我却碰见了江南。他似乎是听见脚步声,转头便看见了我。我一愣,脚步不由自主地收住。

他的眼神一如既往地温柔,如沉静而清澈的湖水,这么多年来我曾沉溺于此无法自拔,被看在眼里便奢望能被印在心上。

暗恋仿佛是一出默剧,张嘴无声,全是内心戏。有人戏终心死,有人戏终重生。多庆幸我是后者。

"小陌。"江南开口唤我,口吻多年未变。

我微笑着点点头,正欲擦肩离去。

"赶时间吗?"

仿佛是错觉,听在耳里皆是落寞,又仿佛有话对我讲。我不由得心里一软,顿了一下:"还好,不是很赶。"

"噢,一起走吧。"他走近我,与我并肩下楼。他穿着一件淡蓝色高领毛衣,在这阴霾的天气里像是层云间不经意透出的一抹蓝天,在人群中显得尤为俊雅超凡,过目难移。

"过两天就要出决赛题目了,小陌,你想过决赛之后的打算吗?"江南微微转头问我。

WLM入了围的选手都会十分抢手,毕业后是选择到世界顶尖商学院继续深造,还是进入著名企业开始职业生涯,无论哪一样,听起来都是让人艳羡的。

从家里搬出来的时候我说要考研,但实际上我从来没有想过报名。我曾问叶宁山,怎么不像普通导师那样劝我申请保研呢?叶宁山的答案却出乎我的意料,他说:"苏陌,你根本志不在此。"

心理学,我根本志不在此。叶宁山看人看得太准。

高中的时候得知可以保送嘉禾大学,就决定报心理学系,一来可以与江南的社会学系同个学院,抬头不见低头见,二来我真的很想知道有什么方法可以让我免除多年的梦魇。

可是到最后,我没有和江南走到一起,而我的噩梦也在他没有选择我的那一刹那终结。这一切,与我读什么专业一点关系都没有。

人生就是这样,自以为朝着想要的果费尽思量地种下了因,到头来却全然不是么回事。

"我想,我会进企业吧。"半响,我答了一句。

"噢?"江南似乎稍觉诧异,眼里闪过了一丝愕然,但顷刻便恢复平静,一语不发。我想,他一定以为我会考商学院。

"读书多年,有点厌倦了,想要真刀实枪地来一下。"

我说的是实话,终日在校园,参加再多的比赛获得再好的成绩,终也只是象牙塔里的纸上谈兵,自娱自乐。反倒是一想起外面枪林弹雨般的真实世界,体内不安分的血液却一下子沸腾起来,胸腔内积郁已久的战意呼之欲出,仿佛等待着一场久违的搏杀。

我已经等不及,想要试一试。

"我报了两个月后的GMAT(经企管理研究生入学考试),原想着可以和你继续并肩奋斗。"江南望着我抿嘴笑了笑,"看来这次的决赛是我们最后一次成为战友了。"

这句话突然让我有些莫名的心酸,可是我在心里默默地对自己说:眼前这人以后将连战友都不是,也许,他还会成为你的妹夫。

所以苏陌,收起你那些莫名其妙的酸楚吧。

走出大楼,江南撑开了伞,深灰色的伞布一大半都遮在我身上,我心里突然升起一股烦躁,将大衣的帽子套在头上,往旁边挪了挪。

江南手里拿着伞顿了顿,有点尴尬地往他的方向移动了一寸。

我仿佛还不解气,朗声问他:"好久不见苏可,若你真的出国,她会跟着你吗?"

"小可……"江南的眼里突然一沉,不知是不是天气冷的缘故,我只觉得他的脸色有些苍白。他停了几秒,转头看着我:

"小陌,你们是两姐妹,你应该很了解她才对……"

我有些茫然,不知他所指是什么。

"你觉得……"江南眼里的光愈加黯淡,像是墨色黄昏中瞬间西沉的日光,只余下无尽悲凉的黑暗,"小可是真的爱我吗?"

这句话给我的震惊太大,我立住脚默然地望着江南。他在我前面转过身,一语不发地撑着伞与我对视。

细雨斜斜飘来,湿了我的脸,我只觉得寒气从头一直灌到了心里,身子开始止不住地微微颤抖。

我曾经想过,虽然苏可是为了报复我才将江南抢走,但她不会对江南全无爱意。若江南不知道,他会全身心爱她,只要她也爱他,这两人必然还是幸福的。

苏可若是要报复我一辈子,那她终生与江南幸福地在一起好了。只要江南能幸福,我也就无所谓了。

可是我突然想起苏可中秋之夜警告我时说的那一句:"原来,你也并非我想象中那样爱江南嘛。"

难道江南于她而言,由始至终都只是用以报复而随时可弃的棋子吗?苏可,你不能这样。

"你怎么……这样讲?"我觉得嘴唇都冻得发麻,字字出口艰难。

江南望着我向前走了几步,突然对着我抿嘴笑了笑,轻轻地将我拉至伞下,伸手在我套着帽子的脑袋上揉了揉:"开玩笑的,她当然是爱我的。"

我离他那样近,空气里弥漫着的都是他熟悉的气息,像清晨的青草一样好闻。此时他清亮的眸子里有着让我困惑的温柔和深情,让我想起白兰树下的奔跑岁月与苦辣酸甜俱全的青春过往。

光阴如白驹过隙,忽而就人事已非。

我抬头看着他的眼睛,有那么一刹那,我差点想脱口而出:江南,没有选择我,你有没有后悔过?

可是就在下一秒,一股寒风夹杂着绵绵细雨袭来,我冷不丁地打了个寒战,整个人一下子就醒了。

事到如今,我还能怎样呢?有些错过是注定的,时光也许可以用来缅怀,但它却不会倒退。从今以后你的幸福与否,恕我仅能旁观,无法参与。

我转过身,不再看他。

江南似是微微叹了口气,转身向前走。可没走两步,他突然停了脚步:"原来有人等你,难怪下楼走得那么急。"

我抬头,门口立着一个身着深灰色长大衣的男子,撑着一把藏青色长柄伞定定地看着我们。我和江南缓缓地走至他跟前,我一直与他对视着,短短一路却仿佛一个世纪那么长。

江南刚才揉我的脑袋,他一定是看到了。

"子诺,"江南对他笑笑,下巴轻轻一点,"喏,还给你。"

乔子诺点了点头,将伞微微伸过来,我向前走了几步,头顶的天空从深灰转为藏青。我将手伸到他的掌中,食指轻轻地在他掌心挠了挠,他轻轻握了握,手掌的温度瞬间传递过来。

人说十指连心,手指都暖了,心又怎会寒冷呢?

我想,我无须解释什么吧,他定会相信我。

一路上我们都很安静,似乎谁也不愿打破沉默。就在我刚想找点话题开口的时候,迎面碰见了小学妹凌星,还有她的"普通朋友"陆飞。凌星一见到我非常兴奋,从包里拿出两张票塞给我:"学姐,你和学长圣诞节晚上有节目吗? 有空的话可以来捧场吗?"

我低头看了看手里的票,是即将在学校上演的话剧,名为《谎·爱》,票的最下面有一行小字:编剧——凌星。

"是你的作品啊,恭喜!"我由衷地致贺。

我喜欢凌星,她小小的身体里仿佛有着无穷的惊人力量,让她不断地朝着自己的梦想奋进,无论是写作还是摄影,她从未对自己的梦想动摇。这样的女孩子,我觉得真美。

"学姐一定要来哦!"凌星倒是不好意思地笑笑,然后凑到我耳边悄悄地说了句,"乔学长好帅,你们真配!"

我勾了勾嘴角,侧头在她耳边小声回了一句:"陆同学也不错。"

凌星的脸一下红到耳根,我笑着摆了摆手,挽着乔子诺离开。

在路上,我终于开口问乔子诺:"要去吗?"

乔子诺倒是一贯的语气:"想去就陪你去。"

我转头望他的侧脸,他的表情平静如常,没有异样。

被盯了半晌,他终忍不住问:"看什么?"

我笑笑:"你的伞挺好看的。"

他挑了挑眉:"噢?那送你一把,让你随身带着。"

我刚想开口说好,突然忍不住偷笑起来。

这人,连吃醋都这样闷骚。

"我不要。"我抿着嘴角,气定神闲地说,"以后每逢下雨,你就来楼下接我吧。"

我看到他眼角开始有微微的笑意,嘴里却说:"越发嚣张。"然后突然停了脚步,将我一把拥至怀里,下巴轻轻抵住我的头顶。

我把脑袋埋在他的胸口,轻轻地柔声问:"好不好嘛?"

声音从头顶传来,像电波一样传到心里:"好。"

乔子诺,谢谢你容忍我的嚣张,也谢谢你那让人不易察觉的醋意。我不再是刀枪不入的苏陌,我只是在恋爱中平凡到极点的小小女子。我不想再管他人幸福与否,所以请你一定要寸步不离地跟着我,牵着我,不要让我走丢了。

·3·

无尽的黑暗中,有两束聚光灯打在一男一女身上。

两人脸色惨白,静默地注视着对方。

这是一场婚礼前夜的对质,无论女子是哭是叫是闹,那男子终不发一言,像是被抽空了灵魂的躯壳,不作任何的挣扎,只黯然地等待着命运最后的宣判。最后,女子瘫坐在地上,影子投射在雪白的墙上,像是一块冰冷的墓碑。

心岚:"你分明是欺我高度近视,便想着我的心也是高度近视。我看见的都是你对我的好,你对我的痴,你信誓旦旦许下的一生一世的诺言。于是我便信了,终日活得像一尾美丽而嗫瑟的孔雀鱼,却不知愚蠢的自己已在煎锅之上,随时被烹至两眼翻凸。"

明轩:"我真希望你的心会近视一辈子,我不愿让你看到如此不堪的我。你信我,过了明日,我会爱你护你一生,至死不渝。"

心岚:"至死不渝……至死不渝……看吧,谎言在你口中就像刷过蜜的银针,对着我的太阳穴从左边嗖地穿至右边,我纵是滴血不流地死了,都觉得是甜的。"

明轩:"小岚,你别这样,有些事如果你不知道,你会幸福一辈子的。"

心岚:"可我终不是瞎子!我看见了那些协议,我看见了你们在背后的交易,我看见了你丑陋的嘴脸和高超的演技。你爱我的原因,原来如此。天知道我有多想戳瞎自己的眼睛!"

明轩:"小岚,你可知我是真心爱你。那些争斗、那些欺骗在你明日嫁给我之后就会结束,我什么都可以不要,我只要你!"

心岚:"呵……多熟悉而动人的誓言,仿佛在哪里听过。哦,在你牵着我的手看栀子花开的时候,在你月下为我朗读《李尔王》的时候,在你解开我的衣衫如烈火般吻遍我每一寸肌肤让我犹如烟花般璀璨绽放的时候……你说过的,你说过你只要我的!可我现在只想将每一根被你抚摸过的发丝扯断、把每一厘被你咬啮过的皮肤撕下,统统扔还给你!"

明轩:"你不愿原谅我,你不愿信我,你是判了我死刑吗?"

心岚:"你还记得《李尔王》里的一句台词吗?'口中出蜜,心必剑。'你的剑尖锐无比,直插我胸口。是的,我们都是爱情的死因,我不会再信你,但愿我们转世后都不会再见到……"

明轩:"你是要我心痛至死,若是这样,我宁可被你亲手杀死。"

心岚:"好,我……成全你。"

男子身上凛然一搐,如枯死的大树般倒在心爱之人的脚边,他挣扎着伸手轻拽爱人的裙摆,气若游丝地吐出了最后一句话:

"一切都是骗你的,除了'我爱你'……是真的……"

女子恍若听不见,神色平静地穿上雪白的婚纱,在迷幻的红色灯光中缓缓舞着,舞着,直至最后一刻,她嘴里仍一直轻声哼着心上人初遇她时唱的那首民谣:

"白莲子,青莲心。莲子甜,莲心苦。我可不可以呀,只爱空心莲?我不要苦涩的莲心,我不要苦涩的爱情。我可不可以呀,只爱空心莲……只爱空心莲……"

凌星写的这出《谎·爱》,在原本浪漫温馨的圣诞夜上演了一场爱情悲剧,异常惨烈。看完之后,我只觉得心情久久不能平复,走出小剧场了整个人还在剧情中出不来。

我和乔子诺散步到江边,两人倚在护栏上吹江风,对岸阑珊的灯火在这冬夜显得尤为孤寂。

乔子诺今晚出奇沉默,从小剧场出来之后一句话都没有说过。

"你觉得好看吗?"我侧过头问他。

"你觉得呢?"他没有看我,只轻轻地反问我。

"我觉得凌星写得真好,一开始男女主角互不搭理,后来明轩开始疯狂追求,而心岚发生意外后明了了自己的心意,两人终坠爱河。最后步入婚姻殿堂的前一夜,心岚得知爱情的真相不过是一场家族斗争中精心导演的谎言,精神崩溃之下将明轩刺死,最后自己也开煤气自杀……剧情跌宕起伏，悬念设得巧妙，心岚和明轩之间的爱恨纠葛也处理得非常精彩……"我认真地回想着，最后轻轻吐了口气，"只可惜是悲剧。"

乔子诺定定地看着对岸沉默不语，过了很久，他开口说了一句："只因他在开头是骗她的，就这样不可饶恕？"

不知是不是风大的缘故，我只觉得乔子诺的声音听起来有些沙哑，他的侧脸在夜色中看起来有些苍白，有一种深深的孤独和无助。

我突然有些后悔跟他来看这样的戏，也许他对死亡有着莫名的恐惧，才会这样难过？

"不过是戏啦，"我把头轻轻靠上他的肩膀，"不必这样当真。"

"苏陌，"他似是微微偏过头，声音在我头顶凉凉地响起，"若你是心岚，你会怎么选择？"

我一下愣住了，抬头看他。他的眼眸如同潭水般深邃不见底，我有些失神，可嘴里却不由得喃喃自语："我痛恨别人欺骗我，所以，我应该会和心岚一样……"

说完这句话，我的心没来由地绞痛了一下。

我盯着他黑如墨玉的眼睛，用连我自己都差点听不到的声音问："乔子诺，你有事情欺骗过我吗？"

他望着我，像是要把我深深地看进心里。良久，他的眉宇稍稍舒展开，嘴角微微翘了一下："骗你说要把鞋子还给你算不算？"

"喊！"我把额头狠狠地撞在他胸前，他闷哼了一声，低低地笑了。

我把头抵在他的胸口，久久不愿离开，轻轻地说了一句："今晚那么多的台词里，我最喜欢'我想成为你的掌中纹，被你永世握于手心'这句，你呢，最喜欢哪句台词？"

他沉吟了片刻，开口说："我想将你揉进我的身体里，揉进我的血液里，我想你成为我孩子的母亲。"

这句话听得我微微一颤,抬起头狐疑地望着他:"有这句吗?"

乔子诺一挑眉,勾起嘴角:"没有吗? 那改天让凌星加进去好了。"

我方知上当,又细想了他说的那句话,不由得脸一红:"你又糊弄我!"额头又往他胸口一撞,他却顺势低头用下巴抵住我的头顶,低声说:"我是认真的。"

我只觉得这样的话太动人,像是一行刻在玉石上的小小篆书,有着深刻隽永的纹路。我额头抵着他的胸口,小小声地似是对着他的心说:"乔子诺,你不许骗我。"

他的声音在我头顶轻轻地响起:"好。"

"你若骗我,便要骗我一辈子,不然……"我喃喃,似是梦呓,"我真的会杀了你的。"

"好。"

我侧过头,耳朵贴在他胸前,听着他的心跳,一下一下的,像是鼓声。我枕着他宽阔而温暖的胸膛,闭上双眼:"若有那一天,我会先杀了你,然后自杀。"

他突然紧紧将我圈住,头埋在我的颈窝,轻轻地在我的脖子上印上一吻:"你杀我就好,不必自杀。"

我微微笑了,伸手环抱住他的腰,深深地呼吸着他的气息,感受着他怀抱那让人依恋的暖意。

我相信,他必不会骗我,他必能将我视若珍宝,让我不再午夜惊醒,遍体鳞伤。纵使那一个圣诞夜,乔子诺落在我脖子上的那一吻,他的唇,是冰冷的。

·4·

WLM决赛的题目在圣诞节前就公布了——模拟商业谈判。决赛队伍两两互为谈判双方,每一组都有一个虚拟的谈判项目,双方各掌握着对方部分背景资料以及自身的资源信息,决赛当天裁判团会作为旁观者参与每一组的视频谈判,并综合所有队伍谈判过程中的表现以及最终的谈判结果给出成绩。

老实说,看到题目之后我有点怵了。我并不是巧舌如簧之人,我不善与人假意周旋,不谙厚黑之道,就像一把不懂藏锋的剑,只会明着出鞘却不晓退而引敌。这是性格使然,不像考试前可以恶补,更不可能短时间内矫正。

江南似是要宽慰我,总说别担心,我们一攻一守,正好互补。他越是叫我放轻松,我就越是轻松不起来,常常盯着一堆数据却什么也看不进去,完全找不到可以出击的点,只头脑麻木地装载着江南说的"我们可以这样讲""我们还可以那样讲"……完全不在状态。

"小陌,"江南看出我思绪游离,合上笔记本电脑,"今天就到这吧,别皱眉头。"

我似是卸下重重的壳,呼吸终于顺畅起来。

"小陌,子诺对你好吗?"

江南突然没来由地问了这一句,我有些诧异。这半年来,我一直记得当初他对我残忍地说"乔子诺喜欢苏可,你不会不知道",记得那个盛夏的下午,我在街上拔腿狂奔。可是后来,他再没有问过我。

"嗯,挺好的。"我淡淡地回了一句。

"那就好。"他看了看我,又垂下眼,"我曾经想,你们俩是赌气在一起给我们看的吧,可是现在看来,你们是真的喜欢对方。"

"江南,你知道吗……"我的心里冒出来一个声音,像一株突然从地底下蹿出来的藤蔓,直抵喉咙,然后拦也拦不住,咻地绽放成一朵刻着句子的花,呈现在江南面前,"过去这么多年来,我都是故意输给你的……"对不起,我还是告诉你了。

"小陌……"江南的眼眸里闪过一丝惊诧,然后眼里的光瞬间黯淡下去。良久,他抬起头看我,嘴角带着一丝凉凉的苦笑:

"为什么告诉我?"

"因为不想再带着心结去爱着另一个人,"我深吸了一口气,"那样不公平。"

江南,我要放下你了,毫无保留地放下你。这样我的心才能腾出完整的空间,给我想爱的那个人。

"好,我知道了。"江南不再看我,起身收拾东西。我静静地看着他关电脑,收拾桌面的资料,丢掉喝完的饮料瓶子。

他安静地做着一切,我安静地看着。然后他突然转过身看着我,眼里有着一种我从未见过的火苗,仿佛一头压抑着情绪的困兽。他沙哑着声音对我说:"苏陌,如果有一天,我是说如果……"

江南话说到一半又停住,我困惑地望着他,不知他到底要说什么。

"如果哪天你觉得不幸福,记得要告诉我。"

我的心被重重撞了一下。

江南,你别这样。

你选了苏可,然后对我说这样的话,我要怎么放下?

你和苏可,你们之间是不是怎么了?

"我不会的。"我扬了扬头,坚定地望着他,"我不会不幸福的。"

所以,我不会再回头找你。

夜渐浓,我们离开会议室,并肩沉默地走在大街上。深冬寒夜的街道寂静而冷清,不见行人,只见昏黄街灯投射在地上的长长灯影。

过了马路再拐个弯便到Tina姐家,我不经意地抬头瞥了一眼转角处透着暧昧蓝光的那间夜店,里面隐隐传来节奏感很强的电子乐声,鼓点一下一下像是敲在空气中,伴着一个无比空虚的声线,在冷夜里回响。一群人仿佛是喝醉了,摇摇晃晃地搂着推门出来。经过他们身边,只觉得酒气冲天,我不由得皱眉。

突然,我停下脚步,转身望着夜店那扇半掩着的门。

"小陌,怎么了?"江南开口问我。

"哦,没什么。"我慌忙回过神,笑笑说,"乔子诺约了我吃夜宵,我竟忘了……"

"在哪里?我送你?"江南柔声问我。

"不用了,你回去吧,我打个车去。"说完我不由分说地走向一辆停在路边的出租车,"走了啊,拜拜!"

上了车,司机问:"去哪儿?"

我说:"师傅你慢慢往前开。"然后侧头看着车窗外江南渐渐远去的背影。车开到下个路口,我又马上对司机说:"麻烦掉头,回刚才那夜店门口。"司机打着方向盘低声嘟囔了一句"神经病",我没理会,伸手递了钱下车。

我推开门进去,扑面而来的是一股混杂着香烟酒气的味道,伴随着震耳欲聋的电子乐声,震得我只觉得想吐。可是我来不及思考太多,眼睛不停地在一群身体扭得如同软皮蛇般的红男绿女脸上扫视。

我刚才看见一个人,我要找那人出来。

可是我看见了紧闭双目晃着脑袋打碟的DJ,看见了穿着吊带背心站在桌子上舞动的妖娆女子,看见了一大群举着Jack Daniels(杰克·丹尼威士忌)声嘶力竭叫喊着的痴男怨女……

可是再寻不着那人踪影。

空气太稀薄,难受得不行,我咬了咬嘴唇,推门走了出去。

门外空气清冽,头脑瞬间清醒。我想,我是认错人了吧。

身后的门却猛然被推开,一张化了浓浓烟熏妆的脸带着微醉的身体晃到我跟前。酒气袭来,我不由得皱眉。

那人抬眼望着我,突然扑哧一声笑了,然后轻轻拽着我的衣袖开口对我说:"唔,你在找我?"

我冷眼看着,一声不吭,然后一抬手挣脱。那人突然失了依靠,重心不稳地踉跄了一下,倚在墙边轻轻喘着气。

门又被推开了,一个挑染着亚麻色头发的男人皱着眉看了看我,又看了看我身旁那人,将手上的烟叼在嘴里含混地说:"Chloe(克洛伊),有人找你麻烦?"

他微眯眼睛斜瞥着我,我并不看他,只冷眼盯着靠在墙边的身影。他用手撞了撞我:"喂,你哪位?"

我眼也不抬:"我要和我妹妹说话,请你回避。"

他从鼻腔里哼了一声,硬是不离开。

苏可抬起迷离的双眼,伸手在他领子上弹了弹:"她真是我姐啦,没事。"

男人把烟头扔在我脚下,转身离开。

只剩下我们两个。苏可倚在墙边,夸张的眼影让我看不清她眼里的神情。她从裤兜里掏出一盒KENT(肯特香烟),抽出一支叼在嘴里,然后到处摸打火机。

这真是那个瓷娃娃般的苏可吗?我曾见过她娇羞如绣球花,曾见她一袭白裙牵着江南如幸福新娘子,也曾见她抬头对着我做开枪的动作,可是我从未见她颓废糜烂至此。

"苏可,"我一手拿掉她嘴里的香烟,皱着眉头冷声说,"你这是在干什么?"

"泡夜店啊,"她嘻嘻笑了一下,"不像?"

"我并不想管你,可是麻烦你好自为之一点,别让爱你的人对你失望。"

"爱我的人?"她眨巴眨巴无辜的双眼,似是在回想什么,"你是说爸妈? 噢,不是,是咱爸,和你妈?"

我不回答,只直直地盯着她的眼睛。

"还是说,你指的是江南?"她露出一个妩媚的笑容,我只觉得像是有毒的罂粟,让人莫名地战栗,"姐姐,你说我这个样子,江南会不会就不爱我了?"

"会。"我双手抱在胸前,面无表情地回答,"所以你若要报复我,最好不要这样。"

"噢……会哦,"她低头想了想,又笑了,"可是我不在乎。"她突然倾身过来,头靠在我的肩膀,一股酒气蹿进我的鼻腔,我只想把她推开,可是她的双手突然猛地紧紧箍住我的双肩,让我动弹不得,在我耳边小声地吐着酒气说,"我不要江南了,还给你。"

她说她不要江南了,还给我。

我的身体里蹿起一股怒火,不由得一下扳过她的肩膀,直视着她的眼睛:"把话说清楚,什么叫你不要江南了?"

一抹不经意的笑容染上了她的嘴角,她眼神空洞地望着前方,轻声说:"就是你听到的那样,我玩腻了他,不要了。"

我不可思议地瞪着她的脸,震惊得一句话也说不出来。

她微微正了正身子与我对视,红唇轻启:"你爱要,就拿去。"

啪——我气得全身发抖,忍不住打了她一巴掌:"你把江南当棋子吗? 你过了复仇瘾就不要他了? 你有本事让他爱上你,为什么不能好好待他?"

"噗……"苏可突然低低地笑起来,她的笑声在这漆黑的夜里似是正在破裂的冰面,透着坍塌的绝望,"苏陌,你就是个彻头彻尾的蠢货……"

她的话,我越发听不明白,仿佛喝多了的人是我,头脑如停顿的钟摆,无法清晰地思考。

"你也不用谢我,要不……"她直起身子揉了揉被我打痛了的左脸,"你拿乔子诺和我换怎么样?"

我只觉得身体里的温度在一点一点地消逝,心冰成一座死城。

"噢,舍不得?"她饶有兴致地看着我变了脸色,"看来你动了真心……"

我定了定思绪,迎上她的目光:"苏可,我没有兴趣和你把这游戏继续下去。你若是下了决心要把我身边的男人一个个撬走,我阻止不了你。可是到头来你得到了什么?我不相信你对江南没有真心,我不相信你是真的'玩腻了他'。"我深吸了一口气,一字一顿地说,"我向你求和,从今天起我们各走各路,互不纠缠。我真心祝你和江南幸福,请你不要毁了自己的人生。"

苏可一声不吭地与我对视着,良久不发一语,然后她的眼里闪过一丝悲怆的光,咬着牙用颤抖的声音吐出一句:"骄傲的苏陌向我求和呢,真是让人感动。可是我的人生已经毁了,所以,苏陌……"她缓缓转过身,把最后一句话留在了身后。

"那就让我们,都不幸福好了。"

·5·

茫然地走在大街上,夜色将我吞噬,让我找不到逃生的出口。离开夜店后,我没有回Tina姐家,向分岔路的相反方向走去了。

"那就让我们,都不幸福好了。"

苏可的话一遍又一遍地在我脑海里回响,让我感到深深的绝望和恐惧,一如五年前看到自己的名字被凌迟于她的美工刀下一样。我不知道苏可为什么说她的人生已经毁了,以至于她要这样义无反顾地像自杀式炸弹般让所有人的幸福同归于尽。

我在乔子诺家楼下站了半个小时,望着他还亮着灯的窗台,手里紧紧握着手机,却一直没有拨打出去。

我要怎么告诉他我害怕,我不知从何说起。

突然,一道强光打来。我眯着眼睛用手挡着,隐约中看到一辆黑色的雷克萨斯停在了路边,一个高大的男子从车上走下来。

那人拖着行李箱走到楼下,摁了密码打开门,却突然转过身,目光如炬地盯着我:"你是……小苏?"

我回过神,点了点头:"乔大哥,你好。"

乔子诺的大哥乔子允我从未碰过面,只在他家见过照片。他很忙,常年国内国外到处飞,很少在家里。二十六岁,在商界是初生牛犊的年纪,他却在近年谈成了几个大项目,而且谈得的条件是让人大跌眼镜的优越。第一次成功有人说是巧合,第二次有人说他还是有两把刷子的,但接下来几次还是如此,业内人士提起乔子允这个名字便有了更多敬畏的神色,业界也因此传出了"乔金笔"的名号,意思是他口袋里的钢笔似乎带着某种神力,"乔子允"这块金字招牌一出,没有签不下来的合同。

"怎么不上去?"乔子允抬头看了看楼上,又看了看我,"你们吵架了?"

"没有……"我连忙摆摆手,"其实,我只是路过。"

"路过?"他抬手看了看表,不由得勾起嘴角笑了笑,这神情与乔子诺太相似,只是眼里少了戏谑,却带着更多的锐利,"小苏,有事不妨告诉大哥。"

我胡乱编的借口在他面前实在太拙劣,他是商场上令人闻风丧胆的"乔金笔",怎么会识不破?我看着他的眼睛,索性实话实说:"没什么,就是心里堵得慌,可是又怕烦了他。"

"上去吧,他怎会嫌你烦。"

我跟着乔子允上了楼,一开门,他对着屋里朗声喊了一句:"乔子诺!"房间门打开,熟悉的身影探了出来。

乔大哥很识相地拉着行李箱进了房间,留下我们俩。

"苏陌?"

我杵在门口一动不动,可还是努力挤了个笑容出来:"没什么,在楼下看见你的灯还亮着。"

乔子诺微微蹙了蹙眉走到我跟前,我眉眼低垂,不敢看他。

"出什么事了?"

"真的没什么……"我在做着最后的挣扎。

"凌晨两点半,你在我家楼下看我房间还亮着灯,竟然还说'没什么'……"他的眉头越发紧锁,用手指轻轻抬起我的下巴让我不得不直视他的眼睛,"苏陌,你这样低估我的智商吗?"

我看着他的眼睛,鼻子一酸:"乔子诺,我很不好,我心里难受。"

你知道吗,我害怕苏可,我害怕你会离开我,只是我不说。

乔子诺的眉眼温柔下来,他温热的手掌覆于我的颈后,让我的脑袋靠在他胸前。我紧闭双眼,可是右眼皮一直在跳,像是轻颤的鼓面,跳得我心里直发怵。

老人家常说,左眼跳财,右眼跳灾。我的心被一片恐惧淹没,我痛恨这莫名的不祥预感。

良久,乔子诺轻声说:"苏陌,你等我一下。"

他轻轻放开我,拉我在沙发坐下,然后进了里屋。过了几分钟,他单肩背着个书包走了出来,手里拿着一把车钥匙。

我被乔子诺牵着手下楼,坐进了乔大哥的车。我转头看着他的侧脸,他的神情平静如常,左手握着方向盘,右手依然牵着我不愿放开,像是怕我会丢了。

"要去哪里?"我轻轻问了一句。

其实无论去哪里,都无所谓。

只要你在身边,只要你永远在我身边。

"听说今天凌晨有近五十年来最大的摩羯座流星雨,"他并不看我,定定地看着前方的路,"累的话,先睡会儿,待会儿叫你。"

"我不困。"我侧头静静地看着他,看着他打车灯,转方向盘,看着他沉静的侧脸在不断后退的路灯映射下散发着俊朗刚毅的迷人光芒。我不舍得睡,我怕醒后你就不见了。

"苏陌,你这样眼也不眨地盯着我,"乔子诺嘴角微微翘起好看的弧度,眉梢都是笑意,"让我觉得自己是一只被大灰狼垂涎的小白兔。"

"你……"我的脸腾地烧起来,连忙坐直身别过脸去,嘴里却反击道,"真是难为你啊,小白兔。"

他抿嘴笑着,握着我的手放到他嘴边,嘴唇上柔软温热的触觉摩挲着我的手背:"不难为,荣幸之至。"

我任由他吻着我的手,红着脸偏着头望向车窗外。

窗外的树一排排地后退,在这寒冷的冬夜投射下层层叠叠交错的树影,我突然想起乔子诺绑下的那黑白交错的鞋带,以及我们俩的专属密码#030505,心里泛起一阵温暖的涟漪。

乔子诺,你无须凭那水晶鞋找回我,因你不会离开我的,对吧?

迷迷糊糊中,还是睡着了。醒来后发现车子已经停了,而我的身上盖着一张薄薄的毛毯。

"醒了?"耳畔响起温柔的轻唤。

我的脑子仍有些迷糊,慢慢地直起身子,只听见窗外仿佛有低低的海浪声。我有点不可置信地望着乔子诺:"我们在哪里?"

"在你决定和我一起大冒险的地方。"乔子诺凝视着我,微笑着回答。

我摇下车窗,清冽的空气从窗外蹿进来,我看到那一片熟悉的海滩,还有远远那座忽闪着微光的灯塔,确是米亚度假村无疑。

"乔子诺,你开一个多小时的车,专门带我来这里看流星雨?"我实在有点震惊。

乔子诺低头看了看表:"可是天快亮了呢。"

我有些懊恼地立马推开车门:"真是,怎么不叫醒我呢?"

"看你睡得熟,不舍得。"乔子诺转身从包里拿了件冲锋衣给我穿上。我看着他低头给我拉上拉链,突然眼里泛起了雾气,低声叫他的名字:"乔子诺……"

"唔?"他将拉链拉至我的下巴,然后帮我把颈后的帽子套上,盖得严严实实。

"乔子诺……"我继续低声唤着他的名字,似是梦呓一般,"乔子诺……"

他的脑袋凑过来抵着我的额头,然后在我的鼻子上轻轻啃了一下:"怎么了?"

我微微仰了仰头,嘴唇轻触他的唇瓣,他的唇有着让我贪恋的气息与温度。

"乔子诺……你背我好不好?"

"好。"他轻轻咬了一下我的嘴唇,然后转过身将我背起。

他走在沙滩上,身后留下深深浅浅的一串脚印。

我轻轻搂着他的脖颈,抬头看天,夜幕清朗高远,天上繁星点点,像是撒满了碎钻的平静海面,美得让人目眩。

这是我有生以来见过的,最美的星空。美得太不真实,以至很久很久以后回想起来,我都觉得那不过是一场梦。

"苏陌……"走近海边,乔子诺轻轻将我放下,从后面搂着我。

温暖的气息隔着衣料从背后传来,我微微将头靠在他的胸膛,他在我耳边轻声问:"可以告诉我,发生什么事了吗?"

我的右眼皮又没来由地微颤了几下,心里突然像是被灌满了铅,一下沉到海底。

"没什么,WLM的决赛是模拟谈判,"我将手放在他的手里,用食指在他掌心画圈圈,"我心里很没底。"

"苏陌,"乔子诺的声音突然一沉,"你知道吗,你越是要掩饰自己不好的时候,越会说'没什么'。"

他那样了解我,我要如何瞒他。

"乔子诺,"我侧着头问他,"你觉得幸福有多难?"

他似是愣了一下,然后轻吐了一句:"很难。"

是啊,真难。

"可是,"他又补充了一句,"终究会有的。"

终究,是多久?

"你知道吗,我今晚遇见苏可了,"我终于鼓起勇气坦白,"在一家夜店里。"

"夜店?"乔子诺的声音突然提高了,身子不经意地一颤,"不可能吧,你是不是看错了?"

我的心微微刺痛了一下。

是吗,你也觉得不可能。在你的心里,苏可那样单纯美好,怎么会是自甘堕落的人,你情愿相信是我看错了。

"我跟她面对面说了话。"我的心越发下沉,每说一个字都像是往上面加了一块铅,压得我生疼。

"她跟你说了什么?"乔子诺语气里有着我无法理解的忧心。

你在关心苏可吗？你很担心她？

我突然不想再说下去了。

"苏陌？"他轻声唤我,似是敦促。

"她说……"我转身抬头望着他的眼睛。

身后是无垠的夜幕,他漆黑的眼睛闪烁着星子一般清冽的光芒,我缓缓开口:"她要把江南还给我。"

乔子诺的眼里闪过一丝不易察觉的惊诧,可是仅仅一瞬间,又恢复了平静。他静静地盯着我,似是要听我把话说完。

"她还说,"我的心开始隐隐作痛,只听见自己的声音有着陌生的声线,每个字都仿佛不是我说出来的,"要我拿你来换。"

乔子诺,如果你答"好",我会放你走。真的,不要骗我。

可是乔子诺突然抬起我的下巴低头吻住了我的唇,我脑袋嗡的一下,惯性地往后退。他一把揽住我的腰,力道大得似是要将我揉进他的身体里。他的吻犹如狂风暴雨般袭来,带着不容拒绝的霸道,滚烫的舌尖在我齿间肆意地凌虐,并一路向下咬啮我的下巴和脖颈。我的呼吸开始变得紊乱,心跳得像是万响的烟火在爆破。

良久,他的吻变得轻柔起来,萦绕而缱绻,最终停在了我的耳侧。我站都站不稳,全身的重量都靠在了他身上。

"苏陌,你给我听着,"他的声音喑哑而蛊惑,带着轻微的喘气声,"无论是谁,不准换。"

我的眼泪终于顺着眼角淌下,无声地滴落。我小声地抽泣着,心里有着无尽的委屈。我知道,我怎么愿意换。

"无论苏可说什么,你都不必信,"他将我的头靠在他的胸膛,低头对着我说,"你只需信我。"

我闭着眼睛靠在他的胸膛,不想再做任何抵抗。

良久,眼睛微微感到有一丝光亮。我扬起头,越过他的肩头,看见了海面上亮起的一丝如烈火般的红光。

"天亮了……"我喃喃地说。

乔子诺微微松开我,转过身。

四周的云开始发白,晨曦渐渐由墨蓝转靛青,然后是橘黄,再到粉红。一道金光似是一角烙红了的铁,在海面冉冉升起,刹那间喷射成一个火球,照亮了彩色云霞,照亮了波光潋滟的大海,照亮了我们俩的脸庞。我永远都不会忘记,在这样静谧美好的日出之时,乔子诺对我说,我只需信他。

"真美……"我不由得轻轻赞叹,"只可惜,没有看到流星雨。"

"没关系,"他轻轻握了握我的手,在我鬓间落下一吻,"流星看到我们就好了。"

是啊,流星看见我们就好了,所以它必能听见我面朝大海的虔诚祷告,许我一世春暖花开,地久天长。

第十四章
全世界唯此一个你

黑子是你
白子是我
金角银边草肚皮
谁人都知应用边角包围中间
用子最少最稳妥
可是爱的博弈远没有围棋简单
一不留神便陷入困局
战不得,退不得
终将消磨殆尽

· 1 ·

明天就是WLM的决赛了,我约了江南见面做最后的冲刺,正准备出门,接到乔子诺电话。

"怎么了?"我一边接着电话一边穿鞋子。

"有空吗?来我家一趟吧。"他在那头淡淡地说。

"现在?"我抬手看了看表,离和江南的约定不到半小时,"不行呢,约了江南。"

怕他有其他想法,我马上补充了一句:"明天决赛了。"

"我知道,"他无视我的解释,继续坚持,"很快的,就半小时。"

乔子诺不像是无理取闹的人,我略想了想,说:"好,你等我。"

挂了电话,给江南发了个微信,将见面时间往后推了一小时。

到了乔子诺家,开门的却是乔子允。他一身深灰色的正装似是准备出门,我微微点了点头,指指里屋:"乔大哥,我找乔子诺。"

乔子允的眼睛如同鹰一般锐利,说话一个字也不多:"是我找你。"

我微微愣了愣,不知他找我所为何事。

"不是说有个谈判比赛?"他没等我细想,直奔主题。

我明白了,一定是乔子诺记得我说心里没底,所以请他哥来帮我。

望了望对面那人,我的心突然快跳了两下。站在我面前的,是令人闻风丧胆的谈判高手"乔金笔"……

"可是……"我却犹豫了,"这是一个比赛……"

请高人指点,算不算违规?

"你有没有想过,为什么一个比赛会提前半个月告诉你们题目?"乔子允目光如炬地盯着我,"这是个商业大赛。"

我恍然大悟。没错,我们比的不仅是现场的应对能力,更重要的是比我们是否有整合手上一切资源的潜力。真正的商业谈判,并不仅仅是谈判双方耍嘴上功夫,事前挖地三尺的资料搜罗,相关人脉的全盘打通,甚至是动用一切有可能的资源做的准备,这些才是决定谈判成功的关键所在。

明天就比赛了,我现在才醒悟,会不会太迟?

"小苏,"乔子允逆光立在落地窗边,微眯着眼,缓缓地抬起手看腕表,"你还有二十五分钟。"

我一咬牙,从包里掏出手提电脑打开,抬头看着乔子允:"乔大哥,请指教。"

时间一分一秒过去,我一边提问一边记笔记。乔子允的思维太快,出的招又偏又狠,我打着一百二十分的精神才勉强跟得上。

二十五分钟过去了,我背上已是热汗淋淋。

"差不多了,"乔子允抬手看表,"我要去机场了。"

我轻轻吁了口气,直起身子连声道谢。

"不必谢我,"他拖着行李箱走出大门,我跟着送他到门口,他突然侧头对我说,"其实我应该谢你,还好,乔子诺有你。"

"我什么也没做。"我有点不好意思。

"你无须做什么,"乔子允并不看我,"只要你在就可以了。"

那样雷厉风行的一个人,说出来的话却让我心里一暖。

"不过小苏,"他转头认真地对我说,"老实说,你真的不太适合做谈判。"

"我知道。"他很坦诚,我喜欢这样不留情面却一针见血的忠告。

"不过策划案写得不错,挺适合做创意的。"他对我笑了笑,"加油吧,有什么事尽管找我。"

"乔金笔"开口夸我,我真是受宠若惊,忍不住又对他说了一句"谢谢"。

"不客气,"他微微笑了笑,"以后我们就亲上加亲了。"

门关上了,乔子允强大的气场却仿佛还在,只是他说的"亲上加亲"是什么意思？是说希望我成为他的弟妹吗？想起乔子诺,顿时心跳又加快了两下。可是我没有时间考虑这么多,我要抓紧时间去参透那短短二十五分钟的"天机"。

我折回屋里,乔子诺正坐在沙发上等我,我有些歉意地对他说："我要走了呢。"

"嗯,"他抬眼望着我,伸手拉我入怀,"给我一分钟就好。"

我被他圈在怀里,心一下就静了。我什么都不愿想,什么都不愿做,只想就这样一直到天荒地老。

"乔子诺,"我闭着眼睛喃喃地说,"你一定是给我下药了。"

"唔？"他不解。

"不然,我怎么会这么离不开你。"

他低低地笑了,在我耳边轻声说："论下药,我败给你。"

他的气息拂得我耳廓都热了,我将头埋在他胸前羞于看他:"我不会给你解药的。"

"不必,我甘之如饴。"

不知为何,他说这句话的时候,我突然想起几个月前那个五点五十分的电话。不过是响了一声,他竟醒了,然后在安静如水的早秋清晨那样担心地跑来。

乔子诺,你是不是,爱我很久了?久到连你自己也不知道吧。

是这样的吧?

到了会议室,江南似是已经坐了很久,墙上的白板全是他写下的逻辑推理。可以说,那都是我设想出的对方出牌的任何可能,而他负责接招,应对得万无一失。

"江南,如何应对对方的招数我们都想到了,"我盯着白板上挥洒的字体,托着腮思考,"只是,若对方不主动出招呢?或者他们并不反击呢?"

看起来被动而蛰伏的蟒,有时比攻势凶猛的狮虎还要可怕。

江南显然是没有想到的,他整副心思都想着怎么应对我假想出来的招数。

我也没有想到,我一直认为全天下的人都和我一样,喜欢哐哐哐边擂鼓鸣锣边大刀阔斧地向前杀。

想到的人是"乔金笔"。他刚听完我问的三个问题,就轻轻松了松领口,淡淡地说了句:"小苏,你以为谈判是贴身肉搏?"

我果真是不懂博弈的精髓。

在我二十年来的世界观里,人生就是一场零和博弈,不是输就是赢,并没有"赢者不全赢,输者不全输"的概念,更不要说与对手"共赢"。但在与乔子允短短二十五分钟的交谈中,我的世界观被颠覆了:若要赢人,首先得知道如何让对方赢,或者说,得让对方以为和你共赢了。

这样复杂。

叶宁山曾说我志不在心理学,其实是看穿我不适合吧。人心太难揣摩,我如何能知道对方要到何种程度才算觉得自己赢了呢?

可是江南是聪明的,一点就通。他迅速改变了思路,重新又做了一套方案。

"小陌,"他不禁感慨,"你怎么找到这样的高人的?"

"他是乔子诺大哥。"我如实回答。

"噢……"江南眼里闪过一丝惊诧,但瞬间沉寂下去。

乔子诺低调惯了,旁人都不知他哥就是大名鼎鼎的"乔金笔"。

我的手机轻微地振动了一下,我低头一看,是乔子诺,说在校门口等我一起吃饭。

"子诺吗?"江南轻声问,"我也约了小可,一起吃饭吗?我们四个人好久没有聚在一起了。"

我的心猛地一紧。

"我不要江南了,还给你。你拿乔子诺和我换怎么样?"

苏可的话言犹在耳,我真害怕我们四人同时出现的场景,仿佛天上劈一道雷,就会再次将我们两两错位。

可是一辈子那样长,我总不能躲一世。

我突然想起乔子允说的博弈:要赢对方,得知道怎样让对方赢。

"好。"

苏可恢复了小鸟依人的单纯模样,让我有一种错觉,仿佛那一晚我见到的不过是一个与她极像的人,却不是她。

这顿饭吃得我如坐针毡,四个人仿佛各怀心事,净说着看似熟络实则疏离的话。我突然想起四年多前江南介绍乔子诺给我们认识的时候,那种溢于言表的惺惺相惜:"这是我兄弟乔子诺,是我在论坛上唯一能说得上话的人。"

他们的相识始于网上,然后乔子诺转校,从此我们六个人总是形影不离,就像程优说的,我们是一个共生体,缺了谁这种平衡都会被打破。可是现在,不知为什么,他们平静的神色下总像有着莫名的暗涌,随时爆发。从江南说出苏可的名字,从我让乔子诺带我走的那一秒开始,我们就都回不去了。

一声叹息。

"江南,"我放下饭碗,定了定心绪,缓缓开口,"Vivi女士的邮件你收到了吧?"

是邀我们一同前往法国,亲自到iSwear体会自己的情人节杰作。

"收到了。"他点点头,微微笑了笑,"你的资料也准备得差不多了吧,决赛完了我们就去办签证。"

"我准备回她的邮件,我不去了。"我望着江南渐渐冷却的笑脸,转而望着苏可,"我打算将名额让给苏可。"

苏可,你其实是害怕的吧,你也会害怕江南不爱你,对吧?

你不用怕,我会让你赢。

苏可显然没有想到我会这样做,她不由自主地冷眼看着我,像是要把我看出个洞来。

我似是有些无奈地看着苏可说:"小可,江南的情人节怎么可以没有你。"

我抑制住不去看乔子诺的神情,我怕我会忍不住要在他脸上找任何的蛛丝马迹,我讨厌自己会变成一副疑神疑鬼的"大婆"模样。

苏可的神色突然一转,将头靠在江南的肩膀上,娇羞地说:"谢谢姐姐。"

不用谢,应该的。

回家路上,乔子诺先开了口:"你真不去法国了?"

"嗯。"

"你不去亲眼看看自己策划的成果吗?"

我转头望着他深邃的眼眸,小声地问:"你很想我去?"

"不想,"他抬手温柔地将我的长发拨至耳后,"只是怕你不甘心。"

"是啊,可惜了米其林三星的情人节大餐啊。"我的不甘心,仅此而已。

"那情人节那天,我请你吃米其林三星的情人节大餐好了。"他牵着我的手放进他大衣的口袋里,热乎乎的,像是个暖炉。

"嘉禾市哪里有米其林三星的餐厅啦?"我微微嘟了嘟嘴。

全国也就那么屈指可数的几间,在什么地方我都能倒背如流,真是诳我也不打草稿。

"有。"他停下脚步,转头看着我,"嘉禾市乌衣巷17号A栋301室,米其林三星主厨乔子诺,随时恭候。"

我的眼眶一湿。

"两个人安安静静地待在家里,没有人打扰,这样就挺好的。"

"为你爱的人下厨,一辈子做他的专属主厨,这就是最美的米其林三星誓言。"

他记得,他都记得。

"那,我就恭敬不如从命地去试试菜吧。"我扬着头对他明媚一笑。

"谢谢苏小姐这么勉为其难。"

"不客气。"

所以,我的博弈之举,会让所有人幸福的吧。

乔子诺,谢谢你,这样爱我。

·2·

一觉醒来,神清气爽。

决赛被安排在下午,我收拾好东西下楼吃早餐。

吃到一半,门铃突然响起来,Tina姐出去开门。

过了一会儿,石头进来了。他仿佛累极了,顶着黑黑的眼圈,下巴上已是青青的胡茬儿,一进来便栽倒在沙发上。

Tina姐倚在门口,轻轻问了句:"又通宵了?给你倒杯茶?"

石头低低应了一句,一动也不动。

Tina姐转身去泡茶,我好奇地问她石头怎么了,她也不解释,只抬了抬眼说:"他就是过来躺躺。在这里,他才会觉得心里踏实吧。"

Tina姐淡淡地说着,一边娴熟地缓缓沏着茶,可我听着只觉得酸楚无比。这世上放不下孟冬青的,又何止Tina姐一人。

我走出客厅,石头躺在沙发上,右手腕搭在眼睛上,像是睡着了。

我转身正欲上楼,身后却传来低低而沙哑的一声叫唤:"苏陌。"

我回过头应了一句,石头依旧是那个姿势,一动不动,嘴里却缓缓吐了一句:"前两天,你是不是去过'蓝色妖姬'了?"

"蓝色妖姬"就是路口那家夜店,前天晚上我就是在那里见到的苏可。我猜他有话要说,便静静地站在他身旁等待下文。

"不要再去那里了。"石头轻轻说了一句,停了几秒,像是下了很大决心似的,一字一顿地说,"可以的话,不要再见你妹妹。"

不要再见苏可?什么意思?

我蹲下来摇了摇他的手臂:"石头你把话说清楚,什么意思?"

他翻了个身,背对着我:"我能说的就这么多了,你自己小心。"

我突然觉得心慌,以前苏可再怎么过分,也不过是把我的幸福夺走了而已,但与石头却是八竿子打不着。可是现在石头似乎是盯上她了,她到底犯了什么事?

我觉得心神不宁,拿起手机打了个电话给乔子诺。

我只想听听他的声音,让我紧绷的神经放松下来。

电话响了很久他才接起来:"喂?"

"没什么,我准备去比赛了。"

"哦……"乔子诺似乎答得漫不经心。

我突然觉得无话可讲,只好静静地在这头等着他开口。

电话那头突然啪的一声,像是手机掉地上了,然后模模糊糊传来一阵嘈杂声。过了两秒,乔子诺仿佛重新拿起了手机,对着我抱歉地说:"你说什么?"

我像被点了穴似的立在原地:"我……什么也没说。"

乔子诺在那头静默了两秒,缓声说:"你好好加油,我等你回来。"

"好。"挂了手机,整个人无力地瘫在床边。

我分明听到那头有女孩子的笑声,然后乔子诺对她低声说了一句:"苏可,你别闹了。"

苏可,在乔子诺家里。他们在做什么?

我觉得头脑里一片空白,什么也思考不了。

手机嗡地振动起来,我吓得差点把它甩了出去。

电话接起来,那头是江南。

"小陌,你出发了吗?"

"嗯……在准备了。"

"那待会儿见。"

"待会儿见……"

我逼着自己定了定心绪,走进浴室用冷水冲了冲脸,转身拿起手提电脑包下楼。

我对自己说:苏陌,无论什么事,都等打过了这场仗再说。

电脑调试好,视频已经接好,再过十分钟,比赛就要开始了。我突然手忙脚乱地开始翻资料看数据,嘴里不住地念念叨叨:

"我们的成本底价是多少来着?"

"工厂能承受的最大产能是十万? 不对,二十万?"

"为什么不走海运要走陆运? 海运明明更便宜啊……"

资料册啪地被我失手打翻在地,活页夹弹开,资料散落一地。

"小陌!"江南紧紧抓着我的肩膀将我摁在座椅上,担忧地望着我,"你怎么了?"

我不知道我怎么了,我的心慌成一团乱麻,我的头脑空白得像是从来没有接触过这个项目,什么东西看在眼里都是陌生的,数字跳来跳去弄得我头晕目眩。我已不是我。我到底怎么了?

江南伸手把摄像头移到另一边,然后把收音关了。他握着我颤抖的手,看着我的眼睛:"小陌,我从未见你会在赛前紧张至此,到底发生什么事了?"

我慌忙抽出手,在口袋里拿出手机:"我要打给乔大哥,我要问他该怎么办!"

江南夺过我的手机:"苏陌!"

我望着他,控制不住喃喃地说:"江南,我什么也记不住,什么也想不到……"

我如何还能定下心神思考,我脑海里全是那一句:"苏可,你别闹了。"

别闹了……乔子诺,你的语气为什么那样宠溺,为什么……

"小陌,你别担心,"江南柔声说道,眼里尽是笃定,"你不是一个人,你有我。"

不是一个人。

我有你,那苏可是不是有乔子诺?

想到这里,眼泪几欲夺眶而出。

苏陌你不能这样,你何时变得这么软弱,这么怯懦,未战便输。

我抽出双手,捡起地上的资料,强逼着自己面对着电脑:"时间到了,开始吧。"

对方两人,对阵我方两人。他们果然只守不攻,一味与我们打着太极。江南沉着应对,滴水不漏。我的冷静回归,不时开口与对方斡旋。可是对方极为顽固,倒有一番鱼死网破两败俱伤的架势。

时间一分一秒过去,我们想要的最优方案硬是没砍下来。

我开始有点着急了,心火腾地烧起来。

我不能输。

对方开始摊着手将说过的话又絮絮叨叨地说了一次,这是拖延战术,僵持不下的情况下要靠裁判事后来评断输赢。根据规定,谈判结果占50%,团队现场表现占50%,若谈判结果不占优,评委评团队表现的话便带有很大的偶然性和主观性。

我觉得体内的机枪开始苏醒,抑制不住地想要开枪扫射。

江南似乎是觉察到了,打着手势让我克制,然后继续一寸一寸地向对方开价。

对方似乎也没料到江南这么难缠,开始面面相觑,不知作何应对,其中一人情急之下连说话都变得磕巴起来。

我实在忍无可忍,积聚了一天的怨气终于爆发,我对着麦克风开始发飙:"这位布朗先生,请问你可以想好再说吗?你这样语无伦次地到底是想要说什么?"

气氛一下降到极点,江南右手覆在我的手背上要我冷静,我却继续不依不饶:"原本打算给你们40%的分成,现在我们改变主意了,只给你们35%,但是我方愿意承担多10%的成本。这是你们最后的机会,若谈崩了的话对双方一点好处也没有。就这样,你们自己考虑吧。"

我不去看江南,我知道他一定在微微皱眉。多承担10%的成本,这是我们的底线,赛前我们曾商讨过绝对不退到底线的。

可是我反悔了,我只想尽快结束这场煎熬。

对方终于答应。

所有条款刚刚列好,时间到。

"小陌,终于结束了。"关了摄像头,江南轻轻吁了口气,"只是,我们并不算赢。"

"我知道,"我轻轻闭上了眼睛,靠在椅背上,"对不起。"

"你今天很失常,发生什么事了吗?"

我不作声,微抿着嘴。

"和子诺吵架了吗?"

倒宁可真的可以吵一架,然后乔子诺你告诉我到底怎么了。

我没有听石头的劝,还是去"蓝色妖姬"找苏可了。不出所料,我很快便在一个烟雾缭绕的角落找到了她。苏可身旁依旧是那个亚麻色头发的男子,手里拿着杯Mojito(莫吉托鸡尾酒)靠在椅背上,眯着眼斜斜地盯着我,右手拿着个Zippo(芝宝)打火机啪啪地甩着。

我将苏可拉出了后门,在巷子昏暗的灯光下看着她。与上次不同的是,她这次的妆清淡很多,可是眼线微微上扬,极其妩媚。

"别一副要救我于水火之中的圣母样,"她轻蔑地看着我,嘴里吹了个口哨,"我受不起。"

"你到底想怎么样?"我按捺住心中的不快,冷冷地问她。

"哟,这语气是求我呢?"她咧嘴笑了笑,"我今天去子诺哥家了,就在你准备比赛的时候。"

果然。

"我想要的上次我已经说清楚了,"她凑过我耳边细碎地笑着,"你是听不懂中文,还是理解能力太差?"

"我不要江南了,还给你。"
"你拿乔子诺和我换,怎么样?"

"苏可,我和乔子诺之间没有你想的这么脆弱。"
"噢?"她瞪大了双眼,饶有兴致地打量着我,"那敢问苏大小姐现在找我来做什么?"
"我是来告诉你,做人干净磊落一点,不要净想些歪门邪道。"我的忍耐达到极限,不知从什么时候开始,我在她面前仿佛是智商为零的弱智儿,说着连我自己都觉得幼稚的说辞。
"苏陌,你什么时候才能放下你可恨的骄傲呢?你到底知不知道男人要什么?"她抿抿嘴笑了,"要不要我教教你,你可以试着拿你的身体去换,看留不留得住这个男人。"
"那当年你母亲留住我父亲了吗?"我开始尖锐地反击。
"哈哈哈,说得好!"苏可开始狂笑起来,像是疯子一般笑出了眼泪,"她还为他生了孩子,也只是留住了十年。"
我其实很后悔自己的口不择言。
苏可和我一样苦,我们何必这样自相残杀。
"你也可以试试为他生个孩子,看看你能不能留住乔子诺十年。"
"够了!"我的心像被绞肉机踩蹋般地痛。
苏可用手背擦了擦眼角的泪,走过来面对着我:"姐姐,我给你最后的忠告。"她直直地盯着我,让我恍然间突然有一种错觉,像是她在对我说着真心话,"你若是要幸福,就选择江南吧。"她望着我渐渐往后退,然后缓缓地别过身,"他太美好,我不配。"

·3·

半个月后,WLM的结果公布了,我和江南在最终入围决赛的十六支队伍中位列第八。还算是不错的成绩,我很庆幸结果并没有因为我最后的突然发飙而变得惨不忍睹。江南打趣说,也许外国人就喜欢这样彪悍的性格。

有不少企业开始给我抛橄榄枝,有国内的,也有国外的,其中就包括了主赞助商NT集团。Vivi女士很喜欢我们的情人节策划案,对我不能亲临现场深感遗憾。可是她也表示理解,并且很爽快地答应将我的机票住宿换给苏可。同时,她也询问我毕业后是否有兴趣加入NT,职位包括了很具吸引力的市场策划。

面对众多的选择,我有些拿不定主意。

我很想知道乔子诺会怎么想,可是我不敢问。自从那次见了苏可后,才发现自己是真的害怕。

我不知道,我是不是最后也留不住他。

乔子诺最近很忙,常常通宵留在学院里做毕业设计,看着他有些消瘦的脸庞和隐隐的黑眼圈,我很心疼。

刚过了年,已是初春。嘉禾市的春天很潮湿,人的湿气也重,特别容易犯困。人说食疗比药疗要好,我开始跟阿古嫂学煲汤。

鼠曲草30克,鲫鱼250克,生姜10克,健脾祛湿。

白茅根60克,玉米须60克,红枣10个,猪小肚500克,清热解春困。

我拿着小本子细细地记着,生怕漏了什么。

我有时会提着保温壶到建筑学院找乔子诺,如果他在家的话就直接上他家。程优知道后一边摇头一边笑,说我的女王病终于有人治好了。

我也不知道为什么会这样,只是觉得在一旁静静地看着他喝完,心里头都是甜的。

世间最难解的毒便是情毒,小龙女为了杨过离开活死人墓,赵敏为了张无忌放弃家国,如花为了与陈振邦永厮守而吞食鸦片殉情……问世间情为何物,竟令世人如此不悔,含笑饮鸩酒。

我中毒已深,无药可解。

情人节前一天,彭浩到学校找我,说要送瓶酒给我。

浩子家是做酒生意的,我们这几个里面他对酒最有研究,可以说是在酒缸里泡大的。可是他对做生意一点兴趣也没有,听说他家老爷子急得不行,可也拿他没办法。

"喏,Ayala(阿雅拉)桃红香槟,你喝不会醉的。"彭浩说罢递给我一支瓶身略显浅樱桃红色的香槟,上面有精致的酒标。

他笑着说:"好酒赠相爱之人。"

我并不懂酒,他说是好酒就一定是好酒。我伸手接过来:"怎么不留着明天和程优烛光晚餐时喝?"

彭浩耸耸肩:"你是知道她的,怎么会愿意情人节赴约。"

"她还是这样固执。"

"苏陌,"彭浩对我眨眨眼,"我打算毕业前给她一场惊天动地的表白。若她还不答应,我这辈子不会再烦她。"

"浩子,表白不需要惊天动地,用心就好。其实你知道她在想什么,她只是害怕。"

"我知道,她怕我们终要分开,连朋友也做不成。"彭浩低头将脚边石子踢得老远,忽然沉了声音,"可是你知道吗,这世上总有一个人,若不能与她相爱,宁可不与她做朋友。"

我的心被深深触动,没想到平时大大咧咧的彭浩竟能说出这样动人的话。

"这酒怎么不拿给乔子诺?"我举了举瓶子。

"两个大男人之间送瓶桃红香槟,太娘。"彭浩摆了摆手,又说,"我本来好说歹说才向我爸求了两瓶,只可惜江南、苏可要去法国。不过那儿不愁没有美酒,所以我自己留了一瓶。"

"等你告白成功,便可举杯。"

"借你吉言。"彭浩爽朗地笑笑。

情人节终于到了。

我穿了一件纯白蕾丝连衣裙,领口处都是细碎的小珍珠,将头发随意挽了个髻,穿上乔子诺送的深紫色丝绒高跟鞋,简单而清新。

初春,乍暖还寒,走在街上还是有点寒意的。可是如此一来,也许我便可以仰着头对乔子诺说冷,然后被他温柔地拥进怀里。

恋爱中的女子,是不是都有这样的小小心计?

明明约了晚上才去他家,可是我下午便出门了。我想看乔大厨挽起袖子准备晚餐的忙碌身影,想必一定很动人。

三岔路口拐个弯,乔子诺家便在不远处。

我呵了呵有些冰凉的双手,心里想着他却一点也不觉得冷。

一抬眼,远处竟站着身着深灰色休闲服的高大身影,我的心扑通一下:他怎么知道我会提前到,竟在楼下等着我?

我不由得加快了步伐,正想轻唤不远处背对着我的那个身影,手抬到一半却骤然停住。

他并不是独自一人。

他旁边还站着一个女子,一个低声抽泣的女子。

我的大脑瞬间如遭雷击,身子却不由自主地挪到一旁,躲在路边茂盛的夹竹桃后面。

我清楚地看到,那是苏可。

今天是情人节,可是苏可不在法国。

为什么?

苏可的抽泣声越来越大,整个人仿佛都在颤抖,我隐隐听到她对乔子诺哭着说:"子诺哥,你答应过我的,你不会不要我的,对不对……"

我的指甲陷进了掌中,却浑然不知道痛。

我透过夹竹桃繁茂的枝叶,看见苏可拽着乔子诺胸前的衣服,哭得梨花带雨,上气不接下气。

乔子诺没有作声,眼睛直直地望着前方,任由她哭着。

良久,他伸手揽过苏可的头于胸前,缓缓吐了一句:"我怎么可能不要你……"

我,怎么可能,不要你。

我不知道自己是怎么离开乔子诺家的,也不知道天什么时候竟开始飘起了细雨,只一会儿,我便全身湿透。

我想我是应该冲上去的,我应该拽着他的衣袖问他:你要苏可,那我算什么?

可是我没有,我那样怕输。

我怕他和我说:我们之间不过是戏,何苦这么动情?

可是,可是他明明说过让我信他的,他明明说过不会骗我的。

为什么?

手机振动起来,我无力地将它举至眼前。

是江南。

"小陌……"江南的声音似是从好远好远的地方飘来,一点也不真实。我一句话也说不出,无声地沉默着。

"过来陪我喝酒。"他在那头闷闷地说。

喝酒。好。

昏暗的包厢里,地上已经躺了四五个空的啤酒罐子,Johnnie Walker(尊尼获加威士忌)的瓶子已经空了一半。墙上的屏幕一闪一闪,反复地播着一首歌:

> 是否这次我将真的离开你
> 是否这次我将不再哭
> 是否这次我将一去不回头
> 走向那条漫漫永无止境的路
> ……

真是应景。

江南斜靠在沙发上,抚着额头看着我,手里还拿着半杯酒。

"喝这些多没劲,给你带来了好东西。"我从包里掏出彭浩送的Ayala桃红香槟,浅樱桃红色的瓶身在昏暗灯光下却现出了奇异的剔透光芒。

"开香槟庆祝?哈!"江南已是微醺,抬起手缓缓地击三下掌,"是该开香槟庆祝!"

桃红香槟细腻馥郁,唇齿间顷刻充满了花果的芳香,让人持久回味。果然是好酒。

"好酒,"江南一饮而尽,"可惜不会醉人。"

我窝在沙发的一端,举着杯子一仰头:"醉了又怎样,又不是不会醒。"

"小可昨晚在机场和我说,不跟我去法国了,"江南望着我,字字像冷雨打在我的心上,"她要和我分手。"

苏可和江南分手,然后回来找乔子诺。

在情人节的细雨中相拥和好,真是动人。

这样的剧情一点逻辑谬误也没有。

"嗯,恭喜你失恋了。"我举了举杯子。

苏陌,也恭喜你。

江南突然直起身走到我跟前,他的身影遮住灯光,我坐在沙发上只得仰头看他。他居高临下地看着我,眼睛在黑暗中像是宝石一样明亮。过了很久,他轻轻地说了一句:

"小陌,你知道吗?我一点也不伤心。"

我像蒙了似的回想着他这句话,却一点也想不明白这到底是什么意思。他嘴唇微启,声音从我的头顶再度徐徐传来:

"你要不要,回到我的身边?"

我一下子像是醒了,杯子无声地跌落在厚厚的地毯上。我猛地起身向门外拔腿就跑,可是江南一把捞住我将我推至墙边,双手撑在墙壁上将我圈在身前。我从未见过他眼里有着这样炽热的火焰,像是要把我吞噬。

"这半年来,我其实过得并不开心。"江南声音低哑,仿佛压抑着什么,"运动会的时候你明明难过得要命,为什么不愿意叫我留下来?玩真心话的时候你明明想着我,为什么不肯向我求救?我们的方案被曝光了你委屈得不行,为什么不向我哭诉?苏陌,你为什么这么骄傲,为什么就是不愿意低头……"

我愣愣地听着他说,两眼空洞地望着前方。

"我原以为你和乔子诺在一起是赌气,你终有一日会告诉我,你需要我……"他撑于墙壁的双手开始紧紧握拳,我甚至能听到骨节之间的声响,"可是你没有。"

我不想再听下去,我觉得脑袋就要爆炸了。

"你现在告诉我这些做什么?"我冷声问他,"是你写了首歌给苏可,是你告诉全世界你爱的是苏可,是你亲手浇熄了我对你的爱恋。现在苏可和你说分手了,你又回头来找我,这算什么?"

"是,我的确被小可打动了,我动摇了。可是你知道吗,那首歌是写给你的。"他柔声对我说,"你知道我为什么由着小可胡作非为吗?你从不在我面前掉眼泪,我想看看你到底要逞强到什么时候,我想等到你向我示弱的那一天。"

我默不作声,空气稀薄得让人觉得窒息。

"可惜我错了,错得离谱。我可笑的英雄主义换来的却是失去,我真是愚蠢。"他苦笑着,双手扶上我的肩膀,"苏陌,我可不可以后悔?"

我的身子开始颤抖,我想让他不要再说了,可是却像被点了哑穴。

"苏陌,我……"

"不要说!"我尖叫了一声,阻止他往下说下去。

江南低头就要吻上我,我一偏头,双手死死抵在他胸前想要推开他。可是他力气极大,将我紧紧圈在怀里,他的吻重重地落在我的颈畔,并不离开。

我开始奋力挣扎,握紧拳头打在他肩上。可是他的唇却加重了力道,在我颈上一路往下地咬啮。

痛。

"苏陌,我爱你……"

我不再挣扎,只别过脑袋,眼眉低垂,微微带着哭腔说:"江南,求求你放过我。"

江南猛地抬起头,摇着我的肩膀大声地说:"放过你?你要我怎么放过你?我原以为我这辈子就这样了,只能在苏可的眉眼里找你的影子。可是苏可回去找乔子诺了,你知道吗?乔子诺爱的是苏可!"

"可是,我爱的是乔子诺。"我的眼泪终于淌下,流至嘴角,带着苦咸的味道,一直涩到了心里,"除非他亲口说,他不要我了。"

是的,除非,他亲口告诉我。

良久,江南松开我,无力地靠在沙发扶手上。

我顺着墙笔直地往下滑,无声地瘫坐在地上。

"小陌,刚才,对不起。"

"江南,世上有些东西是再也寻不回的,"我扶着墙缓缓站起来,拿起手袋推开门,"比如逝去的时光,比如,错过的人……"

我们都,回不去了。

我松手,门轻轻地在背后自动关上。

我靠在门外的墙上,泪如雨下。

低低的女声仍从门缝中缓缓流淌出来,打在心上,像是初春的细雨,带着绵密的忧伤:

是否这次我已真的离开你
是否泪水已干不再流
是否应验了我曾说的那句话
情到深处人孤独
……

·4·

离开"兰轩"的包房,雨已经停了,天色已暗,远方泛着灰青色的阴霾,整座城市像是硝烟弥漫,一派苍凉。

我伸手将发髻散了,一个人跌跌撞撞地走在路上,风一吹,酒气逐渐上头,可是整个人却是从未有过的清醒。

我掏出手机,在通讯录里寻着,摁下通话键。

"喂?"手机里传来男子的声音。

"浩子……可惜了你的酒。"

"苏陌?你怎么了?"彭浩在那头惊诧地问。

"你可以去一趟'兰轩'吗?帮我看着江南。"我用尽力气说了这一句。

"你们……好,我知道了。"

跟跟跄跄,还是走到了乔子诺家楼下。我不敢上去,我怕会撞见苏可。那样,一切就真的结束了。

我情愿这样自欺欺人地活着,能多久是多久。

我抬头拨通了他的电话,很快,那头传来他的声音:"在哪里?"

"你家楼下。"

阳台迅速出现一个高大的人影:"怎么不上来?"

"可以吗?"我怯怯地问。

"傻气的问题,"他低声笑着,"上来。"

所以,苏可已经不在了,是吗?

所以,现在可以换我了,是吗?

我进了门,脱了高跟鞋径直走进去。乔子诺拉了拉我,蹲下身给我穿上拖鞋:"地板冷,别光脚。"

我低着头傻傻地望着他笑,想起他送我的那一双毛茸茸的小熊拖鞋,现在正静静地躺在家里。

你就站在我面前,离我这样近,可是我为什么却觉得孤单得快死了?

"你喝酒了?"乔子诺站起身来看着我,轻轻皱了皱眉。

"嗯。"是啊,我喝了那瓶赠予相爱之人的美酒,却不是和你。

"你脖子怎么了？"他突然抬手撩起我的发丝，冷声问道。

我猛地想起江南那个用力的吻，不由得一惊，别过脸去："酒精过敏了。"

乔子诺静静地盯着我，深邃的眼眸里映着一个心虚而无力的我。房子里是窒息般的寂静，我们就这么沉默地站着。

良久，乔子诺缓缓开口："苏陌，你当我是三岁小孩？"

是啊，我如何能瞒他。

"江南失恋了。"我望着他的眼睛，心里有无尽的委屈。

"然后呢？"他冷冷地问道。

"他让我陪他喝酒。"我像个木偶似的回答着。

"然后呢？"他仍是那样冰冷地问话，可是拳头却微微握了起来。

我突然想要歇斯底里地哭出来。

乔子诺，上一刻你怀里抱着另一个女人，这一刻却像审犯人般质问我。凭什么？

可是我的眼睛干涸，一滴泪也没有，只有灼烧般的疼痛感。

"然后，他问我要不要回到他的身边。"我扬着头，有着一种决绝的坦白。

乔子诺，如果你借此和我说分手，我会成全你。

你会觉得是我负你，然后可以顺理成章地说分开，我不会揭穿你，我会把最后的一点尊严留给你。

就这样吧，好不好？

可是我等不到"我们分手吧"这一句话，他的吻已如狂风骤雨般袭来。他将我推倒在餐桌上，绵密的吻从额头一直到眼睛、鼻子、脸颊，再到嘴唇，他狠狠地吮着我的唇瓣，像是要把我胸腔里的空气全部抽空。在我快要窒息之时，他的吻一路顺着我的下巴下落到脖颈，然后在我的脖子右侧狠狠地吮吸了一下。

好痛。可是我却突然笑出了声,一直笑到眼泪汹涌而出,啪嗒啪嗒地落在桌子上。

那是江南吻过的地方。

乔子诺,你这样狠命地咬着那里,是在宣示你对我的主权吗?

乔子诺,你知道吗,你再这样待我,我真的就再也不愿松手了。

"还有哪里?"他冷冷地哑声问我。

我看着他,头顶的餐灯散落着柔和的光,将他的头发染成深棕色。他蹙着眉,像是一头危险的豹子,一头会蛊惑人心的豹子。

我突然恶作剧般将双手抬至头顶,定定地望着他微笑:"你猜。"

乔子诺猛地用力将我从桌上抱起,转身自己坐在了餐桌上,双手扶着我的腰让我整个人骑在他的大腿上:"你敢?!"

这个动作极其暧昧,我叉开的双腿让裙子一下子上移到大腿根部,差点就要春光乍泄。

我们之间从未有过这样过火的姿势,我的脸一下子烧起来,不知该作何反应,只好低下眼帘轻声说:"没有了。"

"真的没有了?"他的脸微微靠过来。

我抿着嘴摇摇头。

乔子诺这才将我轻轻地从腿上放下,然后深深地望进我的双眼:"苏陌,除了我,你谁也不许跟。"

我抬头看着他怒气未消的脸,惨然地笑了笑:"好。"

晚餐真的很丰盛:油焖大虾、红酒烩羊排、蟹籽烟肉炒饭、芝士焗西蓝花、忌廉南瓜汤。

我闷头拼命吃,一刻也不让自己停下来。

我想,只要把肚子填满了,难过也许就无处容身。

乔子诺却吃得很少,一晚上沉默地看着我。

实在吃得撑不下了,我靠在椅背上,脸上堆着笑问他:"没有情人节礼物吗?"

乔子诺微微挑了挑眉,看着我淡淡地说:"有我还不算?"

我不满地嘟了嘟嘴,心里却有个声音在轻轻地叹了口气:

你,是完全属于我的吗?

他却起身进了房间,过了一会儿,开声唤我:"过来。"

我进了他的卧室,看着地上铺满了画纸和各种模型材料,抬眼问他:"你的毕业设计弄好了?"

"唔,完成过半了,真品在学院里。"他圈着我的腰轻声说,"展览那天你要来看吗?"

"好。"我并不知那是哪天,只随口应承着。

"这个,送给你。"他抬手,递给我一个长长的檀木匣子。

我轻轻扳开上面的铜扣子,打开来看。

深栗色的亮面丝绒上,静静地躺着两双檀木筷子。筷子被打磨得极其光滑,显出好看的木质纹路,每双上面都细细地刻着一行蝇头小楷:一世成双,甘苦与共。

我的眼里泛起雾气,声音哽咽如蚊鸣:"你自己做的?"

"嗯。"

乔子诺太懂我,他知道我所求的不过是有一人能永远相伴,每日过着平凡而简单的生活。无论遇到什么,我们都能如成双的筷子般,不离不弃,共同体会人生的苦辣酸甜。

世上男子千千万,唯此一个乔子诺。你要我,怎么舍得。

我闭了眼靠在他胸前,一动不动。他身上有我熟悉的男性气息,我小心翼翼地呼吸着,生怕下一秒会寻着别人的香水味。

没有。

只有我熟悉的,乔子诺的味道。

我抬头,鼻尖碰到他的下巴。我伸手用无名指轻轻地碰触他的嘴唇,他的嘴形很好看,微微一笑,嘴角处便像是浸了酒似的醉人。

他张嘴咬着我的无名指,微热而湿润的唇碰着指尖,有微痒的触觉。我闭着眼睛主动吻他的下巴,带着灼热的温度,沿着坚毅的轮廓一路攀上他的唇。我凭着仅存的一丝清醒,贴着他的唇无声地说了一句:"乔子诺,我爱你……"

记忆中,这是我第一次对他说这三个字。

乔子诺低头回应着我,并把我轻轻推至落地窗边,轻柔地吻着我。我大胆地将舌头探进他嘴里,他的吻越发浓烈,吮着我的舌尖与我纠缠,炽热的气息环绕在周围,令我几欲沉沦。

我的背部紧紧地贴着落地窗,玻璃的冰凉透过薄薄的衣服从背后侵袭而来。我贪恋眼前人的温暖,便颤抖着去解乔子诺的衣扣。

"苏陌……"乔子诺离了我的唇,抓着我的手覆于他胸前,却不让我再动半分。

"乔子诺,"我望着他眼里克制的欲望,背水一战地踮起脚尖,仰头吻他的眼睛,"我今晚不走了,好不好……"

可是他却轻轻推开了我,将下巴抵在我的头顶:"不好。"

为什么?

"苏陌,我怕我会忍不住吃了你。"

我并不是三岁小孩,我知道。

"好。"我抬头执意望着他。

乔子诺仿佛一愣,沉默地与我对视着。

"我说'好'。"我又重复了一遍,身子开始不受控制地发抖。

苏可让我试试用身体去换,看留不留得住这个男人。

我竟真的去试了。

我没有想过事到如今我会恐惧至此,卑微至此。

我想留住你,无论用什么方法。

"今天……不行。"他的语气坚决。

我的眼泪终于决堤。我都已经这样了,我放下所有的尊严和矜持,却换来你一句"不行"。

乔子诺没料到我竟会哭,他紧紧地圈着我,吻干我的泪珠,一边说:"苏陌,你别哭……"

可是我哭得更凶了,几欲断气,仿佛下一秒我就会失去他。

过了很久,我的眼泪终于停了。乔子诺捧着我的脸,与我额头相抵:"苏陌,你愿意跟我去美国吗?"

我完全愣住,一句话也说不出来。

"我想申请哥伦比亚大学的建筑学院,在纽约。我专门查过的,NT集团总部就在那里。"乔子诺看着我的眼睛,他的眼里有着热切的盼望,"你愿不愿意和我一道?"

我继续沉默着,脑子里无法思考。

"又或者……别的城市也行。"他柔声说道,"WLM的企业你选一个,我都依你。"

我的眼泪又大滴大滴地落下来。

乔子诺,你怎么这样可恶。

前一刻,我以为我要在情人节这天失去你了。

可是这一刻,你却送我筷子成双,然后问我愿不愿意。

"你这算什么?"我吸着鼻子委屈地说,"求婚啊? 又没有戒指……"说完我自己都吓了一跳。

苏陌,如果他向你求婚,你是不是会答应?

"不算。"乔子诺低低地笑了,将我紧紧地抱在怀里,"等真正求婚了,我再吃你也不迟。"

我的心咚咚地快跳了两下,继而羞得别过脸不去看他。

"秋季开学前,我先带你去美国见我爷爷。我们可以回檀香山,出海看鲸鱼,去夏威夷大岛看黑沙滩,去Maui(毛伊岛)看世上最美的日出……"

那景象太迷人,我像是梦呓似的应着:"我想看双彩虹……"

"好,我都带你去看。"乔子诺的声音在我头顶低低地响起,像诗一般动听,"苏陌,你不用担心,所有的事情都交给我,由我来担心。"

我不知他所说的要担心的事是什么,我已无力去想:"好。"

乔子诺,你说过的话一定要算数。

我不管你有没有骗我,如果你骗我,一定要一直骗下去。

一直到,一辈子。

第十五章
他输给我了

我问虔诚的信徒
你为什么信神
你见过神吗
他们说没有
"见过"那是"知道"
而明明"不知道"
仍然笃信那是正确的真理
那才是真正的"相信"

·1·

每天变得忙碌起来,这边毕业论文渐渐成形,那边各大企业的面试开始进行。哥伦比亚大学的建筑学院很出名,乔子诺和那里的教授已经有过一段时间的邮件来往,对方似乎很中意他,只等他GRE(美国研究生入学考试)成绩出来,再递个毕业设计就可以看看能拿多少奖学金了。

乔子诺让我选城市,说都依我。可我有什么好选的呢,有他在的地方,就是我想去的地方。他既有相中的学校,我跟着去就是了。

我向Vivi女士表明了想加入总部的想法,很快便开始进行市场策划部的面试。

这天,我抽空回了趟自己家。妈妈一见到我,一个劲儿地喊怎么瘦成这样,又是煲汤又是炖鸡的。苏可一整天把自己关在房里不出来,我也懒得找她,免得在家里就互掐起来。吃完饭,老妈又在炖红枣阿胶,我抚着额说:"妈,您别做了,补得我都要流鼻血了。"

她白了我一眼:"谁说给你做的,我给小可做的。"

我愣了一下:"她贫血啊?"

妈妈敲了一下我脑袋:"你这个姐姐怎么做的啊,她去献血了你不知道?"

献血?

妈妈没理会我惊诧的表情,继续说着:"她也真是热心,身子板儿小小的也跟着人家去献血,若不是那天被我看见她手关节上那个大针眼,还不打算让我们知道呢。"

事到如今,我越来越觉得这个妹妹很陌生。

她恨我,抢我身边每一个男人。

她堕落,跑去夜店歌舞升平。

可是,她说江南太美好,然后离开他。

现在,又跑去献血。

她到底是天使还是魔鬼?

正想着,苏可的房门打开了。她的状态似乎真的不太好,脸色煞白,不住地打着哈欠,一边走出来一边拿着纸巾擤鼻涕。

"你感冒了?"我走上前问她。

"不用你管。"她别过脸不看我,整个人躺在沙发上缩成一团。

"你哪里不舒服,怎么不看医生?"我耐着性子问她。

如果可以回到过去,即便是假意的亲密与友好,我都愿意。

苏可,你放过我,好不好?

"哈……"她转过身似是好笑地看着我,"我都忘了,你最喜欢演圣母了。"

我并不受她激,拉了把椅子坐在旁边,静静地看着她。

苏可突然坐起身,向我摊开手。

"什么?"我不知她要问我拿什么。

"给我钱。"她压低了声音说。

我着实愣了一下。

"不是说叫我去看病?没钱怎么看?"她又泪眼汪汪地打了个哈欠,"你也不想我去问乔子诺拿吧?"

我的眼皮狠狠地跳了一下,但我不想与她吵,掏出钱包,拿了三张百元大钞给她。

"这么少?不够。"苏可依旧摊着手。

我又塞给了她三张。

"真是谢谢你。"她把钱塞进裤兜里,抱着腿靠在沙发上,"姐姐,欢迎你常回家。"

回到Tina姐家,居然看到石头在。他一见我劈头就来一句:"不是说了叫你不要再去'蓝色妖姬'吗?不是说了不能再见苏可吗?"

我皱了皱眉:"石头,你找人跟踪我?"

可下一秒,我又反应过来,他跟踪的是苏可。

"石头,你能对我实话实说吗,苏可到底犯了什么事?"

我软下声音求他。他不看我,只一下一下地摆弄着桌上的蒂芙尼台灯,开了又关,关了又开。七彩斑驳的灯影在他手上亮起,又暗去,再亮起,晃得我头晕目眩。

"苏陌,别逼他。"Tina姐走过来。

石头愈是沉默,我就愈是心慌。

苏可毕竟是我妹妹,她毕竟姓苏,我不愿看她行差踏错。

"你也不用眉头皱成这样。"石头终看不过眼,"不是她,是她身边的人。"

我还想再问,石头打了个"STOP"(停止)的手势,不愿再回应我。

"说点别的吧。"Tina姐似是要为他解围,"问你们个问题。"

石头摊了摊手,等待下文。Tina姐托着腮,眼睛却望着窗外,也不知是问我们还是在问自己:"你们相信,人有前生来世吗?"

石头伸手在她眼前猛拍了一下掌,惊得Tina姐回过神来。

"我说梁小天,你不是被鬼迷了吧?"

Tina姐瞪了他一眼,转头问我:"苏陌,你信吗?"

我摇摇头:"不信,我只信现在。"

我听到心里有个声音在小声地说着:我才不要乔子诺的前生来世,我只要和他的今生今世。

Tina姐又望着窗户出神了,石头摇了摇头,趿着拖鞋离去,剩下两个发呆的女人在这无尽的夜里,各怀心事。

第二天回到学校,我拿着论文初稿去找叶宁山。刚进门他便问我:"今天建筑系爆了个大新闻,你听说了吗?"

我的太阳穴突突跳了几下,他这样问我,想必和乔子诺有关。

可到底是什么大新闻,我并不知道。

叶宁山读懂了我的表情,将手提电脑转向我。

学校论坛上硕大的标题写着《建筑系才子乔子诺临阵改设计,教授苦劝未果气进医院》。

什么?!乔子诺的毕业设计初稿我是看过的,非常大胆创新,而且跳出了建筑物固有的方方正正的形象,像是一个前卫的外星球飞船,让人眼前一亮,看过都不禁击掌称好。

他为之奋战了将近四个月的成果,在最后不到两个月就要提交的节骨眼上,居然被放弃了。

乔子诺到底在想什么?他不是还要凭毕业设计去争取哥伦比亚大学的录取和奖学金吗?!

而我作为他的女朋友,却对这件事一点都不知情。

这个新闻对我冲击太大,我半天没回过神来,直愣愣地望着电脑。

就在这时候,我的手机响了。

"喂?乔子诺?"我看到来电显示后迫不及待地接起。

"苏陌,学校的'毕业杯'足球赛决赛,我们学院对阵你们学院呢,"他的心情似乎极好,仿佛网上所说之人完全与他无关,"我准备上场了。"

"你?打比赛?"我完全蒙了。

"乔子诺"这三个字从来与竞赛绝缘,在我印象中,唯一的一次就是那个运动会。

"嗯,就……想打一场,"他低声笑了笑,"为你。"

为我?我突然想起,我们学院的足球队队长是江南。

乔子诺的意思是,他要和江南对战?

突然之间,我已经全然没有心思去管他毕业设计的事了,我瞥了一眼对着我抿嘴笑的叶宁山,低头跑到门外。

"你……踢什么位置啊?"我低声问他。

"前锋。"

"噢……"我突然没来由地在想,乔子诺会进几个球呢?

"通常进一个球的叫首开纪录,一人连进两个球叫梅开二度,那连进三个球……"我在脑里搜刮着可怜的足球常识。

"帽子戏法。"他在那头补充道。

"四个呢?"我继续问。

"大四喜。"

"那……五个呢?"我不依不饶。

"不知道,"他在那边投降,"可能很少有人能一场连进五个球吧。"

"噢……这样。"

"你想看我进五个?"他认真地问道。

"不是啦……况且我也去不了,我约了叶导过论文。"我吐了吐舌头,"那,你加油。"

"好。"

在叶宁山办公室待了两个多小时,离开后便直接去了图书馆查资料。隔着书架,我听到了一些小学妹在窃窃私语,因为隐约听到熟悉的名字,我不禁竖起耳朵。

"下午那场足球赛太精彩了啊,没想到建筑系那人那么神啊!"

"是啊,听说他就是今天论坛上爆出来的那个,乔子诺!"

"哎呀,以前我怎么没发现有这号帅哥!"

"得了吧,人家都准备毕业了……"

"可惜啊,实在太帅……一人独进五球啊!"

一人独进五球……这是为我而进的吗?

乔子诺,我相信你。

·2·

三月,惊蛰已过,天气开始渐渐回暖。紫荆花一树一树地开,随着细雨铺洒了一地,人踩在上面连鞋子都染了一股甜香,内心都似乎变得柔软起来。

这个春天于我而言是个忙碌的季节,忙着面试,忙着毕业论文,忙着准备办理美国签证所需的所有材料……人常说"一年之计在于春",繁忙的开始,是不是可以保证以后的一切顺利?

但愿如此。

乔子诺似乎比我还要忙,常常整宿都留在系里做设计。我问他怎么改设计改得这样突然,他只随口说了一句:"怕以后没有机会了。"

这句话听得我心里莫名一惊,忙问:"什么叫没有机会了?"

他淡淡地回答道:"有些事情,一辈子也许只能做一次。"

我听罢更加一头雾水,他却不愿再多说一句。

这样的季节,到了晚上特别容易犯困,我要靠着Tina姐的咖啡才能强撑着昏昏欲睡的头脑写论文,也不知乔子诺是靠什么支撑,才能整夜不睡。

手机响的时候,我整个人从沙发上惊醒,才发现自己改着改着论文居然睡着了。抬头看表,却已是凌晨两点半。

三更半夜,手机上显示来电的是乔子诺。

他从不在这样的夜深时分打给我,莫不是出什么事了?

我连忙接起:"喂?"

电话那头却一片沉默。

我又问:"乔子诺,怎么了?"

那头只有均匀的呼吸声,却沉默依旧。

我的大脑突然嗡的一下,像是一道闪电劈开了夜空,将我整个人劈得知觉全无,动弹不得,仿佛还能闻到胸腔里那一颗心焦熏刺鼻的味道。

我的脑海里只有一个声音,如同鬼魅邪恶的笑声般来回飘荡。

电话那头,是不是苏可?

是苏可吗? 是苏可吧。

凌晨两点半,她在乔子诺家做什么?

她打过来又不说话,是在向我示威吗?

我突然想起凌星那出名为《谎·爱》的话剧,觉得心岚的描述用在此时真是再确切不过,现在我的太阳穴,可不就像是有一根银针从左边嗖地穿至右边,然后我便滴血不流地死了。

这样一个电话,无声无息地把我杀死了。

"苏陌……"电话那头突然响起低哑的声音。

我突然恢复了知觉,全身的血液仿佛开始回流至心脏,它又开始艰难而缓慢地跳动起来。

"乔……乔子诺?"我已是惊弓之鸟,连自己的耳朵都不敢相信。

"苏陌……"他似乎轻轻叹了口气,却只是重复地叫着我的名字,"苏陌……"

我从未听过他这样难过的语气,声音沙哑得仿佛在哽咽,不由得担心地问:"乔子诺,你怎么了?"

他沉默了好久,终于轻轻地吐出了一句:"十分钟前接到电话,我爷爷……去世了。"

我赶到乔子诺家的时候,他的屋子里一盏灯都没有开。他打开门,只沉默地站着。我想伸手开灯,他却拉着我走到了落地窗边。

漆黑的夜空里一颗星星都没有,寂静得让人莫名感伤。

我从背后拥着乔子诺,想要给他温暖,驱赶他的伤悲。

可是他就这么一动不动地站着,一句话也不说。

我绕到他跟前,揽着他的腰,将头靠在他的胸前。

"乔子诺,我知道你很难过。你不想说话,我就陪着你不说话。如果你想说给我听,我一直在听着。"

良久,他终于抬起手,将我圈在胸前,然后将下巴抵在了我的肩膀:"苏陌,我十岁的时候,父母就离开我了。"

我的心一酸,轻轻抚了抚他的背。

"爷爷奶奶带大了我和大哥,后来,连奶奶也离开了我们。"他呢喃着,一字一句打在我心上,像是凉凉的春雨淌过,留下淡淡的悲伤的痕迹,"你知道我哥为什么疯了似的拼事业吗?他曾说,他的聪慧和运气是爸妈花光了所有命数换来的,是爷爷奶奶用满头银发换来的,所以,他就算拼了这条命也会争气。"

我更加拥紧了他，轻轻地在他耳边说："你和乔大哥都很争气，他们泉下有知会欣慰的。"

"爷爷曾和我说：'子诺，你哥太苦了，他身上背负着太重的愧疚，你要帮他分担些，要在他身边陪着他，伴着他。我们乔家，要好好地守着，不能散了。'可是现在……"他的声音越发低沉，似是在呜咽，"连爷爷也不在了，他竟连我毕业也看不到了……"

此时此刻，我觉得我真没用。面对难过到极点的心爱之人，我却哑口无言，仿佛这世间的安慰都显得苍白而无力。

看到他难过，我也跟着难过，看到他流泪，我也跟着流泪，可是除了陪在他身边，我什么也不能做。

生离死别，这世界上我们最无能为力的，莫过于此。

"我真后悔，当初我就应该留在檀香山陪着爷爷，我们兄弟俩总该有一人陪着他的，"乔子诺抬起头，望着窗外无尽的夜色，眼里净是悔意，"那人，本该是我。"

我仰着头看他，他的嘴角紧紧地抿着，眼睛失神地望着窗外，似是悲痛得无以复加，灵魂已经游离，只留下空洞的躯体。我伸手抚上他的脸颊，踮起脚尖想要离他更近些："乔子诺，你低头看看我，你看着我好吗？我知道你很伤心，你恨自己就连爷爷最后一面也不能见到。我知道，我都知道……"

乔子诺并不看我，依旧看着前方。

我仰着头继续对他说："可是你知道吗，你并不是一个人，你还有我啊，我会一直一直陪在你身边……"

乔子诺突然放开我，后退了两步。他悲伤地看着我，仿佛看了一个世纪之久，终于缓缓启齿："可是，苏陌，你终究也会离开我的……"

我被他那样悲恸的一句话震得全身开始发抖，那仿佛并不是因为他太过难过而发出的胡言乱语，而是一个定论。

他相信终有一日,我会选择离开他。

我强压着心里的恐惧,走上前两步。他的气息离我那样近,不久以前他才在这个落地窗前紧紧地拥着我,深深地吻我,我沉沦在他的怀抱里几乎不能自已地将自己交托出去。

我想说"我会一直陪在你身边,真的,我愿意的"。

你若不推开我,我怎么会离开你。

我圈着他的腰重新靠在他的胸前,深深地呼吸着他的气息,那是我熟悉而迷恋的味道。然后我仰起头,看着他的眼睛:"告诉我,家人于你而言,是不是最重要的?"

他低头看我,然后缓缓地点了点头。

"你是不是永远都不会舍弃家人?"我又轻轻地问道,"你什么都肯为他们做?"

乔子诺蹙着眉深深地看进我的眼里,又轻轻地点了点头。

我看着他黑白分明的眼眸,伸手抚上他英挺的剑眉,踮起脚尖轻轻地靠近他,贴着他微凉的唇,一字一顿地说:"我就是你的家人,我永远都不会离开你的。"

乔子诺身子微微往后一滞,他的唇仿佛下一秒就要脱离我的唇边。我却不遂他意,双手勾着他的脖颈不愿松开,细细地吻着他,想要把全身所有的温暖和元气都渡给他。

乔子诺,我会一直在你身边。

一世成双,甘苦与共。我们说好的,不是吗?

他似乎终于放下心中所有的寒意,一只手揽着我的腰,一只手绕到颈后轻轻松开我紧扣的双手,将我拥在怀里细细地回应着我。他将我圈在落地窗前,细长的手指与我掌心相对,紧紧相贴在玻璃窗上,然后微微屈指,与我十指相扣。

过了很久,乔子诺轻轻离开我的唇,将头埋在了我的颈窝。我微微地喘着气,抬手拥着他的背。

恍惚中,我仿佛听到他在我耳边说了一句话,却不真实。

他说:"苏陌,对不起。"

我不知道他为什么道歉,只觉得自己是听错了。但转念一想,也许他为刚才那样笃定地说我一定会离开他而感到内疚吧。我偏头吻了吻他的耳廓,小声地说:"家人之间,是不需要说对不起的。"

他一定是听到了,只是没有抬头,依旧深深地埋在我的颈畔,一言不发。

那一晚,我们相拥着默然地站在窗前,茫茫夜色透着无尽的凉意。天上一颗星星也没有,也许属于乔子诺爷爷的那一颗,只在太平洋另一端的檀香山升起,我们看不到。

乔子诺,别难过,你还有我。我们彼此守护,一生一世。

·3·

第二天,乔子诺便起程赶回檀香山。我的美国签证还没办,无法陪他同去。看着他一夜消瘦的脸,我很心疼。

人生一定要这样充满变数吗?想着前段时间乔子诺才对我说,要带我回去见他的爷爷,可是这一刻,却再也不能了。

花开花落,灯亮灯灭。

我们是不是就这样子,不断地和身边的人说着再见?

我们是不是就这样子,看着他们远去,然后自己也慢慢老去?

时光不是小偷,它是强盗。人生就是一场无法回头的远行,很多事情来不及,却再也回不去。

从乔子诺上飞机那一秒开始,我的心就空了。明明有那样多的事做,可是填满了时间,却填不满我的心。我不断地自我安慰着,他这次是有事要回去办,又不是不回来了。

渐渐地,自我安慰像是变成了自我催眠,我的脑袋像是变成了一座空城,一个声音一次又一次地在里面盘旋回荡:

又不是不回来了,又不是不回来了……

一天原来这样漫长,竟有86400秒。而他要在十天之后,才会回来。乔子诺,我要在心中默念你的名字上百万次,你才会回来。

晚上接到他的电话,我看了看时间,是那边的凌晨三点。我不由得小声埋怨:"怎么这么晚还不睡?"

"怕你之前在忙。"他的声音在那头低低地响起,"况且,我也睡不着。"

飞了十几个小时的飞机,又马不停蹄地忙着办爷爷的后事,想必乔子诺这几天一定累极了。可他心里一定依旧是难过的,才会这样辗转难眠。

我屈着膝盖窝在沙发里,心里觉得疼,可是却不敢安慰他,只怕适得其反。半晌,才问了一句:"乔大哥,他怎么样?"

"大哥状态也不好,可是你也能猜到,他是最会硬撑的那个。"

"乔子诺……"这样一个悲伤的夜晚,我真想抱抱他。可是我们之间隔着一个太平洋,我要怎么温暖他,驱散他心中的伤痛?

我突然怀念起以前任何一个时候的乔子诺,他有时冷漠如路人,有时狂妄不可一世;他会蹙着眉居高临下地看着我,也会勾起嘴角留给我一抹戏谑的笑意;他会沉默着背起醉倒的我在月下慢慢前行,也会轻笑着打横抱起赤脚的我迎风离去。

他是不屑比试的剑客,他是成竹在胸的紫衣少年,他是霸气凌人的豹子,他是温柔似水的米其林三星主厨。

无论是哪一个乔子诺,都不是现在这样的。

"乔子诺……"我继续轻声唤他。

"苏陌,"乔子诺在那头回应我,"你给我念《圣经》好吗?"

乔子诺并不是基督教徒,平日也从不见他研读《圣经》。我想,一定是这深夜太寂静,需要借助一些力量来缓解心中的苦楚,让身体终能放松下来。否则,他如何能睡。

"好。"我起身在手提电脑上搜索《圣经》箴言,轻轻地念给他听。

耳畔有轻轻的、均匀的呼吸声,我停下来,小声地唤了一句:"乔子诺,你睡着了吗?"

"没有。"他的声音沉沉地传过来,带着些许倦意。

"那我继续。"我低头看电脑。

"不用了。"他唤住我,"刚才……最后一句是什么?"

"爱是永不止息。"

"再上一句呢?"

"唔……"我拉了一下鼠标,继续念道,"凡事包容,凡事相信,凡事盼望,凡事忍耐。"

那边突然沉默了。

"怎么了?"

乔子诺似是在那头轻轻地叹了口气,问我:"苏陌,你对我最不能包容、最不能忍耐的事情,会是什么?"

"应该是……"我微微侧头想了想,回答道,"欺骗我。"

无论理由是什么,我都不能容忍。

"我说过的,你若骗我,便要骗我一辈子。"

"苏陌,你会信我的,对吧?"他的声音如凉夜里的兰草微动,轻得像是我的幻听。

乔子诺,你曾在海边的日出之时叫我只需信你,如今你又叫我信你。我对未来一无所知,就像我对这世上是否有神明一样,都无法真切地在眼前验明。可是,我相信爱情,所以,请你不要欺骗我,请你对我的爱,永不止息。

"会,我会信你。"

周末,我去城郊探望外婆。

外婆一见我进门就埋怨道:"怎么不提早告诉我,好让我准备一只老母鸡给你炖炖啊。"

我眼眶一热:"外婆,不用,我就是想看看你。"

外婆抓着我的手将我拉至跟前,细细地打量我:"傻孩子,瘦成这样还不让外婆给你补补。"

我想,无论我日后是不是胖得像头猪一样,还是已经人到中年,在亲爱的老人家眼里,我们永远都是没有长大的小孩,永远需要补身子,才好快快长高长大。

吃完午饭,陪着外婆在院子里晒太阳。外婆毕竟人老了,说着说着话就会在摇椅上睡着。我坐在一旁看着她的脸,不禁在想:如果哪一天,外婆像乔子诺的爷爷那样突然走了,我的世界一定塌了。

这世上最奢侈的愿望,莫过于我们永远不会长大,爸爸妈妈爷爷奶奶外公外婆永远不会老。

一直这样多好。

外婆打了个盹,缓缓地醒来。她摇着摇椅侧头看着我,目光炯炯有神:"小陌,你有事对外婆讲吧?"

我的一点点心思,她都看在眼里。

"外婆,今年七月份我就毕业了,有企业愿意给我工作机会。"我小心翼翼地说着,生怕一下子全说了她会受不了。

"那个企业,在嘉禾市吗?"外婆直起身子问。

"唔,不在。"我低下了头。

"有多远啊?"

"唔,很远。"我的头更低了。

"告诉外婆,你要去多远?"

"美国,纽约。"

外婆不作声了,我想,她一定不想我去。

"小陌,"过了一会儿,外婆开口了,"不是因为工作吧?"

我惊诧地抬起头,不明白外婆何以洞悉一切。

"你是个倔脾气,别看你妈柔柔弱弱的,其实这一点你像极了她。"外婆宠溺地笑笑,伸手将我的头发别至耳后,"选择了的人,决定了的事,十头牛也拉不回。"

我不禁笑了笑,将头伏在外婆的膝上,任由她抚着我的头发,心里越发坚定。

是啊,我选择了乔子诺,决定了陪伴他,真是十头牛也拉不回。

"是怎样的一个人?"外婆的声音在头顶缓缓响起,像是春日里天上静静飘过的白云,温柔入耳。

"是……对我很好很好的一个人,"我抬起头笑笑,"很爱我的一个人。"

是吧,乔子诺。

"连个名字也不肯告诉外婆吗?"外婆溺爱地轻揉我的耳廓,就像小时候哄我入睡时一样,酥痒舒服得让人昏昏欲眠。

"唔……"我闭上眼睛,轻轻地呢喃,"他叫乔子诺。参天乔木的乔,君子之诺的子诺。"

"乔、子、诺……"外婆的身子突然微微直起,语气里带着几分若有所思。

"怎么了?"我抬头看着她沉思的样子,不知到底怎么了。

"噢……没什么。"外婆眯着眼笑了笑,扶着腰站起来,"参天乔木,君子之诺。好名字,想必人如其名。"

我垂下眉眼,低头不语。

外婆若见到乔子诺,会像喜欢我一样,喜欢他的吧?

"进屋躺会儿吧,外婆给你煲莲子羹。"外婆拄着拐杖慢慢走进屋,我只隐隐约约听她嘴里细细念着,"巧了……这么巧……"

我想追问什么这么巧,就在这时,手机响了起来。

是妈妈。

"小陌,"妈妈的语气里透着不同寻常的焦心,"小可失踪了!"

苏可,失踪了?

·4·

我打车回家,一进门便听见妈妈焦急的声音:"小陌!"

我看见爸爸站在她旁边,握着她的手叫她别急,然后招手让我坐到他们旁边。

"小陌,"爸爸开口问,"你最近有没有发现小可有什么异常?"

异常吗?去夜店算不算?和江南分手算不算?

威胁我说要把我男朋友抢走,又算不算?

我垂下眉眼,摇了摇头,继而又抬头问他们:"到底怎么了?"

"今天小可的辅导员给我打电话,"爸爸的声音低沉,让我觉得事态严重,"说小可已经将近一个星期没有回学校了。家也没回,打电话又显示关机。昨天是毕业论文的初审会,她也缺席了。"

我微微皱了皱眉,没有作声。

"如果小可再不递交论文初稿,她就要被延迟毕业了。"

"小陌,"妈妈也开口了,"你们两姐妹素来走得近,她的朋友你肯定都认识,要不你帮忙找找吧?"

我继续低头不语。爸、妈,我们真的,走得不近。

"小陌?"爸爸看我一直不出声,以为我被吓傻了,"你也不用太过担心,也许她只是和同学出去玩得太忘乎所以了。"

"好,"我低头喝了口水,"我去找她。"

"小陌?"妈妈担心地唤了我一声。

"别担心,我会找到她的,"我冲他们笑了笑,"我是她姐。"

我走在大街上,打电话给程优:"你知道苏可去哪儿了吗?"

程优在那头莫名其妙:"你妹妹你都不知道,我哪里会知道。"

我又去了"一夜咖啡",阿古叔和阿古嫂也说好久没有见到她了。

我正犹豫着要不要打给江南,脚步却停在了路口拐角处。

是"蓝色妖姬"。

石头警告过我两次,叫我再也不能去的"蓝色妖姬"。

初夏的傍晚,天色还远未到笙歌夜舞之时,一扇大门紧紧地闭着,炫银雕花配着宝石蓝底色,像是锁着一个奇幻的未知世界。

我似是受了蛊惑,慢慢地走上前,手轻轻地搭在冰冷的银色扶手上,缓缓一拉。

门,居然没有锁。

我吸了口气拉开门,抬腿走进去。里面漆黑一片,弥漫着缭绕不散的烟草味道,微呛。一抹奇异的蓝光从T台上方照下来,像是从外星飞船上射下的迷炫灯光,惊悚莫名。

重重的大门在我身后缓缓合上,发出清脆的咔嗒一声。我渐渐适应了黑暗的环境,开始四处张望。突然,不远处啪的一声响,我的余光瞥见了一串小小的蓝色火苗。

有人。

一个男子坐在我身旁五步远的沙发上慵懒地斜斜靠着,手里拿了个吐着火苗的Zippo打火机,眯着眼睛饶有兴趣地看着我。

我认得他的亚麻色头发。

"Chloe在哪里?"我听过他唤苏可的英文名,于是直接开口问。

"你凭什么觉得,我会告诉你?"他啪的一下熄了打火机,又啪的一下亮起,邪魅的眼睛像是一头在打量着猎物的狼,周遭充斥着危险的气息。

"要不要,玩个游戏?"我强压住心里巨大的反感,突然冷静下来,对他微微笑了笑。

"噢?"对方似乎燃起了好奇心,"我通常不会拒绝美女。"

"你回答我一个问题,我也回答你一个,大家扯平。"

"哈,"他似乎来了兴趣,站起来倚在沙发扶手上,"有趣。"

"不准说不知道,不准说谎。"我抬了抬下巴,挑衅地望着他,"你敢吗?"

"好,你先回答我的。"他摸了摸鼻尖,低低地问了一句,"你是处女吗?"

我的背瞬间凉了半截:"不是。"

"嚆……"那男人直起身子,渐渐走近我。

他愈靠愈近,凑过来在我面前嗅了一下:"不像。"

我的心一路狂跳,却抿着嘴死死盯着他。

"说谎了吧?"他抱着双臂斜斜地瞥着我,"让你一回。"

我的手心全是冷汗,拽着手机藏在背后。如果他要对我做什么,我就拿手机砸他。

"到你了,"我扬着头问他,"Chloe在哪里?"

"离开这个城市了。"他将打火机扔到沙发上,缓缓地解开了领口的扣子,"别问我去哪儿了,我真不知道。"

"去干什么?"我的心一沉,紧接着又问。

"啧啧啧……犯规了吧,换我。"他轻拍了两下手掌,"三围多少?"

我觉得有一股熊熊烈火就要从胸腔喷薄而出,恨不得将眼前这人烧成焦炭。

"噢,这是三个问题……"他突然伸手撑在我的耳旁,带着一股扑面而来的痞气,"胸围多少?"

从来没有人让我受过这样的屈辱,这一刻,我真后悔走进了这扇门。

"怎么,不知道?"他危险的气息逼近,我不由得攥紧了手机,"要不要,我亲自给你量量?"

我突然用力把背后的把手一摁,砰的一下用后背顶开了重重的大门。屋外的光一下子蹿了进来,那男人眼睛受了刺激,头一下子偏到了一边。我迅速转身向外跑,冷不丁被他反手一把拽了回去,狠狠地把门关上了。屋内,又漆黑一片。

我盯着黑暗里那双邪气的眼睛,冷声说:"你放我走,我不想知道了。"

"可是现在,我好想知道。"

他一把将我摁在门板上,我背上吃痛,闷哼了一声。他随即轻浮地抚上我的脸:"要不要试点刺激的?包你欲仙欲死。"

我掌心一紧,整个人像是掉进了漆黑无底的冰窖,想要呼救却一点声音都喊不出来,想要挣脱出寒冷的冰面,身子却像灌了铅似的一直坠入深渊。我抬起手用尽全身的力气将手机猛地砸向那人,可是手到半空却被他死死钳住。我想要奋力挣脱,可是他整个人突然间向我压了过来!

我想,我就要死了。乔子诺,你在哪里?!

背后的门突然哐的一声被推开,我一下子没站稳,整个人向后摔去。那男人钳着我的手腕将我用力拽出了门外,三步两步地将我带到了后巷,然后一下子放开了我。暮色已经降临,周围弥漫着湿重熏臭的垃圾气味,让人喘不过气来。

亚麻色头发的男人缓缓地靠近我,危险气息再度笼罩了我。我正想高声呼救,他一下子捂住我的嘴将我逼至墙边,恨恨地说了一句:"还真是个疯女人!"

我突然瞪大了眼睛,望着这个一脸邪魅之气的男人,鼻子一酸。

这个世界上,只有一个人,会叫我疯女人。

那男人轻轻昂了昂头,亚麻色头发在逆光中似乎变成了青灰色。他轻轻松开我的嘴巴,低声说了一句:"石头哥警告过你的……"

我的心猛地一缩,不可置信地抬眼望着那人,然后像虚脱了似的,缓缓地扶着墙边,大口大口地喘着粗气。

过了一会儿,我终于平复下来,抬头问:"苏可在哪里?"

那男人说了一句:"不在这里。"

我抬头还想问些什么,他却用凌厉的眼神制止了我:"我不会再告诉你任何事情,不能因为你,害了石头哥。"

他转身欲离开,我突然忍不住唤了一句:"你能不能帮我看好她……"

他走了两步,又回头看着我:"不要再来,否则下一次,你未必会这么好运。"

说罢,他头也不回地走了,只留下全身冷汗涔涔的我,久久地望着天空发呆。

过了好久,怀里的手机微微地振动起来。

我虚弱地举起它放在耳边:"喂……"

"苏陌。"

我的鼻子一酸,喉咙哽咽得完全出不了声音。

"苏陌?"

你有没有一个时候,会疯了似的想念一个人的声音,疯了似的想念一个人的眉眼,想念他微翘的嘴角,他迷人的气息,想念他温暖的怀抱,他炽热的亲吻。想得力气全无,想得胸口发疼,想得快要窒息?

我有。

"乔子诺,我很想你……你什么时候,才会回来……"

"苏陌,我已经,回来了。"

·5·

见到乔子诺的时候,天色已经完全暗下来。他的脸看起来有些许疲惫,但是整个人干净清爽,有着我熟悉的、魂牵梦萦的气息。他轻轻地将我拉至身前,下巴抵着我的头顶,轻柔地问了一句:"饿吗?"

我将脑袋埋在他胸前,感受着环绕在我四周的温度,才觉得稍稍有些真实感。我微微摇了摇头,抬头看他。

他在我额头轻啄了一下:"我也不饿。"

这时,手机在口袋里微微振动,我拿出来看,是爸爸的微信:小陌,小可刚才回到家了,说是和同学去短途旅行了,她明天就会回校,别担心。

我微微愣了一下。这么巧?

"想什么呢?"乔子诺轻轻拥了拥我的肩膀。

"没什么。"我收起手机,抬眼看着他,"我们走走?"

"好。"他牵起我的手,突然兴起,"要不,回学校?"

学校的大操场在月光下显得尤为静谧,夏初的草地像一片绿茸茸的褥子,有着淡淡好闻的清新气味。乔子诺牵我的手漫步在塑胶跑道上,十指紧扣,让我有着无比温暖的安全感。

他突然偏头看我,气息柔柔地洒在我的鬓间:"要不要,跑一场?"

"唔?"我抬头惊诧地望着他微笑而狡黠的眉眼,不明就里。

"要不要赛一场,看谁跑得快?"他微勾起嘴角,在温柔的月色下,有一种慑人的诱惑。

"喊,以大欺小,不公平。"我挑了挑眉表示抗议。我再能跑,哪里跑得过他。

"让你半圈。"他放开我的手,竟真的开始解袖口,将袖子松松地挽至手肘,"你先跑,半圈后我再启动,追上你为赢。"

我略一沉吟,抬起下巴对上他的眼:"赌注是?"

风轻轻吹起他额前的碎发,月光笼罩在身上,他的微笑里仿佛有着动人的旋律,无声,可是醉人。他深深地看着我的眼睛,声音像是青草摇曳:"你来开。"

"一句真心话,"我定定地看进他的眼里,"赢的人问,输的人回答。"

"好。"

说实话,四百米跑不是我的强项,可乔子诺竟让我半圈距离,我赢的可能性还是很大的。

我们一同并肩站在起跑线上,脚一前一后,身体微躬。

乔子诺轻轻喊了一句:"预备……跑!"

我便如箭一般飞了出去。

身旁没有与我一同启动的身影,他在原地等我。

我一口气跑了两百米,步伐依旧向前,只是微微侧头看着圆圈的另一边。

乔子诺启动了,速度快得惊人。我不再看他,铆足了劲向前冲。

还有半圈。

乔子诺,我不会输给你。因为,我要听你的真心话……

还有大概五十米,终点已经隐约可见,我听到背后有追逐的脚步声。

还有四十米,脚步声越发接近。我拳头紧握,咬着牙向前冲。

二十米,脚步声仿佛就在身后。

十米,脚步声就在耳畔。

五米……

冲线!

就在踏过终点线的刹那,我长吁一口气,而耳边唰地扫过一阵劲风,乔子诺在下一秒越过了我的身边。

我停下脚步,双手撑着膝盖不停地喘气。我微微抬头看着前方的乔子诺,觉得大脑有点缺氧。

他深呼吸着,转身看着我,却并没有走上前,而是向我伸出了双手,慢慢倒退着。

我直起身,缓缓走向前,将手放在他的手心。

他微笑着拉着我后退,一直引我走到足球场中央,站定。

"说吧,想问什么?"他的额间有细细的汗珠,沿着俊朗的鬓角一直到下巴,英挺的轮廓在月光的描绘下显得更为分明。

我望着他的眼睛,微微有些怔忡,一语不发。

奔跑着的时候,我的脑子里一直在转,无数个问题像钢豆儿似的迸发出来。

乔子诺,你和苏可的关系,到底是什么?

你曾经爱过她吗?

现在还爱吗?

我和苏可,只选一个,你选谁?

我有那样多的问题想听他的真心话,可是此时此刻,我却像被洗脑了似的,心里反反复复、来来回回只有一个问题。

"乔子诺……"我走上前,对上他的眼睛,"你为什么,让我赢?"

你明明可以追上我的。你明明在最后收住了脚步。

你以为,我不知道吗?

乔子诺没有回答我,只是安静地在草地上躺了下来,双手枕于脑后,轻轻闭上了眼。

我在他身边坐下来,默不作声地看着他。

"我在你身后紧跟着你就可以了,"他终于开口,声音轻得像是梦呓,"我不想,让你看到我的背影……"

"为什么?"

他睁开眼看着我,伸出左手轻轻搂着我的腰身,嘴角勾起的弧度里有着浅浅的笑意:"因为……我没有什么要问你的。"话音刚落,乔子诺的手在我后背稍一用力,我便倾身于他的怀中。

"比起真心话,我更喜欢大冒险。"

他的唇瓣轻扫过我的鼻尖,落在了我微抿的嘴角。

我靠着脑子里仅存的一丝清醒,双手抵在他胸前,试图阻断他的进攻,嘴里轻吐了一句:"什么大冒险?"

可是他再没有理会我,而是温柔地堵上我的嘴,进而缓缓地攻城略地,不疾不徐,终逼得我缴械投降。

辗转,缠绵。

久违了,乔子诺的吻。

我枕着他的左臂,他的吻绵密而轻柔,顺着我的唇线蜿蜒至脸颊,带着炙热气息顺着脖颈一路而下,滑至颈窝处微微顿住,动情的舔舐伴着渐渐急促的轻喘,抵死温柔。

颈窝处的酥麻让我浑身一阵战栗,我不由自主地拽了一把身旁的小草,将它们连根拔起。

乔子诺似是有所感应,抬起头伴着轻哑的声音问我:"害怕吗?"

我微闭着眼睛,摇了摇头。

他似是故意捉弄我,轻笑了一声,突然将手探进我的后背,炙热的手掌紧紧地贴着我背部的皮肤,然后将我用力一抬,我不由自主地伸手抓着他的肩头,整个人与他紧紧相贴,身前不留一丝缝隙。然后他低头轻轻咬着我领口的拉链缓缓往下扯,金属拉链在静谧的夜里发出暧昧的摩擦声,似是缓缓拉开的帷幕。

我只觉胸前微凉,他轻轻咬啮着我的锁骨,滚烫的吻似是要顺着我领口的弧度一路向下:"不怕?这样呢?"

我左手勾着他的脖子,右手手指插入他的发间,轻喘了一句:"唔,不怕……"

而他并不就此放过我,突然一个翻转撑着我的腰肢,让我跨身骑在他身上。

我的头微微后仰,朦胧间,仿佛看见了璀璨的星空。风扬起我的长发,空气里尽是淡淡的草香,让人沉醉。乔子诺在迷离的夜色中定定地看着我,低哑地问了一句:"怕吗?"

我低头看着他,明澈如黑玉的眼睛里暗涌流动,而我的胯下仿佛感受到了某种按捺不住的躁动,只觉得顷刻间喉咙干涸,脸颊微烧。

不消一会儿,我轻轻扬了扬头,眯着眼居高临下地瞥着他,笑意从嘴角边荡漾开来:"不怕!"

没等他反应过来,我突然交叉着双手扯起衣角往上拉。

"哎!"乔子诺猛地将我的手按下,将我整个人用力拽到他胸前,"真是胡来!"

我倚在他胸前,低声地笑起来:"你输了……"

"苏陌,"他双手环着我的腰,下巴抵住我的头顶,低哑的声音里带着淡淡的无奈,"一晚上赢了我两次,是不是很爽?"

我抬起头,下巴在他胸前蹭了蹭:"当然。"

他低头深深地看着我的眼睛,揽着我的手力度重了些,然后轻轻叹了一声:"输给你,我心甘情愿。"

我侧头贴着他的胸膛,他的心在我耳边有力地跳动着,像是在告诉我他的压抑。良久,我小声地说了一句话,声音轻得只觉得他也听不见:"你敢要,我就敢给。"

说完,我把头深深埋在他胸前,再也不敢抬起来。

古时候的女子但凡动情,便说"以身相许"。曾经觉得女人那样真是卑微,听起来身体像是爱情的筹码,用来赌一生的幸福。

可是这一刻,我只觉得"以身相许"是那样美好的一个词语。爱一个人,便全数奉献予他,不早一分,不迟一秒,就在情最浓之时,将自己交付出去。在那结合的巅峰之时,恨不得瞬间白头,这样便并蒂相连,永不分离。

乔子诺,许予你,我并不害怕。并且,满心欢喜。

"苏陌,"良久,乔子诺抱紧我,一个吻重重地落于我的鬓间,低低地说,"再给我一些时间,我定能安排妥当。"

我不知他那样坚定的语气到底所指何事。

是苏可吗?也许是苏可。

但我已无力思考,只觉得眼皮渐重,脑袋已经停止转动。

风轻柔地拂在我的身上,过耳之声像是低低哼起的摇篮曲,催人沉沉入眠。

在入梦以前,我轻轻答了一句:"好。"

乔子诺,我等你。

第十六章
是的，我不爱你了

我以为我所知道的全部
便是眼睛看到的
我以为我所了解的一切
便是耳朵听到的
可是终有一天
当我眼睛瞎了
耳朵聋了
我才发现
用心感受到的这个世界
才是最真实的

· 1 ·

毕业论文过了终审，NT集团的offer（录取通知）到手，美国的工作签证也申请下来了。这一个月，虽然忙碌，可是却顺利得让我有些意外。去美国的日子近在眼前，本应该感到雀跃，可是我却有一种莫名的心慌，冥冥中觉得这些顺利都不应属于我。

乔子诺一如往常地忙碌，整宿整宿地窝在学校里忙毕业设计。我们并不是每天见面，但每次见了都难舍难分。我越发依赖他，迷恋他，舍不得离开一秒。可是我却清楚，他越是在现在这样关键的时刻，越是需要一个懂事的、不痴缠的我。

有时候闲得慌，我便找程优出来。她陪着我逛书店走商场，看电影吃美食，两个女人百无聊赖。

终有一天，所有娱乐似乎用尽，她突然兴起，拉着我去美发沙龙。

"苏陌,我们去烫头发吧!"

从小到大,我都是一头及腰的清汤挂面,无论是马尾高高束起还是一头青丝垂坠,我从未想过改变发型。

程优的建议让我有点跃跃欲试,仿佛是告别学生时代的一种象征,画下一个与幼稚和无知说再见的句号。

我接受了这个建议。

造型师在我耳边喋喋不休介绍着的时候,我微微抬手指了指发型册上的一款,又点了点染发样板中的深栗色,然后轻轻闭上了眼:"四个小时内,不要再和我讲话。"

那男人明显尴尬地愣在了一边,旁边的程优轻轻笑出了声,对她的造型师说了一句:"我也要一模一样的。"

再次睁开眼睛的时候,我微微有些怔忡。

镜子里的我一头妩媚的及腰鬈发,深栗的发色在灯光下闪着神秘而高贵的光泽,蓬松而慵懒地披于胸前,使我像是一个逃离了城堡禁锢的散漫公主。我很满意。

一旁的程优和我有着一模一样的发型,我们俩站在镜子前互相打量着,连造型师都不由得轻呼了一声:"两位美女太迷人了!一个娴静高贵,一个活泼艳丽,别说,还真有点像两姐妹!"

我们俩对视一眼,默契地笑了。

而后,程优索性拉着我到商场,两人买了一样的白色蕾丝连衣长裙。看着她满眼雀跃,我也被感染,站在镜前拉着她的手微笑,像是同时在试婚纱的孪生姐妹般。

"苏陌,"她把头轻轻靠在我的肩上,闭着眼睛轻轻呢喃,"我们会是一辈子的好姐妹。"

嗯,一辈子。

我给乔子诺打了个电话,告诉他我烫头发了。

他有些意外："为什么？"

"因为想变成个成熟的女人。"我轻轻答道。

他在那头低声地坏笑："别太有女人味，我招架不住。"

我突然想起那一晚，星光璀璨的迷离夜空下，他撑着我的腰肢躺于我身下，充满致命诱惑的眼睛深深地看着我，哑声问我："怕吗？"

在那样静谧而空旷的一个足球场，我们就像置身于茫茫宇宙中央，眼里再无他人，仿佛下一秒便会为彼此沦陷，缠绵绽放。

我的脸忽而烧起来，连忙转移话题："那个……我和程优弄了个一模一样的发型，连造型师也说我们看起来很像。"

乔子诺却答道："一点都不像。"

我微微挑眉："你都还没见到。"

他的声音在我耳边慵懒而迷人："你可以打给浩子，试试问他同一个问题。"

我愣了一下，终于明白他真正所指。独一无二，无人似你。

"乔子诺，"我靠在墙边，鞋尖一下一下轻轻地摩擦着地面，"你又在给我下药。"

"彼此彼此。"

离真正毕业还有大概一个月的时间，程优说什么也要组织一场六个人的毕业旅行，挡也挡不住。

我觉得有些尴尬，江南、乔子诺、彭浩、程优、苏可和我，我们这样的，六人行。可是程优却很坚持，她有点难过地说："你和乔子诺都要去美国了，江南也要去英国了，我们六个人想要再聚在一起，都不知是什么时候了。"

想来，也真是有些伤感。

没想到的是，所有人都答应了。

出行的前一天，彭浩打电话约我出来。

我见到他的时候微微有些吃惊,不是因为他一脸意气风发的样子,而是他正倚在一辆黑色的保时捷旁。

那辆跑车太拉风,在喧闹的市中心像是一颗巨大的、闪着光芒的黑钻石,引得路人频频回头。

我之所以知道这款跑车,是因为某天程优突然指着网页上的这部车摇着我的手臂连呼三声"帅毙了",故而印象深刻。

"我爸送我的毕业礼物。"彭浩站在我面前,突然有些不大习惯的腼腆。

"表白?"我猜到了七八分。

"苏陌,我想你帮我。"他眼里有着无比的认真。

我微微点头,细细听他的计划。三天的旅行,彭浩想骗程优说他突然家里有事,要晚一天才去。而他会突然出现在樱花开满的路旁等她,对她表白,然后开着如黑钻一般的跑车带着她迎风飞驰。

漫天樱花飞舞,执手相许一生。真美。

程优喜欢樱花,彭浩计划得很周详,连今年暖得晚,故而樱花在五月依旧绽放这样的因素都考虑到了。而我要做的,就是想办法将她骗到樱花道上。

车尾厢缓缓打开,彭浩扭头对我说:"我已经在花店订了樱花,会在这里装上一车。"

停了一下,他有点不好意思地问我:"这桥段会不会太俗了?"

我摇摇头,真诚地望着他的眼睛:"不会,一定很动人。"

世上能有这样一人由始至终真心待程优,我替她高兴。

"浩子,你会成功的。"

"谢谢你,苏陌,"彭浩眼睛里亮亮的,有着大男孩终长成男人的沉稳,"你和乔子诺也一定会幸福的。"

下午的时候,妈妈打电话给我,叫我回家吃晚饭。在公交车站等车的时候,没想到竟遇见江南。

他依旧是俊逸超凡的模样,低头看着手机,闲闲地靠在一旁,引得旁边几个初中小妹妹不断地瞄着他,小声捂着嘴议论着。

他真是走到哪里,哪里就会亮起来。

他略一抬头便看见了我,微微愣了愣,然后对着我浅浅地笑了。

我们坐在公交车最后一排,一路上都没有说话。我侧头望着窗外,在窗户的玻璃里,看见他凝神望着我。右边的脖子没来由地刺痛了一下,我托着手肘,手掌轻按住突突跳着的颈部动脉。

那个地方,江南曾留下过一抹淡淡的印记。

可是,那一寸领土又被乔子诺夺回了。

初夏的风拂在脸上,有一种莫名的燥热感。天气闷闷的,仿佛快要下雨了。

江南突然开口:"我说的话,依旧算数。"

什么话?我不由得扭头,对上他清澈如湖水的眼睛。

"如果哪天你觉得不幸福,记得要告诉我。"

说完,车到站,他安静地看了我两秒,起身下车。

车再启动,我透过窗户看着他的目光在车下追随,灼热而执着,直至再也看不见。

轻叹一声。

我掏出手机,想在这个时刻听到某人的声音。

"苏陌。"依旧是那样有磁性的声音,低低的,很迷人。

"你今晚还是在学校通宵?"我轻轻地问。

"嗯,明天一早再回家拿行李。"

"要不……"我轻轻闭上了眼,小声说了一句,"我们俩不去了。"

我只想待在你身边,我不想再有任何冒险。

我不想见江南,我也不想你见苏可。

求求你,和我说我们不去了。

"不是还要帮浩子表白?"他一句话突然点醒了我。

"也是……"我咬着嘴唇低下头,微微叹气,"好吧。"

回到家,爸爸和妈妈已经在厨房忙开了,光是空气中弥漫的香气就足以让人觉得幸福。

我呆呆地靠在沙发上看着他们的身影,想着到了美国后,再要见到他们为我做饭不知是何年何月,不由得有点难过。

"小陌,"妈妈突然转头唤我,"小可在洗澡,她的毛巾忘拿了,你去她房间帮她拿一下。"

"好。"我想也没想,推开苏可的房门。

令人窒息的粉色。

我皱了皱眉,不想在这让我不舒服的粉色空间再逗留多一秒。拿了她床头的毛巾,正欲踏出房门,眼角的余光,瞥见了一样东西。

一本暗红色的小本子,静静地躺在她的书桌上。

是一本护照。

"Chloe在哪里?"

"离开这个城市了。"

我控制不住自己的双脚,慢慢地移动到桌前。

可是心里却有一个声音在呐喊:苏陌,不要看。

求求你,不要看。你答应过乔子诺,你说信他的……

啪……终于,护照连同我手上的毛巾跌落在地上,我踉跄着走出房门,不顾爸妈惊诧的叫唤,甩门而去。

天空一片漆黑,轰地劈过一声雷,豆大的雨点便洒落下来,打在了我的身上。

我只觉得心像被挖土机剐走一块似的,痛得死去活来。

我任由雨水浇在身上,从内而外冷得一阵阵发抖,脑海里却一幕幕重复着刚才的画面。

红色护照躺在地上摊开着,清晰地盖着美国的入境章。

上面的日期,和乔子诺去美国的时间,一模一样。

乔子诺爷爷去世得突然,苏可要一夜之间办签证是不可能的。

也就是说,签证是一早就办好的。

乔子诺,一早,就打算带她去美国。

并且在爷爷去世这样的重要时刻,陪在他身边的,是苏可。

不是我。

"苏陌,你愿意跟我去美国吗?"

"秋季开学前,我先带你去美国见我爷爷。"

"我们可以回檀香山,出海看鲸鱼。"

"去夏威夷大岛看黑沙滩。"

"去Maui看世上最美的日出……"

我真是愚蠢。

他说带我去。可他没说,只带我一人去。

为什么,乔子诺? 到底是为什么,你要这样对我?!

我像游魂一样一路淋着雨走回Tina姐家,可是我没有进去。我走到了隔壁,伸手用力敲打着铁门,哐哐哐的声音淹没在雨中,更像是一阵阵呜咽的声音。

里头终于传来窸窸窣窣的拖鞋声,石头打着伞探出头来。

"苏陌,这么大雨,你……"他一把将我拉进屋,用一条大毛巾包住已经冷得嘴唇发麻的我,"你是不是疯了?!"

"石头……"我气若游丝,抬头呆呆地对上他的眼睛,"你能不能帮我一个忙?"

他微微愣了一下,抿了抿嘴:"你说。"

"你认不认识……私家侦探什么的……"我已经完全站不稳,快要摔倒。

"不行!这个我不会帮你的。"石头不听我说完,一下打断我的话,"你的脑子里到底在想什么?!"

"好……"我落寞地想要转身离开,"那我自己想办法……"

"你!"石头一拳捶在了桌上,然后长长地呼了口气看着我,"到底发生了什么事?"

我没有回答他,只是执着地仰着头问:"你到底……要不要帮我?"

石头安静地看着我,良久,他问了一句:"你要查谁?苏可吗?"

我幽幽地转过身,缓缓地向门外走去:"乔子诺……"

·2·

我坐在窗边看着雨停,看着蓝色的月亮升起来又落下去,看着天色泛白,一直看到天全亮。

被雨淋湿的衣服依旧穿在身上,整个人像是书脊松了的古籍,轻碰一下都会有书页掉出来,随时散架。

手机闹钟响起,我默默地抬手把它摁了,起身去冲澡。

今天,是我们六个人的……毕业旅行。

会说再见吗?会再也不见吧。

屋外天气很好,晴空万里无云,蓝得可以渗出水来。我背着背囊,手里提着旅行袋缓缓走出门口。初夏,簕杜鹃开得正旺,灼灼花影在暖风中摇曳,在阳光下闪着紫色的光芒。

太阳打在身上,我却觉得忽冷忽热,一下热得像是有汗捂着,发不出来,一下又像是怀里揣着冰,冷得直哆嗦。

头重脚轻,像是行尸走肉。

到了车站,程优一早便等在那里,眉头微微地蹙着。她看到我一下迎了过来:"浩子昨晚说家里有事,要晚一天才到……"

"哦……"我漫不经心地答道。

她的精神看起来也不怎么好,有着淡淡的黑眼圈:"我昨晚就没怎么睡,不知他家到底发生什么事了……"

我默不作声,鞋尖轻轻蹭着地面。

"姐姐!"后面有人唤我。我缓缓转过身,静静地看着她。

苏可穿着淡粉色的长裙站在我面前,手里拖着个小箱子,安静地与我对视着。

"你精神看起来很差,"她终于开口,"不过,我也整宿没睡。"

我继续默然地盯着她。

"我在想,接下来这三天,你会问我些什么。"她轻轻笑了笑,拖着箱子从我身边经过,"我等着你。"

忽冷忽热的感觉越发明显,我开始觉得天旋地转。

"苏陌。"

我缓缓转身。眼前是那人熟悉的身影,他穿着藏青色的衬衣,定定地看着我,神情有些疲惫,可是嘴角勾起的微笑浅浅的,像是熨在我心上,直熨得我的心起了一道焦黑的伤痕。

他缓缓走向我,伸出了右手:"行李给我。"

我直直地走向他,眼睛从他脸上扫过,缓缓地移开。

然后,直直地,从他身边擦肩而过。

他的背突然僵了一下。

我上了度假村的车,坐在了程优隔壁靠窗的位置。程优诧异地侧头看着我:"你干吗不跟乔子诺坐?"

我没有回答她,轻轻闭上了眼睛。

"小陌。"身前坐了一人,轻轻地唤我。

我微微睁开眼睛,江南安静地看着我。过了一会儿,他将头转过去,轻吐了一句:"我昨晚几乎没睡。"

"哈哈……"我突然失声笑了起来,直笑得眼泪都要出来,笑得所有人都在看我,看着我仪态尽失地捂着肚子边笑边哭。

昨晚,我没有睡,看着月亮升起又落下。

程优没有睡,握着电话忧心忡忡,想着彭浩到底怎么了。

苏可没有睡,冷眼看着被我翻过的护照,想我会问她什么。

江南没有睡,想着我是不是可以回到他的身边。

乔子诺没有睡,整宿在学校做最后的冲刺。

彭浩想必也没有睡,在斟酌着最后的表白台词。

天底下还有比这更好笑的剧情吗?

早知如此,还不如大家齐齐出来围一块儿打升级。

"苏陌……"程优突然小声地唤我,手覆上了我的额头,"你是不是哪里不舒服,你的脸色苍白得吓人。"

"没有。"我避开了她的手,用手背狠狠擦了擦眼泪,望向窗外。

斜对面,有一道目光一直在定定地看着我,看着我又笑又哭,却一声不吭。

车终于缓缓地开动,目的地是米亚度假村。

从哪里开始,就在哪里结束。很好。

车一直在颠簸,颠得我越发头昏脑涨。我靠在车窗边抱着双臂昏昏欲睡,头一下又一下地撞在车窗上,却不知痛。

睡得迷迷糊糊,突然觉得有人轻轻揽过我的头,让我靠在他的肩膀上。这样的感觉,真的好熟悉。好像曾有那么一个时刻,我在颠簸的车上,头一下又一下地撞向车窗,发出巨大而绝望的声音。有人不发一语地扳过我的头,让我靠在他的肩膀上。

我突然一个激灵醒了,唰地站起来,冷冷地看着身边的人。

不知什么时候,身边的程优换成了乔子诺。

这一秒,他正微微蹙着眉看着面无表情的我。

"过来……"他柔声唤我,向我伸出手。

我的头昏昏沉沉的,左右太阳穴像是各牵了一根细线,缓慢而固执地拉扯着,突突地疼。

我居高临下地看着他,整个人随着颠簸的车晃动着,阳光在我身后一下阴一下晴地打在他的脸上,让我觉得眩晕。

他就这么一直把手伸着,也不拉我,抬着头定定地看着我,像是在等待着什么。

我突然有一种错觉,如果他现在是跪着的,是不是就是求婚的姿势?苏陌,如果乔子诺求婚,你会答应他吗?

是不是依然可以不顾一切地去爱,像从未受过伤一样?

咻……砰……车一个急刹,我没站稳,整个人朝前倒去。乔子诺伸手一拉,将我拉进怀里。

熟悉的气息袭来,包裹着我的全身,我真想就这样昏死过去。

可是下一秒,我从他怀里挣脱出来,冷冷地跨步走出去:"到了。"

我们订房订得比较晚,全部只剩下单人房了。

这样也好,这三天我就在房间里不吃不喝睡死过去,我想,等我醒来的时候,一切也就结束了。

进房间前,我还不忘告知程优,离酒店半小时车程远的地方有专门卖樱花酒的,下午可以去买了,晚上大伙儿一起尝尝。

程优信以为真,一听见和樱花有关的东西就迫不及待地答应了,还非让我答应她要一起穿那条新买的白色蕾丝长裙。

为了避免她怀疑,我只好回房去换裙子。

裙子换好后,头越发疼,疼得连躺着都难受,我决定下楼去买药。

走廊里铺着厚厚的地毯,人走在上面像踩着云层,一点声音也没有。我觉得整个人都是飘的,脚步都似乎不受控制。

砰! 我突然听见走廊转角的房间传来一声撞击声,门虚掩着,里面似乎有人在争吵。

那是,苏可的房间。

我不受控制地缓缓走了过去,背靠着转角处的墙壁。

"你凭什么管我?!"苏可好像在哭,歇斯底里。

"你再这样下去谁也帮不了你!"

我的心猛地一抽。是乔子诺。

"我要你帮我了吗? 你看不下去就走!"

"之前不是好好的吗? 你答应过我不会再这样了。"乔子诺态度突然软下来。

"哈,我答应你?"苏可突然狂笑起来,"你也答应过我的,你要我不要她的!"

像是一盆冰水从头浇下来,冷彻心扉。

苏陌,这就是真相了,你不要再自欺欺人了。

"小可,你再这样下去会死的!"乔子诺的声音变得悲痛无比,像是低鸣的撞钟,声声泣泪。

"那你选! 你要她,我死。你要我,她死。"

整个世界,安静下来。

一点声音也没有,仿佛刚才的争吵从未出现过。

我轻轻地走到他们门口,听见苏可闷头抽泣的声音,仿佛是在某人怀里。

乔子诺,拥着她吧。说不定,还会吻她吧。

吻她的眼睛，吻她的脸颊，吻她的嘴唇。直至她停止哭泣……

所以，你的决定是，要她。我死。

我转身走回了自己房间，倒在了床上。

何必还要买药，反正，都要死了。

昏昏沉沉，一直到了中午，程优打来电话叫我吃饭，我说没有胃口，正想挂她电话，她焦急地问了一句："苏陌，你和苏可是不是都病了？都说没胃口不吃饭。"

我低声应了一句，说待会儿下去吃，挂了她的电话。

翻了个身，想要继续睡死过去。可是，脑海里却重重地闯进来一句话。乔子诺刚才说："小可，你再这样下去会死的！"

"再这样下去……"什么意思？

我的思绪渐渐将最近的一些事情联系起来，突然觉得背后一凉。

起身下床，到一楼前台。我说我是611号房的，忘了带门卡。前台看我们一群人是一起登记的，拿了我身份证号便给了我门卡。

我站在611号房门外，手颤抖着打开了门。

里面静悄悄的，像是没有人。我走进去，床上的被铺整整齐齐的，像是没有人动过，房间里一个人也没有。

看来……已经下去了。

我突然听到一些声音，头皮一紧。我转身跑去洗手间的方向，砰地打开了门。眼前的景象，我一辈子都不会忘记。

·3·

苏可躺在干燥的浴缸里，两眼迷离地望着天花板，她的手臂关节上有着浅浅的淤青。地上，撒满了一地白色的药丸。

我整个人像是被雷劈了似的,这些天来一直缠绕在我心头的猜想终于得到了印证。

我一把将地上的药丸踢开,转身死命地摇着她:"苏可你知不知道你在做什么?!你为什么要碰毒品?为什么?!"

她将头转向我,煞白的脸上有着一抹奇异的红晕,眼睛失焦似的看向我,却像是从不认识我似的。过了一会儿,她发出迟钝而低缓的声音:"唔……为什么人不能飞呢……"

我唰地开了花洒,冷水浇在她的脸上和身上,并狠狠地摇着她的胳膊:"苏可你给我醒醒,你醒过来啊!"

她似乎被冷水惊到,伸着手想要抢我的花洒,可是她站不起来,也抓不住我的手,只一味地伸直了手,一下一下地拍打着虚无的空气,伴随着虚弱的啼哭声,像一个茫然无助的痴儿。

过了很久,我们俩精疲力竭地坐在地上,全身湿透。

她脸色苍白,整个人歪倒在一边,断线木偶一般。

我强撑着站起来,褪去她的湿衣服,给她披上浴袍,跌跌撞撞地将她扶到床上。

过了好一会儿,苏可似乎终于缓过劲来,眼神恢复清明。她冷冷地看着我,幽幽地吐了一句:"看到我这样,是不是觉得很爽?"

我一手将她从床上拽起,拉着她的手腕往外走。

她吃痛后狠命甩我的手,可是我就是不放,任由她跌跌撞撞地跟在我身后叫喊着:"不要拉我,你要拉我去哪里……"

"去戒毒!"这三个字刚从我的齿缝里挤出来,苏可就尖叫着一把推开了我,一下跳回床上,用被子死死盖住了头,发出闷闷的呜咽声。

我全身乏力地靠在墙上,头痛欲裂:"你何苦这样折磨自己。"

许久,她轻轻拉下被子:"苏陌你知道吗,这世上有一种东西,就像毒瘾一样。"她的眼睛失去了往日的神采,长长的睫毛惨然地耷拉下来,像是受伤的羽翼,"我戒不掉。"

"你这样爱乔子诺,当初又何必……"想起乔子诺,我的心一阵绞痛。

"哈……"她的眼神突然恢复焦距,失声笑道,"乔子诺?你好像搞错了。"她笑得完全停不下来,直笑得整个人裹在被子里剧烈地颤抖,"苏陌,我不爱乔子诺。"

我的心微微一颤。

"可是,他爱我。"

"好了……"我艰难地直起身,想要离开这里,"你不要再说了。"

"不想听吗,还是不敢听?"她挑衅地看着我,干裂的嘴唇泛起了一抹紫灰色,"校运会的那个横幅,是乔子诺拽下来的。"

我的心狠狠地一痛,难以置信地望向苏可。

"他帮我用苦肉计搞定江南的心,"她直直地看着我,看得我心里发寒,"谁知,你居然真的傻傻地和我一起摔下去。"

我的喉咙像是被火灼了,烧得声带尽裂,一个字也说不出。

"他知道我恨你,他愿意为我做任何事。江南向我表白之后,我拜托他去追你,等追到之后就把你甩了。"

我的腿一软,整个人差点没倒下去:"你说谎……"

"我没说谎。"她缓缓地直起身,转头对着我笑,笑得像一朵有毒的罂粟花,"你喜欢去哪家书店,喜欢丘吉尔,喜欢《玻璃之城》,喜欢紫色,他都知道。为什么?我告诉他的。"

所以,我才会常常在书店遇到看似漫不经心的他。

所以,他才会在与我共舞的时候,用丘吉尔的名言给我鼓励。

所以,才会有那个越洋电话,才会有那首 *Try to remember*。

所以,才会有紫色的丝绒高跟鞋。

"乔子诺做饭很好吃吧?"她的声音继续如鬼魅一般敲打着我的

心,一刀一刀地将它凌迟,"我就说嘛,你一定招架不住像爸爸那样会下厨的男人。"

"够了……"

"尤其在你生病的时候,更是招架不住。"

"不要再说了……"

"你去比赛的时候,我一直陪着他。情人节的时候,你只是他的下半场而已。就连他爷爷去世了,陪在他身边的,也是我不是你……"

"我说够了!"

"生气吗?我觉得,我已经很仁慈了,"她缓缓地站起来,立在我面前,"我原本的计划是,要一直到让你怀了他的孩子,才被甩掉的。"

我的胃翻江倒海地痛起来,快要支撑不住:"那你今天,为什么告诉我这些……"

"因为这个游戏拖得太久了,我觉得不好玩了。"她的脸凑到我的跟前,一点血色也没有,"'陌上花开,可缓缓归矣。'我名字的来源,居然可笑的是因为你妈喜欢的这首诗。'可缓缓归矣'……我妈生我的时候,你爸居然还在想着你妈'可缓缓归矣'?!哈哈哈……"

我看着她在我面前失控地狂笑,笑着笑着突然剧烈地咳嗽起来。

好一会儿,她终于直起身子:"苏陌,你要不要也学学你妈,弄一首诗,然后和乔子诺生个女儿,等他十年后'可缓缓归矣'?"

"你!"我气得只想扇她一巴掌,用力将她推在墙上,她偏过头剧烈地咳嗽起来。

"你侮辱我可以,"我冷冷地开口,字字像是剐在心上,"我妈,不可以。"

"为什么不可以?"苏可的声音突然尖锐起来,"当初我妈离开的时候想要带走我的,可是我偏要跟爸爸。你知道为什么吗?我就是要看看你们一家子有多幸福,能幸福多久!我不相信我毁不了你!"

时间一秒一秒地过去,房间里安静得只剩下苏可粗重的喘气声。我面无表情地看着她突然狂躁起来的表情,刚才瞬间涌上的热血却一下子冷了下来,只余下连我自己都难以置信的冷静。

"你毁的是我吗?你毁的是你自己。"我的话像钢珠似的弹出口,思绪实则已经木然得跟不上自己锋利的言语,"你很爱江南吧?你这样费尽思量地从我身边抢走他,又痛苦万分地把他甩了,然后以自残的方式麻醉自己,何苦?你不爱乔子诺,却因为要毁了我的幸福,逼着自己和他在一起,又何苦?你既知乔子诺爱你至深,却让他罔顾自己的幸福勾搭上我,这样残忍,你也下得去手?"

苏可没有说话,痛恨的眼神穿过凌乱的刘海,像锥子一样盯着我。

"简而言之,你伤害自己、伤害你爱的人,也伤害爱你的人,你就是个丧心病狂的疯子。乔子诺没有思想、没有判断、没有立场,为了爱情什么都可以做。"我停了一下,对着虚无的空气说,"他也只不过,是个脑子被狗吃了的疯子。"

这句话一说完,我觉得我的灵魂已经出窍了,只余下枯槁的躯体随时可以灰飞烟灭。

"你果然……"苏可缓缓开口,咬着牙一字一顿地说,"骄傲得让我恨不得杀了你。"

"你先顾好你自己,再来杀我也不迟。"我直直地对上她的眼,毫不逃避,"最后给你一个忠告,你再和那群人混在一起,很快就会知道,谁也保不住你。"

苏可咬着嘴唇低下头,若有所思地盯着我的裙摆,似是要盯出洞来。就在这时候,外面传来敲门声:"小可,你姐在你房间吗?我们约好了去樱亭路那里买樱花酒,你要一起去吗?"

我这才如梦初醒,想起原来我约了程优。

我抬头安静地看了苏可两秒,转身推门离开。

关上门的时候,刚将苏可用力抵在墙上的手抖得不成样子,差点连门把也握不紧。

"小陌,"程优在门外看着一脸憔悴的我,担心地问,"你怎么了?"

我抬头看着一袭蕾丝白裙的她,及腰的栗色鬈发柔美地散落着,像是跌落凡间的安琪儿,让人觉得美好。

而同样发型、同样穿着打扮的我,此刻却千疮百孔。我淡淡地对她笑了笑:"我头有点痛,估计和苏可一样,都感冒了。"

"啊?我去给你们买药。"程优焦急起来。

"别,我们已经吃药了。"我拉着她的手,故作兴奋地对她说,"要不你一个人去买酒吧,浩子今晚就过来了,我们六个人不醉不归!"

"这……"她似乎放心不下我,表情犹豫。

"只是……辛苦你了,"我故意表现得为难,"要不我还是陪你一块儿去吧。"

"别别别,你赶快给我上床躺着。"她皱着眉头拉着我回房,"我都多大个人了,买个酒还要人陪吗?"

我坐在床上,看着她又给我倒水又给我掖被子的,鼻子一酸。

"我们俩今天真像两姐妹,要真一起出去了保证回头率百分百!"她笑笑看着我,眼睛亮亮的,"那我去了啊!"

"好……"我突然忍不住揽过程优的肩头,紧紧地拥了拥她。

我最爱的小优,你一定要幸福。

程优走了,我一个人趿着人字拖走到海边,缓缓地、木然地走在沙滩上,任由冰凉的海水一下一下地打在脚背上。

终于,只有我一个人了。

刚才脱口而出的话,却在此刻汹涌而来,瞬间将自己淹没。

"乔子诺没有思想、没有判断、没有立场,为了爱情什么都可以做。他也只不过,是个脑子被狗吃了的疯子。"

可是,我爱这个疯子。

他在清晨接到我电话时,那样担心地跑来。

他在我生病的时候陪伴在我床前,给我熬粥,照顾我左右。

他在如水的凉夜,低头吻上我的双唇,并告诉我这才算初吻。

他在恶徒手中救下我,带着我在黑夜里赤足狂奔。

他在海边拥着我,对着初升的太阳起誓,让我只需信他。

那些曾经的美好,都是假的吗?

他的醋意,他的浪漫,他的承诺,他的柔情似水。

他说:"苏陌,我爱你,完全没有办法地爱你。"

他说:"苏陌,除了我,你谁也不许跟。"

他说:"一世成双,甘苦与共。"

这些统统,全部都是假的吗?

原来,如此。

我所有在人前的骄傲土崩瓦解,只余下可笑的悲凉充斥着全身每一个细胞。

苏陌,你就是个彻头彻尾的笑话。

你原以为他其实也是爱你的,只是也许他放不下以前,所以他踌躇,他担心,他犹豫,他没有看清自己的心。所以你放下自尊,不给他施压,你等待,你守候,希望终有一天你会成为他心中的唯一。

可是原来,你什么都不是。自始至终,你只是个被报复的对象。

乔子诺,他根本,一点都不爱你。

悲伤如同潮水般侵袭全身,我的步子渐渐迈不开,整个人像是陷在旋涡中,动弹不得。

好冷,好痛……

我已经什么也看不见,什么也听不见。

就连呼吸,也快要没有了。

我只觉得自己像是一颗沉沉坠入海底的星星,终将碎成泡沫。

"小陌,你听见了吗?你听见我在喊你吗?"

有人在轻声唤我。是谁?

我睁开双眼,看着眼前这张熟悉而陌生的脸,眼泪差一点决堤。

乔子诺。

他紧紧地抱着我说:"小陌,求求你,不要离开我。"

我一句话也说不出来,咬着嘴唇不让自己哭出声来。

他把头深深地埋在我的颈窝,一字一顿地说:"小陌,我爱你,我不能失去你。"

我的身子颤抖起来,想要挣扎,可是全身无力,无法从他的怀里挣脱出来。而且,那一丝让人贪恋的温暖,让我的心突然在绝望中生出一朵花来,在冰冷的海水中得以喘息。

"小陌,"他继续低低地唤我,"你信我,我永远在你身边,我永远不会离开你。"

这一次,是真的吗?是真的了吧。

我微微张嘴,我想说,我信你。可是,你叫我,小陌。

这世上有很多人这样叫我,程优,江南,我爸妈,我外婆……

而这样多的人,却没有一个,是乔子诺。

他只叫我,苏陌。

"小陌,小陌你醒醒,你为什么想不开要走到海里去?!"那人的脸在我眼里越发清晰,清晰得我恨不得自己在下一秒死去。

把我从海里救出来,紧紧抱着我的,是江南。

·4·

江南紧紧地抱着我,额前的碎发被海水打湿,眼里净是焦急和心疼。我突然想起苏可曾对我说:"你若是要幸福,就选择江南吧。"

选择,江南吗?他曾是我魂牵梦萦的阳光少年,微微一笑便刹那照亮整片夜空。他曾是我一直以来紧紧追随的那个身影,是我费尽力气变得优秀才足以衬得起的人。

现在,他回来找我了。这样失而复得,这样好不容易。

我是不是应该感谢上苍,让我们终没有错过彼此?

海风吹来,吹得我被海水浸过的皮肤一阵紧绷,整个人像是裹在一个巨大的茧中,僵硬而木然。

"江南……"我缓缓地直起身子,看着他的眼睛。

"你是不是说过,如果哪天我觉得不幸福,记得要告诉你……"

"这句话,还作数吗?"

江南的手掌覆于我脑后,让我们彼此额头相抵。他轻轻地对我说:"我不想再次错过你。"

是吗?那不如,就这样吧。

各归各位,这应该是我们四个人,最好的结局了。

"上次,我陪你喝过一次酒吧?"我微微偏过脸,望着眼前无尽的大海,"这次换你陪我,好不好?"

江南的眉微微一蹙,握着我的手一紧:"小陌……"

我知道他在担心什么,淡淡地宽慰他:"我不会再走到海里去了,你去吧。"

他沉吟了两秒,轻轻拥了拥我的肩膀:"你等我。"

"好。"

江南很快便回来了,手里拿着一大袋啤酒。

我们一声不吭地望着大海喝酒,一口又一口,冰冷而苦涩。

"江南,你还记得你和我说过的那个……猎户座的传说吗?"我拿着啤酒罐,身子轻轻晃动着,"你说,阿波罗是真正可怜的人,因为他无法获得爱。呵呵,我就是阿波罗。"

"胡说,"江南柔声对我说,"你还有我。"

"好奇怪呢……"头越发沉重却清醒依然,我抱着膝盖小声嘟囔着,"我本是一杯就倒,可是今天,却怎么也喝不醉……"

"你想要喝醉,我陪你。"江南侧头看着我,伸手将我被风吹乱的发挽于耳侧,"你若醉了,我就背你回去。"

我的心狠狠地一痛。

乔子诺,你一定也背过苏可吧。

是不是也是在她醉得不省人事的时候?

她也像我一样,吐了你一身吗?

乔子诺,你一定也在月下吻过她吧。

是不是也有着啤酒花的香甜?

你和我的那一次,一定不是初吻吧。

可是,我怎么就信了呢?

仰头,又是一罐。

再开一罐。

"小陌,你已经喝得很多了。"江南轻轻扶着我站起来,"来,我带你回去。"

我已经完全站不稳了,向前趔趄了几步,把横七竖八的空啤酒罐踢得到处都是。

眼前的景象都是歪的,海水仿佛流到了天上,太阳仿佛沉到了海底,树倒了,云落下来了,整个世界都是幻象。

脑子里乱哄哄的,新旧画面一遍又一遍错乱地回放着。

我只依稀看到江南走到我跟前,微微弯下腰:"上来,我背你。"

"不要。"我一把推开他,踩着裙摆向后退去。

我看见他眼里的尴尬,然后便大着舌头说:"不要背,用抱的。"

江南上前将我打横抱起,风吹起我的长发,轻拂他的侧脸。他低头看着我,良久,慢慢地凑过来,越来越近,就要触碰上我的嘴唇。

"放下她。"背后不远处传来冷冷的一句低喝。

江南整个人顿住了,缓缓地转过身。

那个人,我不用看也知道是谁。

江南也冷冷地回了一句:"如果我说不呢?"

"我再说一次,"那人似乎按捺着心中的火气,一字一顿地说,"放,下,她。"

我闭着眼睛,轻轻地对江南说:"江南,放下我。"

江南却将我抱得更紧了,丝毫不松手:"不行。"

"你先回去,我会再找你。"我轻轻地睁开眼,看着他,"你会帮我的,对吧?"

江南安静地直视着我,过了一会儿,终于将我放了下来。

着地的时候,我的腿一阵酥麻,没站稳,整个人差点跪了下去。

有人稳稳地扶住了我。

江南托着我的左臂,乔子诺扶着我的右臂。

我轻轻地把左手抽出来,整个人倒在了乔子诺怀里。

江南默默地看了我一眼,转身离去。

"你又跟别的男人喝酒。"乔子诺低哑的声音里有着一股无名的怒气。

"是啊,所以呢?"我挑衅地答了一句。

他突然扣住我的下巴狠狠地吻了下来,仿佛带着压制已久的愤怒。这种突如其来的掠夺让我彻底惊住了,我在余光中甚至瞥见了江南那并未走远的僵直的身影。

我想要从他怀里挣脱开,双手却被他紧紧圈于胸前,只能死死地抵住他的胸膛想要逃离。可是他更加发狠地吻我,在他丝毫不停歇的深吻里,我的心抑制不住地一阵狂跳,这种带着不容分说的霸气缠绵快要了我的命,让我的酒劲一下子全涌了上来,大脑里仅存的一丁点理智瞬间蒸发得无影无踪。

不知是什么时候开始忘了挣脱的,我紧紧地闭上双眼,仰起头深深地回应他。停不下来,完全停不下来。

过了好久,他终于松开了我的唇,让我靠在他的胸前,然后在我耳边低哑地叹了一声:"该死,你到底喝了多少?"

我终于觉得天旋地转起来,呆呆地仰头望着他,只觉得脚下的沙子越来越软,整个人已经完全站不直了,仿佛随时就会陷进沙里。

"背我!"我看着他的眼睛,语气强硬。

乔子诺转身将我背起,一步一步地向前走去。我趴在他温暖而宽阔的后背上,胸中积郁的闷气一下子汹涌而来,直冲到头顶。

你质问我为什么和别的男人喝酒,你缠绵地与我深吻,你将背后留给我……

演。你继续演。

我的眼泪止不住地夺眶而出,悲伤地汩汩而下。我忍住不要呜咽出声,死死地咬着嘴唇一声不吭,整个身子却抑制不住地一直在颤抖。

眼泪流过脸颊,湿了他的颈后一片。

"苏陌,你怎么了?"他停下脚步,侧头问我。

如鲠在喉,我发不出声。

他的头微微后仰,后脑勺抵住我的前额:"告诉我,你到底要我怎么样?"

"求婚……"

·5·

他的背僵了一下。

"我要你,求婚。"

他没有回应我,就这样默然地背着我,一动也不动。

我突然猛拽他的衣服,一下一下地打在他的后背,带着绝望的哭腔嘶哑地喊着:"你为什么不愿意求婚?你为什么不愿意娶我?"

你告诉我啊!

你告诉我你爱的是苏可啊!

你告诉我你一直都是骗我的啊!

"苏陌……"他将我放下来,转身面对着我。

我扯着他胸前的衣领哭得上气不接下气,整颗心就像被锋利的鱼钩连皮带肉撕扯出来,鲜血淋漓,可是却还带着惨烈的跳动。

"你喝多了!"他双手捧起我的脸,一字一顿地对我说,"我不能在你这么不清醒的情况下向你求婚。"

"不!我很清醒……"我狠狠地摇着头,"我没有醉,我知道自己在做什么。"

乔子诺,如果你有那么一丝爱我,哪怕只是一点点,哪怕不及苏可的十分之一。哪怕你在我们两姐妹之间难以抉择,只要你向我坦白,你求我原谅,你让我等你,我真的,会原谅你的。

我真的不相信,你一点都没有爱过我。

"我什么都没有准备,怎么可以这样向你求婚?"他轻轻擦去我的眼泪,想将我揽入怀中。

"你要把我拱手让给别人吗?!"我突然一甩手,一路踉跄着向海里走去。

"苏陌!"乔子诺一个箭步将我拽住,死死地揽着我的腰,"你到底想我怎么样?!"

海水没过我的脚背,寒气攻心:"求婚。"

"……好……我依你。"

乔子诺牵着我走回沙滩,转身去树下不知弄了些什么,又回到我身边。

海风轻轻吹起我的长发,白色的蕾丝长裙随风扬起。

斜阳如蜜,照得蓝宝石般的海水波光潋滟,海浪一下又一下,温柔地拍打着岸边的礁石。

乔子诺站在我面前,墨玉般的眼睛深深地看着我,他的嘴角浅浅地勾起,有着好看的弧度。

他在我面前单膝跪下,牵起了我的左手。

"苏陌,你是我这辈子最深爱的女人。

"我想要每天一醒来就看见你在枕边惺忪的模样,我想要每天一回到家就听见你喊我喝汤的声音,我想要每天晚上你能枕着我的手臂入睡,我想要和你有我们自己的孩子。

"我只要一想到这些,就会觉得幸福。

"你曾问过我,是不是永远都不会舍弃家人,是不是什么都肯为他们做。我说,是的。你不仅仅是我的爱人,更是我的家人。我想要爱惜你,守护你,一辈子永远不离开你。

"我也许不是你第一个喜欢上的男人,可是我真的希望,我是你最后一个爱上的、能陪你到最后的男人。

"苏陌,你愿意,嫁给我吗?"

我想,我一辈子都不会忘记这样一个画面:一个男人单膝跪在一个女人身前,说着至死不渝的情话。这样的逆光剪影,太动人。

我已经泪流满面,泣不成声。

"我愿意。"

乔子诺的眼里似乎也泛着泪光,他伸出手将一个圆环套在我左手的中指上。是一个草编的指环。

"抱歉,将就一下。"他缓缓站起来,轻吻我的额头,"我一定会在你清醒的时候,再补你一个正式的求婚。"

不需要了。那个正式的求婚,真的,不需要了。

乔子诺抱着我回到房间,将我轻轻放在床上:"我给你倒杯水。"

我突然站起来,勾着他的脖子深深地吻他。

我吮咬着他的唇,舌头与他纠缠到底,仿佛用尽生命里最后一口气,与他抵死缠绵。

在快要窒息的瞬间,我离了他的唇,细密而炙热的吻从他的嘴角一直游移到他线条分明的下巴,顺着下颏一路往上,最后轻轻咬住了他的耳垂。

乔子诺低哼了一声,空气里充满了糯湿的暧昧与欲望。

他仿佛想要推开我,可是我不依,死死勾住他的脖子,仿佛是压抑已久的渴求终于爆发。我的吻从耳垂一路蜿蜒而下至他的脖颈,伸出舌尖轻轻舔舐着他的喉结,轻声呢喃:"你曾经说过,你想将我揉进你的身体里,揉进你的血液里,你想我成为你孩子的母亲……"

他倒吸一口气,大力地将我推开,声音低哑而充满磁性:"苏陌,你在勾引我。"

"是,我勾引你。"我的头像是有千斤重,脸烫得像火烧一样。

可是我知道自己在做什么。

乔子诺将我整个人摁坐在书桌前,手绕到颈后想要分离我紧箍着他的双手。我抬起双腿攀上他的腰,交叉的脚跟一用力,他整个人便覆在了我身上。

"苏陌……你喝醉了。"他依然抑制住自己的欲望,反手想要扣住我的脚踝。我用力抓着他的手,让他的手掌撩起长长的蕾丝裙摆,从脚踝处一路顺着小腿到膝盖,最后覆于大腿根部。

我眯着眼看着他快要冒火的眼睛,抬头在他耳边轻呼了一句:"你信不信呢,我下面什么也没有穿……"

他的最后一道防线终于被我攻破,将我整个人往上一提,两人便往床上摔去。

我发狠地拽着他胸口的领子往左右一扯,嘣的一声,领口的扣子被我扯掉。乔子诺皱着眉头褪去上衣,轻喘的气息在我耳边缭绕:"苏陌,你应该是这个世界上唯一一个要撕碎男人衣服的女人……"

我睁开迷离的双眼,看着眼前线条刚毅的肩膀和肌理分明的胸膛,全身的血液唰地涌上了头。他低下头用嘴褪去我左右两边的蕾丝肩带,轻轻吻着我的锁骨和脖颈,呼吸愈来愈急促。

我已经完全不能思考,像有无数小蚁在轻咬我的心,让我酥痒难耐。我一咬牙,突然挺身撞向头顶的木质床靠,砰的一声,眼冒金星。

乔子诺突然稍稍抬起头,深深地看进我的眼里:"苏陌……会后悔吗?"

我不会后悔。我只是想把自己狠狠地撞晕,等我醒过来的时候,我已经是你的了。

我看着他,微微抬起后背,反手将背后的拉链拉开,用力一扯,裙子褪到了腰部,只余下了贴身的抹胸。他脖子上的银链子闪闪地在我眼前,我抬起头用嘴衔着那条链子一拉,将他整个人拉向我。

我轻轻地呢喃了一句:"I'm yours。"(我是你的。)

乔子诺滚烫的胸膛与我紧紧相贴,一点空隙也没有。他伸手抚向我攀着他腰肢的大腿,我整个人一阵战栗,只听他窝在我的颈畔,低低地说了一句:"苏陌,我会娶你的……"

我的眼泪突然夺眶而出。

《玻璃之城》里,港生也对韵文说:"我会娶你的。"

可是,他终究还是没有娶她。

乔子诺的欲望越发强烈,咬着我的耳垂轻声低吼:"苏陌……我爱你……"

就在他的手掌游移到我大腿内侧的时候,我低声呻吟了一句。

他突然整个人僵住了,炙热的身子开始一点一点地发冷。

我勾起他的脖子,意识涣散地在他耳边将刚才那句话又说了一遍,无比清晰:"江南,我爱你……"

他离开了我的身体,冰凉的空气一下子侵袭而来,撕心裂肺地冷。我闭着眼睛,听见了甩门的声音。

一滴泪,淌了下来。我木然地伸手去拿手机,拨通了电话。

江南走进来的时候,我披头散发地用被子紧裹着自己,头重得完全抬不起来,耳边净是嗡嗡的声响。他轻轻抚着我的脸,听我木然地说着话,良久,问了一句:"你确定吗?"

我点了点头,不再吭声。

江南静静地立在我身边,开始解上衣。

他抬起我的下巴,让我直视着他:"小陌,你不要后悔。"

我闭上了眼睛。就这样吧。

不知过了多久,门被砰砰地敲打着,响声震天。

"苏陌,你给我开门!"

江南披着浴袍,上前去开门。

乔子诺红着眼冲进来,看见了满地狼藉的衣物。

我的,还有江南的。

我木然地望着他,将被子从胸前拉至肩膀。

我想,他一定是看到了。

"乔子诺……对不起,"我木讷地开口,"我想,我不能和你在一起了。"

"我不想成为你的家人,我不想和你甘苦与共。

"因为,我不能……

"我依然……爱着江南。"

空气凝固,寂静得让人窒息。

突然,乔子诺一个勾拳,将江南挥倒在地。

我漠然地看着他愤怒的样子,一句话也不说。

然后,看着他踉跄离去。

"小陌……"江南坐在我身边,悲伤地看着我。

我看着他嘴角的淤青,轻声问:"疼吗?"

他苦笑了一下:"我只是疼,可是他却已经死了。"

江南走了之后,我一个人倒在床上,如同死鱼一般。

我看到厚厚的地毯上,静静地躺着一颗纽扣。

那是乔子诺的,衬衣上的第二颗纽扣。

乔子诺,我给过你机会的。可是,你还是没有向我坦白。我说过的吧,如果你骗我,如果你不能骗我一辈子,我一定会杀了你的。

论演技,我不会输给你。

又过了不知多久,手机开始振动起来,一遍又一遍,停了又响。

我终于抬手接起电话。是石头。

"苏陌,你快点来医院!你朋友出事了!"

我一个激灵坐了起来:"谁……"

我第一个反应是,乔子诺出事了。

"你那两个朋友!程优和彭浩,出事了!"

第十七章
Love is beautiful（爱很美丽）

很久很久以后
当我回忆起我们的青春往事
心里总会隐隐作痛
到底是什么
让我们甘愿等待
一直等,一直等
等到心花衰败
等到泪水流尽
等来了一世荒芜
如果一切可以重来
我想,我们一秒都不会再等

· 1 ·

我和江南赶到医院的时候,天已经完全黑了。一路上我一直在发抖,我不知道石头说程优他们出事了到底是什么意思。

程优不是去樱亭路了吗?

彭浩不是在那等着她向她表白吗?

怎么会出事?会出什么事?

江南一直紧紧握着我的手,似乎想要给我温暖和宽慰。

可是,我只觉得冷,真的好冷。

石头说他们在五楼,一出电梯,我便看到走廊尽头静静坐着的程优。

"小优!"我飞奔过去紧紧地抱着她,"你没事真的太好了……"

程优一声不吭,任由我抱着她,一动也不动,像是一尊雕塑。

我松开她,迫不及待地上下打量她,猛地倒吸一口气。

她头发凌乱,雪白的蕾丝长裙裙摆破了好大一块,上面有着斑斑血迹,已经冷凝成黑红色。她浑身上下都是大大小小的伤痕,整条右臂打了绷带,用木板固定着。右边脸颊到脖子处有一大片擦伤,不算严重,可是触目惊心。

她神情呆滞,不说话,也不哭,就这么呆呆地毫无表情地坐着。

"小优……"我轻轻摇着她,心疼极了,"你别不说话啊,你告诉我到底发生什么事了?"

她任由我摇着她的手臂,还是一句话也不说,像是中了蛊似的。

"到底是谁把你弄成这样的啊?你告诉我啊……"我急得快要哭出来了,突然像想起什么似的,望着她的眼睛问道,"还有,浩子呢?浩子在哪里?"

程优的眼神一惊,长长的睫毛剧烈地颤抖起来。她突然一个箭步飙了出去,我慌忙拉住她的手:"你去哪里?"

她一个踉跄撞在我肩膀上,像失心疯似的抱着头痛哭起来:"他们撞上了他!车翻了!车翻了!"

我一片茫然地紧紧搂着她,她在我怀里哭得撕心裂肺,嘴里一直不停地说着"车翻了"。

江南带着医生跑过来,医生扶着程优进了病房,给她注射了镇静剂。她好不容易停止了哭闹,沉沉地睡了过去。

我瘫倒在椅子上,看着她苍白如纸的脸色,只觉得心力交瘁。

谁能告诉我,浩子在哪里?

什么叫作车翻了,到底发生了什么事?

"苏陌……"头顶响起了疲惫的声音。

"石头!"我一下站了起来,焦急地看着他,"彭浩呢?"

他一定知道一切。

"彭浩……还在手术室。"石头低沉的声音像是锤子般重重地击在我的心上,"他的情况,很不好……"

"到底发生了什么事?"我捂着嘴巴,尽量不让自己哭出来。江南在一旁轻轻拥着我的肩膀,让我冷静一下。

"苏陌,我可以告诉你,"石头淡淡地说着,眼睛里净是红血丝,像是经过了一场恶战,"但你千万不能冲动。"

"好,你说,我不冲动。"我深深地吸了一口气,看着他的眼睛。

石头看了我好一会儿,终于开口:"我们之前一直在跟踪的一个犯罪团伙,他们今天突然行动,在樱亭路绑架了程优。彭浩刚好等在那里看见了,便飞车去追。那群人发现彭浩跟在后面,便像疯了似的往前开。彭浩拼了命去追,终于,他那辆保时捷超过了他们,硬生生地打横拦在他们车前……那群人根本没料到彭浩会这样,油门大开,没有刹车,彭浩的车就这样被那辆车撞得飞了出去。我们赶到的时候,他的车已经毁得不成样子,虽然安全气囊全开,但他被压在车下,已经没有知觉了。他……伤得很重,进了手术室后,一直没有出来过。"

我木然地看着石头的嘴一张一合,听到后来,我几乎已经听不见他在说什么了,只依稀听到几个字:毒品。电话。

我的脑袋嗡嗡作响,像有一个巨大的电钻在脑子里钻着。

我实在想不明白,他们为什么要绑架程优。到底是为什么?

我突然一个激灵站起来,颤抖着问石头:"你刚才说……毒品?"

"是……"石头看着我的眼睛,点了点头,"我们一直在盯着这个贩毒集团。"

"你说,有预谋……"

"是……"

全身的血液刹那间好像在逆流,我的脑海里闪过无数个画面,像快进的电影:程优笑着和我告别,到了樱亭路下车,突然被几个彪形大汉绑上车,浩子发狠地追车,整部车打横挡在前面,之后被剧烈地撞开,翻滚着飞了出去……

等等,那些人,怎么知道程优会出现在樱亭路?

我的脑海里突然又闪过一个无比清晰的画面,刹那间有如五雷轰顶!我抬起头,石头正若有所思地望着我。

我已经猜到了大半,可是,我仍不敢相信。

我不相信她会丧心病狂至此。

"你们……有什么证据?"我强忍着心中无尽的痛楚,咬着牙低声问石头。

"我们在其中一名绑匪的手机上查到了她的来电记录,"石头一字一顿地回我,"就在出事前一个小时。"

我唰地站起来,大步流星地朝电梯口走去。江南跑上来扳过我的肩膀:"小陌,你要去哪里?"

"我要去找乔子诺!"我咬着自己的嘴唇,快要将它咬破了,"我要问他把苏可藏哪里了!"

"小可?这跟她有什么关系?"江南一定是觉得我受了刺激,连思维也变得不正常了,担心地拉着我。

我的手臂被他紧紧拉住,动弹不得。我突然觉得整个人从未这样绝望,张着嘴想要说话,可是却一点声音也发不出来。

我哽咽着,喉咙里发出"呜呜"的声音,像是一个哑儿撕裂着声带,却怎么也说不清楚一句完整连贯的话:"你知道吗……他们……绑错人了……其实……他们真正要绑的人……是我……"

全世界一片安静,石头默然地站在我的身边,像是无声地回答着我。

所以,是因为他们错把程优认成是我,她才遭了这样的罪!

所以,现在躺在手术室里的,不应该是彭浩,应该是我才对!

"苏陌……你冷静点,我们已经派人去找了。"石头绕到我面前,看着我的眼睛,"对方的人也伤得很严重,程优刚好卡在座位之间,只是轻度扭伤,已经算是万幸。"

"我很冷静。"我把指甲狠狠地掐在手掌里,压抑着心中的怒火,"我最好的朋友差不多疯了,彭浩躺在里面差不多要死了,我现在这个样子还不算冷静吗?!"

我到底可以怎么样……

苏可,乔子诺……你们就这么恨我,恨不得我死吗?

如果这样,为什么不直接杀了我呢?为什么要伤害无辜的人呢?那些都是我们最好的朋友啊!

我后面传来脚步声,江南看着我身后,神情僵了一下。

我转过身,全身的血液涌上了头,甩开江南的手冲了上去。

"苏可在哪里?"我几乎在低声咆哮,"说话啊,你把她藏哪儿了?!"

乔子诺整个人很憔悴,他的衣袖被我死死拽着,却也不挣脱。他悲伤地看着我,艰难地启齿:"苏陌……我不知道,我也在找她……"

"你不知道?!你怎么可能不知道?你们不就是想置我于死地吗?怎么不冲着我来呢?"我的眼泪仿佛已经流尽,双眼干涩得像是灼烧般地痛。我看着眼前这个我曾经深深爱过的人,想着他和苏可的所作所为,只想狠狠地给自己一个耳光。

我真是瞎了眼,才会爱上他。

"苏陌……对不起……"他似乎想要伸手抚上我的脸,可是手却在半空中停住了,颓然地重复着那一句话,"我真的不知道,会发生这样的事……"

"你不知道?!别告诉我你不知道苏可吸毒!"

乔子诺整个人像被钉在原地,他突然一个劲地摆手,沙哑的喉咙艰难地说着:"不是的,不是这样的……小可她,生病了,病得很重……"

你说你不知道,你说苏可生病了。你以为,我还会信你吗?

你说的话,我连标点符号都不会再信。

"乔子诺……你们,会下地狱的。"

我整晚陪在程优床前,她沉沉地睡着,没有醒来。

快天亮时,我来到彭浩的手术室前。灯一直亮着,他的父母焦急地在门口徘徊。彭妈妈一直在默默地流泪,我却不敢上前去安慰她。

直到天色泛白,门终于开了。

"医生……"我们迎了上去。

"情况稳定下来了,"医生摘下口罩,疲惫地答道,"但是病人失血过多,头部受了重创,能不能醒过来,还有待观察。"

"什么叫……能不能醒过来……"我身后突然响起程优虚弱的声音,我连忙转身扶住她,焦急地等待医生的回答。

"病人也有可能醒不过来,也就是说,有可能会变成植物人……"

彭妈妈低呼一声,晕了过去。

我死死地抱着程优,扶着她坐下。我握着她的手,她的双眼空洞无神地望着前方,那样的表情让我害怕。

"小优……对不起,"我抱着她难过地流泪,"应该是我的……躺在里面的人应该是我……"

"小陌,"程优轻轻地扳过我的肩膀,语气有着让我诧异的平静,"我并不希望那是你。浩子虽然还没有醒,可是他没有死。"

程优的反应完全出乎我意料,她不哭也不闹,只定定地望着前方。我心疼地捧着她的脸:"小优,你不要硬撑,你难受你告诉我啊,你难受你就哭出来啊。"

"我不哭,浩子好好的,我为什么要哭?"程优轻轻擦去我眼角的泪水,"苏陌,你也别哭。他不会有事的,我一定可以等到他醒过来。"

我从来不知道,程优会这么坚强。

日子一天一天过去,彭浩依旧没有醒过来。

而苏可,依旧不知道在哪里。

我有时会看见石头和乔子诺在一起,不知在说些什么,一脸严肃。乔子诺整个人瘦了一圈,神情落寞而憔悴。

他应该,真的很担心苏可。

有那么一个刹那,他的眼神和我的对上,深深地看进我的眼睛里。

那样的神情,和他爷爷去世那晚,一模一样。

他似乎有好多话要说,可是嘴唇微抿,什么都没有说,仿佛开口便哑然,只余下无声叹息。

我想,也许,他是真的不知道的。

可是那又怎么样呢,我依然不会原谅他半点。

我和江南天天往医院跑,彭妈妈的情绪很不好,常常会突然哭起来,有时还会对着程优破口大骂,说她是害人精。

但程优真的一滴眼泪也没有流,默默地守着彭浩,寸步不离。

她有时给他读报纸,有时给他讲笑话,还不知从网上哪里下载了很多世界名酒的介绍,一边学一边对着彭浩自言自语,问他一个问题,然后又自己回答。看到她这样,我的心堵得慌。

有一天,我看见她安静地站在走廊尽头,望着窗外的风景发呆。我走过去,不发一语地陪在她身旁。

良久,她淡淡地开口,像是讲着别人的故事:"小陌,那天我一下车,就看见浩子站在不远处,一脸灿烂地对着我笑。

"他那车多帅多拉风啊,像颗巨大的黑钻似的,在太阳底下耀眼极了。可是他的笑容比那车还帅,我简直移不开眼。

"我慢慢地走向他,仿佛受他的目光蛊惑一样。然后突然,我整个人就被扔进了一部车里。那车全速往前开,然后他们突然说,有一辆黑色的保时捷发了疯似的追他们。我知道,那一定是浩子……

"你知道吗,我亲眼看着他那辆黑色的保时捷,像一道黑色闪电似的打横拦在前面,然后整部车被撞飞了出去……

"我在晕过去的刹那,看见了漫天樱花飞舞……"

"苏陌,我打算毕业前给她一场惊天动地的表白。"
"我会在车上装满樱花,然后在樱花开满的路旁等她。"
"我会开着如黑钻一般的跑车,带着她迎风飞驰。"
"我会让她看见,漫天樱花飞舞。"
"这桥段会不会太俗了?"

"小陌……"程优的泪终于淌了下来,"我真的,好后悔……"

·2·

程优那一句"好后悔",让我沉默了好久好久,直至她转身离去很长一段时间,我还默默地站在窗前,看着风吹动枝丫,看着阳光在叶子上跳跃。

我问我自己,有没有什么后悔的事。如果一切重来,我会怎么选择?我还会不会在运动会那天,和苏可一同爬上高高的梯子?我还会不会在江南背起苏可的时候,依然那样坚定地说"我可以"?我还会不会在玩真心话大冒险的时候,宁可在众人面前将自己灌醉?

到这里就可以了吧……

如果一切可以重来,到这里,就已经可以幸福了吧。

可是,想到这里,我怎么会觉得心酸呢?

其实,根本不用重来。兜兜转转,江南还是回来了。

他说,他爱我。他说,他永远不会离开我。

可是,我为什么不觉得幸福?

那么,再往后呢?

如果可以,我要不要和乔子诺重来呢?

我不知道答案。

就在我转过身的刹那,我看见乔子诺站在电梯门口,深深地看着我。我的视线与他的对上,顿时心里一跳。

只这么远远地望着,却觉得他的气息环绕在侧,这么多天来的难过、悲恸与愤恨统统在心头交织成一张网,让我动弹不得。

他的眼里有着复杂的情绪,我不知道那是什么,只觉得自己移不开眼。心里有无数个声音在问,如果可以,我到底愿不愿意重来。

我还愿不愿意,拽着他的衣领不顾一切地撞向他。

我还愿不愿意,被他搂在怀里和他假意缠绵地共舞。

我还愿不愿意,仰起头被他倾身吻下后,在他胸前肆意哭泣。

我还愿不愿意,在知道他用爱着别人的心来靠近我的时候,这样不留余地地摧毁他。

是不是如果我不愿意将他写进我的故事里,我们就都不会受伤,就都不会后悔?

乔子诺,此时此刻你这样一动不动地看着我,到底想说什么?

也许,也不过那三个字:对不起。

可是,天底下我最不愿听到的,就是你对我说,对不起。

因为我无法对你说,没关系。我真的无法,原谅你。

"各单位注意,目标出现在顶楼天台!"石头拿着对讲机突然冲了过来,对着我和乔子诺喊,"快,苏可在天台,她要往下跳!"

我的大脑轰的一下!

乔子诺脸色陡然一变,转身去猛摁电梯。

我飞快地跑过去,可是电梯就是不下来。

乔子诺疯了似的转身跑向安全门,我和石头紧跟在他后面。

石头一边跑一边对我们说:"苏可情绪很激动……谈判专家已经在路上了,你们怎么也得稳住她,我们要争取时间准备安全气垫!"

我的心跳到了嗓子眼,全身血液像是凝固了,一句话也说不出,只管争分夺秒地往上跑。

狭窄的安全楼梯上,只有繁乱的脚步声和喘气声。时间一秒一秒地过去,原来从四楼跑到十楼,竟要这么久。

苏可,你无论如何不能死!

顶楼的安全门哐地被乔子诺飞身撞开,耀眼的阳光一下子照得人睁不开眼。天台上的风很大,吹得我长发乱舞。我拨开头发眯着眼向前望,赫然看见一个人影坐在了一米多高的石砌围栏上。

那是苏可!

"小可!"乔子诺抑制不住大喊了一句,提脚就要往前靠近。

"你不要过来!"苏可突然猛地直起身子,两条腿向前伸着,尖叫道,"你再往前一步,我就向后倒!"

"你不要动!"乔子诺仿佛紧张到极点,紧紧握着的拳头上是分明的骨节,他抑制着情绪,沉下声音来对苏可说,"小可,我们一直在找你,有什么事,你下来说……"

苏可的头发被风吹得飞扬起来,露出她光洁的额头和洋娃娃般美好的脸庞。可是她的脸色如灰土,再无往日的光彩。

她突然望向我们身后,低声笑了起来:"真好,你们都来了,你们都来看我怎么死……"

"小可!"我身后响起了江南的声音,我转身望着他,示意他赶快想办法。苏可那样喜欢江南,她一定会听他的。

江南一点一点地往前缓缓地移动,慢慢张开臂膀:"来……我抱你下来……"

苏可突然安静下来,整个人像是被他蛊惑,一动不动地坐在那里,似乎在静静地等着江南靠近。

我忍不住捂着嘴巴,心里默默地祈祷。

苍天啊,求求你,让江南抓住她。

"不要!"苏可突然像惊醒了似的,在江南离她不到五米的时候猛地起身,摇摇欲坠地站在了高高的围栏上!

"小可……"江南也慌了,不敢再往前走一步,试图稳定苏可的情绪,"你是不是有什么话想对我们说?"

"江南……"苏可的泪落下来,声音哽咽,"我并不想杀死苏陌……"

我的心狠狠地一颤。

"我是叫人绑架她,可我并没有让他们杀了她……"苏可抽泣着,声音越来越小,像是随时会在风中消逝而去,"其实我也不知道抓她干什么……我就是看不得她好,看不得她那么骄傲,看不得她明明不幸福得要死了,却不承认输给我……

"我怎么就这么坏呢?我说谎,我跟那些坏人说苏陌是警方的眼线……"她已经完全处于崩溃状态,泪如雨下,"他们很多人都见过她,我还故意描述得好清楚,说她在樱亭路,穿着白色的蕾丝长裙,有着深栗色的长鬈发……

"我真的没想过会害了程优和彭浩……我害了苏陌,我也害得子诺哥不幸福,我还害了江南你……其实,我自己也很痛苦……"

"苏可……"我再也忍不住了,眼泪吧嗒吧嗒往下掉,"你下来吧,有什么我们一起面对……"

"不!"她用手背狠狠地擦着眼睛,一字一顿地说,"面对不了了……一切就这样结束吧!"

"小可!"乔子诺缓缓走向前,声音有些颤抖,"我说过的,无论发生什么事,我都会在你身边。我们一同回美国,我都安排好了,你一定可以把病治好的!你看着我,我说过我永远都不会放弃你的!"

乔子诺说他永远都不会放弃苏可的时候,我的心很痛很痛。

可是这一刻,有什么比挽救一个生命更重要的呢?

"是啊……"我望着苏可,哽咽着说,"乔子诺真的很爱你,我求求你下来吧,这一次我输给你了,我真的输给你了……"

"呵……"苏可竟然低声笑了起来,"我曾经说过的吧,苏陌,你就是个彻头彻尾的蠢货……我跟你这个蠢货斗了这么多年,我真累啊……"

这是苏可第二次说我是蠢货。第一次,在"蓝色妖姬",我说她有本事让江南爱上她,为什么不能好好待他。

我不知道为什么,她总会笑着说我是蠢货。

"这一次,我是真的累了……"苏可似乎不再发疯,慢慢地摇晃着身体想要转身,"这一次,是真的可以飞了吧……"

"不!苏可!"我大声哭喊着,"你要是跳下去,我们永远都不会原谅你的!"

"那就……永远都不要原谅好了……"

"小可!"乔子诺不顾一切地向前奔去想要抓住她!

"小可!"江南也一个箭步向前,眼看就能够着苏可!

而我眼睁睁地看着她轻飘飘地晃动着身体,一头栽了下去……

"不——!"我整个身体仿佛瞬间被雷击,心就像被尖刀狠狠地刺中,痛得无以复加。而高高的围栏上,已经空空如也,只有风,吹得长发迷了我的眼……

我转身向门口奔去,可是有人一把将我拉到怀里。

"江南,看住她,别让她下楼!"乔子诺手一伸将我推给江南,"别让她看现场!"然后他头也不回地跑了下去。

"放开我……"我狠命地挣扎,泪水已经模糊了双眼。我实在无法想象,前几秒还在对着我们大喊大叫的苏可,此时是怎样了无生气地躺在冰冷的水泥地面上。

我一直在挣扎和哭泣,一直哭到声音嘶哑,力气全无。

江南一直搂着瑟瑟发抖的我,直至苏可被推进了加护病房,我都没能看上她一眼。

爸妈也来了,焦急地问着我到底发生了什么事,苏可为什么会轻生。我艰难地想要开口,江南握了握我的手,起身将我爸妈拉至一旁:"叔叔阿姨……"

我一个人无力地静静坐着,程优在身边陪着我。

等了好久,医生终于出来。我死死地拽着医生的衣袖,却只听见他沉重地说:"我们已经尽力了……"

眼前一黑,我便什么都不知道了。

·3·

苏可死了。她用死来求得我们宽恕。

我整个人像是掉进了无尽的黑洞里,有一个声音来来回回对我怒吼:"苏陌,你真是个很失败的姐姐!很失败……很失败……"

是,我真是失败。

从十岁第一次相见开始我便知道,她不喜欢我,我也不喜欢她。从小到大,我一直由着苏可对我日益增长的仇恨,却只想着用耀眼的光芒一再将她打压。

曾经与她假意亲近,也不过是为了维持一个家的完整性。我从来,就没想过接纳她。我常想的是,她也姓苏,凭什么?

除了有一次,唯一的一次。

初中的时候,有个小男孩想追苏可,天天在楼梯口堵她,把她吓得不敢回家。有一天,我拎着那男生的衣领,恶狠狠地对他说:"我妹不喜欢你,你再跟着她信不信我揍你?!"

那是唯一一次,我觉得我是她姐,她既然姓苏,我便由不得别人来欺负我们苏家人。

可是,我从来没有对她敞开心扉过,我一直想的,是我不能输了幸福,尤其不能输给她。

到头来,我们谁也不幸福……

如果一切可以重来,我最后悔的,最想挽回的,是苏可。

我会不惜一切代价,去化解我们之间的仇恨。

我会真心待她,我最亲爱的,和我流着一样血液的她。

我的妹妹。

可是,现在醒悟,是不是太晚了?

"小陌……"有人轻声唤我。

我缓缓地睁开眼,喉咙和太阳穴都灼烧般痛。一滴泪从我眼角淌下,我只能无声地说出那个名字:"苏可……"

"小陌,"江南轻轻扶起我,将我搂至胸前,"你想吓死我吗?"

"苏可……"我继续无声地呼唤着。

"小陌,"江南用力地拥了拥我,"小可没事,她还活着。"

我一下子整个人清醒过来,死死地抓着他的手臂:"你骗我,医生明明说……"

"医生刚说完他们尽力了,你就晕过去了。"江南抬手抚去我的泪痕,"他们下一句是,病人没有生命危险。"

"呜……"我失声哭了起来。原来,一切还来得及。

苏可摔在了安全气垫上,没有生命危险,可是腿骨折了,与上次摔下来伤的地方一模一样。

医生说,要好好照料,不然以后很容易成习惯性骨折。

医生还说,外伤易治,心伤难治,她是中度抑郁症病人,家人要时刻守在她身边,以防她轻生。

爸妈对着医生和石头不停道谢,一夜之间仿佛苍老了很多。

苏可捡回了一条命,可是,却变得不会说话了。

医生说,那是抑郁症的表现,间歇性失语。

原来,她是真的病了,那天我看到的白色药丸,全是乔子诺带给她的治疗抑郁症的药,在争吵中被她全数打翻在地。

而我,竟误以为那是毒品。

我给她买了很多她喜欢的花和娃娃,把病房布置成一个粉色的天堂。我给她讲笑话,给她读报纸,跟她讲最近明星的八卦。可是她依旧一语不发,终日沉默地发呆。

江南和我说,看见你和程优都一个样,真让人心疼。

可是我再没有哭过。

我终于能理解小优的那句话:"浩子好好的,我为什么要哭?……他不会有事的,我一定可以等到他醒过来。"

我也这样坚信着。

其间,苏可的抑郁症发作了好几次,歇斯底里的狂躁,我不敢看那样的场面,退到了门外。

我看见乔子诺紧紧地抱着她,任由她大力地捶在他背上,咬在他手臂上,却一动不动,只柔声安慰着她,鼓励着她。

他说:"小可,我们都爱你,你要加油。"

他说:"小可,你看看窗外的树,多茂盛,我们小可也要这样。"

他说:"小可,我永远都会陪着你的。"

看到这一幕,我轻轻地关上了门。

那一瞬间,我突然觉得我原谅他了。

他是真的,很爱很爱苏可吧。

"小陌……"江南在身后唤我,"我想说,下周我就要出发去英国了。你……"他的眼神充满了期盼,"你要不要和我一起?"

我沉默了。我是该回到他身边的吧?

"你的签证还没有办,我可以在那边等你。"江南并没有逼迫我,只静静地看着我,"你想要读书、工作,抑或只是去度假,我都陪你。"

"你……"我抬头,对上他的眼睛,"容我再想想。"

苏可出事的第二天,来了一个陌生的女客人,很端庄,很和蔼。

苏可一见到她,突然嘤嘤地哭了起来。

妈妈拉着我,让我叫她姗姗阿姨,她说,这是苏可的妈妈。

我第一次见她,这是我爸爸的前妻。

我没有想过她这么和蔼,我也没有想过,我妈跟她到了今日,竟能这样平静地相处。

姗姗阿姨对我说:"小陌,我们可以谈谈吗?"

她说,以前她也痛苦过,仇恨过,也许这些潜移默化地影响了苏可。可是人老了,反而一切都释然了。

"我最后悔的,是没有好好陪在女儿的身边。爱应该让一个人成长,变得仁慈,变得宽容,而不是变得面目狰狞,充满仇恨。苏可本质不坏,她只是生病了,我一定要尽力让她好起来。"

我点点头:"我也会尽力的,她是我唯一的妹妹。"

还有一个意想不到的客人,那个"蓝色妖姬"的亚麻色头发男子。

我见到他出现,忍不住问了一句:"事情解决了?"

他点点头,举了个拇指。

苏可见到他突然有了些反应,似乎终于明白了一切。

他对苏可笑了笑,偏着头对我说:"对了,石头哥说,他还欠你一个答案。"

我微微愣了一下,突然记了起来。我之前要石头帮我查乔子诺,可是,已经没有必要了。

"我想,这个答案,由你妹妹亲口告诉你比较好。"他突然向苏可挤了挤眼,苏可微微蹙眉,别过脸去。

到底,是什么答案?

今晚由我来守夜,我的折叠床就放在苏可旁边,方便她随时叫我。

夜已深,却辗转难眠。脑海里不断浮现着我们六个人在一起的画面,仿佛是单曲循环,久久不愿摁暂停键。

这就是我们的青春。如果一直不长大,该多好。

"姐……"苏可突然小声地唤我,"你睡了吗?"

这是她醒来后,第一次肯和我说话。

"唔……还没。"

一阵沉默,她没有再开口。

晚风轻拂,吹起白色的窗纱,皎洁的月光倾洒在窗台,映下了一片温柔的银辉。

良久,苏可轻轻地说了一句:"对不起。"

我轻轻地转了个身,在黑暗中看着她的侧脸。月光下,她紧闭着双眼,长长的睫毛像是羽扇一样轻颤着,仿佛在流泪。

"我不奢望你原谅我……"过了好一会儿,她似乎微微叹了口气,"但你可不可以,原谅乔子诺?"

我沉默着,不作声。

"子诺哥他……其实,心里很苦的……"

苏可,你的意思是,让我成全你们吗?

我伸手轻轻抓住她垂于床边的手指,只觉得手心微凉。我抿了抿嘴,对她说:"他既真心待你,你好好珍惜,我……祝福你们。"

如若日后再见,也许微笑着沉默以对。

但终有人是幸福的,这就够了。

"不是你想的那样……"苏可突然反手抓住了我的手腕,语气有些急促,"我妈妈……你见过了吧?"

"是……姗姗阿姨,是个很好的人。"

她突然提到她妈妈,很奇怪。

"我妈妈……叫乔梓姗。"

我的心突然一跳。乔,梓,姗。

"子诺哥,他其实……是我表哥。"

·4·

昨晚在医院一夜没睡,早上回家补眠。可是,依旧睡不着。

苏可说:"一切都是骗你的,除了他爱你。"

原来,他竟是她表哥。

我突然回想起过去的很多片段,才发现有那样多的蛛丝马迹可寻。

我终于明白,为什么乔子诺那样冷淡的一个人,却从一开始就对苏可照顾有加。

为什么乔大哥会笑着和我说,以后我们就亲上加亲了。

为什么外婆听见乔子诺的名字后会说真是巧了。

还有,为什么乔子诺会和苏可一起回美国。

可是,他终究是骗了我。

他接近我,最初的原因是报复我。不管是什么初衷,不管是为了谁,只要一想到这里,我的心就隐隐作痛,并不曾痊愈半分。我实在是无法分辨,带着谎言开始的爱情,到底还剩下几许真实。

尽管苏可对我说:"乔子诺,是真的很爱你,他爱惨了你。"

我躺在床上,眼睁睁地看着时钟从早上八点走到中午十二点,然后缓缓起身。

我要去机场,再晚,就来不及了。

偌大一个机场,人如潮水。看着匆匆忙忙的人群,我突然在想,这辈子有那样多擦肩而过的机会,却只有万分之一的人,等到了那一刹那的回眸。可是那些万分之一的人,有多少能相守到最终?大多,还不是辜负了上天赐予的缘分。

"小陌。"有人在身后柔声唤我。

我转过身,看着那熟悉的身影,微微笑了。他依旧是人群中惹眼的那一个,俊逸儒雅,卓越超凡。有那么多的人在他身边急急地穿梭而过,可是却像围绕在太阳身边的行星似的,失色得唯有借取光芒。

我感谢他曾出现在我的生命里,在我茫然无措失去前进动力的时候,照亮了我的整个夜空。我并不曾后悔这段懵懂而酸楚的喜欢,我之所以是今天这样的苏陌,也感恩于那样一段单纯而美好的时光。

他在我的生命里,仿佛不仅仅是一个人,而是一段岁月。

"江南……"我微笑着迎上去。

"看见你来,"他看着我的眼睛,温柔如一汪碧绿见底的湖水,"真不知是该开心还是该难过。"

他知道我的答案,完全不需要我开口。

我们缓缓走到机场的落地窗前,看着飞机起飞,又看着飞机降落。有人起程远走,有人尘埃落定,仿佛这就是人生一段又一段高高低低的经历。

"早上的时候,小可给我打过一个电话。"他侧头看着我,轻轻地说,"她跟我说,如果可以回到过去,她一定会用最单纯而光明正大的方式告诉我,她有多爱我。"

我安静地听着,看着玻璃中照映着的人影,没有说话。

"于是我也在想,如果可以回到过去,如果……我一定不会再等,我也不会再那样懦弱。我会以最直截了当的方式告诉你,我有多爱你。江南,爱苏陌。"江南的声音低缓而深沉,仿佛是想着遥远而尘封的一段往事,有着隐隐的心酸,"常有人说,认真你就输了。可是在爱情面前,在那个人面前,输赢真的不重要。可惜,我明白得太晚。可惜,错过的一切,永远不会再重来。"

我突然想起那两句歌词:

后来,我总算学会了,如何去爱。可惜你,早已远去,消失在人海。后来,终于在眼泪中明白,有些人,一旦错过就不在。

"所以,你,一秒也不要再等。"

我惊诧地转过身,抬头对上他的眼睛。他微笑地看着我,一字一顿地对我说:"如果乔子诺回来找你……你,一秒也不要再等。"

我的鼻子一酸,差点露了一声泣音。

江南,劝我重新接受乔子诺,劝我不要再等待。

可是,是不是一切还能回到过去?

"我们都那样了,他不会原谅我的。"我低下头望着自己的鞋尖,喃喃自语。

我在与乔子诺抵死缠绵之际喊了别的男人的名字,我知道他会回头来找我,所以设计了那样不堪的一幕。我这样处心积虑地摧毁他,他不会原谅我的。一定不会。

"小陌……"江南双手扶着我的肩膀,轻轻用了用力,"你以为,他真的会信吗?"

"什么意思……"我不解地抬起头,眼眶里噙着泪,快要落下。

"他那样聪明的一个人,你以为,我们骗得过他?"

我的泪,啪地落下。

"你有没有想过,他为什么不揭穿你?"江南的话像是一支鼓槌,一下又一下重重地敲在我心上,落地生音,"你有没有想过,他为什么愿意输给你?"

乔子诺曾说过,输给我,他心甘情愿。为什么呢?

"恐怕他怕的是,你若真的发起狠来让他死心,一定还会做出什么伤害自己的事来吧……"

眼泪,完全止不住。

"小陌,勇敢一点,面对自己的心吧。这个世界上,没有那么多的错过可以从头再来。"

江南轻轻擦去我脸上的泪痕,最后深深地拥抱了我。

我声音哽咽,只说了一句:"谢谢你,江南。"

回到医院的时候,程优正站在走廊的窗前发呆。我轻轻地把头靠在她肩上,问:"小优,我是不是很蠢?"

程优握了握我的手,叹了一口气:"小陌,这世上根本没有那么多的来日方长。有时候不过一个转身便要说再见,你所拥有的便会失去,后悔莫及。"

"道理我都懂,可是我能怎么做呢?"

"听小可说,乔子诺会提前去美国帮她联系医院治疗的事,过两天就要走了。你若不跟他走,这辈子,也许你再也不会见到他了。"

是啊,再也见不到了。

"如果可以回到过去,我一定会很早很早就告诉浩子,我爱他。"程优定定地看着窗外,没有一点迟疑,"哪怕某天会分开,哪怕连朋友都做不成。"

彭浩说得对,这世上总有一个人,若不能与她相爱,宁可不与她做朋友。

每个人都在和我说,如果可以回到过去。

如果。

白天的时候,接到叶宁山电话,约我后天去办公室一趟,有与毕业相关的文件给我。过了一会儿,小学妹凌星也给我打电话,说她在学校办了个人摄影展,叫我务必去捧场。

有这么多事要做。而后天,乔子诺要走了。

我……再也不会见到他了吧?

就这样吧,我们会变成这个世界上,连普通朋友都不是的陌生人。

晚上,辗转反侧,又是睁着眼到天亮。

他不来找我。他知道真相也不来找我。

我天天在医院也见不到他。

也许,他觉得累了,他不爱我了。

第二天下午,我给苏可送换洗的衣物,准备离开医院的时候,突然看见医生们都奔去彭浩的病房,不由得心头一紧,连忙跟了过去。

彭浩的病房里似乎有很多人,我隐隐听见有哭声,不由得握紧了拳头。不要有事,千万不要。

我轻轻推开虚掩的房门,看见程优半蹲在床前,小声地抽泣着。而彭浩微微睁着眼,用手指抚去程优脸上的泪:"不要哭……"

我突然热泪盈眶,不由得捂住了嘴巴。

程优抓着彭浩的手放于唇边,凑过去对他轻轻说了一句:"谢谢你愿意醒来。我爱你……"

彭浩似乎愣了一下,良久,温柔地笑着回答了一句:"居然连表白都被你抢先……可是你知道的,我有多爱你……"

我含着泪轻轻掩上了门,走出了医院。

屋外阳光极好,透过斑驳的枝叶洒在地上,投下了雀跃的光晕。天蓝得剔透无尘,偶尔有几朵白云飘过,都被风吹成了心的形状,仿佛是有人在天上将云朵绘成了诗意的表白,动人心弦。

老天,谢谢你,将幸福还给小优和浩子。

请你永远永远,不要再收回。

·5·

走在学校的林荫小道上,看着三三两两挽着手臂说悄悄话的学妹,看着一边走一边转着篮球耍帅的学弟,看着阳光下安静而肃穆的教学楼,心里油然生起一种舍不得。

四年光阴,弹指一挥间。

从叶宁山的办公室出来,我低头看了看表。

还有两个小时。还有两个小时,乔子诺就要起飞了。

我若现在赶过去,还来得及告别吧?

可是,要怎么面对面地说再见? 也许就这样,抬起头对着天空遥遥挥一挥手,才是最好的告别吧。

走到摄影展大厅门口,我缓缓地踱进去,顺着指引一幅一幅细细地看起来。

凌星的视角很独特,似乎很偏爱人物摄影,画中人的神态都很抓人,定格的景象就在眼前触手可及:眯着眼咬着细线给姑娘开脸的老奶奶,在球场上奔跑着溅起一地泥的少年,在雨中举着手追着公交车的上班族,皱着眉头揉搓着伤腿的芭蕾女孩⋯⋯

我不知道她是怎么捕捉到这么多动人的表情的,只觉得很赞。无声的画面,却胜似动态的电影,每张图背后似乎都有一个故事,娓娓道来。

我突然在一幅照片前停下了脚步,整个人愣住了。

一抹藏青色。

男孩在给女孩系围巾,微微地蹙着眉,低头看着女孩。而女孩身上披着男孩的藏青色大衣,安静地扬着头冲着他笑。

阳光洒在他们身上,似乎有光圈笼罩,为他们隔开了严冬凛冽刺骨的寒风,整个世界仿佛在这一刻静止,再无纷扰。

我记得那一天。那天很冷,而我穿得很单薄,乔子诺一见我就把大衣脱下来披在我身上,然后解下围巾为我戴上。我们离得那样近,他的气息环绕在我周遭,像薄荷叶一样清新好闻。我扬起头细细看他的眉毛,他的鼻梁,他好看的嘴唇,然后偷偷地抿嘴笑。

他望着我得逞的笑容,轻轻说了一句:"你故意的。"

是啊,我故意的呢。

记得那个飘着细雨的早晨,他站在Tina姐家门前,问我冷不冷。我对他说:"如果我说冷呢?"他便伸手将我拉至怀中,用身上的夹克包裹着我,将暖流传递到我身上。我在他怀里枕着他的胸膛,听着他的心脏有力地跳动。他的怀抱,仿佛就是一座坚不可摧的堡垒,让我毫无理由地贪恋。

自此,我常常在大冬天故意不穿大衣,我喜欢看他微微地蹙着眉唤我:

"苏陌,你冷不冷?"

"苏陌,你的手怎么这么冷?"

"苏陌,过来。"

照片下有一行银色小字,可我此刻看在眼里却是一片模糊,像是隔着一层磨砂玻璃:Love is beautiful。

我从来不知道,他低头看我,我仰头看他,原来,是这样的一个画面。原来,这么美。我忍不住别过脸去。

再回首,恍然如梦。再回首,我心依旧。

乔子诺,你还爱我吗?

我泪眼迷蒙地缓缓走出展厅,抬手看表。

还有一个半小时。已经,来不及了吧?

我再也没有机会,从他嘴里听见答案。

"不是吧,你听谁说的啊?"旁边另一个大厅里走出来几个小学妹,在高声议论。

"这在我们建筑系都不是新闻了好吧?"一个声音细细尖尖地答道,"乔学长换毕业设计都把教授气进医院了啊!"

"可是……你们学长不是曾被称赞为建筑设计奇才吗? 就刚才我们看的那个作品,这么普通,也叫奇才?"

"所以说啊! 说他抄卢浮宫吧,也不全像;不是抄吧,又完全没有亮点。"

"难怪只拿了B-啊……"

"听说因为这样都申请不到国外学校的奖学金了……"

我的心猛地颤了一下。

两个月前,乔子诺突然临阵决定换毕业设计。

我到现在,都未见过那个新的作品。

普通,抄袭,没有亮点,B-,丢了奖学金……到底,那是什么?

我的脚仿佛不受控制,慢慢地踱向另一个大厅,那里办的是建筑系毕业设计展。

看门的大叔正准备关灯,看见我走进来便说:"同学,展览时间要结束了,今天是最后一天了。"

我慌忙说:"可不可以再给我五分钟?就五分钟。"

大叔犹豫了一下:"好吧,那我转头回来锁门。"

展览厅很大,我急急地从一件件大气磅礴的作品中扫视而过,只希望能看见那个熟悉的名字。

没有,怎么会没有?

走到了最角落,我突然看见了印着那三个字的名牌。

我的眼前,是一个差不多三米高的玻璃圆球,由一块块方形而有弧度的玻璃拼凑而成。它就这么安静地放置在展厅的最角落,没有被打灯,没有任何动态的效果,在窗户隐隐透进的霞光中有一种被蒙上灰尘的感觉。

真的,太普通。

圆形的玻璃建筑,难怪会被人议论是换了个形状来仿卢浮宫的玻璃金字塔,可是这样黯淡,仿得完全没有灵魂。

这,怎么会是出自乔子诺之手?

玻璃圆球有一个入口,我缓缓地走了进去,伸手抚摸着光滑的墙面,暗暗地思索。

不对,一定是内有乾坤的。

我突然在数百块方形玻璃上看见有一块的颜色特别不一样,是块有着些微淡蓝色的磨砂玻璃,走到近前轻轻一按,居然弹出了一个密码匣,上面有小小的四个字:玻璃之城。

我一下子捂住嘴巴,心止不住一阵狂跳。

这是,乔子诺为我一个人做的,玻璃之城。

只是,密码是什么?

我轻轻颤抖着输入了我的生日,密码错误。

输入了乔子诺的生日,还是密码错误。

我突然想起了另外六个数字,颤抖着摁下。

0,3,0,5,0,5。

嗒……一声细响,整座玻璃之城突然亮了起来!

一片深蓝色笼罩着我,我仿佛置身于一片无垠的大海中央,抬头看着繁星点点。

我不知所措地低头,却发现自己的鞋子被染成了斑斓的色彩。往旁边走开了两步,才发现地上被投射出了彩虹的光影。

而且,不止一道。是双彩虹。

这时,耳畔低低地响起轻柔的弦乐声,是……尤克里里。

> Oh...Over the rainbow
>
> What a wonderful world
>
> Somewhere over the rainbow way up high
>
> And the dreams that you dream of once in a lullaby...

我再也没有忍住,泪水如决堤的潮水般涌出,顺着脸颊淌下。

那一晚,中秋之夜。

乔子诺在小书店给我戴上耳机听这一首歌,我闭着眼倾听,仿佛看见了深蓝色的茫茫大海上,升起了一道色彩斑斓的彩虹。一叶白色的小舟在海中静静地漂浮,有人在船上动情地歌唱。

那样一个彩虹之上的世界,安静而纯粹。

他曾对我说,要带我去彩虹之城,去看双彩虹。

第一次说的时候,我们隔着一个太平洋,我只当他在唬我。

第二次说的时候,他拥我于窗前,那一刻,我是真的相信的。

而此刻,这就是你要给我看的双彩虹吗?

乔子诺,你这个大骗子。你这样算什么?

不信守承诺的,大骗子。

我扶着深蓝色的玻璃幕墙默默地流泪,缓缓地将头靠在了冰冷的玻璃上。

等等……这是什么……

我突然发现打了深蓝色光的玻璃上,不,确切地说是玻璃内部,刻着细细小小的字:

2008年4月10日

我失手。

2008年12月29日

天台见。

2012年8月3日

是否觉得我懦弱?

你总是过于勇敢。

2012年9月12日

突然发现,原来你侧脸挺帅的。

那你可会爱上我?

2012年11月28日

你穿高跟鞋的时候,我便有离你更近一些的错觉。

2012年11月29日

但我更喜欢你穿帆布鞋,喜欢看你仰着头,仿佛我低头便可吻上你。

2012年12月15日

为什么只有一只?

怕总有一天你会离开,所以只还你一只。那样你就会跑得慢一点,我还能把你追回来。
……

上面的话语,是我跟他之间的便利贴,全部都是。

从第一张,一直到最后一张。

最顶端还有一块玻璃上写着字,可是真的太高,我的泪也已经模糊了双眼,我真的看不清上面写着什么,只隐隐看到"苏陌"两个字。

和我有关,一定和我有关。

我跑出玻璃之城,到处寻找可以让我踩上去的物体,终于在另一个角落里找到了一张凳子。我迫不及待地跑回去,一路上心仿佛跳到了嗓子眼,快要蹦出来。

是什么,他要跟我说什么?

我颤颤巍巍地站上凳子,踮起脚尖仰着头细看。

2013年2月28日
五个球的意思是……

是什么?我想起那天我们的通话:

"你?打比赛?"

"嗯,就……想打一场,为你。"

"你……踢什么位置啊?"

"前锋。"

"噢……通常进一个球的叫首开纪录,一人连进两个球叫梅开二度,那连进三个球……"

"帽子戏法。"

"四个呢?"

"大四喜。"

"那……五个呢?"

"不知道,可能很少有人能一场连进五个球吧。"

"噢……这样。"

"你想看我进五个?"

所以,乔子诺,你真的进了五个。

然后你想告诉我,五个球的意思是什么。

2013年2月28日

五个球的意思是……

苏陌,嫁给我。

你换了新的毕业设计,你曾经说,有些事情,一辈子也许只能做一次。

原来,是一辈子只有一次的,求婚。

我再也不能自抑,蹲下来抱着臂弯,把头深深地埋在膝盖上,呜呜地哭了起来。

他曾经费尽思量地让江南喜欢上苏可,曾经处心积虑地接近我让我爱上他,他曾经让我在蛛丝马迹中疑神疑鬼几近癫狂,也曾经让我卑微如尘埃,只想用尽全部办法将他留在身边。

他是个大坏蛋,十恶不赦的大坏蛋。

可是他也曾对我说:"苏陌,你只需信我。"

他也曾对我说:"苏陌,你不用担心,所有的事情都交给我,由我来担心。"

他还曾在海边单膝跪下对我说:"苏陌,你是我这辈子最深爱的女人。"

可是我终究没有信他。

而且我用最残忍的方式,摧毁了我们的关系,摧毁了他。

我突然想起了苏可曾对我说的一句话:"天知道我有多讨厌你的骄傲。"

我的骄傲,让我的爱情枯萎了。

他已经走了,再也不会回来了。

"苏陌……"

我仿佛听见有人轻唤我,像是在梦中。

是啊,乔子诺只唤我苏陌。

我曾不解地问他为什么,他说,因为完整。

"苏陌……"

我一定是出现幻听了,为什么这个声音这么像他?

那就让我再做一会儿梦吧。

只有在梦里,才能再听到他唤我吧……

可是,我不要就这样结束,我不要只在梦中与他相对无言。

我不要再当一个等待的傻子,只等来日方长,只等春暖花开,却等来一世荒芜。我要去……找他。

"苏陌……"有人在我耳边唤我,伸手将我轻轻环绕住。

我一下子惊醒!睁开眼看着来人,吓得身子一偏差点从凳子上摔下,却被他一把捞住:"坐好……"

我想我是真的疯了,我不仅出现幻听,还出现了幻视。

我看见了乔子诺。

我拍了拍脑袋要自己清醒一点,可是那人的影像依旧在我面前,一如往常那样定定地看着我,深深地看着我。

他是真的。

在我决定要去找他的这一刻,他回来找我了。

我的眼泪吧嗒吧嗒往下掉,完全止不住,半晌只吐出了一句:"乔子诺,我恨死你了……"

"我知道,"他用手捧着我的脸,擦去我的泪水,"我都知道……"

"你知不知道,如果你再不来找我……你就死定了!"我咬着嘴唇,话都说不完整。

"我知道,我知道我死定了,"他上前拥着我,在我耳边轻轻地说,"如果你今天再不出现,我想,我也死定了。"

"你为什么这么有把握?你怎么每一次都这么有把握?"我抽泣着,全身无力地靠在他怀里,一下一下地捶在他胸膛上。

"我没有……我只是想,赌你爱我。"

我透过泪水望着他,他单膝跪着,像那天在海边求婚的姿势。

他对我说:"苏陌,你不用说话,安静地听我说就好。我知道我曾经带给你很大的伤害。坦白说,一开始的时候,我从未想过会像个傻子一样爱上你,我以为我运筹帷幄,我以为我胜券在握。可是到头来,我只想贪心地要你在我身边,我奢望能和你执手一生。我天真地想,也许,我是可以骗你一辈子的……"

乔子诺的眼里也有些微泪光,良久,他对我说:"对不起……"

我看着眼前这个欺骗过我、蛊惑过我、伤害过我的男子,这个我深深爱着的男子,问他:"你可知道,你爱的是怎样的我?"

他直视着我,眼神坚定:"你是倔强到受伤也要跑完1500米的苏陌,是那个在深夜拉着我衣领让我带她走的苏陌,是那个即便伤心到脱光了倒在浴缸里却一滴泪也不愿流的苏陌,是那个狼狈不堪在夜里赤足奔跑的苏陌,是那个不愿服输彻夜奋战的苏陌,是那个捧着保温瓶在楼下翘首以盼的苏陌,还是那个明明被伤害至深却依旧原谅别人的苏陌……"顿了一下,他声音沙哑着说,"我爱那样的苏陌,太多太多,数不胜数。"

我看着他,咬了咬嘴唇:"你说的,都是那样不完美、一点都不光彩照人的我。"

乔子诺深深地看着我的眼睛:"我爱这个只在我面前哭的苏陌。你有多不完美,我比谁都清楚;可是你有多美好,我也比任何人都知道。"

时间一分一秒地走过,我一句话也没有说,任由他单膝跪着,定定地看着我。

一杯espresso的生命只有十秒。

十秒之内,要么让它被喝掉,要么让它快速地与牛奶相爱。

不然,它就死了。

这一次,我是不是应该,勇敢一点?

我们有十秒呢。

是不是应该,一秒都不要再等?

"乔子诺,不要对我说对不起,"我看着他眼里的那个小小的我,那个小小而坚定的我,"换三个字……"

乔子诺眼里闪着泪花,从口袋里缓缓拿出一个深蓝色天鹅绒的盒子,在我面前打开。细细的铂金指环,上面有一圈细碎而闪亮的碎钻。他握着我的左手,放在他的唇边,清晰地说:

"苏陌,我爱你。你愿不愿意,嫁给我?"

你有没有一个时候,会觉得心里像是一片绵延到天际的花田,千百朵花儿在阳光下刹那间盛开,那种壮观的景象,仿佛你都能听见声音,那是带着怎样一种齐刷刷的、毫不犹豫的应答。

每一朵花都在说着同一个字:好。

"我愿意。"

我爱你。嫁给你,我愿意。

十秒钟,说三个字,足够了。

乔子诺隐隐有些激动,看着我问道:"你真的愿意接受这样一个,只有B-成绩的求婚?"

我笑得眼泪都要出来:"你忘了吗?我早就已经接受了啊。"

他微笑着帮我戴上戒指,拉着我缓缓站起来。我微微凑上前,仰着头对他说:"对我来说,这是个A+的求婚。"

他环上我的腰,倾身吻上我的唇。

周围仿佛是深蓝色的夜幕,两道绚烂的彩虹将我们笼罩,温柔的音乐在耳畔轻声呢喃:"Oh...Over the rainbow, what a wonderful world..."。

我踮起脚尖勾上他的脖子,全身每一个细胞仿佛都在张开迎接他。

谢谢你,愿意回来找我。

谢谢你,愿意赌我爱你。

谢谢你,给我这个机会,让我变得如此勇敢。

"等……等一下……"我在被他吻到快要涣散的意识中,像是突然想到了什么,轻轻推开他,轻喘着气问,"你刚才说什么?'那个即便伤心到脱光了倒在浴缸里却一滴泪也不愿流的苏陌'……我什么时候在你面前脱光了倒在浴缸里了?!"

"在你不知道的时候。"乔子诺在我额头上落下一吻,在我耳畔轻声说,"我爱你,在你不知道的时候,便开始了……"

他的吻又深深地落下,我已无力再去思考。

Love is beautiful, so beautiful。(爱很美丽,如此美丽。)

是的,乔子诺,我爱你,也是在你不知道的时候,便生根发芽。

甚至连我自己都不知道,从什么时候开始。

那少年时代的青春终将会老去,只要我们都勇敢一点,坚定一点,我们一定不会后悔。

直到白发苍苍,直到牙齿掉光,我要和你一同,将这世界看遍。

一世成双,甘苦与共。

不移不易,不离不弃。

番外一
致孟冬青的明信片

【致孟冬青的明信片-1】

《千与千寻》的白龙曾对千寻说:"我只能送你到这里了,剩下的路你要自己走,不要回头。"

孟冬青,你是不是,也想这样对我说?

小天@东京

【致孟冬青的明信片-2】

我在被称为距离天堂最近的咖啡厅——云海Terrace(露天平台),点了一杯顶级蓝山,花了六千日元。

孟冬青,要干杯吗?

小天@北海道

【致孟冬青的明信片-3】

今天我又迷路了,差一点便找不回自己住的酒店。

可是我不愿问路,不愿打车。

我偏执地在想,你会不会在某个拐角突然出现,点着我的额头说:"梁小天,你果然是个路痴。"

小天@广岛

【致孟冬青的明信片-4】

Hey,孟冬青,我今天有艳遇哦,一金毛帅哥请我喝了一杯Kopi Luwak(猫屎咖啡)。

你曾告诉我,因为珍稀,这咖啡卖到了四百美金一磅。

坦白说,我觉得一点都不好喝。

这股"猫屎热",到底是大家真心喜欢,还是因为它贵?

小天@苏门答腊岛

【致孟冬青的明信片-5】

我今天心情不好,很不好。

我这里下雨了。

孟冬青,你那边下雨了吗?

小天@雅加达

【致孟冬青的明信片-6】

有一种饮料,叫作鸳鸯,是奶和茶与咖啡的混合。

你说奶加咖啡或者奶加茶就好了啊,干吗这么贪心,什么都想要?

我也曾很贪心。

所以到了现在,我什么都没有了。

小天@亚庇

【致孟冬青的明信片-7】

Hey,我今天去了白咖啡的圣地哦。

我曾以为白咖啡真的是白色的,你还因此取笑过我。

想想也是,咖啡若是其他颜色,它还是咖啡吗?

小天@恰保

【致孟冬青的明信片-8】

我今天逛了这所有着五百多年历史的大学,一时兴起,借了学校咖啡店的设备做了一杯咖啡。

那里的职员夸我的拉花做得漂亮,我说:"我的师父更厉害。"

你说对吧,孟师父?

小天@巴塞罗那

【致孟冬青的明信片-9】

书上说,芬兰是人均消耗咖啡最多的国家,一个人一年要喝掉十公斤。

那岂不是血液里流的都是咖啡?

想象着如果我在这待上一年,然后你突然间出现在我面前,我第一件事要做什么。

我想,我一定会割破我的手指头,然后递到你的唇边,仰着头问你一句:"Hey,有咖啡味吗?"

小天@赫尔辛基

【致孟冬青的明信片-10】

没有雪,又怎么叫过圣诞节呢?

所以我站在北纬66°34′的地方给你写明信片,这里是北极圈。有好多游人叫着笑着要和圣诞老人照相,大家都一脸兴奋。

孟冬青,你相信圣诞老人吗?

我相信的,只是我们家没有烟囱。

所以,我的愿望不会实现的。

小天@罗凡涅米

【致孟冬青的明信片-11】

我坐在海边的咖啡馆,看着翻腾的海浪发呆。小人鱼深情地望着大海,不知在想些什么。

这故事真凄美,王子连是谁救的他都会弄错,白白辜负了小人鱼刻骨铭心的爱。

这王子真傻。我跟他一样傻。

小天@哥本哈根

【致孟冬青的明信片-12】

我最近很容易走神,晚上走路时有人从左面猛拉了我一把,一辆卡车从我旁边呼啸而过。

是一个金发碧眼的帅小伙,他瞪着我说:"小姐,我刚才一直在叫你!"

我抱歉地耸了耸肩:"对不起,我的左耳听不见。"

回到家我才突然想起这事儿。

你说他要是不拉我,该多好。

小天@赫尔辛格

【致孟冬青的明信片-13】

人们都说,科隆大教堂是世界上离上帝最近的圣地,可以清晰地听到上帝的祝福。

我坐在第一排,听着唱诗班的孩子那宛如天籁的声音,突然泪如雨下。

神父来到我的跟前,问我怎么了。

我说:"我把我的爱人弄丢了,再也找不到了。"

他说:"孩子,别难过,你们终会重逢的。"

我哭着问:"什么时候,'终会'是什么时候?"

神父说:"再等等,孩子,一定会的。只是,迟一点。"

小天@科隆

番外二
才下眉头，却上心头

#苏陌记忆断片的那段时间，到底发生了什么？#

"苏陌你不要命了?!"乔子诺一手将半个身子已经探出车外的苏陌猛地拉回来，一手砰地拉上车门。

这女人一定是疯了，在这样高速行驶的车上拉开车门，若再迟半秒，天知道会发生什么事。

他觉得自己也一定是疯了，半夜三更背起她走了好远的路，才终于打到车。只因她一句："乔子诺，求求你，带我走。"

鬼迷心窍，方寸大乱。

苏陌被这车颠得七荤八素，拽着乔子诺的衣袖楚楚可怜地望着他："我很晕……"

"快到了。"乔子诺冷声说道。他望着前方，不去看苏陌。她的眼睛像有一种蛊惑，他怕自己终会心软。

她愈是难受，愈是痛苦，就愈是他想要的，不是吗？

"好辛苦……"苏陌突然抓住乔子诺胸前的领子，终忍不住哇一声吐了出来。

车子一个急停，苏陌没坐稳，整个人撞上了前座，闷哼了一声。

司机转过头皱着眉说:"小姐你别吐我车里啊!真是倒霉……"

车子离乔子诺家不远了,他抽出几张钞票递给司机,道歉了几句,一把将苏陌拖出车子。

苏陌靠在路边的树旁喘着气,她晚饭没吃什么,吐的都是水,吐到最后连黄胆水都吐完了,只在那里干呕。

乔子诺给她递了纸巾,低声问了句:"能走吗?"

苏陌仰起头,醉眼蒙眬地盯着他:"唔……江南,你说什么?"

乔子诺握了握拳,觉得自己耐性尽失,发狠地一把拽过她的手腕,大步流星地往前走。

苏陌被拽得手生疼,但并不吭声,跌跌撞撞地跟着他往前走。

上了楼,苏陌径直进了客厅,鞋也不脱地倒在了沙发上,整个人蜷成一只小虾似的,嘴里低低地不知在哼哼些什么。

乔子诺居高临下地望着她,忍不住弯腰凑过去,终于听清楚了。

她不停地在说:"为什么不是我……"

他背部一僵,在黑暗中像是一尊冰冷的雕塑。

苏陌,骄傲如你,怎么会想得明白,为什么不是你。

乔子诺转身进了浴室放水,脱下被苏陌弄脏了的衬衣,进房换衣服。走出房间的时候,他转头看了看沙发,不由得瞳孔一缩。

她不见了。

乔子诺的心猛地一空,跑到阳台,没有人;冲出大门外,依旧一个人影也没有。他只觉得后背冷汗涔涔:这个喝醉了的女人,半夜三更要是跑到大街上了怎么办?

他突然想起了什么,折回来,拉开浴室的门。

门口躺着苏陌的衣服和裤子,而她正侧身蜷缩在浴缸之中,一动不动。乔子诺一个箭步上前把水关了,浴缸里的水已经没过了她的下巴,只在她鼻下不到两厘米处。

乔子诺看着只穿着内衣裤背对着他抱腿缩成一团的苏陌,突然觉得太阳穴突突地疼起来。

平日的她总是带着高涨的气焰,全身武装得很好,勇往直前,刀枪不入。他第一次看见她这个样子,仿佛尖刺全无的玫瑰,像婴儿一样无害而软弱。

到底哪一个,才是真正的你?

乔子诺蹙着的眉头渐渐展开,蹲了下来,轻轻地摇了摇她的肩膀:"哎,别在这里睡……"

苏陌被摇醒,微微睁开眼,在水里转过身望着他。乔子诺看着她粉若桃花的脸和潋滟如湖水的眼眸,竟一下子移不开视线。

"为什么是苏可?"她喃喃,似是梦呓,"我有哪里比不上她……"

他思绪回归,站起来冷声说道:"你认错人了,我不是江南。"

苏陌像是突然受了刺激,哗地从水里站了起来,一下将浴缸边的水杯打翻在地,玻璃杯哐地裂成两块,惨烈地躺在地上。

乔子诺完全没料到她会站起来,一下子愣在了原地。

苏陌肤色极白,喝了酒全身更是泛着桃花似的粉红,水珠顺着发梢流过锁骨,隐没在深紫色的内衣里。她就这么直直地站着,眼眸清亮如山泉,定定地仰头望着前方的乔子诺。

乔子诺只觉得全身的血液唰地涌上了脑门,他想对着这女人大吼一声"你发什么疯",可是却像哑了似的一点声音也发不出。

他一下子别过身去,不再去看这个几近全裸的女人。这一刻,他多想把她丢出去。

浴室的磨砂玻璃门倒映着苏陌的身影,她在身后悲凉地吐出一句:"你为什么不肯要我?"然后突然抬脚站上了浴缸的边缘,下一秒便摇摇晃晃向前摔去。

"喂!"乔子诺看着玻璃上往前倒下的身影,低喝一声,转身想要扶住苏陌。可是迟了一秒,苏陌湿漉漉的身子倒在他怀里,嘴里吃痛地喊了一声,他低头一看,她的右脚已经踩在了碎裂的瓷杯上。

"苏陌你不要再发疯了!"乔子诺实在忍无可忍,抱起苏陌,将她狠狠地摁在洗手台上,右手扯过浴巾将她包起来,然后扶着她的肩膀将她整个人压在镜子前,"苏陌你给我听着,我不是江南,你不要再问我为什么不要你!"

苏陌呆呆地望着他,不再说话。她鼻尖都红了,可是却没有哭。

乔子诺只觉得被她这样望着,头像撕裂般地痛,转身出去拿了药箱。所幸杯子裂成两块,并没有碎片扎进去,他给苏陌上了药,用纱布包扎好。

苏陌还是呆呆地看着他,一声不吭。

乔子诺将苏陌拦腰抱起,走出浴室,走进自己房间,将苏陌放在床上。他望着裹着浴巾蜷缩在床上的苏陌,抬手看了看表。

凌晨三点四十五分。

耐着性子给她换上自己的衣服,竟全身燥热得如坐火炕。

凌晨四点,苏陌终于沉沉睡去,可乔子诺却一点睡意也没有,坐在床边看着苏陌的睡脸。她一定是难过至极,睡着了都还微微蹙着眉,嘴巴小小地抿着,像是身上哪里在痛。

他望着她,心里空荡荡的。他怕她睡着睡着会突然淌下一滴泪来,若是那样,不知自己还能狠下心来多久。

原来一个人让另一个人感到心疼的不是她的坚强,而是她最脆弱的时候,那种柔弱猝不及防地撞进心里,蔓延至全身。

乔子诺,你可能会栽在她手里。

破晓的霞光透过窗帘淡淡地照进屋里,乔子诺走到窗边,凝神看着渐渐发白的天色。他抬手轻轻摸了摸嘴唇,昨晚的伤口已经结痂,丝毫疼的感觉都没有了。那腥甜的触觉仿佛只是一个梦,天亮梦醒,余下的只是虚幻的情愫,终将散去。

身后之人轻轻低哼了一声,他转身低头去听,只听苏陌喃喃说了一句:"妈妈……幸福有多难……"

乔子诺立在床边一动不动,良久,他伸出手指轻轻抚平她微蹙的眉头。

苏陌,对不起。

我,可能,不会让你幸福。

番外三
但见泪痕湿,不知心恨谁

#苏可,谁人会懂?#

小的时候,每逢爸爸妈妈吵架,苏可便被送到舅舅家,一住就是一两个月。也许是因为年纪相仿,苏可从小就跟小表哥更亲,整天跟在他屁股后面捉蚯蚓,玩蛐蛐,仿佛住在舅舅家的日子比在自己家更幸福,更有家的味道。

直到有一天,小表哥红着眼跟她说:"小可,我没有爸爸妈妈了。"

苏可不明白,摇着小表哥的手臂问:"怎么,你爸爸妈妈也要离婚吗?"

小表哥不说话,只呆呆地望着天。

后来苏可才知道,原来舅舅和舅妈没有了。

是真的,没有了。

再后来,自己的爸爸妈妈也分开了。

妈妈说,有个坏女人,抢走了爸爸。

苏可对小表哥说:"我和你一样,也没有家了。"

那一年,乔子诺十岁,苏可九岁。

妈妈问苏可:"你要跟谁?"

苏可说:"要跟爸爸。"

她要亲眼看一看,爸爸和那个坏女人能有多幸福,能幸福多久。

可是她没想到的是,她居然还有一个姐姐。

正式见面那一天,她对乔子诺说:"小表哥,你陪我吧,我怕。"

于是乔子诺躲在树后,看着苏可去见她的新妈妈。

还有,姐姐。

这是乔子诺第一次见苏陌,远远地。

他只记得她扬着下巴瞪着苏可,一声不吭。

那双黑白分明的眼睛里透出的锐气,他永远不可能忘掉。

后来苏可和他说:"小表哥,我讨厌那个姐姐,我不要和她拉手,她使劲握痛我了。"

乔子诺说:"那你跟我们回美国吧,和你妈妈一道,我们和爷爷奶奶一起,一家人再也不分开了。"

苏可咬了咬嘴唇说:"不。"

她曾经在杂志上读到过一首诗:

美人卷珠帘,深坐颦蛾眉。

但见泪痕湿,不知心恨谁。

这首诗描述的是痴情女子对深爱之人牵肠挂肚、纠结不清的怨情,她一下子就把杂志撕了。

苏陌,这些,统统都会还给你。

初中的时候,苏可给乔子诺写信,信里夹了两张照片。

一张是苏陌,一张是江南。

她在信里说:"姐姐喜欢的那个人,恰巧,我也喜欢。所以,我一定会把他抢过来。"

乔子诺手里拿着照片,看着上面穿着深紫色连衣裙的少女,在阳光下扬起头,微微地抿着嘴笑,依旧是那双黑白分明的眼睛,里面有着无比骄傲的神采。

照片背后写着两个字：苏陌。

他突然想，苏陌，你凭什么这么骄傲？

高一的时候，大表哥大学毕业，想要回国就业。

苏可在MSN上问乔子诺："小表哥，你要不要一起回来？"

乔子诺很犹豫，他只想陪在爷爷身边。

可是苏可说："你帮我好不好？你帮我搞定江南。"

乔子诺突然想：苏家大小姐，骄傲如你，若栽在我妹妹手里，应该很有趣。

于是他开始在中美高中生论坛上接近江南，一见投缘。

高二，乔子诺回来了。

第一次见面，苏可觉得场面真是精彩。

那骄傲的姐姐，居然一语刺中小表哥的痛处。

而小表哥的一句"很无聊"，成功让她吃瘪。

有趣，真是有趣。

她突发奇想，发短信给乔子诺：要不，你去追苏陌吧。

乔子诺只回了三个字：神经病。

接下来的日子，苏可对着乔子诺穷追猛打，希望他能拿下苏陌。

她说："小表哥，我喜欢江南。"

乔子诺说："扮无辜，博同情，让他知道你所有努力都是为他，就够了。"

她又说："可是我有情敌，你帮我把她弄走。"

乔子诺一挑眉："无聊。"

就这样，一直到了高考前。

乔子诺突然问苏可："苏陌要考哪里？"

苏可对着他眨巴眨巴眼睛："谢谢小表哥。"

可是直到大一过去了,乔子诺什么行动都没有。

苏可急了:"你是不是反悔了?"

乔子诺闭着眼睛说:"追她,急不得。"

就这样,一直到了大三,那场运动会。

苏可说:"于我,生死攸关。"

乔子诺不同意:"太危险,不值得。"

苏可坚持:"只要我不残废,就值。"

乔子诺斩钉截铁:"不行。"

苏可说:"你依我一次,就一次。"

那一天,苏可站在梯子上叫苏陌,好想问她一个问题。

如果她们一起摔下去,江南会救谁?

结果,当江南背起她的时候,她就知道自己赌赢了。

只是没想到,赢得这么快。

真心话大冒险,没想到江南会突然表白。

那样一首动人的歌,让她突然觉得,游戏如果在这里结束,好像也不错。只是为什么,江南唱这首歌的时候,却没有望着她?

也罢,反正最后,他叫的是她的名字。

赢苏陌的感觉,真的很爽。

小表哥和自己说,要好好珍惜江南。

可是她想,苏陌不输到趴在地上,她决不罢休。

于是,一发不可收拾。

她向苏陌宣战,可是苏陌仿佛有金钟罩护身,毫发无损。

可恨的是,苏陌最爱说的一句话是:"我是你姐。"

意思是,你永远也赢不了我。

苏可第一次对乔子诺大发脾气:"小表哥,是你在护着她。"

乔子诺说:"不是你让我追了她再把她甩了吗?"

苏可轻蔑地回了一句:"最好是。"

可是事情愈来愈糟。

江南常常无意中唤她小陌,面对她的时候总是很沉默,有时半晌才反应过来,问一句:"你刚才说什么?"

什么意思？难道她是替身吗？难道她是棋子吗？

但见泪痕湿,不知心恨谁。

原来到最后,输的还是自己。

更雪上加霜的是,她发现乔子诺是真的爱上了苏陌。

他看她的眼神,仿佛那就是全世界。

苏可对他说:"我不要你追她了,你不要再和她在一起。

"你依我一次,最后一次。"

可是乔子诺说:"如果你终是要伤她,那还是由我来吧。"

有那么一个下午,苏可去找乔子诺,在楼梯拐角处停下了脚步。

她看到他们并排走着,乔子诺突然伸手拉了一下苏陌,在她额头上轻啄了一下。苏陌微微愣了,突然被他揽住腰肢。他们轻轻抵在走廊的窗边,深深地吻起来。

阳光透过窗户,柔柔地洒在他们身上,安静而温暖。

交颈而吻,抵死缠绵,这般美好。

连小表哥也背叛她了。为什么？

苏可选择离开江南。

她想,如果她是注定得不到爱的,那江南,求求你一定要幸福。

可是要怎么样,才可以让江南幸福？

小表哥,对不起了。

她开始说谎,开始有意无意地让苏陌生疑。

她甚至对苏陌挑明,她们可以交换。

她知道乔子诺一定不会告诉苏陌,那个肮脏的真相。

一个那么厌恶欺骗,一个那么害怕失去。

她做得很成功。她太了解苏陌,也太了解乔子诺了。

可是这样做,真的太痛苦。

很快,苏可发现自己低估了苏陌的忍耐力。

原来骄傲如苏陌,也有今天这样卑微的选择。

她觉得自己快疯了,夜不能寐,精神恍惚,好几次狂躁得只想摔东西。她开始流连夜店,只有音乐在耳边轰鸣,只有酒精迷醉,她才能忘却不开心。

乔子诺发现了。他说:"小可,你病了。"

"小可,你别这样。"

"小可,我们去看医生。"

"小可,乖,吃药。"

苏可顺势说:"那你把她做了,然后甩了她,我就吃药。"

她第一次发现,原来自己会这么无耻。

可是乔子诺联系了国外精神科医生,同时又帮苏陌弄签证。

苏可知道,他贪心了。他对苏陌贪心了。

苏可对着他怒吼:"你要她,我死。你要我,她死。"

苏可看着乔子诺那样痛苦,却不愿放过他。

被苏陌错以为她吸毒的时候,有那么一瞬,她觉得自己解脱了。

可是过了那个刹那,她决定毁了他们。

她告诉她亲爱的姐姐,乔子诺所做的一切,都是骗她的。

这一次,苏陌,你是真的觉得被杀死了吧。

可是你为什么还能这么骄傲地说着那样的话?

苏可突然觉得自己疯了,她编了个谎话,她想要让苏陌尝试绝望的感觉。

她不知道绑架苏陌做什么,也没有想过后果。

她没有想过要苏陌死,也没有想过会害死别人。

当她知道结果的时候,已经太迟了。

除了死,好像没有其他方法可以被宽恕。

既然这样,一命换一命好了。

当苏可站在围栏上的时候,她突然想,如果,一切可以重来。

如果一切可以重来,她一定堂堂正正地爱着江南。

即便会被拒绝,即便终究会分手,至少,堂堂正正地爱过。

如果一切可以重来,她一定会真心祝福小表哥。

他是她最亲的亲人,除了大表哥、妈妈和自己,小表哥已经没有亲人了。他那样真心地待自己,因为他把亲人放在首位。

和心爱之人终成眷属,他值得。

如果一切可以重来,她一定会尝试接受那个姐姐。

她记得那个下午,苏陌拎着小男生的衣领恶狠狠地说:"你再跟着她信不信我揍你?!"

她突然感动到想哭。

其实,两个人的幸福并不是二选一。

其实,两个人是可以一起幸福的。

只是,自己明白得太迟。

既然如此,那就,以死相抵吧。

番外四
那人却在,灯火阑珊处

#苏陌所不知道的,那个乔子诺。#

他与她第一次见面,就在"一夜咖啡"。

才刚回来嘉禾市两天,原想着晚上要好好倒时差,江南一个电话打来,说要介绍一群好朋友给他认识。

好朋友吗?他下巴轻抬,嘴角升起一丝不易察觉的狡黠。

苏陌,没想到,我们这么快就要见面了。

她真人比照片看起来纤瘦,一双眼睛乌漆漆的,格外灵动分明。可是眼里净是戒备,微微地蹙着眉头盯着你看,仿佛身后背着一把冷剑,随时出鞘封喉。

啧,果真是骄傲的。

她一开口便问他是不是转学过来,说要切磋切磋。

他心下冷笑:凭你?

然后,这女人居然自己撞枪口上,主动提起了GMC大赛。

很好,她成功挑起了他的恨意,不知死活。

在接下来的日子里,他一定不会手下留情。

家人受过的所有屈辱,他一定会重重地,全数还给她。

苏大小姐,幸会。

第一次切磋,他故意让她,无声的唇语透着些许不耐烦,为的是看她瞬间变得煞白的脸色,真是痛快。

后来在天台相约,他看着她的长发在风中凌乱,樱唇被冻得发紫,可是却咬着牙,不愿辩解,也并不愿软下声来求他。于是把柄在握,他成功地让她自觉欠了一个人情。但连他自己也无法解释,为什么会私自留下了那一张写着"天台见"的便利贴。

再后来,烟幕弹频放,她就真的相信他和苏可的绯闻。这女人太过盲目自信,兀自以为幸福快要来临。

她在明,而他在暗,这样,很好。

苏陌,你哪里是对手。

他时不时出现在她常去的小书店,微微留心,便知道她的喜好。

喜欢丘吉尔,喜欢港台旧电影,喜欢策划类书籍。

他有时想,纵然她平日看起来清高骄傲,可是发起呆来的样子,真是蠢。而且心气又高,总是逞强,丝毫受不得激。

这样的猎物,只要有足够耐性,应该很好下手。

苏陌,你的智商尚可,可是情商应该很低吧?

第一次感觉到动摇,是那一次运动会。

乔子诺常常靠在树旁,看着她一圈又一圈地跑,仿佛不知疲倦,而他只觉得,都是徒劳。

那一天,他倚在墙边,等着苏可上演苦情好戏。

可人算不如天算,那女人竟也一同爬上高处。

看着她踮起脚尖系横幅,看着她偏着头倾身出去,看着她奋力要拉住苏可,然后从高处摔落下来,他觉得心里好不容易筑起的高墙顷刻坍塌,只余下空落落的尘土飞扬。

看着她依然倔强地说"没问题",看着她伤了手崴了脚却全然不觉,看着她巴巴地望着心爱之人远去的背影却一声不吭。

他不禁好奇:苏陌,你为什么不会哭?

第一次觉得自己疯了,是那一晚真心话大冒险。他在喧闹的人群中,早有所料地看着江南牵起苏可的手,然后准备冷眼看着她失声痛哭。可是那女人竟拽着他的领子,用力地撞向他的唇。

没错,是撞。

然后听见她说:"乔子诺……求求你,带我走……"

他突然想,江南,是你不懂珍惜,不要怪我。

之后,她发着酒疯想要跳车,神志不清地将他认作江南,然后在他面前吐得没了半条命。

他觉得自己的耐性已经燃烧殆尽,恨不得一抬手将她扔出窗外。

可是,这女人居然几乎一丝不挂地窝在他的浴缸里,安静得像是睡着了。然后又毫无防备地从水中猛然站起来,扑到他的怀中,带着被割破而鲜血直流的右脚。

他第一次觉得头痛欲裂。

看着她最后沉沉睡去,梦里依旧痛苦,却终是滴泪未流。

他突然想要摇醒她,然后放她走。

苏陌,对不起。我,可能,不会让你幸福。

后来,他对她说:"苏陌,我们交往吧。"

她竟然说好。

他有些不安,但更多的竟是喜悦。

这种莫名的喜悦纠缠了他很久,不知从何而来,不知如何解释。

是因为终于可以如愿以偿开展计划了吗?

还是因为,既然她注定是要被报复的,那就在他手里好了?

若是要换另一人,他不放心。

苏陌,如果终有一天无法护你周全,至少,有个人陪你一起粉身碎骨。

再后来,他吊着她的胃口,时而温柔,时而冷漠,时而浪漫,时而蛮横。

他给她做饭,盯着她一口口吃完。

他给她打越洋电话,安静地听完整首 *Try to remember*。

他故意以英雄救美的姿态出现在她面前,然后揽她于怀,暧昧地共舞。

然而,他所认识的那个苏陌,原来并不止之前了解到的那样,他太低估她的小磁场。

所以才会在她面前不能自控地展露心中最柔软的部分,告诉她尘封的往事;所以才会在五点五十分手机莫名其妙地响了一声之后,连打三通电话回去,最后丢了魂似的跑去找她;所以才会和她一同听音乐的时候,看着她闭眼,心里会莫名地一阵悸动。

他开始享受这样的暧昧,一边盼望着她快点上钩,一边又暗暗希望她永远不要上钩,那样的话,他和她就可以一直这样下去。

苏陌,你是懂得对人下蛊的吧?

终于,他发现自己才是那个泥足深陷的人。

喜欢帮她解决难题,喜欢看她仰着头认真听他说话的样子,喜欢看她眼里带着光芒的微笑,喜欢她坐在自行车后座上轻轻地拉着他的衣摆。还有,很多很多,不胜枚举。

然后那一晚,她送上门来,仅仅因为入围了,要对他说声谢谢。

看到她脱去鞋袜赤足在地上踮起脚尖走,嘴里还小小地吸着气,他突然失控了,一把将她打横抱起,微微勾起嘴角看着她惊慌失措的模样。然后,她使着性子喝了他的啤酒,带着酒意喏喏地说,那晚的"一撞"是她的初吻。

那一刻他便觉得,这天上的星星一定是落入了她的眼,不然,为什么自己会中了蛊似的被引到跟前,然后低头吻了她呢?

可是,他也知道,他想吻她,想了这样久。

苏陌,你现在终于知道,什么才叫作初吻了吧?

然而,她在他怀里突然失声痛哭,他变得手足无措。

原来她哭起来,是这个样子的。仿佛是个受尽了委屈的孩子,拽着人家的衣领,眼泪像个关不上的水龙头,不断地往外流。

他背着她回家,看着她微微颤抖着长长的睫毛假寐,并不拆穿。

他从恶徒手中将她救下,将她仅有的一双高跟鞋也扔了,带着她爬栏杆,赤足奔跑,再次惹得她泪水决堤。

苏陌,你这样狼狈不堪骄傲全无的样子,不知道有多美。

结果,她居然选择逃避,残忍地说:"我从不曾,爱过你。"

是戏是情,其实他也分不清。只是她说不爱他,却偏偏是他的死穴。他破天荒地不知该拿她怎么办,除了那三个字,已经觉得词穷至极。逞强的、偏执的、懦弱的她,冷漠的、胆小的、口是心非的她,以上全部,都令他为之疯狂。

苏陌,我爱你,爱得竟不知如何是好。

其实,他并不知道他们可以在一起多久。

一天,一个月,一年?还是,可以奢望一辈子?

曾因为家人而开始这个游戏,却从未想过,原来有一天,她也许会成为自己的家人。

她若知道真相,必定是会恨他的吧。

她那样骄傲的一个人,必定是会离开他的吧。

所以他私自留了她一只鞋子,将黑白鞋带缩绕成结,然后记下了那个全世界独一无二的密码。

苏陌,若终有一天你要离开,请为我的心上锁,密码是030505。

可是后来,她带他去看《谎·爱》,那尖锐的台词与激烈的情节让他突然害怕起来。那样逼真的场景,仿佛是一种预言。

她说,她爱的人如若骗她,必不可饶恕。

除非,可以骗她一辈子。否则,她会杀了那人,然后自杀。

他除了说"好",还能说什么?

一子错,满盘皆落索。

苏陌,骗你是真,爱你也是真。

他开始渐渐忘记这游戏的初衷,竟也奢望起天长地久。

这该死的、突如其来的幸福感,他舍不得。

苏可曾哭着求他,求他信守诺言,将游戏进行到底。

苏可说:"哥,你说过的,你不会不要我的。"

那是他唯一的妹妹,他最珍视的亲人。

他只得点头:"是。"

苏可又说:"哥,这世上有那么多女子,你定然能找到比她好千倍万倍的。"

他苦笑:"是的,好千倍万倍。"

但那都不是她。

所以他倾尽全力想要安顿所有,想要化解苏可的仇恨,想要治好她的抑郁症,想要和心爱的人长相厮守。

他头一次觉得,自己这样贪心。

苏陌,是不是如果骗你一辈子,你就会幸福了?

再到后来,他开始觉得事情完全失控,无法顾全所有。

他看到她脖子上有他人的吻痕,觉得自己快疯了。

他带着狠劲啃咬她的唇和脖颈,仿佛要将她的腰肢折断。

而她眼里的泪吧嗒吧嗒落下,像冰粒似的打在他心上。

他知道她委屈,知道她定是察觉了什么。

她不说,他便假装不知道。

可是她竟然主动索取,带着几乎卑微如尘埃的姿态。

只差一点,他的理智便要在欲望面前崩盘。

可是他不能要,怕终是害了她。

他只能送她筷子成双,许下终生诺言。

一世成双,甘苦与共。

苏陌,你愿不愿意,一起远走高飞?

终于,东窗事发。

她曾三次诱他,说:你敢要,我就敢给。

一次,是破釜沉舟的孤勇。

一次,是居高临下的挑衅。

前两次,都被他挡了回去。

而这一次,是带着不容分说的勾引。

他想,就这样吧,就这样沉沦吧。

他想过她会报复的,以玉石俱焚的方式。

她果然没有让他失望。

就在他满心希冀,以为从此执手一生的时候,那样重重的一击,真的是已经置他于死地。

血流成河,魂飞魄散。

上天赠予的,原来不过是一场空欢喜。

他真是羡慕彭浩,以这样惊天动地的方式说爱。

就算下一秒真的死了,也值了。

可是他,已经没有机会了。

因为她说,从头到尾,她真心爱过的,终不是他。

原来只是自己入戏,而她一直在戏外,并未曾动情半分。

原来如此。

他想,这样也好,自始至终,不过是他一人不幸福而已。

可事实上，是吗？

她是不达目的不罢休的性子，他只是不愿逼她，怕只怕，她会用更激烈的方式来伤害自己。

所以，就这样吧。

输给她，他心甘情愿。

曾想，要在这世上遍寻一人，携手仰望彩虹之上。

却不想，她竟在那灯火阑珊处，直直地落入他眼中，毫无防备。

其实，就差了那么一点点，便真的就可以执子之手，远走天涯。

可是，他还是没有那样的运气。

老天让他遇见她，原来，便已是花光了他一生的运气。

于是，如飞蛾之赴火，岂焚身之可吝。

爱情不过是，鸩酒自斟，含笑而饮。

终不悔。

番外五
以胶投漆中，谁能别离此

#你好，乔太太。#

"这辈子，我欠你一个盛大的婚礼。"

临上飞机前，乔子诺在我耳边这样轻声说了一句。

因乔子诺爷爷去世不久，所以我们并没有大摆筵席，也免去了所有烦琐的礼节，只两家人简简单单地一同吃了个饭，便去办了手续。

我不是没有幻想过自己的婚礼。

我想要一个紫色主题的婚礼，深紫帷幄，丁香礼仪亭，淡紫绣球手捧花。

我想要长长的鱼尾婚纱，勾勒出曼妙的腰部线条，垂坠的面纱边缘有简约的复古花纹。

我想要打扮成天使的花童，一手拿着魔法棒一手提着小花篮，摇摇晃晃跟在后面，萌化了所有人的心。

我想有超美的姐妹团，陪着我在一旁笑靥如花，看着他眉目清朗，亲自带着一众兄弟上头盘……

这些场景曾在我的脑海里出现过无数次，以梦，以臆想。

那一晚晚饭后,我随着爸爸将乔子诺他们送下楼。下台阶的时候,我不由自主地挽了一下爸爸的臂弯。爸爸突然轻轻拍了拍我的手背,对转过身来的乔子诺说:"小陌,就拜托你了。"他握着我的手,交到了乔子诺手中,"这孩子,嗯,你知道的。"

乔子诺点点头:"我知道的,放心,爸。"

我瞬间鼻头一酸。我曾经想要的,那些都不会有。可是你知道吗,原来真的到了这一刻,当爸爸把我交到你的手里,那样郑重其事,那样语重心长,当所有烦琐的礼节和程序都压缩成这样一个简单却隆重的交接仪式,我还是忍不住别过脸去,吧嗒吧嗒地掉泪。

迷蒙的泪眼中,我看见妈妈倚在门边,楼梯灯昏黄而柔软,她静静地含笑看着我们。

从此,我会离开亲爱的爸爸妈妈,组建新的家庭,开始新的人生。我是他们的岁月神偷,而在我所不知道的万千个时刻,他们一直为我默默担心着、承受着、守护着。

原来我会那样舍不得,原来我竟会哭得完全收不住,半天只能哽咽出一个字:"爸……"下辈子,我还想当你们的女儿。

第二天下午乔子诺要提前飞往美国,去帮苏可办治疗手续。入闸前,他便那样对我说:"苏陌,这辈子,我欠你一个盛大的婚礼。"

我把头埋在他的胸前,轻声说:"那你就用一辈子很多很多的爱,还给我。"

入闸后,我突然收到他的短信,上面只有短短的一行字,瞬间让我又红了眼圈:这个世界上最爱你的男人将你交给了我,我不会辜负他,一定。

我想要的紫色婚礼,鱼尾婚纱,可爱花童……这些都不会有。

可是,这又有什么所谓呢。

原来我最想最想要的,不过就是一个你。

是你,就可以了。

乔子诺离开后的日子,我几乎都在和朋友们作着一次又一次的告别。我看着程优眉飞色舞地对彭浩讲过去这段时间发生的事,半个脑袋仍被纱布包裹着的彭浩不止一次拍着被子说"我天,神逆转啊""苍天啊,哪个牛编剧编的啊"。

我看着他们打打闹闹,只觉温暖又安心。

Tina姐不见了,她只留了张字条,说出去走走,却没有说去哪里。记得和她最后一次认真地聊天,是她问我和石头一个问题:"你们相信,人有前生来世吗?"

然而,她就这样消失了,连石头这样神通广大的人都找不着她。

我很担忧,石头却突然再也不找了,只宽慰我道:"没事,凡事有孟队罩着。"

孟大哥,无论你在不在,都依旧会保佑Tina姐的吧?

半个月后,夏威夷。

飞机上邻座的ABC(在美国出生的华裔)帅哥是个搭讪好手,知道什么时候制造话题,什么时候让我闭目养神,一路上对我关爱有加,不时让我忍不住捧腹。这一路上十多个小时的旅程,也就这么一眨眼便过去了。下了飞机,ABC帅哥还绅士地帮我推行李,一路说笑着和我走出了机场大门。

那个朝思暮想的人正倚在车边等我。我从来不知道,原来有人可以把Aloha Shirt(夏威夷衬衫)穿得那样好看。一直觉得穿着这样花花衬衫的人就应该一边舞着火把,一边扭着腰跳草裙舞。而他这样略显顽劣却又微微冷漠的样子,瞬间把我点燃。思念像扑腾而出的爆米花,自心中幸福地满溢,连空气中都是香甜而温柔的气息。

乔子诺,我很想你。

而他在看到我的刹那,眼光便移到了我旁边,缓缓地直起身来,微微挑了挑眉。

瞬间黑脸的乔子诺,怎么可以这么帅。

身旁的ABC帅哥一边帮我推着行李,一边还后知后觉地操着不标准的普通话问道:"还不知美女你叫什么,留个电话吧?"

夏威夷的风是那样温暖和煦,唯独某人的眼神将气温降至了冰点。

"谢谢你啊,"我甩了甩长发接过推车,对着帅哥笑了笑,"请叫我乔太太。"

帅哥一脸还没反应过来的模样,似乎还在苦苦思索,是哪个乔,以及哪个太。

"顺便介绍一下,"我伸出食指勾起乔子诺的食指,侧了侧头,"这位是乔先生。"

一路上,这位乔先生都很沉默,可是他的面部线条却在我脉脉含情的眼神中渐渐变得柔和,终于在下一个红灯亮起的时候,眼角浅浅地漾开了笑纹。他侧过身,从后座拿了一串什么往我脖子上一挂:"Aloha, welcome to Hawaii。"(你好,欢迎来到夏威夷。)

瞬间,淡淡的花香萦绕在我脖颈间。

夜幕初至,微风拂面,Kalakaua(卡拉卡瓦)大道上沿路点起了一盏盏火把,光影随着车上播放的音乐声轻柔地摇曳,在心中交织成一片璀璨星光,与远处那片藏青色的海遥相呼应。

下了车,乔子诺牵着我进屋。落地窗外是游泳池,淡蓝色的粼粼水光映在玻璃上,天上繁星如钻,美得像梦境一般。

我回头看他,他也在看我,目光灼灼,缠绵缱绻。

我的心突突在跳,喉咙一阵干渴,随手开了冰箱想要拿水喝。

乔子诺走到我身后,双手撑着冰箱将我圈在其间。我转过身咬着唇,装可怜地嘟囔了一句:"我渴了……"

他盯着我轻笑,越过我的肩头从后面拿了一瓶果酒,另一只手拿过吸在冰箱门上的起子,啪地打开瓶盖。

他浅浅地抿了一口,忽而倾下身来,扣住我的脖子吻了下来。

果香如蜜,酒香醉人。

我的脸唰地烧起来,任由他在我唇上温柔地辗转肆虐,舌尖被轻咬得一阵发麻,双手无力地抵在他胸前,掌间传来那一下一下强烈的跳动,引着我的心越跳越快。

前方燃烧如火,后背沁凉如冰。忽而热,忽而冷,冰火交替。

他说:"苏陌,我很想你。"

而我,何尝不是。

我挣不开,微微后仰离了他的唇,哑着声说:"你让我喝酒,我醉了会打人……"

"哦?"乔子诺勾起唇低低地笑,额头相触,"拿什么打?"

我的腰抵着冰箱,动弹不得,眼尾不经意扫过旁侧,仰头哼了一声:"鸡蛋。"

他咧嘴笑,伸手捞过我的腰身,关上冰箱门,低头埋在我的颈侧,呼吸深深浅浅地烙在我的肩头。

冷气从背后退去,余下的便都是灼热。全身发烫。

"苏陌……"他的声音沉沉如水,缓缓传入耳中,"我把地板擦干净了。"

"嗯。"

"我把游泳池的水换了一遍。"

"嗯。"

"浴缸也洗了一遍,点了你喜欢的茉莉精油。"

"嗯……"

"床换成了king size(特大号),浆果色法兰绒床品,你会喜欢。"

他的声音越发低沉如醇酒,顺着肩膀一路蔓延至耳垂,我闭着眼都能想象到,那些潋滟水光,那一室浪漫紫红。

我想动手捶他两拳,却明知故问:"你到底想说什么……"

"我想说……"他低头捧住我的脸,继续深深地吻我,齿间溢出的每一个字,都让我全身每一个毛孔酥痒发颤,"我每时每刻都在想,把你变成真正的乔太太……"

我还未来得及反击,便整个人被打横抱起。惊呼一声,只得死死拽住他的衣领:"去哪里……"

"大厅,游泳池,浴室,房间……"他低头看我,嘴边有一丝玩味的笑意,"你选哪里?"

"乔子诺你个大混蛋……"我羞得要钻地洞,只得把头深深地埋在他的胸前。

"既然这样,"他轻笑两声,大步流星地向前,"我来选好了。"

一秒,两秒。

突然,身子往下一沉,温柔的水流漫过肌肤,我差点惊声尖叫。

仰头,漫天的星光仿佛伸手可触,也仿佛跌入碧蓝清澈的池水中。那一串花环被他轻轻一扯,随波散落各处,漾开了一池花香。

我与他浑身湿透,亲密无间。直至吊带裙的肩带被褪下,凉凉的池水在锁骨处荡漾,溅起一阵暧昧诱惑的轻响,我在他深情如海的爱抚中抵死挣扎:"唔,干什么……"

"补……"

"补什么……"

"洞房花烛。"

后　记

《恰年少》是我第一个写下的长篇,记得当初完结的时候,真是百感交集。

这是一个关于青春的故事,一个关于等待的故事。校园文是我心里的一个结,不把它完成,我永远也不可能开启其他的文。如今看来,觉得文笔虽然有点青涩、有点矫情,剧情有点狗血、有点玛丽苏,但我还是很爱它。

我很爱乔、陌这两只啊!

苏陌等待着江南的二十岁盛夏,等待着花一开满就相爱,却等来了白衣少年决绝离开的身影。

江南等待着苏陌放下骄傲,等待着她终有一天对他低下眉头说难过,可是只等来了一辈子无法从头再来的错过。

Tina姐等待着秦桀被救赎,等待着案子结束后与孟冬青的开始,却等来了以未亡人的身份孤身一人将这世界走遍。

程优等待着自己对感情做好准备,也许是毕业,也许更久,却差点等不到彭浩醒来的那一天。

乔子诺等待着安顿所有,等待着安排苏可治病,等待着与苏陌远走天涯,却几乎失去执手一生的那个机会。

等。等。等。

苏可是里面最主动的一个,只是她主动出击的初衷,是错的。

我最喜欢石头的爱情观:"要是我喜欢一个女孩子,我就直截了当地告诉她:'妞儿,我喜欢你,跟我走。'就这么简单。"

是啊,有时候,就是这么简单。

这就是我要传递的"咖啡哲学":再不勇敢地去爱,我们就要死了。

青春会老,所以,一秒也不要再等。

爱情是,所有事都是。

图书在版编目(CIP)数据

恰年少 / 珐琅彩著. —杭州:浙江文艺出版社,2021.1
ISBN 978-7-5339-5936-4

Ⅰ.①恰… Ⅱ.①珐… Ⅲ.①长篇小说-中国-当代 Ⅳ.①I247.5

中国版本图书馆CIP数据核字(2019)第290954号

图书策划	柳明晔
责任编辑	徐 旼
特约编辑	李 想
封面插画	牧吉岛
装帧设计	仙境 WONDERLAND Book design
责任校对	唐 娇
责任印制	张丽敏

恰年少
珐琅彩 著

出版发行	浙江文艺出版社
地　　址	杭州市体育场路347号
邮　　编	310006
网　　址	www.zjwycbs.cn
经　　销	浙江省新华书店集团有限公司
制　　版	浙江新华图文制作有限公司
印　　刷	杭州佳园彩色印刷有限公司
开　　本	880毫米×1230毫米　1/32
字　　数	326千字
印　　张	13
插　　页	1
版　　次	2021年1月第1版
印　　次	2021年1月第1次印刷
书　　号	ISBN 978-7-5339-5936-4
定　　价	42.80元

版权所有　违者必究
(如有印、装质量问题,请寄承印单位调换)